KARIN LINDBERG

DAS MÄDCHEN AUS OSTPREUßEN

ROMAN

TINTE & FEDER

Deutsche Erstveröffentlichung bei
Tinte & Feder, Amazon Media EU S.à r.l.
38, avenue John F. Kennedy, L-1855 Luxembourg
Februar 2023

Umschlaggestaltung: bürosüd München, www.buerosued.de
Umschlagmotiv: © Torben Knauer/Shutterstock;
Galyna Gryshchenko/Shutterstock; © Luba V Nel/Shutterstock;
© Marie Carr/ArcAngel
1. Lektorat: Lektorat: Angela Kuepper
2. Lektorat und Korrektorat: VLG Verlag & Agentur, Haar bei München,
www.vlg.de
Gedruckt durch:
Amazon Distribution GmbH, Amazonstraße 1, 04347 Leipzig /
Canon Deutschland Business Services GmbH, Ferdinand-Jühlke-Straße 7,
99095 Erfurt /
CPI books GmbH, Birkstraße 10, 25917 Leck

ISBN 978-2-49671-203-2
e-ISBN 978-2-49671-204-9

www.tinte-feder.de

Prolog

Das Alter bringt vieles mit sich, vor allem aber den Drang, das zu erzählen, was man ein Leben lang von sich geschoben hat. Manchmal schweigt das Gedächtnis jedoch beharrlich, wenn es reden soll, dann wieder stopft es Lücken mit erträumten Bildern. Doch irgendwann ist es unausweichlich, der alte Kopf holt die Vergangenheit hervor, ohne dass man sich länger gegen das wehren kann, was sich vor langer Zeit darin eingebrannt hat. Übrig bleibt, was erzählt werden muss, ob es einem gefällt oder nicht.

Schon früh habe ich erkennen müssen, zum Überleben sowie zum Leben danach ist oftmals ein Handeln nötig, das man sich nicht vorstellen kann, bis man keine Wahl mehr hat. Im Krieg, auf der Flucht und bei hungrigem Magen verlieren alle Prinzipien ihren schillernden Glanz. Niemand kann sich noch ganz daran halten, niemandem nützen sie länger, wenn das Einzige, was zählt, das Hier und Jetzt ist. Aber jene, die es trotzdem versuchen, die sich einen Funken Anstand bewahren, scheinen hell auf in der Dunkelheit. Einen solchen Menschen habe ich kennen und lieben gelernt, und er war mein Licht in finstersten Zeiten.

In dem, was wir füreinander tun, aber auch in dem, was wir einander antun, erspüren wir gleichzeitig, welche Stärken und Schwächen in uns wohnen. Was wir bereit sind aufzugeben, um das zu retten, was uns zu Menschen macht. So kann aus der Not die Stärke der Schwachen erwachsen.

Dies ist eine Geschichte, meine Geschichte, eine, die es genau so kein zweites Mal gibt. Das ist mein Leben, meine Vergangenheit und gleichzeitig das, was zu eurer Gegenwart führt – und für uns alle in eine Zukunft, die keiner von uns hätte absehen können.

Kapitel 1

Juni 1993, Lüneburger Heide

Johanna spürte, wie die Müdigkeit allmählich drohte sie zu übermannen. Ihre Lider wurden immer schwerer. »So geht das nicht«, schimpfte sie über sich selbst, kurbelte die Scheibe ihres Ford Fiesta zur Hälfte herunter und ließ sich den Fahrtwind um die Nase wehen. Die Scheinwerfer beleuchteten die zu dieser Tageszeit spärlich befahrene Straße, die durchgängig von hohen Bäumen gesäumt war, nur mäßig. Es drang kaum Mondlicht zwischen den unzähligen Stämmen hindurch. Johanna war allein unterwegs und sich dessen gerade überdeutlich bewusst. Obwohl sie kein Angsthase war, hatte diese Szenerie etwas Bedrohliches, so ganz einsam auf einer wenig befahrenen Landstraße inmitten eines dichten Waldes.

Aus den Lautsprechern tönten die Klänge von Roxette. Obwohl sie Marie Fredrikssons Stimme liebte, war es in diesem Moment einfach nicht das Richtige für diese späte Stunde, in der sie allein durch den Wald der Lüneburger Heide kurvte. Während Johanna den Wagen mit der linken Hand steuerte, zog sie mit der rechten die Kassette aus dem Deck, warf sie auf den Beifahrersitz und fischte nach einer anderen, die etwas mehr

Pep zu bieten hatte. Als sie die Nirvana-Kassette gefunden hatte, schob sie sie in das Kassettenfach und drückte auf »Abspielen«. Nach einem kurzen Rauschen ertönten die einzigartigen Gitarrenklänge, dann setzte das Schlagzeug ein und Johanna wippte mit ihrem Kopf im Takt mit und spürte, wie sich ein leises Lächeln auf ihre Lippen stahl. Die Töne wurden ruhiger, dann fing Kurt Cobain an zu singen und Johanna stimmte in die ihr vertrauten Strophen des Songs »Smells Like Teen Spirit« ein. Die Müdigkeit war verflogen, während sie rhythmisch mit den Händen auf das Lenkrad klopfte und die Musik der angesagten Musikgruppe und die aufgrund des Fahrtwinds um ihren Kopf wirbelnden Haare genoss. So würde sie die letzten paar Kilometer bis zum Bauernhof der Großeltern doch noch gut hinter sich bringen, dachte sie zufrieden, während die Töne des Songs langsam leiser wurden.

»Scheiße!«, schrie sie auf, als plötzlich ein Reh aus der Dunkelheit über die Straße sprang. Johanna trat mit voller Kraft auf die Bremse, die Reifen quietschten, sie umklammerte das Lenkrad mit beiden Händen und spürte, wie das Heck des Wagens ausbrach und der Fiesta unkontrolliert über die dunkle Straße rutschte. Sie rechnete mit einem lauten Krachen, erwartete jeden Moment das Tier auf ihrer Windschutzscheibe und dachte nur noch: »So ein Pech.« Sie schloss die Augen. Aber nichts geschah. Irgendwann kam der Wagen zum Stehen, sie hatte völlig die Orientierung verloren. Johanna atmete heftig, während völlig unpassend das Lied »Lithium« aus den Lautsprechern dröhnte. Ihr Herz hämmerte hart gegen ihre Rippen, sie versuchte, tief durchzuatmen und zu verstehen, was hier gerade passiert war. Mit dem Absterben des Motors verklang auch die Musik. Johanna lehnte sich mit der Stirn gegen das Lenkrad. Mit geschlossenen Augen seufzte sie schwer. Ein Wildunfall wäre tatsächlich genau das gewesen, was großartig zu ihrer vergangenen Woche gepasst hätte. Johanna lehnte sich zurück und stieß einen derben Fluch aus. Panik erfasste sie. Hatte sie das Reh doch erwischt? Mit zitternden Beinen stieg sie aus und suchte die Umgebung ab, konnte jedoch nirgends eine Spur des Tiers entdecken. Am Auto schien auch alles okay zu sein. Nein, sie hatte es nicht erwischt. Gott sei Dank! Der Fiesta stand mit zwei Reifen auf dem Seitenstreifen. Er hatte sich um hundertachtzig Grad gedreht und schaute jetzt in die Richtung entgegengesetzt zu der, in die sie eigentlich fahren wollte.

Johanna setzte sich wieder hinters Steuer. Sie wollte weiterfahren, aber sie war wie gelähmt, während sie daran dachte, was derzeit alles in ihrem Leben schiefging. Sie biss auf die Innenseite ihrer Wangen, während noch einmal die letzten Worte in ihrem Kopf widerhallten, die sie Arnold hinterhergerufen hatte, als sie ihn aus ihrer Wohnung geworfen hatte. Zum letzten Mal. Dieses Mal war es endgültig, hoffentlich hatte er es kapiert. Falls nicht, war das sein Problem und nicht mehr ihres. Sie hatte genug von ihm und seinen falschen Versprechungen. Drei Jahre, in denen sie einer anderen Frau womöglich sehr wehgetan hatte. Drei Jahre, die Johanna damit vergeudet hatte, auf jemanden zu warten, der es nicht wert war. Drei Jahre, in denen sie sich lächerlich gemacht hatte, indem sie seine Liebesbekundungen geglaubt hatte, während alles, was er je von ihr gewollt hatte, doch nur Sex gewesen war. Sonst nichts. Ein einziges Mal waren sie übers Wochenende an die Ostsee in eine Pension gefahren; damals hatte sie gedacht, dass nun alles gut werden würde. Pustekuchen, denn seiner ahnungslosen Gattin hatte er weisgemacht, dass eine Konferenz in Timmendorfer Strand stattfinde und kein Liebeswochenende mit seiner Schattenfrau.

»Ich bin so dämlich«, murmelte sie vor sich hin, während ihre Kehle eng wurde und es hinter ihren Augen anfing zu brennen. »Nicht jetzt«, sagte sie sich und blinzelte die Tränen weg. Er hatte es nicht verdient, dass sie um ihn weinte. Eigentlich war es auch nicht so, sie war einfach maßlos enttäuscht von sich selbst. Dass sie so blind gewesen war, so blauäugig. Dabei hielt sich Johanna für alles andere als naiv.

Als sie an einem weiteren Feiertag, den sie allein hatte verbringen müssen, endlich begriffen hatte, dass sie so nicht weitermachen wollte und auch nicht konnte, hatte sie endlich die Konsequenzen gezogen. Es hatte sein müssen, ihr Seelenfrieden war ohnehin schon angekratzt genug. Wie es nun für sie weitergehen würde, wusste sie noch nicht, sie musste das alles sacken lassen und dann würde ihr schon etwas einfallen. Opas bevorstehender fünfundsiebzigster Geburtstag war auch deshalb eine äußerst willkommene Abwechslung. Und auch wenn ihre Großeltern bislang nichts davon wussten, so wollte sie gern noch ein wenig länger bei ihnen auf dem Hof bleiben, ihre Wunden lecken und sich in Ruhe überlegen, wie sie ihr Leben in Zukunft gestalten wollte. Und wo. Vor allem das.

Mit Arnold hatte sie nicht nur eine Beziehung hinter sich gelassen, die zu nichts anderem mehr führte als zu noch mehr Einsamkeit und Selbsthass, sondern auch ihre Stelle in der Kölner Uniklinik. Dort hatten sie sich kennengelernt und ineinander verliebt. Das hatte Johanna jedenfalls geglaubt; heute wusste sie es besser. Sie verzog das Gesicht und stöhnte. Was für ein Klischee! Der Herr Oberarzt und die Stationsschwester. Sie schüttelte verärgert den Kopf. Dass sie so dumm gewesen war, würde sie sich nie verzeihen. Sie atmete ein paar Mal tief durch und versuchte, das Wirrwarr in ihrem Kopf und ihren immer noch viel zu schnellen Herzschlag zu beruhigen. Sie fasste ihre braunen Locken zu einem Pferdeschwanz zusammen und mied den Blick in den Rückspiegel. Im Moment konnte sie sich nicht in die karamellfarbenen Augen sehen. Sie schämte sich für das, was sie in den letzten Jahren aus ihrem Privatleben gemacht hatte. Langsam verflüchtigte sich auch das Adrenalin aus ihrer Blutbahn und ihre Finger begannen zu zittern. Es war doch sehr knapp gewesen. Nur eine Sekunde, und es hätte böse enden können, nicht nur mit dem Reh.

Als Johanna bewusst wurde, dass sie schon seit einigen Minuten regungslos in ihrem Auto in einer äußerst verlassenen Gegend saß und ins Nichts starrte, legte sie hastig einen Gang ein und atmete noch einmal tief durch. Im Scheinwerferlicht wirbelten einige Mücken umher; hastig schloss Johanna das Fenster. Vermutlich war es ohnehin zu spät, aber sie wollte nicht zu viele Insekten im Wagen haben. Dann wendete sie und setzte ihren Weg nach Lüneburg zu ihren Großeltern fort.

Vertraute Düfte wehten Johanna von überallher an, als sie zwanzig Minuten später vor dem Rosenhof der Großeltern aus ihrem klapprigen Fiesta stieg. An der roten Backsteinwand des alten Bauernhauses brannten zwei Lampen. Für einen Augenblick hielt Johanna inne. Die sanfte Beleuchtung tauchte die vertraute Umgebung in ein gedämpftes Licht. Die englische Strauchrose und die Schmetterlingssträucher sowie der Sommerflieder, die das Eingangsportal des alten Bauernhauses zierten, blühten und verströmten ein intensives Aroma. In der Ferne bellte ein Hund. Grillen zirpten im Gras. Johanna schluckte und atmete noch einmal tief ein, dann schlug sie die Fahrertür zu, nahm ihren Koffer vom Rücksitz des Wagens und hievte ihn auf das Kopfsteinpflaster des Hofes. Es war kurz vor elf. Sie liebte den Sommer und das eigentlich gemäßigte norddeutsche Klima. Es war ganz anders hier als in der drückenden Hitze der Kölner Altstadt, wo sie zuletzt gewohnt hatte. Das alles hatte sie endlich hinter sich gelassen; es war einem glücklichen Umstand zu verdanken, dass sie ihre Mietwohnung kurzfristig an jemand anderen hatte weitergeben können. Doch sie wollte jetzt nicht an die Vergangenheit denken, sondern an all das Schöne, das hier auf sie wartete.

Es war ein ungewöhnlich lauer Abend für die Lüneburger Heide; so heiß und anhaltend trocken wie in den letzten Wochen war es hier selten. In der Küche brannte noch Licht, Oma hatte bei ihrem Telefonat am Nachmittag verkündet, dass sie auf sie warten wollte. Johanna zögerte einen Augenblick und wusste nicht so recht, was sie zu ihr sagen sollte. Alles, was ihr einfiel, hörte sich in ihrem Kopf hölzern an. Vielleicht musste sie ja nicht gleich heute Abend mit der ganzen Wahrheit herausrücken; für Oma würde es ohnehin keinen Unterschied machen, ob sie eine Woche oder einen Monat blieb. Im Gegenteil, sie würde sich vermutlich sogar freuen, dass sie »ihr Mädchen« endlich mal wieder um sich haben konnte. Johanna spürte, wie ein wenig von der Anspannung von ihr abfiel und ihre Schultern etwas herabsanken. Sie ließ den Koffer erst einmal auf dem alten Kopfsteinpflaster stehen, dann ging sie auf die schwere Tür aus dunklem Eichenholz zu und drückte die Klinke herunter. Es war nicht abgeschlossen.

»Oma, ich bin da!«, rief sie in den dunklen Flur und knipste das Licht an. Im Haus war es angenehm kühl, ein deutlicher Temperaturunterschied zur milden Nacht. Es roch heimelig nach alten Möbeln und frischem Kuchen. Johanna trat auf die gemusterten Fliesen, die ihr so wunderbar vertraut waren wie alles auf diesem Hof. Sie hatte als Kind viel Zeit bei den Großeltern verbracht, nicht nur wegen der zahlreichen Pferde, Hühner und Schweine. Vor allem wegen der Freiheit, der unzähligen Abenteuer, die sie auf den Weiden und Wiesen um den Hof herum erlebt hatte, und natürlich wegen Omas bedingungsloser Liebe und ihrer wundervollen Küche. In diesem Moment hörte sie eilige Schritte aus der Küche auf sich zukommen. Oma sah aus wie immer, klein, drahtig, voller Schaffenskraft; die Kittelschürze gehörte zu ihr wie der leichte Akzent ihrer ostpreußischen Heimat, den sie auch nach all den Jahren nicht vollständig abgelegt hatte. Johanna blinzelte und war erleichtert. Sie hatte kurz befürchtet, dass Oma über die Monate womöglich schrecklich gealtert sein könnte. Stattdessen kam die rüstige Frau lächelnd auf sie zu und umarmte sie fest. Von ihr ging der gewohnte Duft nach Tosca und Gebäck aus. Natürlich, dachte Johanna mit einem warmen Gefühl in der Brust, sie hatte bestimmt etwas Leckeres für ihre Enkelin vorbereitet. Niemand kam zu Oma Netti, ohne dass etwas Gutes aufgetischt wurde. »Da bist du ja, mein Kind. Wie schön, ich freue mich so, dass du da bist. Komm doch erst mal rein, wo sind deine Sachen?«, wollte sie wissen und drückte sie an sich.

Johanna erwiderte die Umarmung. Es war immer irgendwie komisch, da sie ihre Großmutter schon lange um beinahe einen Kopf überragte. »Mein Koffer ist noch im Hof, ich hole ihn gleich.«

Aber Oma war schneller. Mit ihren eins achtundfünfzig war sie flugs an ihr vorbeigeschlüpft und im Nullkommanichts mit dem Koffer zurück im Flur. Johanna blinzelte irritiert. »Mensch, Oma, du hebst dir damit doch einen Bruch. Gib mal schnell her, ich kann das gar nicht mit ansehen.«

Nur widerwillig ließ ihre Großmutter sich davon überzeugen, Johannas Gepäck abzustellen.

»Den trage ich wirklich lieber selbst nach oben. Wie immer?«, fragte Johanna. »Opa schläft schon?«

»Der ist schon bei der Tagesschau eingenickt.« Oma Netti grinste. »Und ja, wie immer, es sei denn, du möchtest lieber ein anderes Zimmer?«

»Nein.« Johanna lächelte. »Ich möchte meins.« Sie stieg mit ihrem Gepäck die Treppe nach oben, jede der alten Eichenstufen knarzte unter ihrem Gewicht. Normalerweise hätte sie ihren Koffer nicht als Erstes hinaufgebracht, aber wenn sie es nicht tat, würde Oma es selbst machen, und das wollte Johanna vermeiden.

Es tat gut, hier zu sein. Auch im oberen Stockwerk war ihr alles vertraut, es roch nach altem Holz und Lavendel, den Oma wegen der Motten in jedem Schrank verteilte. In Johannas Zimmer war das Fenster gekippt, ein Strauß Blumen stand auf dem Fensterbrett. Ein warmes Gefühl des Nachhausekommens breitete sich in ihrem Bauch aus, und wie von selbst hoben sich ihre Mundwinkel ein Stück und ihre Schultern sanken wieder herab, als erneut etwas von der schrecklichen Anspannung der letzten Wochen von ihr abfiel.

Kurz darauf trat Johanna in die Küche des alten Bauernhauses. Es duftete herrlich nach frischem Kuchen. Auf dem alten Holztisch lag die Tageszeitung ausgebreitet, Oma saß auf einem der wackeligen Stühle und hatte sich über ein Kreuzworträtsel gebeugt, in der Hand hielt sie einen Kugelschreiber.

»Frage mit elf Buchstaben?«, überlegte Oma Netti laut und blickte auf. Die Brille mit ihrem einfachen Drahtgestell war ihr auf der Nase etwas heruntergerutscht.

Johanna überlegte kurz, dann erwiderte sie. »Erkundigung, probier das mal.«

»Hm, warte.« Johanna beobachtete, wie Oma die Kästchen zählte, ob es auch wirklich passte. Dann stieß sie einen zustimmenden Laut aus. »Sieht gut aus.« Schließlich schob sie Zeitung und Stift beiseite und stand auf. »Setz dich, Kind. Du hast bestimmt Hunger.«

Johanna war nicht wirklich ausgehungert, aber wenn sie jetzt Nein sagte, wäre Oma enttäuscht. »Klar«, gab sie deshalb zurück und ließ ihre Augen durch den kleinen Raum schweifen. Alles war ordentlich und vollgestopft wie immer. Das Geschirr war im Büfett hinter einer Scheibe gestapelt, die Tassen hingen an den dafür vorgesehenen Haken darunter. Johanna wusste, dass sich das Besteck in den Schubladen befand; auf der einen Seite das gute Silber, auf der anderen das Alltagszeug mit den verbogenen Gabeln und den nicht zusammenpassenden Löffeln. Die Küchenschränke waren vermutlich uralt, irgendwann hatte sie jemand, Opa wahrscheinlich, abgebeizt und frische weiße Farbe aufgetragen, die mittlerweile ein wenig nach Eierschale aussah. Der Steinboden mit Schachbrettmuster war gefegt und fühlte sich unter ihren brennenden Sohlen kühl an. Auf einem alten Hocker in der Ecke stand eine Grünpflanze. Johanna wunderte sich immer, wie ihre Oma es schaffte, dass jeder Strauch, jeder Baum, jede Blume unter ihrer Fürsorge wuchs und gedieh. Auf dem Herd stand das Kuchenblech, von dessen Inhalt Oma jetzt ein großzügiges Stück abschnitt und auf einen Teller verfrachtete. Schließlich setzte sie sich zu ihrer Enkelin und schob ihr Kuchen samt Gabel vor die Nase. »Magst du einen Kaffee dazu?«

Johanna schüttelte schmunzelnd den Kopf und warf einen Blick auf die rote Mitropa-Kaffeemaschine, die Oma garantiert schon mit Wasser, Filter und Pulver gefüllt hatte, für alle Fälle. »Wie machst du das eigentlich immer?«

»Was meinst du?«, wollte Oma mit einem Stirnrunzeln wissen. Sie schob sich mit einer schnellen Bewegung eine Strähne aus der Stirn, die sich aus ihrer Dauerwellenfrisur gelöst hatte. Ihr Haar war schneeweiß, früher hatte es mal kastanienbraun geschimmert, aber das war noch vor Johannas Geburt gewesen. Sie konnte sich ihre Oma nicht als junge Frau vorstellen, auch wenn sie natürlich das Hochzeitsbild kannte, das im Wohnzimmer hing.

»Ich meine, wie machst du das nur, dass jeder Handgriff bei dir sitzt, nie geht etwas schief. Alles, was du anpackst, gelingt dir.« Sie verschluckte den Satz, der ihr auf der Zunge lag: *Nicht wie bei mir; mein ganzes Leben ist eine einzige Achterbahnfahrt.*

Oma schaute sie lange mit ihren weisen braunen Augen an, die so viel Wärme ausstrahlten und gleichzeitig immer ein wenig traurig wirkten, auch wenn sie lächelte. »Du weißt doch, dass ich mal Hauswirtschafterin gelernt habe. Die Dinge im Griff zu haben, war quasi mein Beruf, die Lehre hat sich bis heute ausgezahlt.«

»Aber nach der Hochzeit mit Opa bist du doch nicht mehr arbeiten gegangen?«

Jetzt lachte Oma. »Iss mal deinen Kuchen. Auf dem Hof gab es genug zu tun, glaub mir das mal, da hatte ich keine Langeweile.«

»Ja, so meine ich das natürlich auch nicht. Ich kann mir das alles einfach nicht so richtig vorstellen. Wie das damals war, meine ich.« Dann stach Johanna mit der Gabel in den Anhalterkuchen, eine Spezialität aus Omas Heimat Ostpreußen. Seit Johanna denken konnte, gab es den schon auf dem Rosenhof. Die Hauptzutaten waren Butter, Eier und Zucker – viel davon. Und das schmeckte man auch. Jeder Bissen war eine einzige Geschmacksexplosion. »Gott, ist der gut«, stöhnte Johanna und schloss einen Moment die Augen. »Sonst bekomm ich ja immer nur das pappige Zeug aus der Krankenhauskantine.«

»Backst und kochst du denn nicht selbst?«, wollte Oma wissen.

»Für mich allein lohnt sich das doch gar nicht.« Johanna atmete tief ein, als der Schmerz über die Trennung sie durchzuckte. So ganz hatte sie die Endgültigkeit wohl doch noch nicht verdaut. »Wieso heißt der eigentlich Anhalterkuchen?«, versuchte sie, das Thema zu wechseln.

Oma fegte einige Krümel mit den Händen vom Tisch und warf sie in die Spüle. »Der wurde gern in Haushalten gebacken, in denen Töchter im heiratsfähigen Alter lebten. Kam ein junger Bursche zu Besuch auf den Hof, den die Eltern für passend befanden, sollte er besonders guten und gehaltvollen Kuchen bekommen, damit er vielleicht sogar um die Hand des Marjellchens anhielt. Daher der Name Anhalterkuchen, verstehst du?«

»Was ist noch mal ein Marjellchen?«

Oma tippte ihr mit dem Finger auf die Schulter, dann setzte sie sich. »Du, ein Mädchen im heiratsfähigen Alter.«

Johanna verdrehte die Augen. »Zum Glück ist das heute anders, man kann als Frau auch ohne Mann klarkommen.«

Oma betrachtete ihre Enkelin mit sorgenvoller Miene. Obwohl Johanna einen Kommentar bezüglich ihres Beziehungsstatus' erwartete – Oma war garantiert neugierig –, sagte sie stattdessen: »Du schaust müde aus, Johanna.« Oma Netti faltete ihre langen, dünnen Finger wie zum Gebet und legte sie vor sich auf der Tischplatte ab. Die Haut war vom vielen und schweren Arbeiten dünn und rot, auch heute noch.

»Jetzt habe ich erst mal Urlaub, da kann ich mich ausschlafen.« Mehr wollte Johanna vorerst nicht ausplaudern, dafür fehlte ihr die nötige Energie, daher lenkte sie das Thema auf den eigentlichen Grund ihres Besuchs. »Ich freue mich schon wahnsinnig, dass ich dir bei den Vorbereitungen zu Opas Geburtstag helfen kann. Und weißt du, ich habe mir gedacht, dass wir ein paar alte Bilder von ihm raussuchen könnten, die wir dann an einer Wäscheleine aufhängen. Das könnte doch witzig sein. Fünfundsiebzig Jahre von Opas Leben für alle zum Betrachten.«

Oma furchte die Stirn. »Wie meinst du das?«

»Wäre doch super, wenn wir so eine Art lebendigen Zeitstrahl machen könnten, oder? Bilder von Opa als Kind und als Jugendlicher und so weiter.«

Für einen Augenblick wirkte Oma nachdenklich, aber auf einmal lächelte sie und Johanna glaubte, sich vielleicht getäuscht zu haben.

»Na, viel wird's nicht haben, damals hat man nicht so viele Bilder gemacht«, erklärte sie mit einem angedeuteten Kopfnicken. »Aber es gibt bestimmt mehr Kinderbilder als von mir.« Oma seufzte leise.

Was für ein seltsamer Sinneswandel. Irgendwas schien sie zu beschäftigen, doch Johanna wusste nicht genau, was es gewesen war, das Oma irritiert hatte. Sicher hatte es etwas mit ihrer Vergangenheit zu tun, mit der Flucht übers Haff und mit der Sehnsucht nach Ostpreußen. Oma sprach selten bis nie darüber, aber um das zu verstehen, hätte Johanna auch keine Erklärungen gebraucht. Es war in den Gesprächen der Erwachsenen, die sie als kleines Mädchen mit angehört hatte, stets unterschwellig angedeutet worden. Johanna wusste nur nicht, was sie gesagt haben könnte, um Omas gute Stimmung zu trüben.

»Oma? Ist alles gut?«, wollte sie wissen.

Oma lächelte schwach und winkte ab. Johanna las einen Hauch von Traurigkeit im Blick der alten Frau. »Ja, es ist alles gut«, sagte sie. »Ich finde, es ist eine sehr schöne Idee von dir. Lass uns gleich mal nachschauen, ob wir was finden.« Sie stand auf und zog ihre Enkelin mit sich ins Wohnzimmer. Man hatte ihrer Oma nie nachsagen können, dass es ihr an Energie oder Tatendrang mangelte. Im Gegenteil, sie war stets wuselig und immer mit irgendwas beschäftigt. Oma legte den Lichtschalter um und marschierte schnurstracks zur dunkelbraunen Wohnwand, in der sich nicht nur viele Bücher, sondern auch der fast neue Röhrenfernseher, ein Videorekorder und einige Videokassetten befanden. Oma klappte eine Doppelschranktür auf und präsentierte eine ganze Reihe von Fotoalben. »Da kannst du dich austoben.« Dieser Schrank war Omas Heiligtum; als Kinder hatten Johanna und ihre ein Jahr ältere Schwester Silke niemals auch nur an die Türen gehen dürfen. Auf dem Hof draußen war alles erlaubt gewesen, aber im penibel aufgeräumten Wohnzimmer galten sogar bei Oma und Opa strenge Regeln – falls unangemeldeter Besuch kam, sollte es vorzeigbar sein. Es fühlte sich beinahe komisch für Johanna an, dass Oma ihr heute auf einmal unbeschränkten Zugang anbot. Natürlich war es albern, Johanna war mittlerweile kein kleines Kind mehr und es war daher nicht länger zu befürchten, dass sie ein ungeheures Chaos anrichtete.

»Ui, das ist eine Menge. Und was ist das hier?«, wollte Johanna wissen und zeigte auf eine alte, rostige Blechdose. Sie wartete nicht auf eine Antwort, sondern zog sie heraus, klappte den Deckel auf und hörte nur Omas scharfes Einatmen. »Huch? Wo kommt die denn her? An das alte Ding habe ich ja ewig nicht mehr gedacht.«

Johanna war ein wenig überrascht, als sie darin lediglich ein Spitzentaschentuch, einige alte Fotografien, einen verbogenen Löffel und ein paar vergilbte Postkarten fand. Auf der obersten Fotografie, natürlich in schwarz-weiß, war ein Mann in Uniform zu erkennen, über der Jacke trug er eine weiße Koppel. Er lächelte nicht. Auf der zweiten Abbildung war eine junge Frau zu sehen; sie hatte die Haare sehr kurz geschnitten, und es sah ungleichmäßig und irgendwie seltsam aus. Das Kleid war viel zu groß für den schmalen Körper. »Bist du das?«, wollte Johanna wissen.

Oma nahm ihr das Kästchen sanft aus den Händen und klappte den Deckel sofort wieder zu. »Da sind keine Bilder von Opa drin, die können wir wieder wegtun. Lass uns morgen in Ruhe schauen, es ist doch schon spät geworden.«

Johanna machte große Augen, während sie zusah, wie Oma den Schrank wieder verschloss. Mit einem Mal war die Stimmung im Raum verändert, als ob viele ungesagte Worte in der Luft hingen. Geheimnisse hatte es in diesem Haus nie gegeben, aber gerade kam es ihr so vor, als ob sie auf eines gestoßen wäre. Ein Mann in Uniform, der nicht Opa war? Oma hatte ihr die Bilder förmlich aus der Hand gerissen, sie war regelrecht erschrocken, als hätte sie nicht mehr daran gedacht, dass sie hier zu finden waren. Vielleicht sah Johanna aber auch nur Gespenster, weil sie selbst wegen der Sache mit Arnold ein schlechtes Gewissen hatte. Bestimmt hatte Oma nichts zu verbergen, was denn auch? Johanna verzog die Lippen. Sie war vermutlich einfach überspannt, was nach allem kein Wunder war.

»Ich glaube, wir sollten noch mal über diese Idee nachdenken; eigentlich ist es doch albern, Fotos aufzuhängen, nicht?« Oma lächelte, aber es wirkte gezwungen.

Johanna fühlte sich unbehaglich, sie hatte ihre Großmutter nicht in Verlegenheit bringen wollen.

»Ja, äh, ich bin sowieso müde«, stammelte sie deshalb und dachte dabei wieder an die rostige Dose. Da steckten bestimmt keine großen Geheimnisse drin. Oma legte ihrer Enkelin einen Arm um die Taille. »Nun komm schon, du solltest schlafen gehen.« Gemeinsam liefen sie nach oben, wo Oma begann, Johannas Koffer auszupacken, als wäre sie noch ein kleines Mädchen. Johanna ließ sie machen, denn sie wusste, dass es Oma große Freude bereitete, wenn sie ihre Enkelin umsorgen konnte, so wie früher. »Ich bin wirklich froh, hier zu sein«, murmelte Johanna und drückte Oma einen Kuss auf die Wange.

Kapitel 2

Mai 1945, Lüneburg

Tauperlen glänzten im Gras, jeder Atemzug trug fremde Düfte herbei. Die Sonne schien milde, der Duft der warmen Erde würzte die Luft. Die Vögel stimmten sich zum Morgengesang ein. Dies war ein Frühling, wie es ihn noch nie gegeben hatte. Netti hielt inne und spürte einen dicken Kloß in ihrem Hals, als Erinnerungen in ihr aufstiegen. Nicht jetzt, sagte sie sich und schob sie weit von sich, dafür war dieser Tag viel zu schön. Beinahe schon hoffnungsvoll. Maiglöckchen blühten am Wegesrand. Dass das überhaupt möglich war, nach allem, was sie in den letzten Monaten gesehen und erlebt hatte, erschien ihr wie ein Wunder. Natürlich interessierten sich Pflanzen nicht für den Krieg, das war Netti bewusst, aber die Schönheit der kleinen weißen Blüten mit eigenen Augen zu sehen, wahrzunehmen, wie sie ihre Köpfchen mutig dem Licht entgegenstreckten, als sei nicht gerade die halbe Welt heimatlos, tot oder am Verhungern, war bittersüß. Dieser betörende Frühlingsduft stand in einem so starken Kontrast zu all dem Leid und dem Tod, der auch heute noch an jeder Straßenecke allgegenwärtig war …

Netti schluckte schwer, dann fiel ihr siedend heiß ein, dass sie keine Zeit hatte, stundenlang wie eine Verrückte auf die hübschen Blumen zu starren. »Was ist?«, wollte nun auch ihr neunjähriger Neffe Helmut von ihr wissen. Sie hatte völlig vergessen, dass sie nicht allein unterwegs war.

Netti lächelte ihm aufmunternd zu. »Hast du die Maiglöckchen gesehen? Sie sind hübsch, nicht?«

»Kann man die essen?«, wollte der blonde Junge wissen, und seine großen blauen Augen schauten sie erwartungsvoll an. Er erinnerte sie in diesem Augenblick sehr an ihren großen Bruder Gerhard. Nettis Herz zog sich zusammen, während ein Teil von ihr inständig hoffte, dass es ihm vielleicht doch gut ging, auch wenn das nahezu ausgeschlossen war. Gerhard galt seit Monaten an der Ostfront als vermisst, sie hatte das Schreiben selbst in der Hand gehalten, das ihre Schwägerin bekommen hatte: »… dass ein grausames Geschick ihn uns im Kampf für Führer, Volk und Vaterland entrissen hat …« Sie erinnerte sich an jedes Wort, an die Sinnlosigkeit der Zeilen.

»Nein, leider nicht. Wir bekommen vielleicht auf dem Amt ein Stück Brot für dich«, sagte sie zu ihrem Neffen. Sie wusste sehr gut, dass der Kleine hungrig war, ebenso wie Nettis Mutter und ihre Schwägerin Otti, die heute in der Notunterkunft geblieben waren. Netti wollte jetzt nicht zurückdenken, wie und mit welchen Mitteln sie die letzten Wochen und Monate überhaupt überlebt hatten. Zum Hadern blieb keine Zeit, es ging jeden wachen Augenblick darum, den nächsten Moment, den nächsten Tag zu überstehen.

Obwohl es noch früh war, waren schon unzählige Menschen unterwegs. Aus vielen Fenstern an Lüneburgs Häusern mit den hübschen Schmuckgiebeln hingen weiße Laken. Seit die Tommys Mitte April einmarschiert waren, wehte ein anderer Wind. Beinahe so etwas wie Erleichterung hatte sich über die Stadt gelegt. Das hätte Netti jedenfalls geantwortet, wenn jemand sie gefragt hätte. Alle waren sich einig, lieber die Engländer als die Russen wollten sie als Besatzer haben. Und das war knapp gewesen, die Russen waren bereits bis an die Elbe gekommen. Doch niemand fragte Netti nach ihrer Meinung, denn jeder hatte mit sich und seinem eigenen Elend zu tun.

Nach allem, was sie gesehen hatte, ging es den alteingesessenen Lüneburgern im Vergleich zu den Flüchtlingen, die die Stadt seit Monaten überschwemmten und deren Strom nicht abriss, mehr als gut. Nur wenig war in der alten Hansestadt zerstört, die Vorratskeller der Lüneburger waren gut gefüllt, hier sah niemand besonders hungrig aus. Ganz im Gegensatz zu den vielen Heimatlosen, wie Netti und ihre Familie, die nicht mehr als das besaßen, was sie am Leibe trugen. Natürlich hatte es auch hier Bombenangriffe gegeben, aber es war kein Vergleich zu anderen Großstädten des Reichs gewesen. Lüneburg war Mitte April, nur drei Wochen nach ihrer Ankunft, zur freien Stadt erklärt worden, danach hatte es keine Kampfhandlungen im Ort mehr gegeben. Netti erinnerte sich gut, dass man auch hier angst und bange gewesen war, dass dieser Status womöglich enden könnte, wie bei vielen Dörfern, die sie auf der bitteren Flucht durchquert hatten. Glücklicherweise hatte sich Lüneburgs Führung dem Befehl des Führers widersetzt und die Stadt kampflos übergeben, anstatt sich bis zum letzten Mann zu verteidigen. Das änderte jedoch nichts am Elend und Hunger der Flüchtlinge, die jeden Tag aufs Neue ums Überleben kämpften, für ein Stück Brot, für ein paar Quadratmeter zum Leben, für ihre Würde.

»Komm«, sagte Netti zu Helmut und zog ihn mit sich, während sie die erneut in ihr aufsteigenden Bilder der Flucht zurückdrängte. Sie waren jetzt hier, in Sicherheit. Mit allem anderen würden sie fertigwerden. Irgendwie.

Natürlich waren sie nicht die Ersten, als sie an der Notquartierstelle ankamen. Eine lange Schlange hatte sich bereits vor dem alten Backsteingebäude mit den hohen Giebeln hinter dem jahrhundertealten Rathaus gebildet. Die Frau vor ihr trug zerfetzte und dreckige Lumpen statt Schuhen an den Füßen. Sie hatte dicke Beine; sie waren ganz offensichtlich voller Wasser. Dass die Fremde unter ihrem fadenscheinigen Mantel ansonsten nur noch aus Haut und Knochen bestand, war auch mit Kleidung offensichtlich. Ein Hungerödem. Die Organe der Frau versagten nach und nach. Es war ein Wunder, dass sie überhaupt noch hier stehen konnte.

Netti blickte zu Boden. Sie hatte zu viele Sterbende gesehen, sie konnte und durfte das nicht an sich heranlassen. Fast beneidete sie ihren Neffen; er machte sich nicht so viele Gedanken, sondern hüpfte munter auf dem Kopfsteinpflaster herum. Ein Militärlaster fuhr die Straße entlang und Jeeps mit »Rotkäppchen«, wie man die Engländer mit ihren roten Kopfbedeckungen auch nannte, folgten dem rumpelnden Fahrzeug. Vorgestern, am 4. Mai 1945, war auf dem Timeloberg bei Wendisch Evern, nahe Lüneburg, die Teilkapitulation von Generaladmiral Hans-Georg von Friedenburg und dem Engländer Field Marshal Montgomery unterzeichnet worden. Seitdem war der Krieg im Norden beendet. Niemand hatte in Lüneburg gejubelt, aber Erleichterung hatte man bei allen gespürt, als die Neuigkeit vom Balkon am Rathaus verkündet worden war. Netti war auch dort gewesen, ihre einzige Informationsquelle, da sie keinen Volksempfänger besaßen – die Stromversorgung war nach dem letzten Bombenangriff ohnehin zusammengebrochen. Wenigstens blieben Netti und ihrer Familie seit der Besatzung durch die Engländer weitere »Besuche« der Roten Armee erspart. Mit einem Schaudern dachte sie an diese Begegnungen zurück. Netti atmete leise aus und zwang sich, in die Gegenwart zurückzukehren, sie wollte nach vorn schauen, nicht zurück. Sie hatten Glück gehabt, dass sie es überhaupt nach Lüneburg geschafft hatten. Netti war dankbar, dass sie noch lebten, aber sie wurden jeden Tag an den Preis erinnert, den sie dafür bezahlt hatten.

»Diese Warterei macht einen noch ganz mürbe«, murmelte sie vor sich hin, weil sie lieber darüber jammern wollte, dass es nicht voranging, als über das, was ihr Herz wirklich bedrückte. Sie konnte sich nicht leisten aufzugeben, sich dem hinzugeben, was auf der anderen Seite ihres Bewusstseins lauerte. Dunkel und bedrohlich überschatteten das Leid und der Hunger vielerorts alles. Im allgegenwärtigen Elend war es schwer, das Licht zu sehen. Die Hoffnung zu erhalten. Worauf eigentlich? Nicht einmal das war noch klar. Die einzige Frage, die sie sich manchmal leise stellte, war, wann sie wohl wieder zurück nach Hause kehren würden. Wie lange würde es dauern, bis sie die Heimreise nach Ostpreußen antreten konnten? Dafür kämpfte sie. Netti musste stark sein, auch für Helmut, weil seine Mama, Nettis Schwägerin Otti, gerade nicht für ihn da sein konnte. Sie trauerte, nicht nur um ihren Mann. Netti schluckte und zupfte an ihrem Kopftuch herum.

Irgendwann ging es weiter. Es war schon früher Nachmittag, als sie endlich das Amtszimmer betreten durfte, während Helmut draußen mit ein paar anderen Jungen umherstromerte. Kurz erklärte Netti mit ihren Notpapieren in der Hand, wer sie war und worum es ging. »Wir müssen raus aus dem Strohlager der Turnhalle, wir brauchen eine Wohnung, wir haben ein Kind bei uns, wir sind drei Frauen, allein …«

Die hagere Dame hinter dem Schreibtisch blickte auf. Sie wirkte müde und blass, ihre Lippen waren schmal. »Die Stadt platzt aus allen Nähten, wie stellen Sie sich das eigentlich vor? Ich kann kein Quartier aus dem Hut zaubern.«

»Bitte, es kann doch kein Dauerzustand sein, dass wir in der Turnhalle auf mit Stroh ausgelegtem Boden schlafen müssen, meine Schwägerin … ihr Neugeborenes ist auf der Flucht gestorben, bitte, wir brauchen ein Zimmer für uns, sonst schafft sie es nicht; all das Leid, die Leute, die die ganze Nacht weinen und stöhnen … das müssen Sie doch verstehen. Wir brauchen endlich eine Perspektive. Das geht nicht mehr länger so, wir haben so viel mitgemacht …« Netti plapperte weiter, flehte, wurde wütend, gab nicht auf. Seit fünf Tagen versuchte sie es nun schon immer wieder; sie *mussten* raus aus der Massenunterkunft. Jeden Tag erreichten noch immer neue Flüchtlinge die Stadt. Netti hielt es selbst kaum mehr aus, das immer wieder mitzuerleben. Es musste weitergehen, sie konnten nicht so dahinvegetieren. Das war kein Leben, jedes Stück Vieh wurde in Lüneburg besser behandelt.

»Na schön. Lassen Sie mich mal schauen.« Die Frau blätterte in einem Buch, las hier und da, schließlich seufzte sie. »Ich habe ein Zimmer für Sie, nicht weit von hier, in der Reitende-Diener-Straße, dort war vorher das Nazi-Mütterheim. Jedenfalls …« Sie räusperte sich. »Es zieht heute eine Familie aus, die im Umland auf einem Hof untergebracht werden kann. Das Zimmer kann ich Ihnen geben.«

Netti blinzelte, sie konnte nicht glauben, was sie da hörte. »Wirklich?«

Ein beinahe schüchternes Lächeln tauchte auf dem schmalen Mund der Beamtin auf. »Ja, warten Sie, ich gebe Ihnen das Formular zur Unterschrift.« Sie kritzelte etwas auf einen Block, darunter lag Blaupausepapier. »Hier, bitte unterschreiben.«

Netti trat näher. Sie nahm den Stift entgegen, sah die schwarzen Ränder unter ihren abgebrochenen Fingernägeln und schämte sich dafür. Sie wollte erklären, dass es kein Wasser, keine Waschmöglichkeiten in der Turnhalle gab. Aber das Kopftuch der Beamtin sagte genug; fließendes Wasser gab er derzeit nirgends in Lüneburg. Zum Glück war endlich Frühling. Wenigstens würde keiner mehr erfrieren.

Wenig später blinzelte Netti gegen das Sonnenlicht, schirmte ihre Augen mit der Hand ab und guckte sich nach Helmut um. Sie zuckte die Schultern, als sie ihn nirgends entdecken konnte, und machte sich auf den Weg zum Bäcker. Vielleicht konnte sie noch ein Brot ergattern, obwohl sie das für unwahrscheinlich hielt. Vor jedem Geschäft bildeten sich schon in den frühen Morgenstunden lange Schlangen – falls es überhaupt etwas gab, war am Nachmittag längst alles aus. Aber vielleicht hatte sie ja doch Glück. Ihr Magen knurrte; sie hatte den ganzen Tag noch keinen Krümel zwischen die Zähne bekommen.

In der Mitte des Rathausplatzes hatten die Engländer einen Lattenzaun errichtet; dahinter befand sich jetzt der Parkplatz für ihre Kübelwagen, wie die Militärjeeps auch genannt wurden. Überall wimmelte es von Rotkäppchen, hier und da konnte sie sogar Männer in blau karierten Röcken entdecken. Schotten waren das, hatte ihr neulich jemand erklärt. Sie fand es seltsam anzusehen, aber es war ein Farbtupfer im tristen Einerlei der Armseligkeit, in dem sie sich jeden Tag bewegten. Ein Lastwagen der britischen Armee rumpelte an ihr vorbei, auf der Ladefläche saßen Wehrmachtssoldaten. Kriegsgefangene. Nun ging es andersherum. Die Besiegten ließen die Köpfe hängen, gebrochen und hoffnungslos, mit eingefallenen Wangen und starrem Blick. Netti schaute dem Transport hinterher, sie hatte längst mitbekommen, dass auf dem Gelände der alten Knochenleim-Fabrik ein Lager für Wehrmachtssoldaten eingerichtet worden war. Dort schliefen die Männer unter offenem Himmel im Matsch. Jeden Tag wurden es mehr. Mit Essen oder Wasser versorgten die Engländer sie nicht; die heimische Bevölkerung musste das, was sie noch hatte, mit den Männern teilen und sie versorgen.

Netti setzte ihren Weg fort und reihte sich beim Bäcker in die lange Schlange der Hungernden ein, stand sich die Beine in den Bauch. Die Ersten in der Schlange mussten die Ausgangssperre nicht eingehalten haben, die nur wenige Stunden am Tag aufgehoben war; Männer durften das Haus gar nicht verlassen. Irgendwann tauchte Helmut neben ihr auf. Sein Gesicht war schmutzig, sein Knie aufgeschlagen. »Wo hast du dich nur schon wieder herumgetrieben?«, wollte Netti wissen, während sie versuchte, sich ihre Erleichterung nicht anmerken zu lassen. Auch wenn Lüneburg besiegt und die Kampfhandlungen im Norden beendet waren, so hieß dies keineswegs, dass man jetzt sicher war. »Wie siehst du überhaupt aus«, schob sie hinterher, befeuchtete ihren Daumen und rieb damit in Helmuts Gesicht herum. Er zog eine Schnute und stieß einen empörten Seufzer aus. »Ich bin doch kein Kind mehr.«

»Du hast dich doch nicht etwa geschlagen?«

Er schüttelte den Kopf, dann zog er ein Stück Bindfaden aus der Tasche. »Hab' ich gefunden. Vielleicht können wir damit was anfangen.«

Netti lächelte milde. »Ist ja gut. Wo warst du?«

»Hier und da.« Er zuckte mit den Schultern.

»Ich habe gute Nachrichten; wir können umziehen, wir bekommen ein Zimmer für uns. Nur für uns, hörst du?«

Helmuts Augen weiteten sich. »Ehrlich?«

»Ja!« Sie nickte. »Und deswegen wollte ich auch versuchen, ein Stück Brot zu bekommen, damit wir feiern können. Dünne Suppe kocht dann jedenfalls niemand mehr für uns.« Der Gedanke daran, dass sie fortan noch weniger Unterstützung erhalten würden, war beängstigend. Sie musste zusehen, dass sie irgendwo Arbeit bekam, vielleicht in einer Küche irgendwo. Oder auf dem Feld bei einem Bauern, wobei sie überhaupt keine Erfahrung damit hatte. Als gelernte Hauswirtschafterin lagen ihre Stärken definitiv woanders, aber jetzt musste man praktisch denken, und auf einem Acker würde sie am ehesten etwas für sich abzweigen können.

Stiefelgetrappel lenkte sie einen Augenblick lang ab, und auch Helmut wandte seinen Kopf in Richtung der Tommys. Im Gleichschritt kamen sie an ihnen vorbei, würdigten sie keines Blickes. Kontakt war strengstens verboten, überall hingen Hinweisschilder. *»No fraternisation«*. Netti verstand, warum sie so unfreundlich und grob im Umgang mit den Deutschen waren. Für sie waren alle Nazis, und jeder trug die gleiche Schuld daran, dass Europa in Schutt und Asche lag, Millionen Menschen heimatlos oder gestorben waren. Umgebracht. Von ihren Leuten. Ihrem Volk. Netti holte tief Luft, während ihr Nacken prickelte. Sie wandte sich um und entdeckte zwei weitere Rotkäppchen, die an der Ecke standen und sich mit ausladender Gestik unterhielten. Es sah beinahe so aus, als würden sie sich streiten. Es ging Netti nichts an, und wenn sie auf der Flucht eines gelernt hatte, dann, dass man am besten keinen direkten Kontakt suchte und unsichtbar blieb. Sie wollte sich gerade wieder abwenden, als Helmut zu den beiden rannte. Sie hörte seine Stimme, während er seine kleinen dreckigen Hände zu den Soldaten ausstreckte. »Häf ju tschokolate?«

Netti spürte, dass sie blass wurde. Während sie den Atem anhielt, sah sie im Geiste vor sich, wie ein Nazi mit einem Gewehrkolben auf einen Jungen einschlug, der auf das Auto einiger Soldaten klettern wollte, und ihm das Jochbein zertrümmerte, wie er daraufhin zu Boden ging und sich nicht mehr rührte. Sie schluckte, und dann merkte sie, dass dies die Erinnerungen an andere Männer waren, nicht das, was jetzt gerade geschah. Helmut stand noch immer vor den beiden Soldaten und strahlte. Offiziere waren es, wenn Netti die Schulterklappen richtig zuordnete; so ganz hatte sie das alles noch nicht verstanden. Aber die Haltung der Männer sagte deutlich, dass sie etwas darstellten, dass sie keine kleinen Hilfssoldaten waren, die niedere Aufgaben erfüllten. Gut genährt waren sie auch; die Schultern waren breit und füllten die kakifarbene Uniform mit der weißen Koppel aus. Sie strahlten die Überlegenheit der Sieger aus, ohne dabei überheblich zu wirken. Was macht der Bursche da nur, dachte sie alarmiert, und wie von selbst setzte sie sich in Bewegung. Sie gab ihren Platz in der Warteschlange auf, Helmut war wichtiger; die Familie war alles, was sie noch hatte. »Entschuldigung«, sagte sie auf Englisch und blickte von einem zum anderen. »Der Junge weiß nicht, was er tut. Ich bitte um Verzeihung.« Sie senkte den Blick, während ihr Herz bis zum Hals hinauf hämmerte.

»Sie sprechen Englisch?«, fragte einer der beiden, und Netti wagte es, ihn schüchtern anzusehen. Seine braunen Augen wirkten freundlich und ein wenig überrascht, er musste Ende zwanzig, vielleicht Anfang dreißig sein, feine Linien zeichneten sich um seine Augen ab.

Netti nickte zögerlich. »Ja«, gab sie zurück. »Mein Vater war in Ostpreußen Lehrer.«

Während sie das sagte, zog sie ihren Neffen zu sich heran und schob ihn schließlich ganz hinter sich, als ob sie ihn so hätte schützen können.

»Interessant«, sagte der Braunäugige. »Gibt nicht viele Nazis, die Englisch können.«

Netti schaute dem Zweiten ins Gesicht. Sein Blick war kalt, und sie konnte die Verachtung, die er für sie und vermutlich alle Deutschen hegte, deutlich darin erkennen. Netti schluckte, während ihr eines klar wurde: Dieser Mann hasste sie alle. Ausnahmslos.

Aus gutem Grund vermutlich; längst dämmerte ihr, welchen Schaden die vermeintlichen Elitesoldaten der Wehrmacht überall angerichtet hatten. Auf einmal wurde sie sich ihrer eigenen schäbigen Gestalt deutlich bewusst. Sie wollte sich eine Strähne hinters Ohr schieben, aber da war nichts mehr. Wie hatte sie das vergessen können? Ihre Haare waren nicht mehr kinnlang und glänzend wie früher. Sie waren fransig und kurz und sahen vermutlich sehr hässlich und ungepflegt aus, wie alles an ihr. Vermutlich dachten die beiden das Gleiche über sie, sie bot einen erbärmlichen Anblick. Netti schämte sich in Grund und Boden, ihre Wangen brannten. »Entschuldigung noch einmal. Komm, Helmut«, murmelte sie verlegen und wollte ihren Neffen mit sich ziehen, um so schnell wie möglich von hier wegzukommen. Dabei blieb ihr Blick noch einmal an dem unfreundlichen Offizier hängen, in dessen grünen Augen goldene Sprenkel schimmerten. Er strahlte eine so faszinierende Maskulinität, eine fast aristokratische Eleganz aus, dass ihr unangenehm heiß wurde. Seine Schultern waren nicht ganz so breit wie die des anderen, dafür hatte er sehr feine Gesichtszüge, eine schmale, gerade Nase, auf der sich einige wenige Sommersprossen abzeichneten, und ausgeprägte Wangenknochen. Unter dem roten Käppi trug er einen militärisch kurzen Haarschnitt, im Sonnenlicht schimmerte das Kastanienbraun ein wenig rötlich.

Sie musste sich von seinem Anblick lösen; seltsamerweise fiel es ihr schwer. Etwas an ihm faszinierte Netti auf eine geradezu obszöne Weise. Wie irritierend! Sie war keine der Frauen, die den Tommys schöne Augen machten, um sich Vorteile zu verschaffen. Im Gegenteil. Sie versuchte, wo immer es möglich war, in der Menge zu verschwinden, bloß nicht aufzufallen, nicht gesehen zu werden. Dann war das Risiko geringer, sich Probleme einzuhandeln. Aus diesem Grund hatten auch ihre einst schönen Haare noch in Ostpreußen auf der Flucht dran glauben müssen. Der Ruf der Roten Armee war der Truppe weit vorausgeeilt; dass keine Frau sicher vor ihr war, hatte es geheißen, und dies hatte sich während der Flucht für viele als die schreckliche Wahrheit herausgestellt.

Netti war schon immer schmal gewesen, also hatte sie sich kurzerhand in einen Jungen verwandelt. Das Risiko, von den Russen verschleppt zu werden, war damit nicht unbedingt geringer geworden, aber vor einer Vergewaltigung hatte sie sich sicherer gefühlt. Otti hatte leider nicht so viel Glück gehabt wie sie.

Netti kehrte ins Hier und Jetzt zurück und gab sich einen Ruck. Nichts wie weg, nahm sie sich vor. Sie hatte sich schon halb abgewendet, als sie noch einmal angesprochen wurde. Angst erfasste Netti, und sie erstarrte.

»Warten Sie«, sagte der Braunäugige, dabei klang er recht freundlich. Netti wagte wieder zu atmen, bis eben hatte sie die Luft angehalten. »Alan, hast du nicht etwas Schokolade oder Kekse bei dir? Ich habe vorhin schon alles verteilt.«

Ihr Herz hämmerte hart gegen ihre Rippen. Alan hieß der Grünäugige also, dachte sie in der gleichen Sekunde und vermied es, ihn noch einmal anzusehen. Sie hatte den Ausdruck der Verachtung ihr gegenüber nicht vergessen, er hatte sich ihr ins Gedächtnis gebrannt. Alan brummte ein paar Worte, schließlich zog er etwas aus der Rocktasche und reichte es Helmut. Der Junge strahlte über beide Wangen und deutete eine Verbeugung an. »Sänk ju«, frohlockte er.

»Und jetzt lass uns gehen, Gordon«, knurrte Alan.

»Miss, ich hätte gern noch mit Ihnen geplaudert, aber mein Offizierskollege hat recht. Ihnen alles Gute. Sollten Sie mal Probleme haben, fragen Sie nach Gordon Kinney. Eine Dame, die Englisch spricht, sieht man hier nicht allzu oft.«

Netti wusste nicht, was sie mit so viel Freundlichkeit anfangen sollte. Das war ihr seit Wochen, ach was, seit Monaten nicht untergekommen. Sie spürte einen Kloß im Hals, in ihren Augen brannte es. »Vielen Dank, Mr Kinney.« Sie blickte verlegen zu Boden.

»Major Kinney«, korrigierte der andere sie bissig. Netti schielte zu ihm. Seine grünen Augen durchbohrten sie förmlich. Hastig nickte sie. »Major Kinney, Entschuldigung.«

»Und mein schlecht gelaunter Freund hier ist Major Alan Thompson. So, jetzt kennen Sie schon zwei Engländer. Guten Tag, Miss.« Major Kinney grüßte militärisch, während Helmut schon das Stanniolpapier der Schokolade aufgerissen hatte und sich ein großes Stück in den Mund stopfte.

»Dir werde ich Manieren beibringen, sonst wirst du dich noch in Schwierigkeiten bringen! Nicht alle sind so nett wie dieser Gordon Kinney.« Netti atmete erleichtert aus, während sie den beiden hinterherblickte, wie sie mit ihrem federnden Gang und ihren selbstbewussten, raumgreifenden Bewegungen ihren Weg fortsetzten. Hoffentlich kam nicht noch einmal etwas nach; sie legte lieber einen Zahn zu.

Kapitel 3

Juni 1993, Lüneburg

Johanna saß im Schatten der alten Kastanie, die in der Mitte des Hofs stand, auf einer Bank. Um den dicken Stamm rankte sich eine Kletterrose, die die Großmutter Rambler-Rose nannte, sie blühte prächtig in Weiß und es duftete himmlisch. Hier würde in drei Wochen auch die große Party zu Opas Geburtstag steigen. Bis dahin gab es noch einiges zu organisieren, gleichzeitig hatte Johanna bestimmt genug Zeit, um sich auch ein wenig zu erholen und zu überlegen, was sie mit sich und ihrer Zukunft anfangen wollte. Sie hielt ihren Walkman in der Hand und drehte die Lautstärke noch ein wenig höher. Sie wusste, dass es vielleicht in ihrer Verfassung nicht das Klügste war, Sinéad O'Connor und »Nothing Compares to You« zu hören. Dennoch, sie brauchte diesen Augenblick für sich, wollte sich die Zeit nehmen, um sich selbst zu bemitleiden. Ihren Gefühlen freien Lauf zu lassen, auch ohne heiße Tränen um ihr verkorkstes Liebesleben zu weinen. Kurz nahm sie die Kopfhörer vom Ohr, für einen Moment hatte sie gedacht, jemand habe sie gerufen. Aber im Stall wieherte nur einer der Wallache. Oh, wie sehr sie das Leben mit diesen wundervollen Tieren vermisst hatte!

Gleich nach dem Aufstehen hatte sie zusammen mit Opa nach den Pferden gesehen. Am liebsten hätte sie direkt eines aufgezäumt, aber Opa hatte nur noch Einsteller und keine eigenen mehr. Früher war sie ständig auf dem Rücken eines Pferdes gewesen, bis irgendwann alles anders geworden war und sie Lüneburg verlassen hatte. Sie wollte jetzt nicht daran denken, warum ihr Leben eine so plötzliche Wendung genommen hatte, und fragte sich noch immer, ob sie eben jemand gerufen hatte. Mit einer leichten Brise wurde der vertraute Geruch von frischem Heu und den Pferden zu ihr herübergetragen. Nein, da war sonst nichts. Anscheinend hatte sie es sich nur eingebildet. Opa hatte sie zuvor gesehen, als er mit dem Trecker aufs Feld gefahren war, der konnte es nicht gewesen sein, also lauschte Johanna wieder den herzzerreißenden Tönen der Irin. Der Song war der Inbegriff von Liebeskummer, und für den Moment tat es Johanna gut, sich dem hinzugeben. Natürlich wusste sie, dass es die richtige Entscheidung gewesen war, die Beziehung mit Arnold zu beenden. Sie betrauerte fast mehr, dass sie mit Mitte zwanzig jetzt noch einmal neu anfangen musste, und dabei ging es nicht nur um ihr Liebesleben. Die Wohnung in Köln war schnell an eine Schwesternschülerin vermietet gewesen, die Möbel gehörten ohnehin dem Vermieter. Einerseits war es großartig, dass ihr Hausstand in zwei Kisten passte, die sie im Kofferraum ihres Autos spazieren gefahren hatte. Andererseits begriff Johanna nicht, warum sie bislang einfach keinen Platz gefunden hatte, an dem sie sich wirklich heimisch fühlte. Nachdem sie Lüneburg damals nach Abschluss der zehnten Klasse Hals über Kopf verlassen hatte, hatte sie nicht einen Tag lang das Bedürfnis verspürt zurückzukommen. Natürlich gab es Dinge, oder vielmehr Menschen, die sie vermisste, aber sie konnte ja wohl schlecht für den Rest ihres Lebens bei ihrer Oma einziehen, sie war nicht mehr zwölf. Johanna lächelte schief über sich selbst. Dann spulte sie die Kassette zurück; sie wusste genau, wie viele Sekunden es dauerte, bis sie den Song noch einmal von Anfang an hören konnte. Sie atmete tief ein und dann wieder aus, während die vertrauten Klänge über die Kopfhörer ertönten.

Sie war gerade so weit, dass sie ins Auge fasste, wieder ins Haus zu gehen, um Oma zu fragen, ob sie ihr bei irgendetwas behilflich sein könnte, als ein silberner Kombi auf den Hof gerollt kam.

»O nein!«, murmelte Johanna, als sie das Gesicht ihrer Schwester Silke hinter dem Steuer entdeckte. Sie parkte die Familienkutsche im Schatten, winkte ihr kurz zu und stellte dann den Motor ab. Johanna nahm die Kopfhörer herunter, drückte auf Stopp und legte den Walkman zur Seite. Dann erhob sie sich und setzte ein Lächeln auf.

Es war nicht so, dass sie ihre Schwester nicht leiden konnte, im Gegenteil. Sie waren als Kinder gut miteinander ausgekommen. Meistens. Aber irgendwann hatte sich Silke in eine Richtung entwickelt und Johanna in eine andere. Es war, als wären sie zwei Pole, die sich gegenseitig abstießen. Wo Silke genau das tat, was die Eltern von ihr erwarteten, und dafür Lob und Freude erntete, war Johanna gefühlt eine einzige Enttäuschung, das schwarze Schaf. Silke genoss es, bei jedem Zusammensein genau das zu betonen. Auf subtile Weise selbstverständlich. Johanna schob die bitteren Gedanken beiseite und ging langsam auf den Wagen zu. Silke war ausgestiegen, holte die einjährige Nicky vom Kindersitz und nahm sie auf den Arm. Das Kind hatte süße Ringellöckchen und braune Augen und brabbelte irgendwas, was Johanna nicht verstand. Im Mund steckte noch ihr Schnulli, in der einen Hand hielt sie ein Monchhichi, das einen selbst gestrickten roten Pullover trug.

»Hallo, ihr beiden«, grüßte Johanna und umarmte Mutter und Kind unbeholfen. »Mensch, Nicky, du bist ja groß geworden.« Sie strich dem Baby über den Kopf und trat zurück.

Das Kind drehte sich weg. »Sie fremdelt gerade«, erklärte Silke mit einem süßlichen Lächeln. Sie trug ein weißes T-Shirt und einen rosafarbenen Plisseerock mit bunten Blüten, an den Füßen hatte sie Gesundheitslatschen. Johanna erinnerte sich mit Schaudern an ihre Kindheit, als ihre Mutter ihnen beiden diese Korksandalen verpasst hatte, weil angeblich das Fußbett so gesund sei. Offenbar war ihre Schwester immer noch dieser Meinung, während Johanna lieber Turnschuhe trug. Obwohl sie zugeben musste, dass es heute eigentlich zu heiß dafür war und Sandalen angebrachter gewesen wären.

»Willst du zu Oma?«, fragte Johanna, um das Schweigen nicht zu lang werden zu lassen.

»Ja, sie hat uns zum Essen eingeladen. Einmal in der Woche sind wir sowieso bei Oma, da hat es jetzt gut gepasst; ich wusste ja, dass du kommen wolltest.«

Na super. Johanna unterdrückte ein Seufzen. Natürlich freute sie sich, ihre Schwester und die Nichte zu sehen. Trotzdem hatte sie sich an diesem Tag erst einmal nach Ruhe und ein wenig Zeit für sich gesehnt. »Und wo ist dein Göttergatte?«

»Lars ist auf einer Konferenz, der kommt morgen Abend zurück.«

»Ach ja?« Silke war mit einem Zahnarzt verheiratet. Sofort dachte Johanna, dass auch ihr Arzt gern mal auf Konferenzen gefahren war, hoffentlich war Lars treuer als Arnold.

»Was guckst du so komisch?«, wollte Silke wissen.

»Äh, nichts«, beeilte sich Johanna zu sagen. »Ich wusste nur nicht, dass ihr heute kommt.«

»Soll ich vielleicht wieder fahren?« Silke zog eine Braue hoch.

»Nein, natürlich nicht, sei nicht albern! Dann lass uns mal reingehen, ich habe gar nicht gemerkt, dass es schon Zeit für das Mittagessen ist.«

»Hast wohl lange geschlafen? Ich bin schon seit halb sechs auf den Beinen, als Mutter hat man ja immer was zu tun.«

Johanna hasste es, wenn ihre Schwester sie so von oben herab behandelte, sagte aber nichts weiter dazu. Sie musste sich nicht dafür rechtfertigen, dass sie nach einer Woche mit vier Nachtdiensten zuerst einmal etwas Schlaf nachzuholen hatte.

Im Flur roch es nach deftigem Essen, als sie ins kühle Bauernhaus traten. Silke marschierte voraus, als gehörte ihr alles. Sie begrüßte ihre Oma herzlich; die knuddelte erst mal die Wange ihrer Urenkelin Nicky und begutachtete das Mädchen, als hätte sie es lange nicht gesehen. »Setzt euch doch schon mal. Wir essen in der Küche, nicht?«

»Wo ist denn das Kinderstühlchen?«, wollte Silke wissen.

»Ach, Johanna, gehst du es bitte mal holen? Steht in der Abseite unter der Treppe«, bat die Oma.

»Klar, bin gleich wieder da.« Kurz darauf kehrte Johanna mit dem alten Ding zurück, in dem schon sie und Silke gefüttert worden waren, und stellte es an den Küchentisch. Silke setzte Nicky hinein und gab ihr einen Löffel zum Spielen. Dann platzierte sie sich auf einen Stuhl daneben und guckte erwartungsvoll.

»Kann ich in der Küche helfen?«, wollte Johanna wissen.

Oma schüttelte den Kopf. »Du kannst gern den Tisch decken, Hannchen.« So nannte sie ihre Enkelin manchmal, wenn sie in Gedanken war. »Rindfleischhaschee mögt ihr doch, oder?«

Johannas Magen knurrte leise. »Ja, super. Du hast doch hoffentlich saure Gurken reingemacht und viel Soße, oder?«

Die Oma lachte. »Aber natürlich. Der Opa isst das zwar nicht so gern, aber mir war mal wieder danach. Für den zählt hauptsächlich, dass Kartoffeln dabei sind. Ein echter Heidjer isst halt nichts ohne Kartoffeln. An das Süßsaure musste er sich damals erst gewöhnen, aber so koche ich nun mal.« Sie zuckte die Schultern.

»Ach, das ist auch wieder so ein ostpreußisches Gericht?«, wollte Silke wissen. »Kann ich vielleicht ein Glas Wasser dazu haben?«

Du hast zwei gesunde Beine, wollte Johanna erwidern, aber sie schwieg, weil sie keinen Streit heraufbeschwören wollte. Es ging ihr trotzdem gegen den Strich, dass Silke sich hier wie eine Königin benahm, die ihren Sprössling vorzeigen wollte und damit ihrer Ansicht nach genug für immer geleistet hatte. So kam es Johanna zumindest vor. Als ob ein Kind in die Welt zu setzen alles war, was eine Frau zu tun hatte. Letztlich war es Silkes Entscheidung, wie sie leben wollte, und Johanna musste es ihr ja nicht nachtun. Der Gedanke beruhigte sie ein wenig. Ihre Eltern würden zum Glück heute nicht kommen und sie mit dem Thema nerven, dass Johanna auch endlich den Hafen der Ehe ansteuern und Kinder in die Welt setzen sollte, denn sie waren für ein paar Tage verreist.

Oma war schon dabei, ein Glas mit Sprudel zu füllen, und reichte es Silke. »Ja, das haben wir früher zu Hause oft gegessen. Na ja, so oft auch nicht, Fleisch gab es ja nicht jeden Tag. Hier, Silke, das Wasser.«

Silke lächelte selig und hielt sich eine Hand auf den Bauch. »Ja, ich bin gerade ein bisschen empfindlich, was Gerüche angeht.«

Auch das noch. Kind Nummer zwei ließ wohl nicht mehr lange auf sich warten. Johanna konnte sich lebhaft vorstellen, wie ihre Mutter die Neuigkeit aufnehmen würde, falls sie es nicht schon wusste. Klar war jedenfalls, dass am Ende wieder die unbequemen Fragen an Johanna gerichtet werden würden, warum es bei ihr so lange dauerte, bis sie überhaupt erst einmal einen Mann fand. Ob sie nicht mal langsam an die eigene Familienplanung denken wollte. Und, und, und.

Die Erwartungen, die ihre Eltern an sie stellten, waren seit Jahren ein stetig wachsendes Problem – denn Johanna konnte und wollte sie nicht erfüllen. Sie hatte weder den passenden Mann noch den Wunsch, irgendwo ein Haus mit Rasen und Jägerzaun zu besitzen. Dass sie glücklich war mit dem, was sie erreicht hatte, konnte sie leider auch nicht behaupten; daher fehlten ihr regelmäßig die passenden Worte, wenn man sie mal wieder an den Pranger stellte. Das war nur ein Grund, warum Johanna nur selten in die Heimat zurückkehrte. An alles andere wollte sie noch weniger denken, nicht an ihr letztes Jahr auf dem Gymnasium, den letzten furchtbaren Sommer, ehe sie die Schule mit der Mittleren Reife verlassen hatte.

Während Oma Silke beglückwünschte und fragte, wie weit sie schon sei, deckte Johanna den Tisch. Glücklicherweise kam Opa gerade in die Küche, und mit seinem Eintreffen wurde nicht mehr übers Kinderkriegen gesprochen. Opa Walter setzte sich wie immer ans Kopfende und streckte sein krankes Bein aus. Eine alte Kriegsverletzung, die ihm damals vermutlich das bittere Ende erspart hatte. Er war 1944 von einem Granatsplitter getroffen worden und hatte dann nicht mehr ins Feld ziehen müssen. Das Bein war jedoch steif geblieben.

»Hast du alles geschafft?«, wollte Oma wissen.

»Sicher doch.« Er war kein Mann der großen Worte, aber er lächelte seine Frau an. Johanna wünschte sich für ihr Leben eine Beziehung wie diese. Die beiden waren seit Jahrzehnten zusammen, und soweit sie wusste, hatte es nie größere Schwierigkeiten zwischen ihnen gegeben. Vielleicht lag es an der Generation, sie hatte keine Ahnung, aber bei den beiden schien immer alles so einfach zu sein. Einvernehmlich. Sie verstanden sich ohne Worte, ergänzten sich und halfen einander, ohne den anderen dabei zu erdrücken. Oma hatte durchaus ihre eigenen Interessen und Vorlieben; sie liebte die Blumen und ihre Beete hinter dem Haus, während Opa ohne Tiere und seine Kartoffeläcker nicht leben wollte. Kompromissbereit schienen beide zu sein, denn obwohl Opa Seifenopern hasste, wehrte er sich nicht, wenn Oma die zigste Wiederholung der »Schwarzwaldklinik« auf 3sat guckte. Irgendwas hatte diese Familie, dass sich die Frauen entweder in Ärzte verliebten oder sie wenigstens auf der Mattscheibe verehrten, denn auch Johannas Mutter Karola hatte einen Arzt geheiratet.

Während des Essens war die Stimmung beinahe schon angenehm, was auch daran lag, dass Johanna nicht viel sagte und einfach Omas gutes Essen genoss. Silke plapperte hingegen ohne Unterlass, und Nicky hatte ihre Freude daran, Kartoffelstückchen zu mampfen oder durch die Gegend zu werfen. Oma quittierte die Schmierereien ihrer Urenkelin nur mit einem Lachen; man könne später ja mal durchfegen war alles, was sie dazu kommentierte.

Nach dem Essen brauchte Johanna dringend frische Luft, und Oma wollte partout keine Hilfe beim Abwasch, also schnappte sie sich wieder ihren Walkman und schlüpfte in die Turnschuhe. Ein kleiner Spaziergang würde ihr guttun, auch wenn die Hitze heute sengend und drückend war.

Johanna schlenderte zuerst in den kühlen Stall und atmete tief ein. Der vertraute Geruch ihrer Kindheit nach Pferden, Mist und Heu strömte in ihre Nase, und sofort stellte sich ein tiefes Gefühl der Entspannung bei ihr ein. Sie hatte hier so viele schöne Stunden verbracht. Sie hätte sich gewünscht, selbst bald einmal wieder auszureiten, aber Opa hatte eben keine eigenen Pferde mehr. Er hatte immer zu ihr gesagt, dass sie eine Pferdeflüsterin sei, weil sie mit jedem Tier klargekommen war; je wilder, desto besser. Früher war das hier ihr zweites Zuhause gewesen, sie liebte alles auf diesem Hof. Aber in diesem Moment störte etwas die Ruhe. In einer Box randalierte ein Pferd und schlug immer wieder mit dem Kopf gegen das Holz. Sie ging zu ihm. Sie hatte den Hengst schon am Morgen entdeckt, aber noch keine Zeit gefunden, ihn näher zu betrachten. Doch jetzt blieb ihr ein Moment, um das Tier zu bewundern. Sie spürte sofort, dass er etwas ganz Besonderes war, er war mindestens so stattlich wie temperamentvoll. Wem er wohl gehörte? Auf dem Namensschild, das vorn an der Box an einem Brett hing, las sie »Jupiter, Geburtsjahr 1986«. »Na, du machst deinem Namen wohl alle Ehre. Du schaust aus und führst dich auch auf, als wärst du hier der Boss.«

Der schwarze Hengst war wunderschön. Er hatte glänzendes Fell und eine üppige Mähne, einen perfekten Kopf und hübsche Nüstern. Aber er war ganz offensichtlich nicht zufrieden damit, dass sich gerade niemand um ihn kümmerte. Johanna streckte ihre Finger aus und wollte ihm über die Nase streichen, als sie jemand von hinten ansprach.

»Das würde ich lieber nicht tun.«

Johanna stieß einen spitzen Schrei aus, dann wich sie einen Meter zurück. »Meine Güte«, japste sie und wandte sich in Richtung der dunklen Stimme. Als sie sah, wer da die Stallgasse entlangkam, setzte ihr Herz einen Schlag aus.

»Johanna«, stieß Paul beinahe gleichzeitig hervor, da er offenbar ebenso wenig mit ihr gerechnet hatte wie sie mit ihm. Neben ihm trottete ein Golden Retriever und schnüffelte hier und da an den Boxentüren. Das Tier wirkte im Gegensatz zu ihr sehr entspannt.

»Paul«, erwiderte Johanna. Ihre Stimme klang atemlos, als hätte sie gerade einen Zweihundert-Meter-Sprint hinter sich. Himmel, der Kerl hatte sich vom unscheinbaren Teenager zu einem überaus attraktiven Erwachsenen gemausert. Breite Schultern, schmale Hüften, kantige Wangen und volles braunes Haar, das zu einer wilden Frisur herausgewachsen war. Er trug eine helle Jeans und ein blaues Poloshirt, das er in die Hose gesteckt hatte. Sie schluckte trocken, während sie gegen die aufsteigenden Erinnerungen kämpfte, die sie beide verbanden. Sie hatte Paul seit der Nacht, die ihr Leben verändert hatte, nicht mehr gesehen. Nein, so ganz stimmte das nicht. Ein- oder zweimal waren sie sich noch über den Weg gelaufen in den letzten Tagen ihrer Schulzeit. Aber geredet hatten sie nicht mehr miteinander, vor allem nicht über diese eine Nacht, die in einer Katastrophe geendet hatte. Während Johanna die zehnte Klasse des Gymnasiums besucht hatte, war Paul im Abiturjahrgang gewesen. Wie Ralf.

Johanna blinzelte die Bilder weg. »Was hast du hier zu tun?«, stieß sie hervor.

O Gott, wie feindselig sie klang. Sofort tat es ihr leid. Sie war schlichtweg überfordert mit der unerwarteten Begegnung. Früher hatten sie sich einmal gemocht, aber seitdem war viel Zeit vergangen. Johanna fühlte sich unbehaglich.

Paul nickte; es war ein unverbindliches Nicken, beinahe so, als sei er enttäuscht von ihr. Oder von ihrer Reaktion auf ihr Wiedersehen? Was hatte er gedacht – dass sie ihm um den Hals fallen würde, als wären sie noch immer gute Freunde? Das waren sie nicht. Nicht mehr. Heute waren sie einander fremd, das Einzige, was sie noch immer verband, waren schreckliche Erinnerungen.

»Wenn du erlaubst, das hier ist mein Hengst, und ich rate dir dringend davon ab, dass du ihm zu nahe kommst«, erklärte er mit versteinerter Miene.

»Sonst?« Sie reckte ihr Kinn ein wenig nach vorn. Was dachte er denn? Dass sie sich an seinem Pferd vergriff und heimlich ausritt? Sicher nicht.

»Er hat ein, äh, kleines Aggressionsproblem. Ich arbeite mit ihm daran, aber … Er ist gefährlich. Er hat dem Schmied letztens eine Rippe gebrochen, weil er schlicht unberechenbar ist. In einem Moment sanft wie ein Lämmchen, im anderen dreht er völlig durch.« Paul fuhr sich mit der Hand über die Stirn, auf einmal sah er müde aus. »Ach, was erzähle ich dir das überhaupt? Es interessiert dich vermutlich sowieso nicht. Ich sollte die Klappe halten.«

Johanna schaute Paul lange an und erwischte sich schließlich dabei, wie sie seine Finger nach einem Ring absuchte. So ganz egal war es ihr anscheinend doch nicht, was aus ihm geworden war. »Du lebst noch hier?«, wechselte sie unvermittelt das Thema.

Er nickte und stützte sich mit der Hand gegen die Box. »Seit Kurzem wieder. Ja. Es gibt viel zu tun.«

Auf einmal brannten viele Fragen auf ihrer Zunge, aber kein Wort kam über ihre Lippen. Für eine sehr lange Sekunde verlor sie sich in seinen warmen blauen Augen. Ihre Kehle fühlte sich staubtrocken an. Schon wieder. Paul war immer der Vernünftige gewesen, der ruhende Pol in ihrer Clique. Dieses Beruhigende hatte er anscheinend nicht abgelegt. Dennoch fühlte Johanna sich alles andere als gelassen. Ihr Herz schlug noch immer viel zu schnell. Sie fühlte sich unwohl. Verletzlich. Verwirrt. Sie war nicht auf eine Konfrontation mit ihrer Vergangenheit vorbereitet gewesen, und das Wiedersehen mit Paul hatte sie kalt erwischt.

»Ja, dann, lass dich mal nicht aufhalten.« Johanna wandte sich ab und stolperte davon. Sie schüttelte den Kopf über sich selbst und ihre merkwürdigen und widersprüchlichen Empfindungen. »Urlaubsreif«, schlussfolgerte sie auf dem Weg nach draußen. Sicher würde alles besser werden, wenn sie ein paar Tage Entspannung und guten Schaf hinter sich hatte. Dann würde sie nicht mehr so dünnhäutig auf alles und jeden reagieren. Johanna setzte die Kopfhörer wieder auf, drückte auf »Play« und marschierte vom Hof, über die Straße hinauf zum Kartoffelacker. Von dort aus setzte sie ihren Weg in den Wald fort und suchte sich ein ruhiges, schattiges Plätzchen. Die Musik vermochte sie nicht zu beruhigen, im Gegenteil, es war zu viel, also warf sie den Walkman samt Kopfhörer neben sich und lehnte sich mit dem Rücken gegen den Stamm einer alten Eiche. Es duftete nach Moos und feuchter Erde. In der Nähe hämmerte ein Specht. Blätter raschelten in einer leichten Brise über ihr. Sie schloss die Augen und dachte an die aufwühlende Begegnung im Stall zurück. Paul, dachte sie. Dass sie gerade ihm heute über den Weg hatte laufen müssen, stürzte sie in einen Zwiespalt aus Wiedersehensfreude und blankem Horror. Hoffentlich begegneten sie einander jetzt nicht häufiger, aber das würde sich ja wohl kaum vermeiden lassen, oder?

Kapitel 4

9. Mai 1945, Lüneburg

Der Flieder blühte neben der alten Stadtmauer im Liebesgrund. Die ausgebrannten Militärfahrzeuge hatte man noch immer nicht abtransportiert. In der Umgebung hatten einige Bomben eingeschlagen, tiefe Krater waren noch immer im grünen Rasen zu erkennen. Niemand kümmerte sich um den Abtransport der Wracks. Vielleicht beließ man sie dort als Mahnmal, vielleicht interessierte es aber einfach auch keinen, weil man anderes zu tun hatte – das Überleben zu sichern. Oder beides. Gestern hatte der britische Oberst Stansfeld die vollständige Kapitulation der Wehrmacht und damit das Ende dieses elenden Krieges vom Lüneburger Rathausbalkon verkündet. Vom Tausendjährigen Reich war nach wenigen Jahren nur die Reichsmark geblieben, aber selbst die war nichts mehr wert. Nun galt es für die Frauen und Kinder in einem Land ohne ihre Männer zu überleben. Das allein war schon hart genug, aber das alles auch noch fern der Heimat tun zu müssen, war für Netti und Tausende andere Flüchtlinge, die auch noch Haus und Hof verloren hatten, jenseits der Schmerzgrenze.

Netti stand mit Helmut vor einem Aushang, den die Besatzer an einen Baum angeschlagen hatten. Diese Informationsblätter fand man dieser Tage überall in der Stadt und Umgebung. Unter Androhung der Todesstrafe wurden die Bürger aufgefordert, sämtliche Waffen, Fotoapparate und Ferngläser abzuliefern. An der Turnhalle gab es eine Sammelstelle dafür. Außerdem galt nach wie vor die Ausgangssperre; Männer durften noch immer nicht aus dem Haus – als ob es noch viele gegeben hätte – Frauen und Kinder mussten jetzt zwischen einundzwanzig und sechs Uhr zu Hause sein. Zu Hause. Netti stieß die Luft aus. Das Zimmer, das sie kürzlich bezogen hatten, war kümmerlich, eine Gefahr für Leib und Leben. Es gab ein Bettgestell ohne Matratze, dafür umso mehr Ungeziefer und Dreck. Das konnte man wohl kaum ein Heim nennen. Aber sie wollte nicht undankbar sein, immerhin hatten sie ein Dach über dem Kopf und eine Tür, die sie hinter sich zumachen konnten; das war mehr, als viele andere hatten.

»Können wir endlich weitergehen?« Helmut zupfte ungeduldig an ihrem zerschlissenen Kleid. Er hatte kein Interesse an den Informationen der Besatzer, er wollte seine eigenen Abenteuer erleben.

»Natürlich, wir wollen die Parade ja nicht verpassen«, antwortete Netti.

Nettis Mutter und ihre Schwägerin Otti waren ihnen einige Schritte voraus, weil sie nicht stehen geblieben waren. Helmut und Netti holten die beiden schnell ein, und so setzten die vier ihren Weg gemeinsam fort. »Wo gehen wir überhaupt hin?«, fragte Otti leise. Sie lief wie eine alte Frau, kraftlos und gebeugt. Die Haut fahl und grau, die Wangen eingefallen, das Haar hing strähnig und glanzlos von ihrem Kopf.

»Wir gehen zur Ecke Adolf-Hitler-Straße …«, fing Netti an zu erklären.

»Nein«, unterbrach Helmut sie. »Die haben die Tommys doch jetzt in Lindenstraße umbenannt.«

»Ach, richtig. Na, jedenfalls, vor der Turnhalle haben wir bestimmt einen guten Platz zum Schauen. Die Briten halten ihre Siegesparade ab, und dabei werfen sie sicher Schokolade und Kekse, so wie sie es manchmal aus den Lkws beim Vorbeifahren tun. Vielleicht können wir was ergattern«, erklärte Netti geduldig, obwohl sie es Otti schon ein paar Mal erzählt hatte. Alles perlte von der Schwägerin ab; sie war mit Worten kaum mehr erreichbar. Sie war zwar körperlich lebendig, aber innerlich tot. Erst hatte Otti ihren Mann verloren und dann auch noch das kleine Karlchen, das auf der Flucht krank geworden war. Sie hatten nichts gegen das hohe Fieber tun können, er war einfach zu klein gewesen. Zu schwach. Sie hatten den Säugling nicht einmal begraben können, weil die Erde gefroren gewesen war. Abgelegt vor dem Pfarrhaus in einem Dorf, an dessen Namen Netti sich nicht mal erinnerte. Die Wirren der Flucht hatten in den endlosen Tagen und schrecklichen Nächten alles miteinander verwoben, und Netti war froh, dass sie vieles bereits vergessen hatte. Oder verdrängt. Beides war ihr recht, solange sie nicht wieder an diesen dunklen und kalten Ort des Grauens zurückkehren musste, und sei es nur gedanklich. Ohne den kleinen Helmut hätten sie vermutlich nicht den Willen gehabt, weiterzumachen und ihre Familie zusammenzuhalten.

Netti atmete aus und legte Helmut eine Hand auf die kleine Schulter. Für ihn würde sie alles tun, er hatte ein Recht darauf, dass sie für ihn kämpften, auch wenn Otti noch nicht so weit war. Bis sie sich erholt hatte, musste Netti gemeinsam mit ihrer Mutter alles tun, damit der Kleine in geordnete Verhältnisse kam. Gleich morgen würde sie wieder bei der Dame in der Notquartierstelle anklopfen, bis sie irgendwann in einer vernünftigen Unterkunft aufgenommen würden. Aber nicht heute. Heute würden sie den Tommys zujubeln und auf ein paar Krümel hoffen, um etwas in den Bauch zu bekommen.

Wie tief sie doch gesunken waren, dass sie auf Almosen angewiesen waren. Netti widerstrebte diese Armut, die Machtlosigkeit. Sie würde alles daransetzen, ihre Familie aus eigener Kraft versorgen zu können. Leider war sie bislang bei der Arbeitssuche erfolglos gewesen. Niemand stellte in diesen Zeiten eine Hauswirtschafterin ein, und schon gar keine, die aussah, als hätte sie die Haare wegen Läusen geschoren – oder Schlimmerem. Sie war in alte Lumpen gekleidet, die formlos an ihrem mageren Körper herabhingen. Sie wusste auch ohne Spiegel, dass sie schrecklich ausschaute. Aber ohne Geld gab es keine neue Ausstattung, ohne neue Kleidung und Schuhe keine ehrliche Arbeit. Da war es sogar zweitrangig, dass sie nicht mal ein Zeugnis ihres früheren Arbeitgebers hatte retten können. Sie hatten nichts mehr.

Das hier war ein anderes Leben, ein neues, nicht unbedingt ein besseres. Wie es den Menschen in der Heimat erging, die sich nicht den Trecks angeschlossen hatten, wollte Netti lieber nicht wissen.

In der Stadt wimmelte es mal wieder von Menschen; noch immer strömten unzählige Flüchtlinge mit Bollerwagen, Leiterwagen oder zu Fuß aus den Ostgebieten nach Lüneburg. Die alte Hansestadt war einer der wenigen Orte, die nicht in Trümmern lagen. Es war immer wieder bedrückend mit anzusehen, denn Netti wusste genau, was auf diese Menschen noch zukam. Erstaufnahme in der Turnhalle und damit die entwürdigende Ungezieferbehandlung, dann das Warten, das fortwährende Hungern, unter dem auch Nettis Familie noch litt, und natürlich die Perspektivlosigkeit. Hier wollte sie niemand. Hier war man unerwünscht. Eine zusätzliche Bürde.

Netti wandte den Blick ab und schaute auf die Straße. Von jetzt an musste es bergauf gehen. Sich selbst Mut zusprechend, setzten sie ihren Weg durch die Innenstadt zur großen Straße fort, auf der die Tommys ihre Parade abhalten wollten. »Und du gehst nicht stromern, hörst du? Du bleibst bei uns«, ermahnte sie Helmut streng.

»Jaja«, war alles, was der Junge erwiderte. Er war erst neun Jahre alt, aber führte sich manchmal auf, als wäre er erwachsen. Genug Schlimmes gesehen für ein ganzes Leben hatte er jedenfalls, dachte Netti besorgt.

Wenig später standen sie in der ersten Reihe, der Himmel über ihnen strahlte in einem hellen Blau. Ein paar Schleierwolken zogen über sie hinweg. Die Stimmung war nicht ausgelassen, eher skeptisch, aber es ging eine seltsame Faszination durch die Reihen derer, die es bisher gewohnt gewesen waren, dem Führer zuzujubeln. Doch jetzt baumelten nirgends mehr Hakenkreuzfahnen im Wind. Einige Jungen trugen dennoch die Uniformen der Pimpfe – vermutlich, weil sie sonst nichts anzuziehen hatten. Jeder Stoff war dieser Tage kostbar.

Helmut hatte sich ein paar Meter weiter zu einigen Knaben verdrückt, die er aus der Turnhalle kannte. »Gleich und gleich gesellt sich gern« war eben nicht nur eine blöde Plattitüde, auf sie traf es zu. Man konnte die Flüchtlinge fast ausnahmslos sofort erkennen, sie alle waren nur noch Haut und Knochen, ein erbärmlicher Anblick, während die Lüneburger gut genährt und besser gekleidet waren. Zumindest waren sie jedoch sauber, und Netti würde alles in ihrer Macht Stehende tun, um es hier ebenfalls zu etwas zu bringen. Netti war nicht neidisch, dennoch bedauerte sie, dass ihre Bemühungen bisher vergeblich gewesen waren, die Lüneburger dazu zu bewegen, ihre Speisekammern für die notleidenden Neuankömmlinge zu öffnen. Doch vielleicht hätte sie sich ja umgekehrt genauso verhalten, wer wusste das schon. Jeder war sich selbst der Nächste, hatte sie eben nicht auch den Blick vom Elend anderer abgewendet?

Es ging ein Raunen durch die Menge und lenkte sie von ihren trüben Gedanken ab, als die ersten Militärfahrzeuge aus der Uelzener Straße, wo das Hauptquartier der Engländer eingerichtet worden war, in die Lindenstraße einbogen. Dahinter marschierten die Soldaten, aber sie gingen nicht im gewohnten Stechschritt; sie zogen die Füße langsamer über das Pflaster, irgendwie lässiger. Dazu erklangen seltsame Töne, die sie noch nie gehört hatte. Sie hatten keine Eile, genossen jeden Meter, den sie durch die einstige Gauhauptstadt zurücklegten.

»Was ist das?«, fragte ihre Mutter Lise und zeigte auf die Männer in Röcken mit den seltsamen Musikinstrumenten.

Netti machte große Augen, das hatte auch sie nicht erwartet. »Das sind Schotten, und sie spielen Dudelsack.« Netti hatte größten Respekt für ihre Mutter, die ihr Schicksal mit Fassung und einer beinahe schon stoischen Gelassenheit ertrug, ohne dabei ihre Herzlichkeit zu verlieren. Sie war der Fels in der Brandung, auch wenn sie selbst alles verloren hatte. Mann. Sohn. Enkelkind. Ihr Zuhause. »Dudelsack?«, wiederholte ihre Mutter und in ihren Mundwinkeln zeigte sich ein leises Lächeln. Netti fiel eine Frau neben ihnen auf, die zwar zuschaute, aber alles andere als fröhlich dabei war. Die hagere Alte starrte die Besatzer bitterböse an, als seien sie schuld an ihrem Schicksal. Netti war dankbar, dass ihre Mutter durchhielt, nicht anderen die Schuld für ihre Probleme gab und sie dabei auch noch unerbittlich antrieb, wenn selbst Netti hoffnungslos war und bereit aufzugeben. Für sie war es ein Geschenk, dass sie auch heute noch zusammen sein konnten und gesund waren.

»Habe ich noch nie gehört«, meinte Mutter Lise jetzt. Otti stand steif neben ihnen, und es kam Netti so vor, als blickte Otti durch alles hindurch. Wohin auch immer. Es war beängstigend.

Die ersten grünen Kübelwagen brummten an ihnen vorbei, und wie erhofft warfen die Soldaten hier und da mit Päckchen um sich. Die Kinder stürzten sich darauf, Frauen winkten mit ihren Taschentüchern. Die Stimmung der Menge war schwer zu deuten; wenn Netti jemand gefragt hätte, dann hätte sie gesagt, einige wirkten erleichtert, dass der Krieg endlich vorbei war, doch viele blickten mindestens genauso sorgenvoll in eine Zukunft unter Besatzern. »Vielleicht wird ja jetzt wirklich alles besser«, murmelte Netti und sah, dass Helmut und seine Jungens sich die Bäuche hielten vor Lachen, während sie mit ihren Fingern auf die dudelsackspielenden Schotten zeigten.

»Was macht er denn da?«, schimpfte Netti und schüttelte den Kopf.

Offenbar war es den Schotten auch nicht entgangen; sie spielten zwar weiter, aber nun trotteten zwei Engländer in grünen Uniformen zu den Jungen und stellten sie zur Rede. Netti hörte nicht, was sie sagten, dazu war sie zu weit weg, aber einer zog Helmut die Ohren lang. Ein anderer Junge bekam eine Standpauke und eine Backpfeife. Netti hielt den Atem an. Wenn sie den Buben in die Finger bekam, würde sie ihm die Löffel noch zweimal lang ziehen. Dass er sich so respektlos verhielt, war gefährlich. Wer wusste schon, wie lange die Besatzungsmacht Geduld mit frechen Gören hatte?

Und dann geschah das Unfassbare … die Engländer. nahmen die Jungen mit; sie verließen die Parade mit den Bengeln am Schlafittchen und tauchten in der Menge ab. »Nein!«, stieß Netti hervor, ihr Herz setzte fast aus, sie erstarrte. »Nein!«

»Was ist?«, fragte Lise, die nicht mitbekommen hatte, was vor sich gegangen war. Otti starrte ohnehin nur ins Leere; jetzt war das vermutlich ein Vorteil, denn wenn sie mitbekommen hätte, wie ihr Sohn von Briten verschleppt wurde, wäre es wohl ganz aus gewesen mit ihr.

»Helmut …« Dann brach Nettis Stimme, weil sie einfach nicht wusste, was sie sagen sollte.

»Nun sag schon«, insistierte die Mutter und drückte Nettis Hand.

»Er hat die Schotten ausgelacht, dann haben sie ihn mitgenommen, es waren ein paar Jungen. O Gott, was werden sie mit ihnen tun?« Netti schnappte nach Luft. Bilder von Russen, die Buben und alte Männer wegen nichts an die Wand gestellt hatten, schossen ihr durch den Kopf. Sie sah die Soldaten der Roten Armee, die gezielt nach Jungen fragten, sie alle aufreihen ließen, um sie dann vor allen zu ermorden. Nur durch großes Glück war es ihnen gelungen, Helmut in jener Nacht zu verstecken. Panik flutete Nettis Adern, ihr Atem kam stoßweise, während kalter Schweiß auf ihrer Stirn stand. In dieser Sekunde wurde sie von jemandem angefasst, und sie erwachte aus ihren Erinnerungen.

Netti blickte in die sorgenvollen Augen ihrer Mutter. Die sagte kein Wort, sondern nickte ihr einfach zu. Alles würde gut werden, sollte das heißen. Netti nickte ebenfalls, denn sprechen konnte sie gerade nicht. Jetzt ging es um Helmut, sie musste ihn finden und vor was auch immer die Soldaten mit ihm vorhatten bewahren.

Dass Helmut die Schotten verspottet hatte, war ein wirklich schlimmes Vergehen. Respektlosigkeit wurde in jedem Fall hart bestraft. Sie konnten Helmut jederzeit … Netti schwankte, ihre Knie waren weich geworden. Ihr war schwindelig. Das Kind war alles, was ihnen geblieben war, ihm durfte nichts passieren.

»Ich muss hinterher!«, rief sie ihrer Mutter zu und rannte los. Leider kam sie nicht weit. Die Leute standen eng beieinander, niemand wollte ihr Platz machen, alle waren damit beschäftigt, den Besatzern zuzujubeln und deren Geschenke aufzufangen.

»Ich muss durch!«, kreischte sie immer wieder und bahnte sich ihren Weg, aber es dauerte eine Ewigkeit, sie kam nur langsam voran. Ihr Herz raste, ihr Atem kam keuchend.

Schließlich hatte sie es geschafft, aber von den Pimpfen und den Engländern war nichts mehr zu sehen. Netti rannte weiter bis zur nächsten Straßenecke.

Nichts.

Netti raufte sich das zottelige Haar, während sie fieberhaft überlegte, wohin sie gehen sollte. Sie hatte keine Ahnung, wusste nicht, wen sie ansprechen konnte. Obwohl die Stadt aus allen Nähten platzte, war sie allein. Alle schienen der Parade beizuwohnen. Als Erstes versuchte sie es beim Hauptquartier in der Uelzener Straße 31a, einer Villa mit einem hübschen Erker, vor dem Rosensträucher blühten. In der Auffahrt standen zwei Wachposten mit MGs. Auf die Männer mit dem strengen Blick steuerte sie direkt zu und sprach sie sogleich auf Englisch an. Insgeheim dankte sie ihrem Vater, dass er darauf bestanden hatte, sie zu unterrichten, auch wenn Netti damals noch gedacht hatte, dass sie Englisch niemals brauchen würde. »Entschuldigen Sie bitte, mein neunjähriger Neffe wurde von zwei ihrer Kollegen von der Parade mitgenommen.«

Die beiden rührten sich nicht.

»Entschuldigung?«, machte sie noch einmal auf sich aufmerksam.

Schließlich hatte einer der beiden Mitleid. »Gehen Sie, Miss, Sie haben hier nichts zu suchen.«

»Aber mein Neffe!«, insistierte sie und spürte, dass sie den Tränen nah war.

»Wenn er was angestellt hat, wird er bestraft«, erwiderte der Soldat knapp. Dass ihm gleichgültig war, was mit Helmut geschah, war offensichtlich.

Nettis Herz klopfte wild. Sie wollte sich nicht ausmalen, wie Züchtigungen bei Engländern aussahen. »Wo kann ich ihn finden?«

»Das ist nicht unsere Aufgabe. Wenn Sie auf ihre Nazigören nicht aufpassen können, ist das Ihr Problem.« Unfreundlich richtete er seinen kalten Blick wieder geradeaus.

Netti begriff, dass es zwecklos war, es an dieser Stelle noch weiter zu versuchen. Sie überlegte fieberhaft, was jetzt zu tun war, während sie ein paar Schritte ging. Sie kam am Kurpark vorbei, dessen Eingänge versperrt und mit Stacheldraht abgezäunt waren. »Nur für Engländer«, stand auf einem Schild, das vor ein paar Tagen noch nicht da gewesen war. Die Sieger nahmen sich, was sie wollten. Häuser wurden beschlagnahmt und Wohnungen, und das, wo die Not auch so schon groß war. Aber von Kindesentführungen hatte sie bisher noch nichts gehört. »Was soll ich nur machen«, murmelte sie verzweifelt und spürte heiße Tränen auf ihren Wangen. Sie musste ihn finden, es erklären, ihn beschützen. Vor allem das.

Netti setzte ihren Weg fort und rannte zur nächsten Kaserne, die sie kannte. Das Gebäude war nicht weit entfernt, dennoch war sie völlig entkräftet, als sie am Tor ankam. Die Mangelernährung der letzten Monate forderte ihren Tribut, aber sie konnte sich nicht erlauben zusammenzubrechen. Nicht jetzt. Nicht hier. Rücken gerade. Schultern zurück. Sie guckte sich atemlos um.

Auch hier gab es einen Wachposten, seine Reaktion war nicht freundlicher als bei jenem in der Uelzener Straße. »Bitte, es muss doch irgendjemanden geben, der mir etwas sagen kann«, flehte sie mit tränenerstickter Stimme, nachdem sie von Helmut berichtet hatte.

»Ich darf nicht mit Ihnen sprechen und ich möchte es auch nicht.«

»Gibt es eine Behörde, bei der ich mich melden kann?«, bohrte sie weiter.

Die Engländer hatten längst alle wichtigen Ämter besetzt; die Nazis waren rausgeschmissen, und die Tommys führten ihre eigenen Listen. Bestimmt gab es irgendwo ein Büro, bei dem sie sich als Angehörige melden konnte. Sie würden die Jungen doch nicht in das schreckliche Lager zu den deutschen Soldaten stecken, oder? Das hätte Helmut nicht überstanden.

Die Hilflosigkeit machte Netti wahnsinnig.

Netti irrte Stunden umher, fragte überall und jeden. Sie konnte und würde nicht ohne Helmut zurückkehren; Mutter und Otti zählten auf sie. Aber niemand hatte etwas gesehen. Vielleicht wollten die Menschen auch nichts sehen. Netti war am Ende ihrer Kräfte; völlig erschöpft sank sie schließlich auf die Knie und ließ den Kopf hängen. Sie konnte nicht mehr. Sie spürte dumpfe Schmerzen. Die Dämmerung hatte sich über die Stadt gelegt, kaum jemand war noch unterwegs. Sie hatte keine Ahnung, wie spät es war, aber vermutlich längst nach neun. Ich missachte die Ausgangssperre, schoss es ihr durch den Kopf. Sollte sie sich vielleicht einfach festnehmen lassen, um zu Helmut zu gelangen?

»Hallo? Sie da? Was ist mit Ihnen?«, sprach sie jemand auf Englisch an. »Sind Sie krank?«

Sie hob müde den Kopf und blinzelte. Die kakifarbenen Uniformen waren ihr mittlerweile so vertraut, dass sie nicht mehr erschrocken war, einen Soldaten mit rotem Käppi vor sich zu sehen. Seine Stiefel glänzten selbst im schwachen Abendlicht. Er musste einen recht hohen Rang bekleiden, das zeigte schon seine stolze Haltung, die hochgewachsene, schlanke Figur.

»Ich … kann nicht mehr«, gab sie ehrlich zu, ihre Stimme zitterte.

»Kommen Sie, ich helfe Ihnen auf.« Der Mann reichte ihr die Hand und zog sie mühelos auf die Beine. Ihr war ein wenig schwindelig, sie schwankte.

»Oh, oh, seien Sie vorsichtig.« Er stützte sie.

»Es geht schon. Es geht schon.« Netti taumelte einen Schritt.

»Was machen Sie hier draußen?«, wollte der freundliche Soldat wissen.

Noch einmal erklärte Netti, dass sie ihren Neffen seit Stunden erfolglos suchte, dass sie furchtbar verzweifelt war, dass Helmut alles war, was ihnen nach der Flucht noch geblieben war. Und dann brach sie in Tränen aus. Ihre Schultern bebten. Sie schluchzte und konnte sich einfach nicht beherrschen. Der Engländer rührte sich nicht, sondern stand stocksteif vor ihr. Und dann, sie hatte keine Ahnung, woher der Gedanke kam, erinnerte sie sich an die Begegnung vor einigen Tagen. *Sollten Sie mal Probleme haben, fragen Sie nach mir.* »Kennen Sie Major Gordon Kinney? Vielleicht kann er helfen?«, schniefte sie.

»Junge Dame«, antwortete der Soldat höflich. Das *»young lady«* klang irgendwie albern, da er kaum älter als sie sein konnte. »Ich weiß nicht, woher Sie ihn kennen, aber ich dürfte gar nicht mit Ihnen reden. Es ist uns verboten.«

Sag mir mal was Neues, dachte sie erschöpft.

»Dann nehmen Sie mich doch fest und bringen Sie mich dorthin, wo Sie alle hinbringen, die Sie festnehmen.«

Er seufzte theatralisch, als ob er es für äußerst irrsinnig hielt, sie in ein Gefängnis zu werfen. »Das werde ich nicht tun. Wo leben Sie? Ich bringe Sie nach Hause.«

Beinahe hätte sie gelacht; er hatte wohl kaum vor, mehrere Hundert Kilometer ostwärts mit ihr zu laufen. »Nein! Ich muss meinen Neffen finden«, erwiderte Netti stattdessen. Sie wunderte sich selbst, wie fest ihre Stimme auf einmal klang.

»Sie müssen von der Straße, nicht alle sind so … nett wie ich. Verstehen Sie? Sie wollen doch keinen Ärger, oder? Die Ausgangssperre zu missachten ist ein schweres Vergehen.«

Auf Netti lastete immenser Druck, ihre Lieben zählten auf sie, man durfte sie nicht auch noch verhaften. Sie holte Luft und dachte an Helmut. Ob es ihm gut ging? Sie überlegte fieberhaft, was sie sagen oder tun sollte.

»Wir bringen keine Kinder um«, ergänzte der Soldat mit ruhiger Stimme. Dann wechselte er mühelos ins Deutsche. »Wo haben Sie eigentlich so gut Englisch gelernt?« Er sprach mit Berliner Dialekt, was Netti überraschte. Ein Engländer? Mit Berliner Schnauze?

»Mein Vater war Lehrer, in Ostpreußen, er hat mich unterrichtet.«

»Verstehe. Ich bin übrigens Staff Sergeant Davidsson.«

Nettis Mund wurde trocken. Davidsson?

War er ein Jude, der nach England geflohen war? War das womöglich ein Test, wie sie auf ihn reagierte? Sicher hielt er sie auch für eine Nazifrau, die es verdient hatte zu leiden. Ihr Mut sank, er würde garantiert nichts für sie tun. Sein Volk hatte unter den Nationalsozialisten am meisten gelitten, das war Netti klar, seit sie die schrecklichen Bilder gesehen hatte, die die Engländer überall herumzeigten, um die Deutschen auf ihre Kriegsvergehen und ihre Schuld hinzuweisen.

»Netti Schlewitz«, sagte sie und reichte ihm die Hand, auch auf die Gefahr hin, dass er sie ignorierte. Sie hob ihren Blick und hielt seinem stand.

Für einen Augenblick glaubte sie, er würde sie nicht begrüßen, aber dann drückte er doch beherzt zu, und ein leises Lächeln umspielte seinen schmalen Mund. »Freut mich, Fräulein Schlewitz. Ich will sehen, was ich für Sie tun kann. Major Kinney, sagten Sie? Woher kennen Sie ihn?« Die beinahe steife Höflichkeit des Soldaten überraschte sie noch immer. Sie war es nicht mehr gewohnt, freundlich behandelt zu werden. Vermutlich freute er sich nicht wirklich, sie kennenzulernen, es klang eher wie eine alltägliche Floskel; dennoch fühlte sie sich nicht unwohl in seiner Gegenwart.

»Ich kenne ihn nicht wirklich, aber … er hat meinem Neffen Schokolade gegeben und ich habe mich bedankt.« Das war natürlich nicht ganz richtig, da er ja den anderen Major mit den grünen Augen dazu gebracht hatte, Helmut die Leckerei zu geben, aber anders wusste sie es nicht auszudrücken.

»Ich bringe Sie zu Ihrem Zuhause«, erklärte Staff Sergeant Davidsson jetzt.

»Nein, nicht nötig. Danke. Ich kenne den Weg.«

»Na schön. Aber Sie versprechen mir, dass Sie direkt zu Ihrer Unterkunft gehen, wenn ich verspreche, mich nach Ihrem Neffen zu erkundigen?«

Netti nickte. Sie glaubte ihm; sie hatte keinen Grund, ihm zu misstrauen. Wenn er ihr nicht hätte helfen wollen, hätte er es nicht anbieten müssen. Ein winziger Hoffnungsschimmer keimte in ihr auf. »Wo soll ich mich melden? Und wann? Bei wem?« So viele Fragen schossen ihr durch den Kopf, ihr war noch immer leicht schwindelig.

»Kommen Sie morgen früh zur Scharnhorst-Kaserne.«

»Soll ich nach Ihnen fragen, oder bekommen Sie dann Ärger?«

Er lachte leise. »Wegen der Verbrüderung? Keine Angst, ich bekomme keinen Ärger, aber Sie vielleicht, wenn Sie jetzt nicht endlich gehen. Fragen Sie morgen am Wachposten nach Staff Sergeant Davidsson. Wann haben Sie zuletzt etwas gegessen?«

Netti zuckte die Schultern, weil sie keine Antwort wusste. Er zog ein Päckchen aus seiner Rocktasche. »Hier, vielleicht schmeckt es Ihnen.«

»O mein Gott, vielen Dank.« Ein zarter Duft nach Brot und Gurken stieg ihr in die Nase.

»Jetzt gehen Sie, Fräulein Schlewitz. Rasch!«

»D-danke«, stammelte sie und stolperte davon.

Als Netti in die Reitende-Diener-Straße zurückkehrte, saß Otti mit ihrer Mutter auf dem Bett, Stühle gab es keine, auch keinen Tisch. Dem nackten Bettgestell hatten sie mittlerweile eine Matratze verpasst, die aus zusammengenähten Kartoffelsäcken, die sie mit Stroh gefüllt hatten, bestand. Beide schauten sie mit Sorge und gleichzeitig erwartungsvoll an. »Ich weiß nicht genau, wo Helmut ist, aber sie werden ihm nichts tun, und ich soll mich morgen um neun bei der Scharnhorst-Kaserne bei einem Offizier melden. Und jetzt essen wir etwas.«

Sie berichtete kurz, was geschehen war, setzte sich zu den beiden Frauen auf den Boden und packte das Sandwich aus. Zum ersten Mal in ihrem Leben sah sie weißes, weiches Brot, das mit Gurken und Butter belegt war. »So was mögen die Engländer?«, fragte ihre Mutter überrascht.

»Scheint so.« Netti lächelte schwach.

Wir bringen keine Kinder um, hallte der Satz des schlanken Offiziers in ihrem Kopf nach und beruhigte sie ausreichend, um ihr Drittel des Brotes essen zu können. Satt war sie danach zwar noch nicht, aber ein wenig war besser als gar nichts. Ihre Gedanken wanderten zu Helmut. Sie schwieg, denn sie wollte niemandem Angst machen, aber Netti fürchtete sich vor dem, was er jetzt womöglich gerade erleiden musste. Ob sie ihn jemals wiedersehen würden?

Kapitel 5

Juni 1993, Lüneburg

Johanna war schlecht gelaunt, als sie am Montagmorgen aus den Federn kroch und ins Badezimmer tapste. Der Boden knarzte unter ihren Füßen. Sie schloss die Tür hinter sich und drückte Zahnpasta aus der Tube auf die Borsten ihrer Bürste. Als sie am Freitag aus Köln gekommen war, hatte sie sich alles so einfach vorgestellt. Erst einmal ausspannen, die Urlaubstage genießen, ausschlafen und nachdenken. Heute, einige Tage später, sah es ganz anders aus. Sie war unruhig, und die Ungewissheit, wie und wo es für sie weitergehen konnte, nagte stärker an ihr, als ihr lieb war. Gleichzeitig konnte sie mit niemandem darüber sprechen; es war zu kompliziert – und sie schämte sich dafür, dass sie drei Jahre lang die Geliebte eines verheirateten Familienvaters gewesen war. Bis zuletzt hatte sie sich eingeredet, dass Arnold unglücklich in seiner Ehe und sie seine Rettungsinsel sei. Dass Johanna dabei gewesen war, eine Familie zu zerstören, hatte sie stets verdrängt. Wenn er mit seiner Frau glücklich wäre, würde er sich keine Geliebte suchen, hatte sie sich immer wieder eingeredet. Heute konnte sie es nicht mal mehr vor sich selbst rechtfertigen; sie war in diesen drei Jahren moralisch so tief gesunken, dass sie sogar ihrer Oma nicht davon berichten wollte, obwohl diese sie garantiert nicht verurteilt hätte, weil sie ihre Enkelin immer unterstützte, egal, welchen Mist sie gebaut hatte.

Johanna bürstete ihre Zähne in kleinen Kreisen und vermied es dabei, in den Spiegel zu sehen. Sie fühlte sich schuldig und schäbig; es war beinahe so, als käme alles erst jetzt hoch, wo die verbotene Liebschaft beendet war.

»Verdammt«, murmelte sie mit vollem Mund, dann spülte sie ihn aus, duschte kurz und zog sich etwas Sauberes an, ehe sie nach unten ging.

Es war still im Haus, und die Uhr in der Küche tickte umso lauter und zeigte, dass es schon kurz nach zehn war. Oma und Opa waren sicher längst wegen ihrer täglichen Pflichten unterwegs. In der Glaskanne stand noch Kaffee auf der Platte, der Schalter der Mitropa-Maschine leuchtete rot. Johanna holte eine Tasse aus dem Schrank, goss sich ein und kippte einen Schluck Milch aus dem Kühlschrank dazu. Es gab auch Kaffeesahne in einer kleinen Flasche mit Plastikdeckel, aber die mochte sie nicht. Dazu knabberte sie einen der Haferkekse, die noch warm auf dem Blech lagen und verführerisch dufteten. »So geht's nicht weiter«, murmelte sie. Dann fiel ihr Blick auf ein Magazin, das auf dem Küchentisch lag. Johanna nahm sich noch ein Plätzchen, setzte sich mit ihrem Kaffee und blätterte das Klatschblatt durch, das Oma wegen der Adelsgeschichten so gern las. Sie schmunzelte über Omas Eigenarten; so praktisch veranlagt sie auch war, so sehr interessierten sie Seifenopern und Tratsch über die Reichen und Schönen. Johanna fand es zwar befremdlich, dass der Prince of Wales seine Frau Diana mit seiner Jugendliebe Camilla betrog, aber ansonsten berührten sie die aktuellen Schlagzeilen über das Königshaus nicht. Es erinnerte Johanna an die Kolleginnen auf ihrer Station, die so gern in der Kaffeepause in ähnlichen Magazinen geblättert hatten. Ein wenig vermisste sie den Trubel und den Umgang mit den Patienten, gleichzeitig war sie froh, dass sie jetzt Gelegenheit hatte, sich von den langen Schichten ein wenig zu erholen. Johanna überflog den Artikel, in dem Auszüge aus dem Mitschnitt eines Telefonats zwischen den heimlichen Liebenden abgedruckt waren.

»Meine Güte«, stieß Johanna hervor. »Lass mich dein Tampon sein?« Angewidert verzog sie das Gesicht. Schon seltsam, wie skurril manche Leute so drauf waren. Für Lady Di tat es ihr leid; es war eine Demütigung sondergleichen, dass die ganze Welt von Charles' Untreue erfuhr. Die arme Frau.

Johanna fühlte sich unwohl, ihr eigenes schlechtes Gewissen wog immer schwerer. Sie hatte in dieser Geschichte die Rolle der Camilla eingenommen. Johanna kannte Arnolds Frau zwar nicht, hatte sie sich aber immer als liebloses Monster vorgestellt. So konnte man Lady Di nicht bezeichnen, absolut nicht. Vielleicht war auch Arnolds Frau wie die Prinzessin ein Opfer in dieser Geschichte.

»O Gott!« Johanna seufzte, fuhr sich mit der Hand über das Gesicht und blätterte dann eilig weiter. Ihr Blick fiel auf einen Artikel aus Afrika über eine Frau, die bei Ärzte ohne Grenzen arbeitete. Neben ihr standen viele glücklich lächelnde, sehr dünne Kinder, die mit ihren großen, vertrauenden Augen in die Kamera blickten. Sie hatte schon oft fasziniert über diese so wichtige Arbeit gelesen und einige Dokumentationen angesehen, es aber nie für sich in Betracht gezogen, weil sie sich nicht getraut und gleichzeitig gebunden gefühlt hatte. Vielleicht wäre jetzt der richtige Zeitpunkt, mutig zu sein, überlegte Johanna. Zumindest wäre sie dann auf einem anderen Kontinent gewesen. Ein glatter Schnitt, weit weg und ohne Ballast.

Sie überflog den Artikel und riss die Seite aus der Zeitung, Oma hatte nichts dagegen, solange sie keine Rezepte schredderte. Vielleicht würde sie eine Bewerbung an diese Organisation schicken. Dazu brauchte sie allerdings ihre Unterlagen und ein Arbeitszeugnis der Kölner Uniklinik. Die alten Schul- und Ausbildungszeugnisse hatte sie in einer Mappe im Auto, das war nicht das Problem; für das neue, welches das wichtigste war, würde sie wohl die Personalabteilung anrufen müssen. Die würde es sonst ohnehin zu ihrer alten Adresse schicken, und einen Nachsendeauftrag hatte sie noch nicht gestellt, weil sie keine Ahnung hatte, welche Adresse sie dafür angeben sollte. Die Nummer der Klinik konnte sie auswendig, daher ging sie gleich in den Flur, nahm den Hörer des froschgrünen Telefons ab, steckte den Zeigefinger in die Scheibe und wählte.

Von der Zentrale ließ sie sich mit der Personalabteilung verbinden und teilte dort mit, dass das Arbeitszeugnis bitte so schnell wie möglich an die Adresse ihrer Großeltern mit Zusatz »zu Händen Johanna Winter« geschickt werden sollte. Als sie auflegte, fühlte sie sich elektrisiert und überlegte schon, wie sie das Bewerbungsschreiben formulieren konnte. Immerhin einen Schritt war sie weitergekommen. Was brauchte sie noch? Sie kratzte sich am Kopf. Ach ja, aussagekräftige Bewerbungsbilder. Froh, etwas Sinnvolles zu tun zu haben, um sich nicht mit sich und ihren Gedanken befassen zu müssen, schlüpfte sie in ihre Schuhe und steckte sich zwanzig Mark aus ihrer Geldbörse in die Hosentasche, dann verließ sie das Haus. Sie blinzelte gegen die Sonne. Auch heute war es drückend heiß und schwül. In der Tagesschau hatten sie gestern gesagt, dass in weiten Teilen Norddeutschlands mit Gewittern zu rechnen sei. Überrascht hätte es sie nicht; der Himmel war trüb und sie fing schon jetzt an zu schwitzen.

Opa Walter, mit Latzhose und Unterhemd bekleidet, kam mit einer Fuhre Mist auf der Schubkarre aus dem Stall gelaufen. Es sah merkwürdig aus, weil das eine Bein steif war, aber er hatte über die Jahrzehnte eine ganz eigene Technik entwickelt. Johanna wusste, dass es gegen seine Ehre ging, wenn man ihm

Hilfe anbot. Er wollte seinen Kram selbst erledigen, er hatte seinen Stolz. »Hallo, Opa!«, rief sie deshalb und winkte ihm fröhlich zu. »Hast du alle mit Heu versorgt?«

»Moin, Mädchen. Aber sicher, Boxen sind auch schon ausgemistet. Und du? Hast du gut geschlafen?« Er lächelte, blieb kurz stehen und setzte die Schubkarre ab, um zu verschnaufen.

»Ja, sehr gut. Ich wollte eigentlich helfen, aber ich habe meinen Wecker überhört.«

»Das ist gut so! Du sollst schlafen, ich kann das gut allein.«

Johanna spürte, dass Opa seine Arbeit auch heute noch wie am ersten Tag liebte, deshalb protestierte sie nicht. Trotzdem nahm sie sich vor, ihm künftig ein wenig zur Hand zu gehen, solange sie hier war.

»Sag mal, kann ich mir mal Omas Fahrrad ausleihen? Ich muss was in der Stadt erledigen. Wo steckt sie überhaupt?«

»Bei den Hühnern, nehme ich an. Oder in ihrem Garten; du weißt doch, wie sie ist. Das Rad steht im Schuppen.«

»Okay, danke. Ich such sie mal, vielleicht braucht sie noch was, was ich mitbringen kann.«

»Viel Spaß, Hannchen«, rief Opa ihr noch hinterher, während sie schon auf dem Weg ums Haus herum war. Die Hühner pickten in ihrem Gehege, also war Oma schon fertig mit dem Füttern. Dann entdeckte sie sie auf einer alten Gummimatte im Beet kniend, das ebenfalls eingezäunt war. »Guten Morgen!«, rief Johanna und trat näher an den hüfthohen Lattenzaun. Ihr fiel auf, dass er ein wenig Farbe vertragen konnte, vielleicht war das ja etwas, was sie in den nächsten Tagen für ihre Großeltern übernehmen konnte.

»Guten Morgen, Hannchen. Gut geschlafen?«, fragte Oma.

»Ja, viel zu lange.« Sie lächelte verlegen.

Oma winkte ab, ihre Hände waren voller Erde, auf dem Kopf trug sie einen alten Strohhut. Aus der quietschbunten

Kittelschürze ragten die gebräunten nackten Arme hervor. »Ach, geh, wann soll man schlafen, wenn nicht im Urlaub?«

Johanna grinste. Und das von Oma, die sich auch am Samstag und Sonntag ihren Wecker auf exakt Viertel vor sieben stellte, damit sie ihre Aufgaben alle zeitig erledigen konnte. »Kann ich mir dein Fahrrad ausleihen?«, wollte Johanna wissen.

»Willst du Rike besuchen? Die würde sich bestimmt freuen. Sonst bist du ja immer nur kurz da, aber jetzt hättest du mal Zeit dafür, oder?«

Rike.

Johanna spürte, wie sich etwas in ihr zusammenzog. Einst waren Rike und sie beste Freundinnen gewesen, aber das war lange her. Zu lange, als dass sie einfach plötzlich vor ihrer Tür stehen und klingeln konnte. Johanna wusste ja nicht mal, wo sie mittlerweile wohnte. »Äh, später vielleicht«, wich sie aus. »Ich muss etwas in der Stadt besorgen, soll ich für euch noch etwas mitbringen?«

Oma überlegte. »Nein, danke. Aber lieb, dass du fragst. Bist du dann zum Essen gar nicht da?«

»Zum Mittagessen? Nein, denke nicht. Mach dir mal um mich keine Gedanken, ich bin ja schon groß.« Sie schmunzelte.

»Das weiß ich doch, Hannchen. Vergiss nicht, das Fahrrad abzuschließen, damit es niemand klaut, ja? Die Zahlenkombination kennst du?«

»Dein Geburtstag?«

Oma nickte und lächelte. »Aber zum Abendessen bist du zurück?«

Johanna lachte. »Wo sollte ich mich denn sonst rumtreiben, Oma?«

»Hätte ja sein können, dass du mal deine alten Freunde besuchst. Deine Eltern sind ja nicht zu Hause.«

»Äh, ja. Klar, habe ich auch vor.« Johanna war froh, dass ihre Eltern ein paar Tage verreist waren; so konnte sie den ewigen Diskussionen über die immer gleichen Themen aus dem Weg gehen.

Als Johanna Omas altes schwarzes Fahrrad, das sie seit Jahrzehnten besaß, aus dem Schuppen schob, dachte sie wieder an Rike. Was wohl aus ihr geworden war? Wie sah sie heute aus? Vermutlich würde Rike sowieso nicht mit ihr sprechen wollen. Außerdem wusste Johanna gar nicht, wo ihre ehemals beste Freundin jetzt wohnte und was sie so machte. Anscheinend hatte Rike die Gegend aber nicht verlassen, sonst hätte Oma sie nicht erwähnt. Johanna wusste, dass Rike wütend auf sie gewesen war, als sie nach dem Schulabschluss ohne ein Wort nach Köln gegangen war, um dort ihre Ausbildung als Krankenschwester zu beginnen. Johanna hatte es damals schlicht nicht ertragen, weiter in Lüneburg zu wohnen; sie hatte einen klaren Schnitt zu ihrem gewohnten Umfeld, zu ihrer Clique gebraucht, das hatte auch den Kontakt zu ihrer besten Freundin beinhaltet, selbst wenn es hart gewesen war. Sehr hart.

Eine enge Freundschaft hatte sie seitdem zu niemandem mehr aufgebaut. Sie hatte zwar viele Bekannte in Köln, das schon. Aber es gab keinen, den sie in größter Not angerufen hätte, wenn sie Hilfe brauchte. Da wäre ihre erste Wahl immer noch Oma gewesen, dachte sie mit einem leisen Lächeln auf den Lippen, als sie sich auf den alten Drahtesel schwang und in die Pedale trat. Schon bald war sie außer Puste; sie hatte ganz vergessen, wie steil der Anstieg über den Hasenburger Bach zur Schule hinauf war. Auf der Hälfte der Strecke musste sie absteigen und schieben; erst als sie am Schulzentrum in Oedeme vorbei war, stieg sie wieder auf und radelte weiter.

In der Fußgängerzone der Innenstadt schloss sie Omas Fahrrad an eine Laterne an und ging in die Grapengießerstraße zu Foto Tengeler. Sie wischte sich über die Stirn. »Mist, verdammter!«, schimpfte sie leise. »Ich bin völlig verschwitzt, die Fotos werden sicher grauenhaft.« Hoffentlich hatten die Leute etwas Puder im Atelier, sonst würde Johanna auf den Bewerbungsbildern wie eine Speckschwarte glänzen. Aber jetzt war sie schon mal da, also drückte sie die Tür auf und trat in den kühlen Hausflur. An den weißen Wänden hingen Fotografien aus verschiedenen Jahren der langen Firmengeschichte, viele davon waren in schwarz-weiß. Eines zeigte eine lange Schlange von Menschen, die nach dem Krieg anstanden, um ein Foto für neue Papiere schießen zu lassen. »Wahnsinn«, murmelte Johanna. Sie musste Oma mal fragen, wie das früher eigentlich genau gewesen war. Heute hätte sich niemand mehr in eine hundert Meter lange Reihe gestellt für ein mickriges Passbild.

»Guten Tag«, sprach sie eine weibliche Stimme an. Johanna kam sie vage bekannt vor. Als sie sich zu der Person umdrehte, stockte ihr der Atem.

»Rike«, murmelte sie tonlos. Mit ihr hatte sie ganz bestimmt nicht gerechnet.

O Gott!

Sie schnappte nach Luft und versuchte, sich zu fangen.

Ihre Freundin hatte ein paar Kilo zugelegt, die blonden Haare trug sie zu einem akkurat geschnittenen Pagenkopf. Sie hatte einen hellen Rock und eine luftige Bluse an.

»Johanna? Bist du das?« Rike war blass geworden, sie lächelte nicht.

Johanna wollte so viel erklären, so viel sagen, aber kein Wort kam über ihre Lippen. Sie nickte nur.

»Was kann ich für dich tun? Willst du … Fotos machen lassen?« Die Wiedersehensfreude war verhalten, natürlich. Johanna war flau im Magen.

»Du arbeitest hier?«, stammelte Johanna schließlich in die unangenehme Stille.

Rikes Blick sprach Bände. *Hast du vergessen, dass ich Fotografin werden wollte?*

Nein, das hatte sie natürlich nicht. Aber sie hatte keine Ahnung gehabt, dass Rike hier bei Tengeler beschäftigt war. Es war schließlich nicht das einzige Fotoatelier in der Stadt.

»Es ist schön, dich wiederzusehen«, murmelte Johanna schüchtern.

»Ach ja?« Die Skepsis war Rike deutlich anzusehen, und Johanna konnte es ihr nicht verübeln; wäre sie an Rikes Stelle gewesen, hätte sie ganz ähnlich reagiert.

»Es tut mir leid, dass ich mich nicht gemeldet habe«, gab Johanna kleinlaut zu. Es war keine Lüge, es war die reine Wahrheit, und doch hätte sie heute wieder genauso gehandelt. Es war die einzige Möglichkeit gewesen, wie sie mit all dem Drama hatte umgehen können. Ein klarer Schnitt, den hatte sie gebraucht.

Rike zuckte die Schultern. »Das Leben geht weiter, du wirst deine Gründe gehabt haben. Also, was kann ich für dich tun?« Ihr Tonfall klang geschäftsmäßig. Kühl.

Johannas Herz wurde schwer. Sie hatte sich immer vor diesem Moment gefürchtet, dennoch hatte sie gehofft, dass … nein, sie hatte gar nichts gehofft. Nach allem, was passiert war, konnten sie so oder so nie wieder an ihre alte Freundschaft anknüpfen. »Ich brauche Bewerbungsbilder«, erklärte sie daher. »Aber wenn es jetzt nicht passt, komme ich einfach ein andermal wieder.«

Für eine Sekunde glaubte Johanna, Erstaunen in Rikes Augen aufblitzen zu sehen, dann war ihr Gesicht wieder ausdruckslos. Geschäftsmäßig. Professionell. »Du hast Glück, bei dem Wetter kommt heute kaum jemand und ich habe Zeit. Hier entlang bitte.« Sie zeigte mit der Hand in einen angrenzenden Raum, den Johanna natürlich kannte. Ihre Familie ließ alle Fotos hier anfertigen. In Omas und ihrem Elternhaus hingen diverse Kinderbilder der Geschwister mit über die Jahre wechselndem Hintergrund.

»Falls du dich noch mal im Spiegel ansehen willst …« Rike wies auf einen kleinen Schminktisch, auf dem Kosmetiktücher und tatsächlich ein Döschen mit Puder standen.

»Ja, danke.«

»Ich bereite dann mal alles vor.« Rike würdigte sie keines Blickes mehr, rückte einen Drehstuhl in die Mitte des Raumes, zog eine weiße Leinwand dahinter nach oben und knipste ein paar Lampen an.

Johannas Wangen waren gerötet, ihre Augen wirkten im Spiegel riesengroß. Schnell fasste sie die dunklen Locken im Nacken mit einem Band zusammen, dann trug sie ein wenig Puder auf. Besser würde es nicht mehr werden. Wenn die Bilder schrecklich waren, würde sie einfach ein andermal wiederkommen. Oder nein, sie würde wohl eher zu einem anderen Fotografen gehen, um nicht noch einmal in Rikes wütende Augen blicken zu müssen, die Johannas Einsamkeit spiegelten.

Wenig später saß Johanna auf dem Drehstuhl und richtete ihr Gesicht in Richtung der Kamera. Rike stand hinter dem Stativ und spielte an den Einstellungen herum. »Bitte den Körper etwas nach links drehen und dann zu mir schauen.«

Johanna befolgte ihre Anweisungen und fühlte sich dabei äußerst unwohl. Verletzlich. Das helle Licht trug noch dazu bei, dass sie glaubte, geradezu durchsichtig zu sein.

»Wenn du ein wenig lächeln könntest, nicht zu viel«, forderte Rike sie auf, nicht unfreundlich, aber auch nicht gerade nett.

Johanna lächelte, es fühlte sich wie eine Fratze an.

Rike seufzte und schaute sie über die Kamera hinweg an. »Sag mir einfach nur, warum, Johanna? Was habe ich dir getan?«

Johannas Mund klappte auf. Sie blinzelte. »Was?«

Rike trat neben die Kamera. Sie stemmte die Hände in die Hüften. »Ich habe gedacht, wir wären Freundinnen.«

»Das waren wir.« Johanna atmete aus.

Rike runzelte die Stirn. »Freunde lassen sich nicht gegenseitig im Stich, Johanna. Du bist einfach ohne ein Wort verschwunden. Du hast mich ohne Vorwarnung aus deinem Leben entfernt, als wäre ich ein Geschwür.«

Johanna wusste, dass Rike recht hatte. Sie senkte den Kopf, starrte auf ihre Hände. »Ich konnte damals nicht anders.«

Das war die Wahrheit, trotzdem wusste Johanna, dass es unfair gewesen war.

»Glaubst du, nur für dich war es tragisch?«

»Nein, natürlich nicht.« Johanna blinzelte und sah ihre Hände kaum mehr. Tränen verschleierten ihr die Sicht.

»Es war damals doch sehr einfach für dich, alles und jeden hinter dir zu lassen. Das hat wehgetan, aber ich bin drüber weg. Ich wollte es nur verstehen.«

Sie schaute auf. Rikes blaue Augen funkelten wütend. Johanna wünschte sich nichts sehnlicher, als dass sie damals die Kraft gehabt hätte, sich anders zu verhalten. Vielleicht wäre dann jetzt eine Versöhnung möglich gewesen. Sie brauchte eine Freundin. Hatte sie immer gebraucht. Natürlich wusste Johanna, dass sie das nicht von Rike verlangen konnte, nicht nach allem, was geschehen war. Sie würde es nicht aussprechen können, denn sie hatte zu große Angst vor der Ablehnung. Der Zurückweisung.

»Es tut mir leid, Rike. Ich habe fast jeden Tag an dich gedacht«, fügte sie dennoch leise hinzu.

Rike lachte bitter. »Ja, klar.«

Johanna seufzte und schaute wieder auf ihre eiskalten Hände, suchte nach den richtigen Worten, aber sie fielen ihr nicht ein. Schließlich hob sie ihr Kinn. »Es tut mir unendlich leid, dass ich dich im Stich gelassen habe. Wirklich. Aber für mich war es die einzige Möglichkeit, damit fertigzuwerden. Denkst du nicht manchmal, wir hätten es verhindern können?«

Sie spürte, wie ihre Kehle eng wurde und es in ihrem Magen brannte.

Rikes Stimme wurde leiser, sie ließ die Schultern hängen. »Ich weiß es nicht. Ralf hing da schon ganz schön tief drin. Keine Ahnung. Wäre an diesem Tag nichts passiert, dann vielleicht an einem anderen. Du weißt doch, dass es Ralf nie gekümmert hat, was andere ihm erzählt haben.«

Johanna atmete tief ein und wieder aus. Dann nickte sie. Sie konnte nicht sprechen. Die Vergangenheit ließ sich nicht ändern. Niemand konnte das, egal, wie sehr man es sich wünschte. Aber Ralf war tot. Ertrunken, weil er glaubte, unverwundbar und allen überlegen zu sein.

Ein langes Schweigen folgte, das niemand zu füllen wusste.

»Fotos«, murmelte Rike schließlich und musste sich räuspern. »Du wolltest Fotos und kein Gespräch. Tut mir leid. Setz dich mal bitte gerade hin.« Ihre ehemals beste Freundin trat wieder hinter die Linse und gab Johanna noch ein paar Anweisungen, die sie mechanisch befolgte. Es klickte ein paarmal. Irgendwann waren sie fertig und Johanna stand auf.

»Wann möchtest du die Bilder abholen?«, erkundigte sich Rike steif.

»Wann sind sie fertig?«

»Am Donnerstag.«

»Okay.« Johanna hätte sich abwenden und gehen sollen, aber sie stand einfach nur da. Die Stille im Raum war unangenehm. Bedeutungsschwer. Es war so vieles nicht gesagt, das seit Jahren zwischen ihnen hing. »Meine beste Freundin fehlt mir«, meinte Johanna schließlich. Ihr Herz klopfte schneller.

Rike öffnete die Lippen, dann schloss sie sie wieder. Ihr Blick war weicher geworden, aber Johanna erkannte auch, wie verletzt sie noch immer war.

»Wenn ich irgendwas tun kann, damit du mich nicht mehr hasst, dann sag es mir«, fügte Johanna leise hinzu.

Rike schüttelte den Kopf. »Ich habe dich nie gehasst, ich habe nur nicht verstanden, warum du auch mich aus deinem Leben ausradiert hast. Das hat wehgetan. So habe ich gleich zwei Freunde auf einmal verloren.« Dann wandte sie sich ab und hantierte mit der Kamera. Vielleicht, weil sie wirklich zu tun hatte oder weil sie damit signalisieren wollte, dass das Gespräch beendet war.

»Tschüss, Rike«, wisperte Johanna, dann verließ sie das Atelier. Auf der Straße schlug ihr die schwüle Luft entgegen, als liefe sie gegen eine Wand. Der Himmel war trübe geworden, am Horizont zogen dunkle Wolken auf. Es würde vermutlich nicht mehr lange dauern, bis es gewitterte. Donner grollte unheilverkündend aus der Ferne. Ein mulmiges Gefühl machte sich in ihrer Magengrube breit. Sie hasste Gewitter und hasste es noch mehr, dass sie vermutlich zu spät dran war, um es rechtzeitig nach Hause zu schaffen.

Kapitel 6

Mai 1945, Lüneburg

Furcht hatte Netti durch die letzte Nacht begleitet, immer wieder waren ihre Gedanken zu Helmut gewandert. Wie hatte er all die Stunden in den Händen der Besatzer überstanden? Mit ihrer Mutter oder Otti hatte sie ihre Sorgen nicht geteilt; im Gegenteil, sie hatte den beiden erzählt, dass alles gut werden würde, aber sicher war Netti sich dabei nicht. Sie erschauderte. Die Temperaturen waren über Nacht gefallen, es war eiskalt in ihrer Unterkunft. Eine Maus huschte über ihre Füße. Zum Glück keine Ratte, dachte sie und schüttelte ihre löchrigen Strümpfe aus, ehe sie sie wieder überzog. Statt Fenstern hatten sie Rollglas in den Rahmen; es bestand aus einem Fliegengitter mit einer dünnen Cellophanschicht, das sie zwar ein wenig von Wind verschonte, aber keine Wärme im Raum hielt. Das war kein Einzelfall in ihrer Behausung, viele der Fenster in der Stadt, die bei den Bombenangriffen zersprungen waren, waren noch nicht erneuert worden. Einen Ofen gab es ebenfalls nicht, sodass sie in der letzten Nacht mal wieder erbärmlich gefroren hatten. »Kannst du dich heute beim Schlachter anstellen? Ich habe gehört, dass dort Brühe ausgegeben werden soll«, wandte

Netti sich an ihre Mutter. Otti lag noch zur Wand gerichtet auf der Seite; ob sie wach war oder schlief, war nicht klar. Sie aß das, was man ihr vorsetzte, aber das war auch schon alles. Netti wusste nicht, was sie tun konnte, um die Lebensgeister ihrer Schwägerin wiederzuerwecken. Oder doch, einen Anfang konnte sie machen, indem sie ihr Helmut wiederbrachte.

»Aber ich kann doch Otti nicht allein lassen, das geht nicht«, entgegnete ihre Mutter. Niemand musste es aussprechen; sie wussten auch so, dass sie beide fürchteten, Otti könne sich etwas antun.

Netti erinnerte sich mit Grauen daran, dass sie genau so etwas kürzlich erlebt hatte. Ein älterer Mann hatte sich direkt vor ihren Augen aus dem Fenster gestürzt, weil er es nicht mehr hatte ertragen können. Trotzdem verlor Netti allmählich die Geduld mit Otti; sie hatte einen guten Grund zu leben, Helmut war ein wunderbarer Junge.

»Ist ja nicht so, dass es einen Unterschied macht, oder? Sie rührt sich sowieso nicht.« Netti wusste, dass die Worte hart waren, aber manchmal regte sie sich fürchterlich darüber auf, dass Otti sich einfach in ihre eigene Welt flüchten konnte, wo jeder außer ihr in dieser schwierigen Lage Aufgaben übernehmen musste, damit sie als Familie überlebten. Der Druck, der auf Netti lastete, verlieh ihrer Wut eine ungeahnte Tiefe, die sie selbst erschreckte.

»Netti!«, mahnte ihre Mutter mit strengem Gesicht.

»Ist doch wahr!«, brummte sie, riss sich zusammen und schlüpfte in ihre Schuhe. »Ich muss jetzt gehen, um nach Helmut zu suchen. Drück mir die Daumen, Muttela.« Sie benutzte absichtlich die Koseform, die in Ostpreußen überall geläufig war, damit ihre Mutter sich weniger Sorgen machte. Sofort glätteten sich deren Züge und Netti atmete auf, ehe sie sie zum Abschied kurz umarmte. Es war gut, aus der bedrückenden Enge des Zimmers flüchten zu können. Sie erlaubte sich nur einen kurzen Moment, an ihre Heimat zu denken, an ihr altes Zuhause mit den schönen Möbeln, dem duftenden Federbett und der weichen Matratze. Wann sie wohl wieder nach Hause konnten?

Netti lief durch die Innenstadt. Am Marktplatz hatte die britische Armee einige Geschäfte beschlagnahmt, unter anderem ein Kaufhaus am Markt. Angeblich hatte es vor dem Krieg einer jüdischen Familie gehört. Die Nazis hatten sie mit ihrem Arisierungsprogramm vertrieben, nachdem sie sie zuvor finanziell ruiniert hatten. Der neue Besitzer hatte nicht lange etwas von seiner kostengünstigen Übernahme gehabt. Ausgleichende Gerechtigkeit, schoss es Netti durch den Kopf, während sie ihren Weg fortsetzte. Vor dem Bäcker stand, wie immer, schon eine lange Schlange. Ihr Magen knurrte; das bisschen Gurkenbrot vom gestrigen Abend war längst verdaut. Aber sie hatte keine Zeit, sich anzustellen. In ihrer Jackentasche hatte sie noch einen alten Brotkanten, den sie Helmut geben wollte. Der Junge musste was essen, hoffentlich hatte man ihn nicht misshandelt. Netti schluckte und dachte an den schneidigen Staff Sergeant, der ihr versichert hatte, dass die Briten keine Unmenschen seien. Die Briten kamen ihr im Gegensatz zur Roten Armee geradezu freundlich vor, obwohl ihr klar war, dass längst nicht alle anständig waren. Es gab auch hier Übergriffe, natürlich. Sie waren die Besiegten, die Sieger forderten ihr Recht – manche auch mehr als das. Sie hoffte, dass man den Beteuerungen des Staff Sergeant glauben konnte. Andererseits, mit Wehrmachtssoldaten und erwachsenen Männern gingen die Engländer nicht gerade zimperlich um. Trotz aller Hoffnung machte Netti sich pausenlos große Sorgen und konnte kaum erwarten, etwas über Helmuts Verbleib zu erfahren.

Am Tor der Kaserne angekommen, fühlte sie, wie ihre Hände schwitzig wurden. Sie trat an einen der Wachposten heran und sprach ihn auf Englisch an. »Guten Morgen, ich bin Netti Schlewitz, ich soll mich bei Staff Sergeant Davidsson melden.«

Der junge Mann schaute sie von oben herab an. »Ist das so?«

Netti nickte und straffte sich. Wenn sie etwas im Umgang mit Menschen gelernt hatte, dann, dass man sich nicht einschüchtern lassen durfte, wenn man etwas Bestimmtes wollte. »Ja, und ich wäre Ihnen dankbar, wenn Sie veranlassen, dass er über meine Ankunft informiert wird.« Sie schaute den Soldaten stur an. Schließlich nickte er. »Warten Sie hier, mit Abstand.«

Sie fragte sich, wovor er Angst hatte. Sie wäre ja wohl kaum so dämlich gewesen, ihren Unmut über die Kapitulation direkt an der Kaserne auszuleben. Sie hatte Gerüchte aufgeschnappt, dass nicht alle Deutschen bereit waren, die Niederlage so einfach zu akzeptieren. Netti war allerdings keine von denen, die diese Ansicht teilte; sie war einfach froh, dass der Krieg vorbei war. Aber das konnte der Engländer ja nicht wissen.

Sie ging ein paar Schritte zur Seite und schaute durch die Pfähle des hohen Eisenzauns in den Innenhof. Dort standen diverse Militärlaster, viele Soldaten waren unterwegs, es war wuselig und geschäftig. Etwas weiter hinten waren Panzer nebeneinander aufgereiht.

Ihr Herz stockte, als sie die Jungen entdeckte, die mit Eimer und Schwamm bewaffnet dabei waren, das schwere Militärgerät von Schlamm und Dreck zu befreien. Helmut war auch dort. Ein Seufzer entschlüpfte ihren Lippen. Seine dünnen Beine steckten noch immer in seinen zerschlissenen Hosen, er hatte ein Käppi auf dem Blondschopf. Erleichterung, ihn lebendig und auf den ersten Blick munter vorzufinden, lockerte ihren verkrampften Magen, und zum ersten Mal, seit Helmut mitgenommen worden war, konnte sie wieder tief einatmen. Er lebte, es ging ihm gut. Eine schwere Last hob sich von ihrem

Brustkorb und sie zitterte, als etwas von der nagenden Sorge, ihn verletzt oder tot vorzufinden, abfiel.

Dann sah sie genauer hin, und ihre Mundwinkel bogen sich nach oben. Die Jungen schienen die Arbeit zu genießen, es wurde gelacht und sogar ein wenig herumgealbert. Sie wurden von zwei Soldaten beaufsichtigt, aber die wirkten nicht böse oder voller Hass, im Gegenteil, sie schienen die Jungs zu mögen, denn die Tommys grinsten fröhlich und scherzten mit den Buben. Diese Strafarbeit würde Helmut guttun, hoffentlich lernte er etwas daraus. Konnte sie ihn vielleicht nachher gleich mitnehmen? Sie spürte mit klopfendem Herzen, wie erleichtert sie war.

»Guten Morgen, Miss Courage«, sprach sie jemand an. Netti wandte sich um und sah Staff Sergeant Davidsson auf sich zukommen. Gut gelaunt, hochgewachsen und mit geradem Rücken.

»Guten Morgen«, grüßte sie mit einem angedeuteten Knicks und wusste vor Verlegenheit gar nicht, wohin mit sich, weil sie selbst so schäbig aussah.

»Haben Sie Ihren Jungen schon entdeckt?«, wollte er wissen.

»Ja, da hinten, beim Panzer putzen.«

»Ja, Strafe muss sein.« Er nickte amüsiert.

»Geht es ihm gut?«

»Die Burschen haben die Nacht in der Arrestzelle verbracht, sie haben eine heiße Suppe und Brot bekommen.«

»Gott sei Dank«, murmelte Netti. »Wann kann ich ihn abholen?«

»Nicht so hastig, ein paar Tage müssen die Jungen noch dableiben«, erklärte er. »Darauf habe ich keinen Einfluss. Es ist wichtig, dass den Leuten klar wird, dass es gewisse Verhaltensregeln gibt, die eingehalten werden müssen. Das fängt bei den Kleinsten an.« Er schaute sie ernst an. »Wir sind ja nicht zum Spaß hier, sondern weil das deutsche Volk eine tiefe Schuld auf sich geladen hat.«

»Natürlich«, erwiderte sie schnell und senkte den Blick.

Der Soldat räusperte sich. »Machen Sie sich keine weiteren Gedanken, die Boys bekommen Essen und schlafen im Warmen; wenn es so weit ist, dürfen sie gehen.«

»Eine warme Suppe und ein Bett ist mehr, als meine Familie ihm bieten kann.« Erst im nächsten Moment merkte Netti, dass sie das vielleicht nicht hätte sagen sollen. Womöglich fand Mr Davidsson, dass sie es verdient hatten zu leiden, weil die Deutschen in den Jahren zuvor so viele andere hatten leiden lassen. Das hätte sie ihm nicht verübeln können.

»Mir ist durchaus klar, dass die Versorgungslage schwierig ist, auch wenn das nicht in meinen Aufgabenbereich fällt.«

Vorsichtig blickte sie auf. »Was ist Ihr Bereich?«

Er lächelte. »Das darf ich Ihnen leider nicht sagen.«

»Entschuldigung.«

»Was machen *Sie,* Fräulein Schlewitz?«, wollte er schließlich wissen, während er eine Packung Zigaretten aus der Tasche zog und ihr eine anbot. Netti wollte ablehnen, doch dann dachte sie daran, wie viel sie dafür auf dem Schwarzmarkt bekommen würde. Für ein einziges Ei musste man derzeit 15 Reichsmark bezahlen, ein Pfund Mehl kostete 35 Mark, und für eine Zigarette würde sie immerhin ein Brot und vielleicht sogar ein bisschen Fett bekommen. Eine Zigarette bedeutete Essen, vielleicht sogar für mehrere Tage, wenn sie gut handelte.

»Danke«, sagte sie, während sie sein Angebot annahm, und hielt die Chesterfield doch nur in der Hand.

Er zückte sein Feuerzeug, ließ es aufschnappen. »Nein, noch nicht«, sagte sie und steckte den Glimmstängel vorsichtig in die Jackentasche. »Ich bin gelernte Hauswirtschafterin, ich habe in Insterburg einem Arzt den Haushalt geführt. Als die Russen im Herbst 44 in Ostpreußen eingedrungen sind, bin ich mit dem Arzt nach Königsberg gegangen, meine Familie lebte in der Nähe. Na ja, und im Januar sind wir dann alle los, auf den großen Treck …« Sie räusperte sich. »Ich suche in Lüneburg schon länger eine Arbeit, aber bisher war ich erfolglos. Es gibt einfach zu viele mittellose Leute, zu wenig zu tun.«

Er schien einen Augenblick zu überlegen, schließlich drückte er ihr das ganze Päckchen Zigaretten in die Hand. Netti wusste nicht, womit sie das verdient hatte, aber sie lehnte nicht ab. Auf keinen Fall hätte sie das getan. Mit so viel Güte hatte sie nicht gerechnet. Sie schluckte hart.

Mit dem Kopf zeigte Staff Sergeant Davidsson in Richtung der Kaserne. »Ich sollte mich nicht zu lange mit Ihnen hier sehen lassen, Miss Courage.« Sie folgte seinem Blick und entdeckte die beiden Offiziere, die sie vor einigen Tagen mit Helmut kennengelernt hatte: Major Alan Thompson und Major Gordon Kinney standen im Hof und unterhielten sich miteinander. Major Kinney hob die Hand und winkte Netti mit einem Grinsen zu. Der andere starrte sie feindselig an.

»Verstehe«, sagte Netti und schaute wieder zu ihrem Gegenüber. »Dann … komme ich morgen wieder? Wegen Helmut, meine ich.« Sie wollte sich gerade abwenden und gehen, als Staff Sergeant Davidsson sie noch einmal ansprach. »Warten Sie. Hauswirtschafterin haben Sie gesagt?«

Netti nickte. »Ja. Das ist korrekt. Ich habe leider keine Zeugnisse mitnehmen können …«

»Ach was«, unterbrach er sie mit einer Geste. »Sie scheinen mir vertrauenswürdig zu sein. Einer meiner Freunde, ein Offizier, bräuchte Hilfe in seinem Haus. Melden Sie sich bei ihm heute Abend um achtzehn Uhr. Er isst gern gut, ist aber ein miserabler Koch, und im Casino will er nicht essen. Er ist ein bisschen … versnobt. Also, heute Abend um achtzehn Uhr in der Uelzener Straße 48.« Der Soldat grinste.

Netti blinzelte irritiert. Sie wusste gar nicht, wie ihr geschah. »Ist das … ist das ein Stellenangebot?«, stammelte sie.

»In der Tat. Haben Sie Interesse?«

Sie stieß die Luft aus. »Ob ich Interesse habe? Mein Gott, ich weiß nicht, wie ich dazu komme, aber ja, ja natürlich. Ich nehme jede Arbeit an. Also, fast jede. Ich könnte Ihnen glatt um den Hals fallen, aber ich weiß, dass das natürlich nicht angebracht oder erlaubt ist und man das falsch verstehen könnte. Ich bin keine von denen, Sie wissen schon.«

Er lachte. »Keine Sorge, das habe ich nicht vermutet, außerdem bin ich glücklich verheiratet.« Er hob die linke Hand und zeigte seinen Ring. »Machen Sie sich keine Gedanken, ich sehe an Ihren Augen, wie sehr Sie sich freuen. Also, heute Abend achtzehn Uhr. Seien Sie pünktlich.«

»Natürlich. Vielen, vielen Dank. Uelzener Straße 48«, wiederholte sie zur Sicherheit die Adresse. »Und Helmut?«

»Ein paar Tage Geduld, Miss Courage. Hier ist er gut aufgehoben, und ein zweites Mal wird er keine Schotten verspotten. Aber sehen Sie selbst, so schlimm kann die Strafe nicht sein.« Die Jungs waren angehalten worden, die Eimer mit den Schwämmen abzustellen, und wurden zur Kaserne gebracht.

»Was ist da los?«

»Sie bekommen ein zweites Frühstück. Die Buben können alle etwas mehr Speck auf den Rippen vertragen«, erklärte er.

Netti schluckte überwältigt, sie war gerührt. »Danke«, wisperte sie und schniefte.

»Oh, Miss Courage, nicht weinen.«

Sie schniefte erneut und lächelte. »Nein, ich weine nicht. Auf Wiedersehen und danke schön noch einmal.« Mit der Hand umklammerte sie die Zigaretten in ihrer Jackentasche. Sie war unglaublich erleichtert darüber, welche Wendung dieser Tag genommen hatte. Und die Aussicht auf den Abend ließ sie beinahe über dem Erdboden schweben. Sie hoffte so sehr, dass es mit der Anstellung klappte.

»Machen Sie es gut. Es war nett, mit Ihnen zu plaudern.« Staff Sergeant Davidsson hob die Hand zum militärischen Gruß an die Stirn, dann drehte er sich um und marschierte in die Kaserne. Netti machte sich auf den Weg zurück in die Innenstadt. Sie würde ihre kostbaren Geschenke sofort in Lebensmittel umtauschen und anschließend hoffentlich noch etwas übrig haben, um damit für ein paar Tage haushalten zu können. Vielleicht war sogar etwas Käse oder Schinkenspeck drin, wenn sie gut verhandelte. Beim Gedanken daran lief ihr das Wasser im Mund zusammen. Es war so lange her, dass sie etwas Vernünftiges gegessen hatte. Sie sehnte sich nach einem Teller Schlackerstroh, einem ihrer Lieblingsgerichte aus der Heimat, mit Schweinebauch, Sauerkraut und Kartoffeln. Der Hunger war ihr ständiger Begleiter, das war nichts Neues, aber die Aussicht auf etwas Besonderes weckte bittersüße Erinnerungen und Sehnsüchte nach vergangenen Tagen. Nach ihrem alten Leben und allem, was sie verloren hatte. Würde es immer so sein, dass auf etwas Gutes diese aufwallende Traurigkeit folgte? Netti hoffte, dass sie bald zu ihrem inneren Gleichgewicht zurückfand. Gerade heute schien sie besonders empfindlich zu sein. Helmuts Festnahme hatte ihr noch einmal sehr deutlich vor Augen geführt, dass sie hier keineswegs in Sicherheit waren, obwohl sie doch glauben wollte, dass das Schlimmste hinter ihnen lag.

Es war kurz vor sechs, als Netti die Klingel der Villa in der Uelzener Straße betätigte. Ihre Hände waren eiskalt, sie war schrecklich aufgeregt. Einerseits fürchtete sie, dass sie die Stelle nicht bekommen würde, andererseits hatte sie Angst, dass der Mann, für den sie künftig arbeitete, sie hassen oder gar misshandeln könnte. Als Frau musste man sich in Acht nehmen. Immer und überall. Sie schluckte und straffte sich, während sie die Überlegungen beiseiteschob, denn es waren Bedenken, die sie sich nicht leisten konnte. Es war so, wie sie am Morgen gesagt hatte: Sie würde fast alles aushalten, um ihre Familie ernähren zu können.

Das Haus, vor dem sie stand, war rot verklinkert, wie es in Lüneburg und Umgebung üblich war. Im Vorgarten blühte der Flieder in einem herrlichen Violett, es roch wunderbar. Sie war furchtbar aufgeregt, den ganzen Tag über hatte sie sich gefragt, bei wem sie wohl Arbeit bekommen würde. Ob es ein netter Offizier war, vielleicht Major Gordon Kinney, der ihr so freundlich zugewinkt hatte? Das wäre schön gewesen.

Auf dem Schwarzmarkt hatte sie ein kleines Stück Seife ergattern können, sodass sie heute Abend sogar halbwegs sauber und frisch war. So gut man sich eben ohne fließendes Wasser waschen konnte. Morgen würde sie ihre Mutter zur Notquartierstelle schicken, vielleicht konnte sie ja erreichen, dass sie etwas besser untergebracht wurden. Wenn Netti Arbeit bekam, musste sie jeden Tag in einem passablen Zustand sein. Hoffentlich klappte es mit der Stelle!

Die schwere Eichentür wurde geöffnet, und ein schwacher Duft von Pfeifentabak und einem Hauch von Sandelholz stieg ihr in die Nase, als sie in das Gesicht eines Mannes blickte.

Alles, was Netti denken konnte, war: Dieses Grün mit den goldenen Sprenkeln kenne ich doch.

Es war also nicht Major Kinney, sondern Major Thompson, dessen Haushälterin sie werden sollte. O Gott, wie feindselig er auch jetzt wieder guckt, dachte sie. Ihre Kehle war staubtrocken und ihr Herz stolperte.

»Sie wünschen?«, fragte er mit seiner samtigen, ruhigen Stimme auf Englisch.

»Mein Name ist Netti Schlewitz, ich bin von Staff Sergeant Davidsson geschickt und melde mich wegen der Stelle als Haushälterin.«

Eine Augenbraue wanderte in die Höhe. »Und ich dachte, der Kerl macht Witze«, murmelte Major Thompson, und Netti glaubte, dass er mehr mit sich selbst sprach als mit ihr. Sie rührte sich nicht, ihre Hände waren vor ihrem Bauch zusammengefaltet.

»Dann kommen Sie rein«, brummte er und trat zurück. Sie glaubte, einen tiefen Seufzer zu hören, war sich aber nicht ganz sicher. Er trug noch immer seine Uniform; das Käppi hatte er abgelegt, es hing an der Garderobe links neben der Tür.

Schüchtern trat sie über die Schwelle, und das Krachen des Türschlosses hatte eine seltsame Wirkung auf sie. Als wäre die Welt da draußen plötzlich nicht mehr existent; was dort vor sich ging, hatte hier keine Gültigkeit mehr. Sie war verwirrt und aufgeregt und stand regungslos im kühlen Flur. Auf dem Dielenboden lag ein hübscher Läufer. Es war eine typische Villa, wie man sie Anfang des Jahrhunderts gebaut hatte. Vom langen Flur gingen einige Türen ab und eine dunkle, geschwungene Eichenholztreppe führte nach oben.

»Wollen Sie hier herumstehen, oder kommen Sie mit?«, riss seine Stimme sie aus ihren Gedanken. Sie hatte gar nicht gemerkt, dass er an ihr vorbeigegangen war.

»N-natürlich«, stammelte sie und setzte sich in Bewegung.

Er öffnete eine weiße Tür und wies sie mit einer Geste an, ihm zu folgen. Der Geruch von Pfeifentabak verstärkte sich, als Netti das Herrenzimmer der Villa betrat. Bodentiefe Regale, die mit Büchern vollgestopft waren, zierten die lange Wand. Dunkle Ledersofas standen in der einen Ecke, in der anderen ein schwerer Mahagonischreibtisch mit einer grünen Lampe und stapelweise Papieren darauf. Ihr war klar, dass die Einrichtung von den ursprünglichen Besitzern des Hauses stammte und nicht aus England hergeschafft worden war. Wo die Leute wohl jetzt wohnten? In einer so schäbigen Unterkunft wie sie? Nein, vermutlich waren sie bei Freunden untergekommen. Man half sich untereinander, die Lüneburger hielten zusammen. Auf eine gewisse Weise waren sie beide Fremde hier, dachte Netti, während sie beobachtete, wie Major Thompson sich hinter den Schreibtisch setzte, seine Hände auf die Platte legte und sie musterte. Als wäre sie eine Marionette an Fäden, trat sie mit wackeligen Knien vor seinen Schreibtisch und wartete stumm.

Seine Haltung war abweisend. Was er von ihr und allen anderen Deutschen hielt, drückte er mit jeder Bewegung, jedem Atemzug wortlos aus. Sie sah auch an seiner Hand einen Ring am Finger. Warum sie diese Entdeckung irgendwie enttäuschte, konnte sie nicht genau sagen. Sicher war er alt genug, um Familie zu haben, vermutlich sogar Kinder, die zu Hause in England auf ihn warteten. Sie schätzte ihn auf Anfang bis Mitte dreißig. Er wirkte müde, hatte dunkle Schatten unter den grünen Augen und feine Linien darum herum, die zeigten, dass es einmal eine Zeit gegeben hatte, in der er gern gelacht hatte. Auch wenn das vielleicht schon eine Weile zurücklag, denn er strahlte eine gewisse Traurigkeit und Einsamkeit aus, die ihr selbst nicht fremd war.

Die Stille im Raum wurde Netti mit einem Mal sehr bewusst. Wartete er womöglich darauf, dass sie etwas sagte? Sie hatte keine Ahnung. Unsicher schluckte sie und räusperte sich. Er bot ihr keinen Stuhl an, also blieb sie stehen.

»Also. Miss … *Slewitz.* Können Sie kochen?«, sprach er sie schließlich auf Englisch an.

Netti nickte. »Ja, ich bin gelernte Hauswirtschafterin. Ich habe in Insterburg für einen Arzt gearbeitet und seinen Haushalt geführt, bis … bis wir vor den Russen fliehen mussten.«

Ihr Arbeitgeber hatte nach dem Fortgang aus Insterburg in Königsberg im Krankenhaus gearbeitet, Netti war zu ihrer

Familie aufs Land gegangen. Was aus ihrem ehemaligen Chef geworden war, wusste sie nicht. Sie wollte nicht daran denken, denn das Schicksal aller, die zurückgeblieben waren, schien mit der Welle der anrollenden russischen Vernichtungswut besiegelt gewesen zu sein.

»Sind Sie mit der britischen Küche vertraut? Ich habe keine Lust auf deutschen Nazifraß.«

Mit dieser Frage hatte sie nicht gerechnet; sie hatte sich darauf vorbereitet zu erklären, dass sie seine Hemden waschen und plätten konnte, dass sie putzte, aufräumte, alles eben, was zu einem ordentlichen Haushalt gehörte. Aber englische Rezepte? Wie unterschied sich diese Küche von der deutschen? Sie hatte nicht die geringste Ahnung. »I-ich weiß es nicht.«

»Sie wissen es nicht?« Er neigte den Kopf ein wenig nach links und betrachtete sie eindringlich. Beinahe ein wenig neugierig, als sähe er sie das erste Mal bewusst an.

»Haben Sie schon mal Lamm mit Minzsoße gekocht?«, fragte er kühl.

Netti schüttelte den Kopf.

»Fisch in Backteig und Kartoffelchips?«

Wieder schüttelte sie den Kopf.

Er seufzte. »Wenigstens sind Sie ehrlich.« Er schien überrascht. »Ich habe erwartet, dass Sie mich anlügen würden, um die Stelle zu bekommen.«

Nettis Mund klappte auf. »Wieso sollte ich lügen?«

Er zuckte die Schultern, als wäre die Antwort auf diese Frage offensichtlich. »Setzen Sie sich bitte.« Mit einer versöhnlichen Geste wies er ihr einen Stuhl zu.

Sie gehorchte und wartete, dabei studierte sie sein Gesicht. Er hatte eine gerade Nase und einen schön geschwungenen Mund, der vermutlich zu selten lächelte. Sie fragte sich, wie er wohl aussah, wenn er sich über einen Witz amüsierte. Die grünen Augen waren so ausdrucksstark und die feinen

Sommersprossen auf der Nase passten gar nicht zu seiner stocksteifen Haltung. Und dann begriff sie: Sicher war er nicht immer so unfreundlich und abgeklärt; es lag an ihr. Weil sie Deutsche war. Wie dumm von ihr, darauf hätte sie früher kommen können. Vielleicht hatte er deshalb noch keine Haushälterin, weil er lieber eine Britin im Haus gehabt hätte, eine Frau, der er vertrauen konnte, weil alle Deutschen in seinen Augen Mörder waren. Ausnahmslos. Sogar die Kinder.

»Wann können Sie anfangen? Meine Offizierskollegen haben mir geraten, dass jemand die Aufgaben hier im Haus übernimmt, damit ich nicht mit zerknitterten Hemden und schlechter Laune zum Dienst erscheine, weil ich hungrig bin. Und um ehrlich zu sein, ich habe keine Lust mehr, meine Wäsche selbst zu waschen.« Alan Thompson betrachtete sie lange und eindringlich, und für eine Sekunde glaubte sie, etwas in seinen grünen Augen aufblitzen zu sehen, was da nicht sein konnte. Dann war dieses Leuchten verschwunden und seine Miene so undurchdringlich wie zuvor.

»Das klingt nicht so, als ob Sie von mir überzeugt wären«, wagte sie zu sagen.

Er hob eine Braue und wirkte erstaunt über ihre Bemerkung. »Das bin ich nicht, gewiss nicht, aber Sie sind die einfachste Lösung. Für den Moment jedenfalls. Sehen Sie, ich bin hier für die *Re-Education* zuständig. Diese Aufgabe ist kaum zu bewältigen, wie soll man diese Nazi-Idiotie Ihrem Volk austreiben? Schon die Kleinsten sind von der Gesinnung verseucht. Ich habe erlebt, wie Achtjährige Granaten auf unseren Zug geworfen haben.«

Netti schluckte. »Das tut mir leid. Ich bin keine von denen.«

Er winkte ab. »Das sagen jetzt alle, und dass niemand was gewusst hat. Wenn man euch Deutsche heute so reden hört, muss man glauben, dass der einzige Nazi in Deutschland Adolf

Hitler gewesen ist.« Er schnaubte und presste die Lippen aufeinander, bis sie kaum mehr als zwei schmale Striche waren.

Netti öffnete den Mund und wollte erklären, dass sie nie in der Partei gewesen war, dass sie niemals die braunen Parolen gerufen hatte, aber sie wusste, dass er ihr nicht glauben würde, also schloss sie den Mund wieder und schwieg.

Er blinzelte und schaute sie lange wortlos an, ehe er fortfuhr. »Keine Ausreden? Keine Beteuerungen?«

Sie reckte das Kinn ein wenig nach vorn. »Sie glauben mir doch so oder so nicht. Also kann ich es auch lassen.«

Unvermittelt bogen sich seine Mundwinkel ein wenig nach oben. »Da haben Sie recht. Ich esse gern um sieben. Was können Sie auf die Schnelle kochen?«

Sie war verwirrt über den Themenwechsel und runzelte die Stirn. »Ich soll jetzt kochen?«

»Das gehört doch zur Tätigkeit einer Haushälterin, oder?«

»Ja, sicher, aber ...«

Er wedelte mit der Hand. »Ich erwarte Sie hier morgens um sieben Uhr. Ich frühstücke um sieben Uhr dreißig. Tagsüber erledigen Sie, was Sie erledigen müssen. Wenn nichts zu tun ist, können Sie ein paar Stunden außer Haus gehen und sich um Ihren Sohn kümmern. Sie werden hier am Abend rechtzeitig fertig sein, um die Ausgangssperre einhalten zu können. Den Lohn gibt es wöchentlich. Noch Fragen?«

»N-nein«, stammelte sie, obwohl ihr Tausende durch den Kopf schossen, aber sie brachte keine über die Lippen. Dass Helmut ihr Neffe war, konnte sie ihm auch später erklären, falls es ihn überhaupt interessierte.

»Dann machen Sie sich bitte an die Arbeit.«

Netti stand so schnell auf, dass der Stuhl umkippte und mit einem dumpfen Schlag auf den Perserteppich fiel. »Entschuldigung«, murmelte sie, aber er hatte sich schon über irgendwelche Papiere gebeugt. Damit war das

Einstellungsgespräch für ihn wohl erledigt. Netti stolperte über ihre eigenen Füße und wäre beinahe hingefallen. Sie konnte sich gerade noch fangen. Herrje, sonst war sie nicht so ungeschickt, aber das hier war eine völlig neue Situation für sie. Arbeit! Sie hatte Arbeit in einem britischen Haushalt! Und damit den Zugang zu Lebensmitteln und einen wöchentlichen Lohn! Sie konnte ihr Glück gar nicht fassen. Als sie fast aus dem Zimmer hinaus war, wandte sie sich noch einmal zu ihm um. Sie war überrascht, als sie feststellte, dass er sie betrachtete, und sie vergaß, was sie sagen wollte. Dieses Mal lag keine Feindseligkeit in seinen wachen grünen Augen. Es war etwas anderes, das sie nicht deuten konnte. Ohne ein weiteres Wort verließ sie das Herrenzimmer und suchte die Küche der Villa, um zu sehen, ob überhaupt Lebensmittel im Haus waren, aus denen sie etwas zubereiten konnte. Ihr Herz pochte noch immer viel zu schnell, und da war ein weiteres verwirrendes Gefühl in ihrer Brust, das sie nicht einordnen konnte.

Kapitel 7

Juni 1993, Lüneburg

Regen peitschte in Johannas Gesicht, während sie in die Pedale trat und auf Omas Drahtesel aus der Innenstadt hinaus nach Oedeme raste. Am Horizont zuckte ein greller Blitz. Sie zählte in Gedanken die Sekunden, bis der Donner grollte. Zehn Sekunden. Weit war das Gewitter also nicht mehr weg. So ein Mist! Sie knirschte mit den Zähnen, während sie in den Oedemer Weg einbog, um zum Rosenhof der Großeltern zurückzukehren. Obwohl es erst kurz nach sechs war, war es wegen des Unwetters fast dunkel geworden. Die Straßen waren wie ausgestorben, natürlich, niemand schickte jetzt auch nur seinen Hund vor die Tür. Wenn es nur Regen gewesen wäre, hätte Johanna auch nicht so eine schreckliche Angst gehabt, aber vom Gewitter wollte sie auf keinen Fall erwischt werden.

Sie schoss durch eine tiefe Pfütze, das Fahrrad schlingerte und sie verlor den Halt. Johanna stürzte Hals über Kopf in den Straßengraben. Alle Luft wurde aus ihren Lungen gepresst, Schmerz flammte in ihren Knien und Händen auf. Dann war alles still. Sie brauchte einige Sekunden, um ihre Knochen zu sortieren. Es schien nichts gebrochen zu sein, obwohl ihre

Schulter ziemlich wehtat, aber sie konnte sie noch bewegen. Langsam richtete sie sich mit einem Stöhnen auf. »Auch das noch«, schimpfte sie und schob sich die nassen Strähnen aus der Stirn, um etwas sehen zu können. Zum Glück war der Graben weder tief noch gepflastert. Sie war in weiches Gras gefallen. Ein greller Blitz zuckte über den Himmel und Johanna erschrak.

Ein leises Miauen erregte plötzlich ihre Aufmerksamkeit, und sie schaute sich nach der Quelle des Geräuschs um. Johanna entdeckte nicht weit von sich ein kleines weißes Bündel, zusammengerollt im Straßengraben.

»O nein, habe ich dich erwischt?« Auf allen vieren kroch sie zu dem Kätzchen, um zu sehen, was passiert war. Ein Bein schien seltsam abgewinkelt. »Verdammt! Du siehst aber aus, als würdest du hier schon eine Weile liegen, Kleines. Auf der Straße warst du eben nicht.«

Johanna überlegte, was sie tun sollte. Weit war es nicht mehr bis zu den Großeltern, aber auf dem Hof würden sie nichts für das Tier tun können. Da half nur der Besuch bei einem Tierarzt. Ohne noch länger zu überlegen, strich sie dem völlig durchnässten und verängstigen Tier sanft über den Kopf und sprach beruhigende Worte. »Das wird jetzt wehtun, aber ich nehme dich mit, damit wir dir helfen können, ja?«

Johanna bereitete sich darauf vor, womöglich gleich Krallen zu spüren zu bekommen, aber das kleine Ding wimmerte nur und ließ es geschehen, dass sie es unter ihrer Jacke vor dem Regen geschützt mitnahm. Die Praxis von Doktor Janssen war nicht weit weg, vielleicht war ja noch jemand da. Sie ging, so schnell sie konnte, ohne das verletzte Kätzchen groß durchzuschütteln, während das Gewitter immer näher kam. Der Donner war jetzt so laut und gewaltig, dass sie immer wieder zusammenzuckte. Dicke Tropfen platschten vom Himmel, auch die Blitze wurde immer unheimlicher und greller. Beinahe erleichtert atmete sie auf, als sie unter das Vordach des alten Hauses trat und den

Klingelknopf betätigte, der zur Praxis gehörte. Auf dem Schild las sie, dass bis achtzehn Uhr geöffnet war. Hoffentlich war trotzdem noch jemand da.

In der gleichen Sekunde ging im Flur das Licht an; kurz darauf wurde die Tür aufgerissen. Johanna starrte in ein paar blaue Augen, die ihr sehr vertraut waren.

»Paul?«, fragte sie irritiert und gleichzeitig schwer atmend. Sie musste aussehen wie der buchstäbliche begossene Pudel. Sie tropfte, als käme sie direkt aus der Dusche, und dem Kätzchen erging es nicht besser.

»Mein Gott, was machst du hier draußen?«, wollte er wissen, und aus seinem Blick sprach Sorge. Paul trug ein schwarzes T-Shirt mit einem Druck der Band Kiss. Seine Beine steckten in schlabberigen Shorts, die Füße waren nackt.

»Ich habe das Kätzchen hier im Straßengraben gefunden, nachdem ich vom Fahrrad gestürzt bin.«

»Du bist gestürzt? Geht es dir gut? Komm doch erst mal rein.« Er trat zur Seite.

»Ich glaube, es hat sich ein Bein gebrochen. Es ist noch so winzig.«

Johanna tapste über die Schwelle. Paul schien zu überlegen, was er mit ihnen beiden anfangen sollte, während Johanna sich fragte, wieso er hier war und nicht sein Vater. War Paul etwa in die Fußstapfen seines Vaters getreten? Ach ja, er hatte etwas in der Richtung im Stall erwähnt, aber das hatte sie gleich nach der Begegnung verdrängt.

Paul führte sie derweil in die Praxis, schaltete das Licht auch dort an und legte ein Tuch auf die Behandlungsliege. »Kannst du das Kätzchen hier ablegen, damit ich es mir mal ansehen kann?«

»Ich mache doch alles nass«, murmelte sie verlegen, tat aber, was er verlangte, und trat näher.

»Darum kümmern wir uns später, wenn du es noch einen Augenblick aushalten kannst.« Er war ganz ruhig. Souverän. Und äußerst attraktiv, das musste man ihm lassen. Aus dem einst schmächtigen Bürschlein mit schlaksigen langen Armen und Beinen war ein stattlicher Mann mit breiten Schultern und einer interessanten Ausstrahlung geworden.

»Klar, es ist ja nicht wegen mir, sondern wegen deiner Praxis.«

»Kein Problem, ist ja nur Wasser, Johanna.«

Nachdem sie ihren Findling vorsichtig abgelegt hatte, blieb sie am Tisch stehen, damit er nicht herunterfiel, sollte er sich bewegen. Paul trat an den Behandlungstisch und sprach das Kätzchen an. Johanna schluckte trocken und versuchte, Paul nicht immerfort anzustarren. Er hatte sehnige, gebräunte Unterarme und einen beachtlichen Bizeps, der unter dem Ärmel des T-Shirts verschwand. Er roch nach Duschgel, als wäre er eben erst aus dem Wasser gestiegen. Vielleicht stimmte das sogar, sein Haar wirkte feucht. Nicht komplett nass wie ihres, das an ihrem Kopf klebte, ebenso wie ihre Kleidung am Körper. Sie musste schrecklich aussehen. Aber Paul schien sich nicht daran zu stören, er nahm ohnehin kaum Notiz von ihr, weil er mit seinem kleinen Patienten beschäftigt war. »So, lass mal sehen. Was hast du denn angestellt?« Sanft sprach er auf das Tier ein, während er vorsichtig die Vitalfunktionen checkte, ehe er sich das Beinchen ansah. Johanna rührte sich nicht, während sie sich gleichzeitig seiner Nähe sehr bewusst war. Eine Gänsehaut überzog ihren Körper; in den nassen Klamotten war es kühl geworden. Aber das war nicht der einzige Grund.

»Ich fürchte, das Bein ist wirklich gebrochen. Wie auch immer sie das angestellt hat, vielleicht ist sie in einem Kampf mit einem anderen Tier verletzt worden.«

»Sie?«

»Es ist ein Mädchen.« Er schaute auf und ihre Blicke trafen sich.

»Oh.« Johanna lächelte.

»Sie hat kein Halsband, kein Zeichen und keine Marke um. Entweder sie hat es verloren, oder sie ist ein Wildkätzchen. Das kommt natürlich immer wieder vor. Eine kleine Streunerin.«

»Was machen wir denn jetzt?«

Er zuckte die Schultern und sah Johanna direkt an, sodass ihr Puls in die Höhe schnellte. »Würdest du sie vielleicht für ein paar Tage betreuen? Vielleicht findet sich der Besitzer ja. Ich könnte am schwarzen Brett in der Praxis ein Polaroid aushängen.«

»Ich soll sie nehmen?«, fragte Johanna. Dabei klang ihre Stimme eine Oktave höher.

»Oh, ach so, verstehe, du fährst bald wieder weg, oder?« Sein eindringlicher Blick brachte etwas in ihrem Magen zum Flattern.

Johanna räusperte sich und streichelte den Kopf der weißen Katze. »Äh, nein, nein. Das ist es nicht. Ich habe Urlaub und bleibe bis zu Opas Geburtstag, aber …«

»Es ist dir zu viel Verantwortung, oder? Dann muss ich eine andere Lösung finden.«

Das ging Johanna alles ein wenig zu schnell; es war, als hätte Paul nur darauf gewartet, dass sie ablehnte. Irgendwie verletzte es sie, dass er offenbar davon ausging, dass sie nicht bereit war zu helfen.

»Nein, nein«, beeilte sie sich deshalb zu sagen, während die kleine Maus unter ihren Streicheleinheiten zu schnurren anfing. »Ich nehme sie. Für ein paar Tage wird es schon gehen.«

»Du musst das nicht tun«, erklärte Paul. Seine Haltung war ein wenig steif und das Leuchten war aus seinem Blick verschwunden.

»Ich möchte es aber gern. Du musst mir aber sagen, worauf ich zu achten habe, ich habe leider überhaupt keine Erfahrung mit Katzen. Wobei, Oma und Opa wissen bestimmt, was zu tun ist.«

Unvermittelt grinste er. »Futter, Wasser, Katzenklo. Ist gar nicht so schwierig. Sie bekommt einen Gips, damit wird sie in ein paar Tagen wieder herumhumpeln. Tiere erholen sich sehr schnell.«

Draußen zuckte ein Blitz, auf den sofort ein gewaltiger Donner folgte. Johanna zuckte zusammen. »Gott«, stieß sie mit klopfendem Herzen hervor.

»Du hast doch nicht etwa Angst. Das Haus hier hat einen Blitzableiter.« Seine Mundwinkel waren amüsiert nach oben gezogen.

»Ich, Angst? Sicher nicht. Habe mich nur erschreckt.« Sie schmunzelte, weil sie sich doch ein wenig fürchtete, aber das musste er nicht wissen. »Mein Fahrrad, also besser gesagt Omas Drahtesel, liegt noch im Straßengraben. Das muss ich holen; sie bringt mich um, wenn es weg ist. Sie hängt sehr daran.«

»Das wird jetzt gerade bestimmt keiner klauen, und du musst dringend raus aus den nassen Sachen. Erst mal machen wir eine Röntgenaufnahme, und ich schaue mit dem Ultraschall, ob das Kätzchen womöglich noch innere Verletzungen hat, dann gipsen wir die kleine Dame ein. Und anschließend kümmern wir uns um dich.«

Zum Glück hatte Paul keine Ahnung, dass sein letzter Satz eine Saite in Johanna zum Schwingen brachte. Sie vermied es danach, ihm noch einmal direkt in die Augen zu sehen, während sie zuguckte, wie er sich mit ruhigen Händen um das kleine Tier kümmerte.

* * *

Eine halbe Stunde später wartete Paul in seinem Wohnzimmer, während Johanna im Bad war und sich umzog. Er hatte ihr ein Shirt und eine Jogginghose von sich herausgesucht. Die kleine Katze, die sie »Schnee« getauft hatten, schlief auf einem Kissen, nachdem er ihr ein leichtes Schmerzmittel injiziert hatte, das gleichzeitig beruhigend wirkte. Er war überrascht gewesen, wie beherzt und kompetent Johanna ihm assistiert hatte. Sie hatte keinerlei Berührungsängste gehabt, und auch während er die Spritze vorbereitet hatte, hatte sie nicht mal mit der Wimper gezuckt. Zart besaitet schien sie ihm jedenfalls nicht und zimperlich auch nicht, das gefiel ihm. Er schaute sich in seinem Wohnzimmer um. Auf dem alten Dielenboden lagen noch immer Omas Teppiche, lediglich das durchgesessene Sofa hatte er durch ein neues ersetzt. Die Topfpflanzen lebten zwar noch, aber sie hatten definitiv schon einmal bessere Zeiten gesehen, hier und da hingen welke Blätter dazwischen. Zum cognacfarbenen Ledersofa gab es zwei passende Sessel. Im Körbchen lag seine Golden-Retriever-Hündin Lady und schlief. In der Wohnwand standen neben seinen auch noch Omas Bücher, sogar ihren alten Röhrenfernseher hatte er behalten. Er guckte sowieso nicht viel, und bis jetzt hatte er auch noch keine Zeit oder Lust auf eine größere Renovierungsaktion gehabt. Für ihn war es bislang so in Ordnung gewesen; jetzt sah er sein Zuhause zum ersten Mal mit anderen Augen. Was mochte Johanna darüber denken, dass er so wenig Wert auf Schnickschnack und Erneuerung legte? Als er vor einem halben Jahr eingezogen war, weil sein Vater in Rente gegangen war und ihm die Praxis überschrieben hatte, war das Angebot, das ganze Haus zu übernehmen, verlockend gewesen. Er mochte den Altbau und den damit einhergehenden Charme. Es war fast alles noch original, die alten Balken, der Boden, der hübsche Kamin. Dass sein Heim auch den Geist vergangener Tage versprühte und dadurch verstaubt und langweilig wirken könnte, hatte ihn nie interessiert. Bis jetzt. Aus einem seltsamen Grund war es ihm wichtig, was Johanna von ihm dachte.

Nein. Er schüttelte den Kopf. Er wusste natürlich, wieso, aber dass sie noch immer diese Wirkung auf ihn hatte, überraschte ihn. Nach all den Jahren. Er legte etwas Holz in den Kamin und zündete es an. Es dauerte nicht lange, bis ein wärmendes Feuer darin prasselte.

Paul fuhr sich mit der Hand über das Gesicht, während es draußen noch immer wie aus Eimern goss, als würde die Welt untergehen. Das Gewitter mit Blitz und Donner hingegen war weitergezogen, aber die Gefahr, im heftigen Regen von herunterfallenden Ästen getroffen zu werden, bestand nach wie vor. Außerdem wollte er nicht, dass Johanna ging. In diesem Moment vernahm er tapsende Schritte, die vom Flur her näher kamen.

»Paul?«, hörte er ihre Stimme und wandte sich um.

Sie hatte seine Kleidung an, die natürlich viel zu groß für sie war. Ihre dunklen Locken waren noch immer feucht, ihre Wangen rosig. Sie trat näher und der sanfte Schein des Feuers erhellte ihr Gesicht. »Kann ich dir ein Glas Wein anbieten? Auf den Schreck?«, bot er an, während ein leiser Schauer seine Wirbelsäule entlangjagte. Johanna war hübsch, aber das war nicht alles, sie strahlte etwas ganz Besonderes aus, das ihn schon immer an ihr fasziniert hatte und das über die Jahre noch stärker geworden war.

Sie nickte und lächelte. Beinahe schüchtern. »Gern, aber nur, wenn es keine Umstände macht.«

»Überhaupt nicht. Setz dich doch. Du hast freie Platzwahl, nur auf Schnee solltest du Acht geben. Meine Hündin Lady kennst du ja schon, sie ist alt und schläft viel. Gegen Katzen hat sie auch nichts.«

Johanna kicherte. »Das wäre ja was, da rette ich Schnee aus dem Graben und dann zerdrücke ich sie mit meinem Hintern. Lady ist süß.«

»Bin gleich wieder da.« Paul ging in die Küche, nahm zwei Weingläser aus dem Schrank, prüfte erst mal, ob sie auch wirklich sauber waren – er war nun mal nicht der geborene Hausmann –, und öffnete eine Flasche Chianti. Er roch am Korken, dann schenkte er ein. Danach stellte er fest, dass es vielleicht schlauer gewesen wäre, erst im Wohnzimmer einzugießen, aber nun war es zu spät. Etwas nervös balancierte er die zwei mit Wein gefüllten Gläser und klemmte sich die Flasche unter den Arm. Mit einem leisen Seufzen stellte er schließlich alles auf dem Wohnzimmertisch ab. Schließlich reichte er Johanna ein Glas, die im Schneidersitz auf dem Sofa saß und Schnee streichelte.

»Danke, das ist echt nett von dir.« Sie lächelte. Etwas regte sich in ihm, es fühlte sich schön an. Vor ein paar Tagen im Stall war sie noch so abweisend gewesen, davon war jetzt nichts mehr zu spüren. Vielleicht hatte ihre Laune auch nicht ihm gegolten. Er war selbst überrascht gewesen – und ein wenig erschrocken, als er ihr begegnet war; sie hatte sicher genauso wenig mit ihm gerechnet. Nicht nur bei Johanna sind alte Geister wachgerufen worden, überlegte er, während er mit ihr anstieß. Aber nicht nur alte Geister, sondern auch alte Sehnsüchte. Den Gedanken verdrängte er sofort. Er war kein Teenager mehr, und auch Johanna war erwachsen geworden.

»Gern«, erwiderte er mit rauer Stimme. »Prost.«

»Vielen Dank, dass du dich um Schnee gekümmert hast; ich übernehme natürlich die Kosten für die Behandlung.«

Er winkte ab. »Lass erst mal, vielleicht finden wir ja die Besitzer.« Das *wir* war ihm rausgerutscht. Er spürte, wie seine Wangen heiß wurden. »Ich meine, nicht wir …«

Johanna guckte ihn an. Was in ihr vorging, erschloss sich ihm leider nicht. »Ich verstehe dich schon, Paul. Alles gut, und danke noch mal. Es ist ja nicht selbstverständlich, dass du nach Feierabend noch Behandlungen durchführst.«

Das klang nüchtern. Beinahe schon geschäftsmäßig. Es verpasste dem eben noch angenehmen Kribbeln in seinem Magen einen Dämpfer. Er wollte nicht enttäuscht sein, aber gänzlich unterdrücken konnte er diese Empfindung nicht. Er nahm es Johanna jedoch nicht übel, dass sie so reagierte. Sie konnte ja nicht wissen, was in ihm vorging, oder vielmehr: was früher in ihm vorgegangen war. Er hatte sich als Jugendlicher nie getraut, über seine Gefühle zu sprechen. Er war zu jung, zu unerfahren und Johanna war die feste Freundin des coolsten Typen der Schule gewesen. Sie hatte noch immer dieses gewisse Etwas, das ihn faszinierte, auch wenn ihr das vermutlich selbst gar nicht bewusst war. Aber er war kein kleiner Junge mehr, und einer aussichtslosen Schwärmerei würde er nicht noch einmal verfallen.

Er wusste ja auch gar nicht, ob sie einen Freund hatte oder einen Verlobten oder einen Ehemann. Nur dass der nicht hier war, bedeutete ja nicht, dass er nicht existierte. Der Gedanke gefiel Paul nicht. Überhaupt nicht. Er trank einen Schluck. Der gehaltvolle Rote rann samtig seine Kehle hinab, dann lehnte er sich im Sessel zurück. Das Feuer verbreitete eine angenehme Wärme im Raum; auf dem Fensterbrett hatte er zwei Lampen angeknipst, das Licht war gedämpft. Es wirkte beinahe schon heimelig, aber Johanna war nicht freiwillig hier, und schon gar nicht wegen seiner Gesellschaft. Gut, dass er sich noch einmal daran erinnerte. Er wunderte sich selbst, dass er so merkwürdig reagierte. Er war ein erwachsener Mann und nicht mehr unerfahren. Er wusste, dass er nach den gängigen Idealen gut aussah, und er hatte keine Probleme damit, Frauenbekanntschaften zu schließen. Dass er derzeit single war, hatte andere Gründe.

»Und, wo hat es dich hin verschlagen, Johanna?«, fragte er irgendwann, weil er nicht wusste, wie er die Stille sonst füllen sollte.

Johanna hielt das Glas mit beiden Händen; sie schaute hinein und wirkte irgendwie verloren. Er fragte sich, warum. »Ich habe in Köln eine Ausbildung gemacht, zur Krankenschwester.«

»Oh, verstehe. Ja, ich habe vorhin schon gemerkt, dass du Talent hast«, scherzte er, in einem Versuch, die Stimmung ein wenig aufzulockern.

Sie wandte sich ihm zu und erwiderte sein Lächeln. »Na, immerhin. Ja, der Beruf macht mir Spaß, wobei ich sagen muss, dass der Schichtdienst schrecklich anstrengend ist.«

»Das kann ich mir vorstellen.«

»Deshalb habe ich die letzten Tage auch sehr viel geschlafen.« Sie lachte. »Und dann wage ich mich mal vor die Tür und lande direkt im Gewitter. Das ist Pech, würde ich sagen.«

»Ist ja noch mal alles gut gegangen. Ich würde sogar behaupten, dass du für Schnee echtes Glück bedeutest. Es gibt viele Leute, die hätten sie einfach ihrem Schicksal überlassen, so was betrübt mich jedes Mal wieder aufs Neue.«

»Das verstehe ich. Kommt es wirklich häufig vor?«

Er verzog das Gesicht. »Leider öfter, als du wahrscheinlich denkst, und viele Tiere schaffen es nicht, wenn man sie nicht behandelt …«

Immer wieder entstand eine kleine Pause, die keiner von beiden mit Worten zu füllen wusste. Schließlich räusperte sich Johanna. »Ich bin heute Rike begegnet.«

»Ach ja?« Er hob eine Braue. »Hattet ihr über die Jahre keinen Kontakt?« Das überraschte ihn, die beiden waren früher wie Arsch und Eimer gewesen.

Sie schüttelte den Kopf. »Nein, überhaupt nicht. Ich … ich brauchte Abstand und habe sozusagen alles hinter mir gelassen.«

Er wollte etwas sagen, aber schwieg. Es ging ihn nichts an. Für Johanna musste es damals, abgesehen von Ralfs Familie natürlich, am schwersten gewesen sein. »Das verstehe ich sogar irgendwie, ich hatte nur nicht damit gerechnet.«

»Wirklich? Du kannst das verstehen?« Sie machte große Augen, ihre Stirn war gerunzelt. »Da bist du der Erste.«

Paul zuckte die Schultern und trank einen Schluck Wein. »Tatsächlich? Ich bin im Grunde auch vor all dem davongerannt, das kannst du mir glauben.«

»Echt? Du?«

»Ja, ich bin fürs Studium nach Göttingen gezogen und habe mich nur selten in der Heimat blicken lassen – na ja, bis jetzt. So übel ist es hier gar nicht.« Er grinste schief.

Johanna nickte, ein leises Lächeln umspielte ihre Mundwinkel. »Was hat dich denn dazu bewogen, zurückzukommen? Wenn ich fragen darf, natürlich nur. Ich möchte nicht aufdringlich sein.«

Irgendwie verletzten ihn diese Worte ein wenig. Dass sie Angst hatte, aufdringlich sein zu können, zeigte ihm, wie tief der Graben zwischen ihnen tatsächlich war. Er schluckte. »Keine Sorge, Johanna. Ich habe keine Angst, dass du gleich über mich herfällst.« Es hatte wie ein Scherz klingen sollen, stattdessen kam es beleidigt rüber; hoffentlich hatte sie nichts davon gemerkt. Paul atmete tief ein, er kam sich lächerlich vor. Gute Güte! In den letzten Jahren hatte er diverse Beziehungen und Affären gehabt, er wusste durchaus, wie man mit dem weiblichen Geschlecht umgehen musste … Nur bei Johanna schien sein Charme zu versagen. Oder falsch, bei ihr war er nicht charmant, in ihrer Gegenwart verhielt er sich einfach nur ungeschickt und tölpelhaft.

»Ich bin wieder nach Lüneburg gekommen, weil mir die Gegend gefällt, meine Familie lebt hier, ich konnte in die Praxis meines Vaters mit einsteigen und er ist jetzt in Rente gegangen«, beantwortete er schließlich ihre Frage.

»Ja, das klingt logisch.«

Er furchte die Stirn. »Du findest es schrecklich hier und kannst das gar nicht nachvollziehen, stimmt's?«

Johanna seufzte. »Nein, *schrecklich* finde ich es nicht, aber die Erinnerungen … es ist hart. Ich fühle mich hier fremd und doch auch zu Hause. Wenn ich weg bin, vermisse ich alle, aber sobald ich hier bin, wird es mir zu viel.« Sie atmete leise aus, drehte ihr Glas zwischen den Fingern und blickte dann zu ihm auf. Der traurige Ausdruck in ihren Augen rührte etwas in ihm an. Paul hielt die Luft an, während Johanna weitersprach. »Ich … ich bin einfach nicht drüber weg. Denkst du manchmal an ihn?«

Paul wusste, dass sie Ralf meinte. Es war unglaublich, aber er war für eine Sekunde eifersüchtig auf einen Toten. Er unterdrückte ein Augenrollen und riss sich zusammen. »Klar. Das tue ich. Sehr oft sogar.«

»Ich habe immer noch Schuldgefühle«, gab sie schließlich zu und schloss kurz die Lider. »Ich hätte es irgendwie verhindern müssen.«

Paul dachte einen Augenblick nach. Es war nicht so, dass er sich damit nicht auch schon beschäftigt hätte, aber er war irgendwann zu dem Ergebnis gekommen, dass niemand Ralf hätte aufhalten können. Das hatten sie nie. Er war ein Draufgänger gewesen, der keine Grenzen akzeptiert hatte. Von niemandem und niemals. Bei ihm war es immer nur um alles und zweimal mehr gegangen. Zurückhaltung hatte es in seinem Sprachgebrauch nicht gegeben, auch nicht bei Alkohol und anderen Rauschmitteln. Er war immer auf einem schmalen Grat balanciert, und am Ende hatte er das Gleichgewicht verloren und war untergegangen. Buchstäblich.

»Du weißt, dass er selbst für sich verantwortlich war, und nicht du«, meinte er sanft. »Niemand hätte ihm irgendwas verbieten können. Wir haben es ja versucht, aber … na ja.« Paul schwieg und stieß hörbar die Luft aus. Dann beobachtete er, wie auch Johanna tief ein- und wieder ausatmete. Ihre Schultern sanken ein wenig nach vorn.

»Ja, vermutlich hast du recht. Ich weiß es nicht. Es kam einfach gerade wieder hoch, wahrscheinlich, weil ich sonst mit niemandem darüber geredet habe in den letzten Jahren. Aber lass uns von etwas Erfreulicherem sprechen, ja? Da, sieh mal. Es hat aufgehört zu regnen. Ich sollte aufbrechen, ehe Oma und Opa noch einen Suchtrupp nach mir aussenden.« Hastig stellte sie ihr Glas ab und stand auf; dabei achtete sie darauf, Schnee nicht wehzutun. Das Kätzchen schlief, das Mittel wirkte.

Paul war bewusst, dass Johanna nicht länger mit ihm über die Vergangenheit reden wollte. »Ich bringe dich nach Hause«, schlug er vor und erhob sich ebenfalls.

»Ich muss ja auch noch das Rad holen.«

»Eben.« Paul setzte sein Glas ab und holte einen leeren Karton. Darin bettete er Schnee mitsamt dem Kissen. »So ist es besser für sie – und für dich vermutlich auch.«

»Du bist echt ein fürsorglicher Typ«, stellte Johanna fest, ohne ihn dabei anzusehen. Er wusste nicht, ob sie amüsiert war oder ob sie das womöglich attraktiv an einem Mann fand. Sie war nur einen Schritt von ihm entfernt, ihr Geruch stieg ihm in die Nase und etwas in ihm zog sich zusammen. In diesem Moment blickte sie zu ihm auf, und er verlor sich im leuchtenden Karamellton ihrer Augen. Er las nicht, wie erwartet, Gleichgültigkeit darin, sondern Verletzlichkeit und Sehnsucht. Sein Blick wanderte zu ihren vollen Lippen, die leicht geöffnet waren.

»Bin ich das?«, antwortete er. Seine Stimme klang rauer als sonst.

Er sah, dass sie schluckte. Ihre Pupillen waren geweitet. »Du warst immer der bessere Mensch, Paul. Es ist schön zu sehen, dass du über die Jahre nichts von deiner Art eingebüßt hast.« Dann trat sie einen Schritt zurück und räusperte sich. »Ich muss noch meine nassen Sachen mitnehmen.«

Der Moment war vorbei. Paul fuhr sich mit einem leisen Seufzen durch die Haare. »Lass nur, ich bringe sie dir morgen, dann kann ich auch gleich noch einmal nach Schnee sehen, wie es ihr mit dem Bein geht.«

»Mach dir doch keine Umstände.«

»Ich muss sowieso zu Jupiter, alles gut.«

Nicht nur er fühlte sich befangen, er sah es auch in Johannas Blick; sie wich ihm aus und bewegte sich so, als wäre ihr plötzlich unwohl in seiner Gegenwart.

Paul sagte nichts dazu, begleitete sie aber trotzdem.

Wenig später liefen sie durch die Dunkelheit, sammelten erst das Rad wieder ein und gingen dann zum Rosenhof. Es tropfte von den Bäumen, auf den Straßen waren noch immer riesige Pfützen. Es roch nach Regen und Blüten und war mindestens zehn Grad kälter geworden.

»Vielen Dank«, sagte Johanna, nachdem sie das Rad in den Schuppen gebracht hatte. Sie nahm Paul den Karton mit Schnee ab, dabei berührten sich ihre Fingerspitzen. Ein elektrisierendes Prickeln wanderte seinen Arm hinauf und jagte kleine Schauer an seiner Wirbelsäule entlang.

»Gute Nacht«, murmelte er und zog seine Hand zurück. »Schlaf gut.«

»Du auch. Und noch mal vielen Dank, Paul. Es war … schön, mit dir zu reden. Tut mir leid, dass ich letztens im Stall so komisch reagiert habe. Ich war einfach auf ein Wiedersehen nicht vorbereitet.«

Er wusste nicht, was er darauf erwidern sollte, daher nickte er nur und marschierte vom Hof, ohne sich noch einmal umzublicken.

Kapitel 8

Mai 1945, Lüneburg

Auf der sogenannten Hexe, einem Ofen, der neben dem Fenster stand und aus verschiedenen, vom Schrottplatz gesammelten Materialien selbst zusammengeschustert war, hatte Mutter Lise Mehlschleim gekocht. Jeder hatte eine verbeulte Blechdose als Gefäß und einen Löffel. Zum Essen gab es einen kleinen Schuss Milch. Heute war ein großer Tag; sie hatten ein neues Quartier etwas außerhalb der Innenstadt zugewiesen bekommen und konnten umziehen. Mal wieder.

»Ich versuche, was aus der Küche abzuzwacken«, versprach Netti, obwohl es natürlich verboten und damit gefährlich war. Sie dachte an Major Thompson, vor dem sie sich noch immer ein wenig fürchtete. Er wirkte oft abwesend und starrte sie nur finster an, wenn sie ihm sein Essen brachte. Netti sah immer zu, dass sie ihm, wo es möglich war, aus dem Weg ging. Nicht auszudenken, wenn jemand wie er sie beim Stehlen erwischt hätte. Das konnte schreckliche Konsequenzen haben, deshalb hatte sie es noch nicht gewagt, auch nur einen Krümel aus seiner Küche mitzunehmen. Sie erschauderte kaum merklich.

»Ich muss los«, sagte sie schließlich und stand auf.

»Du hast ja noch gar nichts gegessen.« Mutter schaute sie besorgt an.

»Esst ihr mal, ich werde schon satt. Kannst du heute zum Wirtschaftsamt gehen und die neuen Lebensmittelmarken abholen?«

»Das mache ich, aber es reicht hinten und vorn nicht. Ich brauche Arbeit, und zwar eine richtige, in einer Fabrik oder auf dem Feld. Dann bekomme ich auch mehr Marken zugeteilt. Mit der Hausfrauenkarte kommen wir nicht weit.«

Mit einer Arbeiterkarte hätte ihre Mutter 450 Gramm Fett monatlich erhalten, so waren es nur 210 Gramm – sehr wenig, wenn man sowieso schon viel zu abgemagert war.

»Und wer soll sich dann um Helmut kümmern?« Nettis Blick fiel auf Otti, die mit ihrem Mehlschleim beschäftigt war und mechanisch den Löffel zum Mund führte. Diese Gefühlsstarre war schwer zu ertragen. Wut stieg in Netti auf; ihre Schwägerin hätte sich freuen sollen, dass ihr Helmut geblieben war, und für ihn da sein. Der arme Junge brauchte seine Mutter jetzt. Otti musste nach vorn schauen, wie sie alle. Auf einmal begann ihre Schwägerin zu würgen, sprang auf und übergab sich in einen Eimer.

Netti riss die Augen auf, ihre Mutter schaute Otti besorgt hinterher. Sie stand auf und rieb der Schwiegertochter über den Rücken. »Schon gut, Otti, schon gut. Wird gleich wieder.«

Netti wunderte sich. Das klang so, als ob das schon einmal vorgekommen wäre. War Otti krank? Ein Wunder wäre es nicht gewesen; die Ruhr war keine Seltenheit in diesen Tagen, fließendes Wasser hatten sie lange keines mehr gesehen. »Muttela?«, wandte sich Netti an ihre Mutter.

Die warf ihr nur einen strengen Blick zu, der Netti zum Schweigen brachte. Nicht jetzt, sollte das heißen. Dann wandte sich Lise zu Helmut um. »Ich nehme den Jungen nachher mit zum Amt, vielleicht nützt das ja was. Dann kommt er auch nicht auf dumme Gedanken.«

»Ich kann auf mich selbst aufpassen«, polterte Helmut und guckte grimmig. Er plusterte sich auf, was angesichts seiner schmächtigen Erscheinung beinahe witzig ausschaute. Natürlich lachte niemand, denn Helmut sah sich jetzt als Mann im Haus, auch wenn er noch nicht mal zehn Jahre alt war. Sie wollten ihn nicht kränken. Er hatte es schwer genug.

»Du stürzt dich zu gern in Unsinn, mein Junge«, mahnte Lise dennoch. »Mein Gott, was du für ein Glück hattest, dass sie euch nur Panzer haben waschen lassen. Dass du mir so was nicht noch einmal machst, hörst du? Deshalb wäre es mir lieber, du begleitest mich nachher.«

Helmut verschränkte die dünnen Arme vor seiner Brust. »Ha, eigentlich hat es sich doch gelohnt, von den Rotkäppchen einkassiert zu werden! Das Beste war das Fresspaket, das die Tommys mir mitgegeben haben, das hat uns für Tage satt gemacht. War das vielleicht nichts? Der Staff-Sergeant Davidsson ist jetzt mein Freund«, erklärte Helmut stolz mit einem breiten Grinsen. »*Ich* kann mir eine Arbeit suchen. Vielleicht in der Kaserne.«

»Du wirst in die Schule gehen, mein Lieber«, erklärte Netti streng. »Und nicht irgendwo Steine klopfen, ist das klar?«

»Es gibt aber gerade keinen Unterricht, hast du doch selbst gesagt, weil die Engländer alle Lehrer entlassen haben. Die sagen, dass alle Lehrer Nazis sind.«

Lise füllte ihrem Enkel noch eine Kelle in seine zum Essgeschirr umfunktionierte Dose.

»Irgendwann werden sie schon wieder welche einstellen, und so lange unterrichten wir dich selbst. Ausbildung ist wichtig.«

»Bäh, das Zeug ist ekelhaft.« Helmut verzog das Gesicht.

Otti legte sich auf die Matratze und drehte sich mit dem Rücken zu ihnen. Netti furchte die Stirn und wandte sich an ihren Neffen. »Das Zeug macht aber satt, also iss.« Netti band sich ein Kopftuch um die struppigen Haare, die noch immer zum Fürchten aussahen. Um das zu wissen, brauchte sie keinen Spiegel. »Ich bin am Mittag wieder da, dann habt ihr alles gepackt, ja?«

»Mach dir mal keine Gedanken«, beruhigte ihre Mutter Netti. »Geh zur Arbeit, nicht dass der Major warten muss.« Ihr Ton war bei diesen Worten etwas ängstlich. Netti wusste, dass ihrer Mutter nicht wohl dabei war, dass sie für einen Soldaten arbeitete, einen Besatzer. Aber ihre Mutter wusste so gut wie sie, dass sie das Einkommen zum Überleben brauchten.

Netti nickte. »Ist gut.«

»Ich schau, dass ich einen Bollerwagen organisieren kann«, prahlte Helmut. »Die Hexe müssen wir mitnehmen, das Ding ist zu schwer, um es zu tragen, also brauchen wir was zum Schieben.«

Lise strich über den blonden Schopf ihres Enkels. »So ein guter Junge. Aber dass mir keine Klagen kommen, ja? Wir sind ehrliche Leute, es wird nichts geklaut.«

»Was denkst du denn!« Helmut schüttelte den Kopf. »Ich organisiere das für uns.«

Netti dachte daran, was »organisieren« in diesen Zeiten hieß: Was nicht niet- und nagelfest war, konnte man mitnehmen. In diesem speziellen Fall wusste sie aber, dass eine Familie aus Stolpen, mit denen sie in der Turnhalle gehaust hatten, einen Handwagen hatte retten können. Deren Junge war auch mit Helmut bei den Engländern zum Panzerschrubben gewesen. Es würde also wirklich eine Leihgabe sein und kein Diebstahl, das hoffte Netti zumindest.

Es grünte und blühte überall in der Stadt. Netti bog von der Reitende-Diener-Straße in die Straße Hinter der Bardowicker

Mauer ab. Die alte Stadtfeste bestand aus unbehauenen Steinen, das Kopfsteinpflaster war genauso unruhig wie die Wände der windschiefen Häuschen mit ihren roten Backsteinen. Blauregen hing von der ehemaligen Stadtbefestigung herunter. Die Blüten leuchteten in einem bezaubernden Lilaton und bildeten unzählige Farbkleckse über den alten Steinen. Netti atmete tief ein, die kühle Morgenluft füllte ihre Lungen. Sie war allein hier, und sie genoss diesen Augenblick; es war ein rarer Moment in ihrem neuen Alltag fern der Heimat. In diesen Zeiten konnte man sich den Luxus eines eigenen Zimmers nicht leisten, nicht mal ein eigenes Bett war vorhanden. Was früher für sie undenkbar gewesen wäre, war heute Normalität. Sie erinnerte sich an den Blick aus ihrem Schlafzimmerfenster in Ostpreußen, an die weiten Wiesen und die goldenen Kornfelder, an den sanften Wind und die heißen Sommertage. Früher war es selbstverständlich gewesen, die Bettdecke aus dem Fenster zu hängen, um sie zu lüften, heute hatte sie nicht einmal mehr eine. Es war seltsam, dass man sich erst Gedanken über Komfort und Annehmlichkeiten machte, wenn man sie verloren hatte. Trotzdem war Netti froh, überhaupt hier zu sein, und genoss den ruhigen Moment für sich in der frühen Morgensonne.

Die Stadt war üblicherweise voll von Menschen, daher überraschte es Netti, dass sie gerade allein war. Dennoch konnte sie nicht länger verweilen, denn auch heute waren die Straßen nicht sicher für alleinstehende Frauen, und sie nahm sich in Acht. Fast bedauerte sie es ein wenig, dass sie sich nicht länger Zeit nehmen konnte. Aber sie beeilte sich auch deswegen, weil sie noch immer Angst vor ihrem neuen Arbeitgeber hatte. Er behandelte sie zwar mit höflicher Zurückhaltung, aber sie spürte in seiner Gegenwart auch immer seine Ablehnung, seine stille Wut auf das deutsche Volk. Zu Recht natürlich, aus seiner Sicht; dennoch schüchterte Alan Thompson sie ein. Netti wollte sich keinen Groll einhandeln. Solange er sie nicht anfasste oder bedrängte, konnte sie froh sein, wenn er sie nur mit bösen Blicken bedachte. Als Frau hatte man auch heute noch zu jeder Zeit Angst vor Übergriffen, denn nicht alle hielten sich an die Anweisungen, dass es verboten war, sich den deutschen »Frolleins« zu nähern.

Am Marktplatz herrschte bereits reges Treiben. Vor dem Bäckerladen stand wie immer eine lange Schlange. An den Anblick wartender Menschen überall hatte man sich längst gewöhnt. Viele waren zu entkräftet, um zu arbeiten, die Schultern waren auch bei jungen Menschen gebeugt, der Blick gebrochen. Nettis Herz zog sich zusammen. Sie wusste, was in vielen vor sich ging. Nur weil sie selbst das Glück gehabt hatte, so rasch eine gute Anstellung zu finden, vergaß Netti nicht, wo sie herkam und was es heute bedeutete, ein Flüchtling zu sein. Es war ein schwer zu beschreibendes Gefühl, als Überlebende aus der Fremde betrachtet zu werden, ein Mensch, den niemand wollte. Einer, der weniger wert war, nur weil er anders sprach, andere Gerichte kochte und nur noch das besaß, was er am Leibe trug. Weil die anderen Angst hatten, dass man ihnen noch das wenige nahm, was sie hatten, behandelten sie die Flüchtlinge wie Menschen zweiter Klasse, wie Ungeziefer, von dem man Abstand halten musste. Netti schob die trüben Gedanken beiseite und konzentrierte sich darauf, niemanden anzurempeln. Während sie eben noch allein gewesen war, tummelten sich am Markt viel zu viele Leute.

Neben den hungernden Gestalten wimmelte es zudem von kakifarbenen Uniformen und roten Käppis. Die Soldaten hielten sich zumeist an das Kontaktverbot, aber die Armee hatte Aufträge für die Bevölkerung, und sie hatte wertvolles Geld, nicht nur in Form von Münzen. Netti hatte in den letzten Tagen mitbekommen, wie Frauen aus der Unterkunft Hemden der Tommys bekamen, um sie zu waschen. Bezahlt wurden sie in Zigaretten. Ein alltäglicher Handel, der eigentlich verboten war, aber dennoch geduldet wurde – denn saubere Wäsche brauchten die Tommys alle, egal, welchen Rang sie bekleideten. Nicht jeder hatte es da so komfortabel wie Major Thompson, dessen Kleidung und Uniformen Netti jetzt wusch.

Es war fünf vor sieben, als sie die Villa in der Uelzener Straße erreichte. Netti klingelte; sie hatte keinen Schlüssel. Sie konnte vielleicht für Major Thompson kochen und sauber machen, aber er traute ihr darüber hinaus keinen Millimeter über den Weg.

Es dauerte einen Augenblick, bis geöffnet wurde. Major Thompson trug Uniformhose, Socken und ein Hemd, das noch nicht ganz zugeknöpft war. Die Haare waren noch nass, aber ordentlich gekämmt, wenngleich sie mittlerweile einen Tick zu lang waren, um noch militärisch korrekt zu sein. Offenbar traute er einem Deutschen mit Schere und Rasiermesser noch weniger über den Weg als ihr. Und von britischen Friseuren hatte Netti noch nichts gehört, aber sie wusste natürlich auch nicht alles.

»Guten Morgen«, grüßte sie wie immer auf Englisch.

»Morgen«, erwiderte er knapp und ließ sie ein. Wortlos wandte er sich ab und stapfte wieder nach oben, während Netti die Tür hinter sich schloss und in die Küche ging. Dort legte sie ihren abgetragenen Mantel ab und wusch sich die Hände, ehe sie das Frühstück zubereitete. Seit gestern gab es im Haus wieder fließendes Wasser, aber das galt nicht für alle Gegenden in Lüneburg.

Sie band sich eine saubere Schürze um und kramte die Zutaten für ein Frühstück hervor. Major Alan Thompson mochte Rührei mit Bohnen und gebratenem Speck. Dazu gab es stets eine in der Pfanne geröstete Scheibe schneeweißes Brot, »Toast« hatte er es genannt. Sie hatte ein wenig experimentiert, wie man es buk, mittlerweile war sie ganz zufrieden mit dem Ergebnis. Das Rezept hatte ihr einer der Verkäufer aus dem Laden verraten, in dem nur Briten einkaufen durften. Es gab alles Mögliche dort, was man aus England nach Deutschland gebracht hatte. Das war Neuland für Netti, aber Major Thompson beschwerte sich nicht über das Essen, das sie ihm vorsetzte. Bislang zumindest nicht, vielleicht war es eine Art Schonzeit, bis sie sich eingelebt hatte. Andererseits, der Mann nahm sonst auch kein Blatt vor den Mund, wenn er seine Abscheu gegenüber den Deutschen zum Ausdruck bringen wollte, also würde er ihr vermutlich auch direkt sagen, wenn ihm nicht schmeckte, was sie ihm vorsetzte.

Netti schlug drei Eier in eine Schüssel und verquirlte sie mit einer Gabel, kippte einen Schuss Sahne dazu, dann eine Prise Salz und etwas Pfeffer. Als Nächstes schmolz sie etwas Schmalz in einer Pfanne und gab die Eimasse hinein, während sie in einer zweiten eine Scheibe Brot röstete. Ihr Magen zog sich knurrend zusammen. Sie würde nachher essen, was er übrig ließ. Er schaffte selten die ganze Portion. Obwohl sie heute Morgen so getönt hatte, dass sie etwas für die Familie abzweigen wolle, war sie sich jetzt nicht mehr sicher, ob sie den Schneid dazu hatte. Sie hatte keine Ahnung, wie schlimm die Konsequenzen für sie sein mochten, wenn er sie beim Klauen von Lebensmitteln erwischte.

Netti arrangierte sein Frühstück auf einem großen Teller, dazu gab es schwarzen Tee, den sie schon vor einigen Minuten zubereitet und der bis eben gezogen hatte. Die Milch wurde in einem silbernen Kännchen separat gereicht. Sie richtete alles hübsch auf einem Tablett an. Die Hausbesitzer waren anscheinend sehr wohlhabend, denn die Küche war prächtig ausgestattet, mit vielen Pfannen und Töpfen. Dazu gab es Meissener Porzellan und viele Kristallgläser. Sie hatte bislang nicht herausgehört, wem das Haus eigentlich gehörte; im Grunde interessierte es sie auch nicht.

Klopfenden Herzens machte sie sich mit dem Tablett zum Speisezimmer auf. Sie schob die Flügeltür mit dem linken Fuß auf, sodass sie hindurchgehen konnte. Die Verbindungstür zum Salon war geöffnet, Major Thompson saß bereits am ovalen Esstisch und studierte irgendwelche Papiere. Es kam ihr so vor, als ob er immer am Lesen oder Schreiben wäre. Niemals fand sie ihn nachdenkend oder nichts tuend vor, aber stets korrekt und ernst. Sehr ernst.

»Bitte sehr, Sir«, machte sie auf sich aufmerksam und stellte das Tablett ab. Das Besteck legte sie zuerst vor ihm ab, dann die Serviette, schließlich folgten Rührei und Tee vom Tablett. »Ich wollte Ihnen noch mitteilen, dass ich heute mit meiner Familie umziehe, wir haben ein Zimmer auf einem Bauernhof zugewiesen bekommen. Ich notiere Ihnen meine Adresse, wenn Sie möchten.«

Er nickte knapp und schob ihr ein Blatt zu. »Nehmen Sie die Rückseite. Papier ist knapp.«

Netti presste die Lippen zusammen. Als ob sie das nicht selbst gewusst hätte. Sie hasste es, wie arrogant sie dieser Mann behandelte, auch wenn sie wusste, warum. Das hier war kein normales Angestelltenverhältnis. Deshalb kommentierte sie seine Worte nicht und nahm den Zettel einfach entgegen. »Brauchen Sie noch etwas, Sir?«

Netti trat einen Schritt zurück und hielt das Blatt vor ihren Schoß, weil sie nicht wusste, wohin sonst damit.

»Vielleicht besorgen Sie beim nächsten Einkauf etwas Orangenmarmelade, sonst nichts, danke.«

Er blickte zu ihr auf, während er die Serviette auf seinem Schoß ausbreitete. Etwas Fragendes lag in seinem Ausdruck, also wartete sie ab.

»Was ist eigentlich mit Ihren Haaren passiert?« Er holte tief Luft, als sei es ihm unangenehm, so direkt gewesen zu sein. »Wenn ich fragen darf, Miss Schlewitz.«

Sie war auf eine so persönliche Frage nicht vorbereitet, was sollte sie erzählen? Die Wahrheit? Eine Lüge? Nein, das hätte er sofort gemerkt. Dennoch, es war ihr unangenehm, darüber zu reden. Sie spürte, wie ihre Hände schwitzig wurden, die Finger klamm, während ihr Herz raste. Sie hatte so viel gesehen in den vergangenen Monaten, dass sie gar nicht wusste, womit sie anfangen sollte. »I-ich … es ist so, dass …« In ihrem Kopf drehte sich alles. Dann schluckte sie und holte tief Luft. »Ich habe es wegen der Russen abgeschnitten«, stieß sie schließlich hervor, dann schaute sie betreten auf ihre Füße.

Schweigen breitete sich im Raum aus. Niemand sagte ein Wort, das Blut rauschte in ihren Ohren.

»Wenn es Sie abstößt, wie ich aussehe, kann ich …« Ihre Gedanken überschlugen sich. Aber nein, sie trug ja schon ein Kopftuch. Doch auch das war nicht gerade hübsch, wie alles an ihr. Das zerschlissene Kleid verdiente den Namen nicht mehr, eine Strumpfhose besaß sie nicht, und die Schuhe wurden nur noch von ein paar Nägeln zusammengehalten. Sicher wünschte er, dass seine Hausangestellte nicht aussah wie eine Bettlerin, und das verstand sie, aber sie hatte momentan weder Geld noch sonstige Möglichkeiten, das zu ändern.

Irgendwann hielt sie es nicht mehr aus und linste unter halb gesenkten Lidern zu ihm auf. Netti bereitete sich innerlich darauf vor, Abscheu in seinem Blick zu erkennen, aber das, was sie wirklich darin las, ließ sie nach Luft schnappen. Es lag so viel Schmerz in seinen ausdrucksvollen grünen Augen, dass sie erstarrte.

»I'm sorry«, murmelte er. So leise, dass es kaum zu hören war. *Es tut mir leid.*

Hatte er tatsächlich keine Ahnung, was so viele Frauen im Krieg und auf der Flucht hatten durchmachen müssen? Wenn die Russen schneller gewesen waren als der Treck, war für viele der Tod die leichtere Wahl gewesen.

Netti blinzelte, aber sie konnte nicht alle Bilder verdrängen, nicht alle Erlebnisse zurück in die dunkle Ecke ihres Bewusstseins schieben, auch wenn sie selbst vom Schlimmsten verschont geblieben war.

»Wie geht es Ihrem Sohn?«, fragte er schließlich und betrachtete sie mit einer seltsamen Mischung aus Neugierde und Fürsorge.

Netti löste sich aus ihrer Schockstarre. Eine persönliche Frage? Beinahe freundlich?

Was war passiert? Hatte er auf einmal Mitleid mit ihr? Sie räusperte sich und trat einen Schritt näher. »Darf ich Ihnen die Milch eingießen? Helmut ist nicht mein Sohn, er ist der Sohn meiner Schwägerin, also mein Neffe. Es geht ihm gut, aber er trägt zu viel Last auf den schmalen Schultern, der Junge.« Sie dachte an ihren verschollenen Bruder Gerhard und das kleine Karlchen, das sie nicht hatten beerdigen können. Netti sagte aber nichts, denn es interessierte den Major vermutlich ohnehin nicht, wer aus ihrer Familie den Krieg nicht überlebt hatte. Sie kannte seine Meinung über die Gesamtschuld des Nazivolkes.

»Jeder Deutsche muss die Konsequenzen tragen«, hörte sie ihn tatsächlich laut und mit fester Stimme erklären, als hätte sie diesen Satz nicht schon oft aus seinem Mund gehört. »Danke, ich mache das selbst.« Sie beobachtete, wie er nach dem Milchkännchen griff. Er war kein Mann, der schweres Arbeiten gewohnt war, obwohl er körperlich kräftig war, nein, eher sehnig. Er hatte schlanke, lange Muskeln, und er bewegte sich mit einer Anmut, die sie faszinierte. Sicher war er nicht sein ganzes Leben Soldat gewesen; sie traute sich aber nicht zu fragen, was sein eigentlicher Beruf war. Die Distanz zwischen ihnen schien wieder endlos. Unüberwindbar.

»Wenn Sie mich nicht mehr benötigen …«, sagte sie vorsichtig.

»Danke, Sie können gehen.«

»Haben Sie Wünsche für das Abendessen?«, wollte Netti noch von ihm wissen. Ihr Herz klopfte schneller; es war ihr nach wie vor unangenehm, mit ihm zu sprechen. Dieser Mann schüchterte sie ein, gleichermaßen faszinierte er sie leider auch.

Major Alan Thompson schüttelte den Kopf, nahm die Gabel zur Hand und war schon wieder in seine Lektüre vertieft. Also wandte Netti sich ab, ging zurück in die Küche, kramte einen Bleistiftstummel aus der Schublade und setzte sich für einen Augenblick an den kleinen Tisch. Dort notierte sie die neue Adresse, die sie schon auswendig kannte. Sie war so glücklich über den neuen Bescheid, dass sie es immer noch kaum glauben mochte. Ab jetzt würde für ihre Familie alles besser werden. Netti dachte an ihren Bruder und die bislang erfolglosen Suchaufträge des Roten Kreuzes. Gleich morgen würde sie noch einmal zur Meldestelle am Bahnhof gehen, ihre neue Anschrift angeben und ein neues Gesuch absenden. Auch ein Schild wollte sie an einen der Zäune hängen, wo schon so viele andere Angehörige es ihr vorgemacht hatten. Wenn ihre Tage doch nur mehr Stunden gehabt hätten, überlegte sie mit schwerem Herzen.

Erst als sie feste Schritte im Flur hörte und die Tür gleich darauf krachend ins Schloss fiel, traute sie sich ins Speisezimmer, um abzuräumen. Sie war überrascht, er hatte sein Frühstück kaum angerührt. Hat es ihm nicht geschmeckt, war ihr erster, bestürzter Gedanke. Ich muss ihn fragen, was ich besser machen kann, der zweite.

Nicht auszudenken, wenn sie die Stelle verlor. Panik erfasste sie; das durfte nicht passieren. Gleich nachher, sobald sie ihre wenigen Habseligkeiten in die neue Bleibe geschafft hatten, würde sie zum Armyladen gehen und fragen, was man bei Rührei falsch machen konnte. War es möglich, dass der britische Geschmack sich so sehr vom deutschen unterschied? In den ersten Tagen hatte er immer, bis auf kleine Reste, alles gegessen. Was war heute anders? Mit zitternden Fingern räumte sie ab und brachte alles zurück in die Küche. Es duftete köstlich. Ihr Magen war zwar nicht vollkommen leer, wie so oft in den letzten Wochen, aber hungrig war sie trotzdem. Netti rang mit sich. Noch vor wenigen Monaten hätte sie niemals die Speisereste fremder Leute essen können, doch seitdem war sehr viel passiert. Der Gedanke schreckte sie nicht einmal ab; alles, was sie denken konnte, war, wie lecker der Speck und das Rührei schmecken würden. Sie setzte sich nicht einmal, sondern nahm Alans Gabel zur Hand und fing an zu essen.

O Gott!

Es schmeckte köstlich. Sie schloss für einen Moment die Augen und stöhnte mit vollem Mund. Nein, an ihren Kochkünsten konnte es nicht liegen, dass er heute so viel übrig gelassen hatte. Etwas anderes musste ihm den Appetit verdorben haben. Sie wollte sich jedoch nicht weiter den Kopf über das zerbrechen, was dem Major die Laune verhagelt hatte, sondern konzentrierte sich voll und ganz auf diesen unerwarteten Genuss.

»... ich habe noch etwas vergessen«, riss eine dunkle Stimme sie aus ihren Gaumenfreuden.

Netti erschreckte sich und schnappte nach Luft. Dabei bekam sie ein paar Krümel in den falschen Hals und musste husten. Sie schaffte es gerade noch, sich eine Hand vor den Mund zu halten, um ihm nicht alles ins Gesicht zu spucken.

Entsetzt wurde sie sich bewusst, was hier gerade passierte. Der Major hatte sie dabei erwischt, wie sie sein Essen verspeiste.

Was würde er wohl dazu sagen?

Er sah mindestens genauso schockiert aus wie sie. Seine ausdrucksstarken grünen Augen hatte er weit aufgerissen, sein Mund stand offen. Er fasste sich zuerst. »Entschuldigen Sie, ich wollte Sie nicht stören ...« Er schaute auf das Tablett und dann wieder auf ihr Gesicht. Dann erst schien er zu begreifen, dass sie sich an *seinen* Resten gütlich tat. Auf einmal wurde er rot im Gesicht. Er wirkte peinlich berührt.

Netti ebenso. Ihre Wangen brannten, ihre Knie waren weich. Sie fürchtete sich vor seiner Reaktion.

Würde er sie rauswerfen, oder schlimmer, sie des Diebstahls bezichtigen? In ihrem Kopf drehte sich alles; sie konnte nicht klar denken. Das Herz schlug ihr bis zum Hals hinauf.

»Miss Schlewitz, was tun Sie da?« Seine Stimme klang tonlos.

Netti schluckte trocken. »Es tut mir leid, Sir. Ich hätte Sie fragen müssen.« Sie senkte den Blick und wagte nicht, wieder aufzusehen.

Major Thompson räusperte sich. »Miss Schlewitz?«

Vorsichtig hob sie das Kinn. Ihre Hände hatte sie ineinander verschränkt. »Ja?«

Er sagte nichts, und es kam Netti so vor, als ob ihm womöglich selbst die richtigen Worte fehlten. »Ich, ähm, bin zurückgekehrt, um Ihnen zu sagen, dass ich in den kommenden Tagen womöglich Gäste zum Abendessen mitbringen werde. Genau kann ich Ihnen noch nicht sagen, wann das sein wird.«

Sie blinzelte. »Dinner?«

Er nickte. »Genau. Sehen Sie zu, dass Sie etwas Fleisch auf den Tisch bringen.«

Netti nickte. »Natürlich, Sir. Fleisch.«

Er rührte sich nicht und starrte sie nur mit einer Intensität an, die Netti kaum aushalten konnte. Endlose Sekunden verstrichen; die Stille im Raum wurde ohrenbetäubend. Er trat auf sie zu und hob eine Hand; es kam ihr vor, als ob er vorhätte, sie tröstend auf ihre Schulter zu legen. Sie wagte nicht, sich zu erklären. Dann fasste sie allen Mut zusammen, doch im gleichen Moment trat er zurück und wandte sich ab. Kurz darauf verließ er wortlos das Haus. Die Tür krachte hinter ihm ins Schloss. Das Geräusch hallte noch lange in ihr nach.

Netti setzte sich an den kleinen Küchentisch und atmete leise aus. Dann stützte sie die Ellenbogen auf die Platte und vergrub ihr Gesicht zwischen den Händen.

Essensreste zu verspeisen war eine Sache, aber dabei vom Arbeitgeber erwischt zu werden eine andere. Wieso hatte er dazu nichts gesagt? Fand er es so abstoßend und widerlich, dass er nicht einmal einen Kommentar dafür übrig hatte?

Das musste es sein.

Nun brannte die Schamesröte in ihrem Gesicht. Sie schob den Teller von sich; der Appetit war ihr tatsächlich vergangen. Und das wollte nach den Entbehrungen der letzten Monate wirklich etwas heißen.

* * *

Am frühen Mittag erreichten Netti und ihre Familie ihr neues, hoffentlich längerfristiges Zuhause in Lüneburg-Oedeme. Das war ein Stadtteil Lüneburgs, der etwas außerhalb lag und von Feldern, Wiesen und Wald umgeben war. Zum Glück hatten sie tatsächlich den Leiterwagen der Familie Kaminski, die aus Stolpe geflohen war, ausleihen dürfen. Auch wenn sie nicht viel besaßen, war es doch hilfreich, nicht alles schleppen zu müssen, vor allem die selbst gebaute Hexe nicht. Es war ein überraschend weiter Weg aus Lüneburgs Stadtmitte bis hierhin gewesen. Sie waren eine lange Straße immer geradeaus gegangen, schließlich über ein Bächlein gekommen, bis hin zu einer Siedlung, in der einige Bauernhöfe nebeneinanderlagen. Die Felder rundherum waren nicht alle bestellt, aber immerhin einige.

»Vielleicht kann ich hier Arbeit finden«, meinte Mutter zu Netti und strich ihr sanft über den Arm. Helmut zog den Wagen und Otti trottete nebenher. Vielleicht würde der Umgebungswechsel mit ein wenig mehr Ruhe und weniger anderen Flüchtlingen in der Nähe Otti neuen Mut geben.

Ansonsten wusste Netti nicht mehr, was man noch für die Schwägerin tun konnte.

»Ja, das solltest du versuchen, Mutter«, stimmte Netti zu. »Schau mal, das hier könnte es sein.« Sie sahen den großen Bauernhof der Familie Tiedtke; auch hier war die Fassade rot verklinkert. In der Mitte des Hofs stand eine junge Kastanie, die Ställe sahen auf den ersten Blick ordentlich aus. Einige Hühner pickten gackernd auf dem Rasen nach Würmern. Verblüffend, dachte Netti, das hier war nahezu idyllisch. Nichts war zerstört. Unter der Remise standen ein Fuhrwerk und ein Herrenrad.

»Gott, wie schön!«, meinte nun auch Mutter. »Ob wir hier vielleicht ein oder sogar zwei Zimmer bekommen? Vielleicht dürfen wir in der Küche des Bauernhauses kochen?«

Netti wagte kaum, darauf zu hoffen, tat es aber doch. Sie dachte an die Frühlingstage in Ostpreußen zurück, als die Küchenfenster weit geöffnet wurden, um die würzige Luft hereinzulassen, während man den Staub und Dreck des Winters aus den Stuben fegte. Sie erinnerte sich so gern an die Zeit, in der man nach getaner Arbeit abends um den Tisch herum gesessen und gemeinsam gelacht hatte. Heute lachte man nur noch selten. Otti gar nicht mehr.

Helmut zog den Leiterwagen zwischen den beiden Torpfosten hindurch auf das Kopfsteinpflaster; sogar Otti reckte den Kopf ein wenig und blinzelte gegen die Sonne an. Als sie den Hof gerade betreten hatten, öffnete sich die Haustür, und eine ältere Frau trat heraus, gefolgt von einem jungen, hageren Mann auf Krücken.

»Was wollt ihr hier?«, rief die Frau bissig. Sie trug ihr graues Haar zu einem strengen Knoten, die Kleidung war sauber und ordentlich, die Schürze blütenweiß.

Netti zog das Papier aus der Tasche, das ihre Einweisung auf den Hof amtlich bescheinigte. »Hier, bitte. Wir sind Familie Schlewitz und sollen hier einziehen.« Sie trat näher, versuchte, höflich zu lächeln, und nickte erst der Mutter – davon ging sie aus – und dann dem Sohn zu. Der hatte eingefallene Wangen, aber freundliche Augen. Sein braunes Haar war ordentlich gekämmt, das Hemd gebügelt. Die Hosen schlackerten um seine dünnen Beine. Es war wahrscheinlich, dass er eine Kriegsverletzung davongetragen hatte und sich noch davon erholte. Wie schwer sie gewesen war, konnte sie nur anhand seines mageren Körpers erahnen. Aber sein Blick war nicht leer und tot, wie bei vielen anderen, denen Netti begegnet war. Traurig ja, aber lebendig.

»Was?« Empört stemmte die Bäuerin die Hände in die üppigen Hüften. Hungern musste auf dem Hof anscheinend niemand. »Ihr seid viel zu viele«, meinte sie schließlich eiskalt. »Wir können euch nicht nehmen, wir sind nur auf zwei Personen eingerichtet. Und so, wie ihr ausseht, könnt ihr auch nicht anpacken. Nein, das geht nicht. Haut wieder ab!«

Netti konnte kaum glauben, was sie da hörte. In diesem riesigen Bauernhaus konnten sicher zwanzig Mann unterkommen. Aber das war wohl nicht der Punkt; die Bäuerin wollte offenbar niemanden aufnehmen. So einfach ließ Netti sich allerdings nicht abwimmeln. Früher hätte sie vielleicht gezögert, aber seitdem war viel passiert. Mit Ablehnung konnte sie heutzutage umgehen; sie würde dennoch auf ihrem Recht bestehen.

»Ob es ihnen nun gefällt oder nicht. Wir haben es schwarz auf weiß, vom Bezirksflüchtlingsamt am Ochsenmarkt ausgestellt. Schauen Sie.« Sie hielt das Schreiben in die Luft, gab es aber nicht aus der Hand. Die boshafte Frau war womöglich noch imstande, es zu zerreißen oder gar in den Ofen zu werfen. Dann hätten sie wieder dumm dagestanden. So naiv war Netti nicht.

Der Sohn beugte sich zur Mutter, nur ein Stück weit, auf das gesunde Bein gestützt, das andere belastete er nicht. »Mudder, nimm se, de Lütt is so sööt«, hörte Netti ihn sagen.

Sie hatte nicht die geringste Ahnung, was das hieß. Das Plattdeutsch klang fremd in ihren Ohren, aber dem Ausdruck nach zu urteilen war der Sohn anderer Meinung als die Mutter.

»Helmut«, zischte Netti. »Komm her.« Sie zog den Jungen zu sich. »Er ist stark und kann auf dem Hof anpacken und meine Mutter auch.« Ein Jammer, dass sie die Beherbergung ihrer Familie der Bäuerin schmackhaft machen musste, dabei war klar, dass diese Leute Hilfe mit dem Vieh und den Feldern gebrauchen konnten. Netti war nicht dumm; vermutlich hatten sie hier über die letzten Jahre Zwangsarbeiter beschäftigt, die nun natürlich nicht mehr da waren. Vielleicht gehörten einige der unbestellten Felder ja den Tiedtkes. Die Alte schien das Gleiche zu denken, denn obwohl ihre Lippen noch immer verkniffen und der Blick skeptisch waren, nickte sie zögerlich. »Da drüben, da ist ein Zimmer für euch.«

Langsam folgten die Mitglieder der Familie Schlewitz mit ihrem Blick der Richtungsweisung zum Stall hinüber. Eine weitere Frage erübrigte sich, denn die Bäuerin fügte hinzu: »Im Haus will ich euch Polacken nicht sehen, schon gar nicht an meinem Tisch. Nur, dass ihrs wisst. Passt euch an, haltet die Klappe und fallt nicht auf. Wenn hier irgendwas wegkommt, dann …«

Mutter Schlewitz war weiß im Gesicht geworden, Helmut hatte die Hände zu Fäusten geballt, sogar Otti hatte nach Luft geschnappt. Hoffentlich rissen sich die drei zusammen, denn ein Verschlag im Stall war immer noch besser als die Bruchbude in der Innenstadt. Hier hatten sie Zugang zu Hühnern, dem übrigen Vieh und den Feldern. Alles andere würde sich fügen.

»In Ordnung«, erklärte Netti schnell, ehe jemand anderes den Mund aufmachen konnte. »Kommt mit, wir gehen uns einrichten.«

Der junge Mann auf Krücken lächelte nicht, aber seine Augen ruhten noch immer freundlich auf ihnen. Er nickte Netti höflich zu, immerhin etwas.

»Es wird schon alles werden. Ich bin Walter und das ist meine Mutter, Gertrud«, erklärte er, ohne ihnen die Hand zu reichen. Vielleicht konnte er es nicht, weil er die Krücken halten musste, vielleicht wollte er auch erst einmal abwarten. Womöglich hatten sie auch Angst vor Schädlingen – dass Flüchtlinge Läuse oder andere ansteckende Krankheiten hatten, wurde gern herumerzählt, und oft stimmte es auch. Sicher waren diese Vorurteile auch bis zu diesem Bauernhof durchgedrungen.

Die Bäuerin wandte sich mit wehendem Rock ab und stolzierte wie eine Königin in ihr Haus zurück. Der Alten würden sie aus dem Weg gehen. Man musste über kleine Gnaden froh sein. Netti beobachtete die dicke Frau. Der Sohn war in Ordnung, mit dem würden sie klarkommen. Mit den Krücken kann er mir auch nicht nachstellen, dachte sie und biss sich auf die Unterlippe. Oder vielleicht doch? In Acht nehmen musste sie sich in jedem Fall.

Kapitel 9

Juni 1993, Lüneburg

Johanna streckte sich und gähnte lautstark, dann war sie mit einem Schlag hellwach und suchte ihr Zimmer nach Schnee ab. Der Karton, in dem sie die Kleine gestern transportiert hatte, war leer.

»Ach du Schande«, stieß Johanna hervor und schwang die Beine aus dem Bett. Mit einem Satz war sie auf dem Boden und blickte sich um. Weit konnte die Kleine nicht gekommen sein; die Zimmertür war geschlossen und das Fenster war nur gekippt, da würde das süße Ding sich bestimmt nicht durchgezwängt haben, schon gar nicht mit dem verbundenen Bein. Das Zwitschern der Vögel drang von draußen an Johannas Ohren, Hufgetrappel war aus dem Hof zu vernehmen. Nicht nur Paul hatte sein Pferd hier eingestellt, auch andere Leute hatten Boxen bei der Familie gemietet, seit die Tiedtkes keine eigenen Pferde mehr hatten, und damit auch regelmäßigen Zugang zu den Koppeln.

Johanna trug noch immer Pauls Shirt. Es war ihr heute selbst ein wenig peinlich, aber sie hatte sich gestern Abend so wohl darin gefühlt, dass sie darin geschlafen hatte und nicht in ihren eigenen Sachen. Noch immer haftete im Stoff ein Hauch von Pauls Duft. Auf der Brust war der Schriftzug der Band Metallica aufgedruckt. Pauls Musikgeschmack war damit endgültig enträtselt, dachte Johanna amüsiert und schlüpfte in ein Paar Shorts. Als sie jedoch Schnee, auch nachdem sie jede Ecke abgesucht hatte, nicht fand, wurde Johanna immer nervöser.

»Das gibt's ja nicht, sie kann sich doch nicht in Luft aufgelöst haben?« Und dann ging ihr ein Licht auf. Vielleicht war Oma ja gekommen und hatte das Kätzchen leise mit nach unten genommen? Sie hatte gestern Abend noch mit ihren Großeltern gesprochen, ob es in Ordnung war, die junge Katzendame hierzubehalten, solange der Besitzer nicht gefunden war. Opa war sofort überzeugt gewesen, denn er liebte Tiere über alles, aber Oma hatte Bedenken gehabt. »Was, wenn sich niemand findet? Du bist hier in ein paar Wochen wieder weg, und ich hab sie dann zu versorgen. Glaub mir, ich habe genug tote Mäuse als Geschenk bekommen in den letzten Jahrzehnten«, hatte sie eingewendet. Johanna wusste natürlich, dass Katzen jagten und dass sie ihren Erfolg gern »zu Hause« präsentierten. Daran hatte sie nicht gedacht, als Paul sie um ihre Hilfe zwecks Katzenpension gebeten hatte.

Nach ein wenig Hin und Her hatte Johanna aber auch Oma überzeugen können. Zunächst würde Schnee ja gar keine Freigängerkatze sein; mit dem gebrochenen Bein würde sie auf jeden Fall erst einmal im Haus bleiben müssen. Vielleicht war das Tierchen ja bei Oma. Erleichtert, dass das die Lösung sein konnte, machte Johanna sich kurz frisch und ging dann nach unten. Aus der Küche hörte sie Stimmen, und als sie eintrat, sah sie, dass Helmut mit Oma am Tisch saß. Sie kannte Omas Neffen von unzähligen Familienfeiern, hatte ihn aber nun auch schon eine Weile nicht mehr gesehen. Der Anwalt hatte eine eigene Kanzlei, die am Markt in Lüneburg ihre Büros hatte. »Hallo, guten Morgen«, machte Johanna auf sich aufmerksam und trat näher. Es roch nach Kaffee und frischem Kuchen. Natürlich, Oma hatte wieder etwas gebacken. Johanna lächelte, dann drückte sie Helmut kurz und gab Oma einen Kuss auf die Wange.

»Schön, dich zu sehen, Johanna. Wie geht es dir?«, fragte Helmut. Er trug ein blaues Kurzarmhemd und eine graue Anzughose, das Jackett hing vermutlich an der Garderobe, darauf hatte Johanna nicht geachtet. Helmut war immer korrekt gekleidet; sie hatte ihn noch nie mit einem knittrigen Hemd gesehen. Er war schlank, beinahe schon asketisch und nicht groß, aber die fehlenden Zentimeter machte er mit seiner Herzlichkeit wett. Das blonde Haar war schütter geworden, die blauen Augen leuchteten jedoch fröhlich.

»Mir geht es sehr gut, ich habe ja Urlaub«, erwiderte sie mit einem Lächeln. »Wo ist denn Schnee?«

Oma sprang auf und goss Kaffee für ihre Enkelin ein. »Opa baut gerade ein richtiges Katzenbett für sie, natürlich hat er das kleine Ding mit in den Stall genommen. Futter und Milch hat sie schon bekommen. Aber was ist mit dir, Hannchen? Soll ich dir ein Spiegelei braten?«, schlug sie vor.

»Mach dir bitte keine Umstände, ich nehme mir einfach ein Stück von dem leckeren Napfkuchen hier«, erklärte Johanna.

»Das ist doch kein Frühstück«, schimpfte Oma. »Setz dich mal hin, Kind. Und du, Helmut, noch mehr Kaffee?«

Sie gab den Protest Oma gegenüber auf, denn die machte es glücklich, wenn sie ihr ein Spiegelei braten konnte, also wehrte Johanna sich nicht.

»Gern.« Helmut schob seine Tasse über den Tisch. Erst jetzt entdeckte Johanna, dass noch etwas Seltsames auf der Platte lag. Eine alte Sprungfeder, an der jemand einen Griff befestigt hatte. Es sah irgendwie skurril aus und war auch total verrostet.

»Was ist das denn?«, wollte Johanna wissen und setzte sich.

»Das Ding habe ich neulich beim Aufräumen auf meinem Dachboden gefunden«, erklärte Helmut mit einem Lächeln. »Ich wollte es deiner Oma vorbeibringen. Das habe ich damals für deine Oma gebastelt; wir hatten ja nichts, als wir 1945 aus Ostpreußen nach Lüneburg gekommen sind.«

Oma lächelte schwach, während sie darauf wartete, dass das Fett in der Pfanne schmolz. »O ja, ich weiß noch ganz genau, als du stolz wie Oskar mit der alten Bettfeder vom Schrottplatz gekommen bist. Damals hast du ja fast jeden Tag irgendwelche Schätze angeschleppt.«

»Schrottplatz?«, wiederholte Johanna und trank von ihrem Kaffee, in den Oma schon Kaffeesahne gekippt hatte. Sie beschwerte sich nicht darüber, obwohl sie lieber normale Milch genommen hätte. Oma meinte es nur gut.

»Ja, wir hatten ja nichts außer dem, was wir am Leibe trugen«, erklärte Oma. »Nach dem großen Treck musste man mit nichts auskommen. Da war so eine Feder fast wie ein Lottogewinn, wobei ich sagen muss, dass deine Erklärung am besten war, Helmut. Weißt du noch, was du zu mir gesagt hast, nachdem du den Griff daran befestigt hattest?«

Er lachte. »Aber sicher doch. Tante Netti, habe ich gesagt, das habe ich für dich gebaut, damit du die Sahne schlagen kannst.«

Oma lachte ebenfalls. Johanna verstand nicht ganz, was daran so witzig sein sollte. »Was ist daran so lustig?«, wollte Johanna deshalb wissen, da sie den Scherz nicht begriff.

»Na, ganz einfach«, meinte Oma mit einem Schulterzucken. »Rahm konnten wir uns zu der Zeit absolut nicht leisten, die Lebensmittel waren so knapp; man ist ja kaum einen Tag mal wirklich satt geworden. Von Schlagsahne haben wir vielleicht geträumt. Aber immerhin, wir hatten einen improvisierten Schneebesen, das war schon toll! Und der Hocker da in der

Ecke, der ist auch noch aus unserer Anfangszeit hier. Das waren Zeiten, das kann man sich alles nicht mehr vorstellen heute.«

»Nein, das können die jungen Leute nicht, zum Glück«, pflichtete Helmut ihr bei und versank für einen Moment in Schweigen. Gedankenverloren starrte er in seinen Kaffee.

Johanna wurde mit einem Mal bewusst, dass sie eigentlich keine Ahnung hatte, was Omas Familie während und nach dem Krieg mitgemacht haben musste. Für sie begann alles erst mit ihrer eigenen Geburt. Über die Vergangenheit der Familie hatte Johanna sich noch nie große Gedanken gemacht. Klar, hier und da hatte man bei Geburtstagen mal über Ostpreußen gesprochen, vor allem, als Uroma Lise und Uroma Gerti noch gelebt hatten. Lise war am Ende dement gewesen und hatte nur noch über die Heimat sinniert, über die heißen, trockenen Sommer und die langen, eiskalten Winter und wie sehr sie das alles vermisste. Dass sie hatten fliehen müssen, hatte Johanna natürlich gewusst, aber die genauen Umstände kannte sie nicht. Das war immer ein Thema gewesen, das man eher vermieden hatte, weil Uroma Gerti dann immer so verkniffen geguckt und komische Kommentare abgegeben hatte, die allen Erwachsenen die Laune verdorben hatten. »Wie war das damals eigentlich?«, fragte Johanna jetzt, denn es gab keine Gerti und keine Lise mehr, auf die man Rücksicht nehmen musste.

»Was meinst du?«, fragte Oma.

»Na, ihr seid 1945 hier in Lüneburg angekommen und dann?«

Oma schlug zwei Eier in die Pfanne. »Es war ja alles im Chaos, das ganze Land. Alles in Trümmern. Aber hier nicht. Lüneburg hatte zwar ein paar Schäden in der Schießgrabenstraße und am Bahnhof, aber das war kein Vergleich zu den Großstädten. Man hat von einem Tag auf den anderen gelebt. Es wurde für uns vieles besser, als ich eine Anstellung bei den Engländern bekam.«

»Wieso weiß ich von all dem eigentlich kaum was?« Johanna hob eine Augenbraue und trank von ihrem Kaffee. Dann erinnerte sie sich an das verbeulte Kästchen, das sie neulich im Bilderschrank entdeckt hatte. War die Uniform vielleicht die eines Engländers gewesen? Ja, vermutlich. Aber wieso hatte Oma ein Foto von einem fremden Mann im Schrank über all die Jahre aufbewahrt? Das ergab doch gar keinen Sinn; Oma und Opa hatten ja kurz nach Kriegsende geheiratet. Und der Typ für eine Affäre war Oma gewiss nicht. Das war absurd. Sie war die treuste Seele auf Erden. Johanna hatte auf einmal noch mehr Fragen als zuvor.

»Es waren keine einfachen Zeiten«, unterbrach Helmut Johannas Überlegungen. »Man hatte weniger als nichts. Viele Kinder trugen nicht mal Schuhe an den Füßen. Da hatte ich Glück.«

Ja, das hatte Johanna schon oft gehört, aber darüber hinaus hatte man ihr wenig erzählt. Gut, bislang hatte sie sich auch nicht sonderlich für Kriegsgeschichten und die Nachkriegszeit interessiert. Das war doch schon irre lange her. Johanna sprach weiter. »Ich habe immer gedacht, dass mit dem Kriegsende alles vorbei gewesen ist; man kennt ja die Bilder vom Aufbau und so. Packen wir es an und so weiter.«

»So einfach war das leider nicht, aber ich finde auch, wir sollten die alten Geschichten sein lassen, das will doch keiner hören!«, erklärte Oma resolut, während sie eine Scheibe vom selbst gebackenen Graubrot säbelte. Dabei hielt sie den Laib vor der Brust und schnitt mit dem Messer in Richtung ihres Busens. Johanna hatte das schon oft gesehen und nie begriffen, wie das funktionierte. Es war eine ganz spezielle Technik, die Oma da benutzte. Dazu war das Messer auch noch stumpf.

Helmut schien sie zu ignorieren, denn er wandte sich an Johanna. Ihm schien das Erzählen weder schwerzufallen noch langweilig zu werden. »Erst mal wurde es nur schlimmer, vor allem hier im Landkreis. Es kamen immer mehr Leute, mehr, mehr, mehr. Da waren nicht nur die Flüchter wie wir, es gab auch Zehntausende DPs und Ausgebombte aus Hamburg.«

»DPs? Was ist das denn schon wieder?« Johanna runzelte die Stirn, dabei beobachtete sie aus dem Augenwinkel, dass Oma nicht erfreut war, dass das Thema immer noch auf dem Tisch war. Helmut ließ sich jedoch davon nicht irritieren.

»Displaced Persons, entschuldige, das ist noch so drin. Man hat auch nur den englischen Begriff verwendet. Die UNNRA, das ist die Organisation, die sich drum gekümmert hat, dass diese armen Leute wieder in ihre Heimat konnten, hat den Begriff ›DPs‹ sozusagen in aller Munde gebracht.«

»Was waren das für Leute? Die Displaced Persons – wenn man das so übersetzt, klingt das ja nicht so nett: versetzte Leute.«

»Da hast du wohl recht. Es gab einmal die ganzen Zwangsarbeiter, die kamen ja von überallher; hier in der Gegend waren sie oftmals aus Polen, Russland, der Ukraine. Dazu kamen auch die Holocaust-Überlebenden, die aus den Lagern. Damals war ja halb Europa heimatlos. Die DPs hatten einen viel höheren Status als wir; ist ja klar, den Verlierern kann man am Ende nicht auch noch den roten Teppich ausrollen«, fuhr Helmut fort. »Es waren dreißig Millionen Leute, die in Europa umhergeströmt sind, um genau zu sein«, erklärte er. »Ich habe mich über Jahrzehnte sehr eingehend mit dem Thema befasst. Allein zwölf Millionen Deutsche sind aus den verschiedensten Ländern in die jetzige Bundesrepublik gekommen; sie sind aus ihrer bisherigen Heimat überall aus Europa vertrieben worden. Man wollte die Deutschen nirgends mehr sehen, das ist ja klar, nach allem, was die Nazis angerichtet hatten. Da war es egal, ob die Familie schon vierhundert Jahre dort gelebt hatte oder nicht. Ich kann es irgendwie verstehen, das war nicht recht mit dem Krieg und dem ganzen Wahnsinn.«

Oma mischte sich ein. »Aber das Elend, das war menschenunwürdig. Und es war überall, an jeder Ecke. Der Hunger und die schlimmen Krankheiten waren schrecklich. Mit dem Ende des Krieges fing für viele das große Leid erst an, dabei hatte man vorher gedacht, wenn endlich Frieden ist, wird alles gut. Gott sei Dank hat man's vorher nicht gewusst, sonst hätte man vielleicht die ganzen Strapazen nicht auf sich genommen.«

Johanna war entsetzt. Wenn sie Omas Worte richtig interpretierte, wäre die Alternative gewesen, in Ostpreußen auf die Russen zu warten. Johanna war geschichtlich vielleicht nicht gerade versiert, aber sogar sie verstand, was das am Ende für die Familie bedeutet hätte. Den sicheren Tod oder Schlimmeres. Sie unterdrückte ein Schaudern. »Puh!« Sie atmete hörbar aus. »Das klingt wirklich grauenhaft.«

»Ja, das war es auch. Deswegen sprechen wir jetzt auch lieber über etwas anderes, sonst werden wir alle noch trübsinnig«, bestimmte Oma, während sie Johanna ihr Frühstück energisch vor die Nase stellte. »Was hast du heute vor, Hannchen?«

Johanna schaute forschend in das Gesicht ihrer Großmutter. Sie lächelte, aber es wirkte irgendwie angespannt. Johanna dachte an den Mann in Uniform und fragte sich, was der mit all dem zu tun hatte. Dass Oma partout nicht über die Vergangenheit reden wollte, beunruhigte Johanna. Sie wagte nicht zu fragen, was der Grund war, aber sie wurde diese innere Anspannung einfach nicht los. Nach der Sache mit Arnold war sie vielleicht ein bisschen misstrauisch allem und jedem gegenüber; was Johanna seitdem aber überhaupt nicht mehr aushalten konnte, waren Geheimniskrämereien und Lügen. Das Bild mit dem Soldaten ging Johanna nicht mehr aus dem Kopf. Was hatte das zu bedeuten? Eine Liebelei mit einem Soldaten aus dem Ausland traute sie Oma nicht zu, aber war es denn so abwegig? Sie war ja auch mal jung gewesen. So direkt zu fragen, traute sie sich aber nicht, schon gar nicht in Helmuts Anwesenheit. Sie wollte Oma keinen neuen Kummer bereiten oder alten wieder aufflammen lassen. Vermutlich ging auch nur ihre Fantasie mit ihr durch. Es konnte ja auch nur eine Freundschaft gewesen sein, oder gar nichts. Vielleicht hatte das Foto auch überhaupt nichts zu bedeuten, und es war Zufall, dass es da drin steckte. Dass Oma nicht weiter über die schwere Zeit nach dem Krieg reden wollte, war nicht merkwürdig. Niemand erinnerte sich wohl gern daran.

Helmut stand auf. »So, ihr Lieben, ich muss wieder, habe gleich noch einen Gerichtstermin. Wir sehen uns ja spätestens zu Walters Feier. Macht es gut.« Er klopfte auf den Tisch, dann verließ er die Küche.

»Warum isst du denn nicht?«, wollte Oma kurz darauf von ihrer Enkelin wissen.

»Oh, entschuldige, ich war gerade in Gedanken.« Johanna schnappte sich eine Gabel und stocherte im Eigelb herum.

Oma lachte. »Ja, das habe ich gesehen. Schau mal, da draußen läuft gerade Paul mit seinem Hengst vorbei. Der war vorhin schon bei Opa und hat sich die Katze angesehen. War *er* vielleicht Gegenstand deiner Überlegungen?«

Johanna spürte, dass sie rot wurde. Mist! Schnee hatte sie total vergessen. »Hä? Paul? Nein …«

»Aber sein T-Shirt scheinst du zu mögen«, scherzte Oma, während Johanna aus dem Fenster guckte und Paul dabei beobachtete, wie er seine Steigbügel einstellte und den Sattel nachgurtete.

»Wo ist denn seine Hündin Lady?«, fragte Johanna.

»Die bringt er manchmal mit, aber sie ist mittlerweile zu alt, um mitzulaufen. Meistens legt sie sich im Stall hin oder irgendwo in den Schatten und wartet auf ihn. Schau doch mal nach Lady. Bei dem Gaul hält man lieber Abstand, Johanna. Der ist komplett durchgedreht. Ich weiß gar nicht, warum Paul den nicht in die Wurst gibt. So schön er auch aussieht, das ist kein Reittier, das ist eine Zumutung.«

»Oma!« Johanna machte große Augen. »Das meinst du doch nicht so. Pferdewurst? Igitt!«

»Ist doch wahr. Das Tier hat einen Schaden, schon als er es übernommen hat, war klar, dass es gemeingefährlich ist. Von einem Moment auf den nächsten rastet es völlig aus, egal, wer oder was in der Nähe ist oder auf ihm sitzt. Manchmal geht's gut, oft geht's daneben. Da kann die Gangveranlagung noch so toll sein, wenn du dir dabei das Genick brichst.«

Johanna machte große Augen. Das klang wirklich nicht gut. Dass Paul so ein Draufgänger war … So hatte er gar nicht auf sie gewirkt. Doch wenn es wirklich stimmte, was Oma sagte, dann war es leichtsinnig, was Paul da machte. Vielleicht übertrieb Oma aber auch.

»Vielleicht sollte Paul dann lieber einen Helm aufsetzen«, meinte Johanna dennoch.

Oma winkte ab. »Das macht der nie. Bis jetzt hat er immer Glück gehabt, obwohl der Mistgaul ihm auch schon mal drei Rippen gebrochen hat; das war gleich nach dem Kauf. Dem Vieh hätte ich … ach was, vergiss es.«

»Echt? Drei Rippen? O Gott!«

Oma schüttelte den Kopf. »Wie gesagt, meiner Meinung nach sollte man Jupiter zum Schlachter geben.«

»Oma! So was isst du doch nicht!« Johanna holte schockiert Luft.

»Du hast ja keine Ahnung, was man alles essen kann, wenn man Hunger hat. Und Pferd schmeckt wirklich gut. Ich sag dir mal was; in unserem ersten Winter in Lüneburg haben wir gemahlene Birkenrinde ins Mehl gegeben, weil alles so knapp war.«

»Igitt, das war doch bestimmt ekelhaft.«

»Wenn du nichts anderes hast, dann bist du froh, überhaupt was in den Bauch zu bekommen.«

Im Flur schellte das Telefon. Oma stand auf, während Johanna schnell das Geschirr abräumte und Spülwasser einließ. Wenn sie sich schon bekochen ließ, wollte sie wenigstens etwas behilflich sein. »Johanna, kommst du mal? Es ist für dich!«, rief Oma.

Johanna verdrehte die Augen. Sicher war das ihre Mutter, die wissen wollte, wie die Vorbereitungen für Opas Geburtstag liefen. »Ja, Moment.« Johanna trocknete sich die Hände an einem Geschirrtuch ab und ging zum Telefon.

Oma lächelte breit und hielt ihr den froschgrünen Hörer hin. »Da ist ein Arnold dran und will dich sprechen.«

Johanna wurde mit einem Schlag übel. »Was?«

Sie war völlig überrumpelt. Woher wusste *er*, wo sie zu erreichen war? Wie hatte er diese Telefonnummer herausgefunden? Und was bildete der Kerl sich überhaupt ein? Wut wich dem anfänglichen Schock.

Oma wackelte mit dem Hörer. »Nun nimm schon!«

Johanna erwachte aus ihrer Starre. Sie hielt die Hand auf die Sprechmuschel und wartete, bis Oma in der Küche verschwunden war, dann zischte sie: »Was willst du von mir?«

»Hallo, Johanna, wie geht es dir?«

Sie atmete tief ein, als sie seine tiefe und schmeichelnde Stimme hörte. Das hatte er schon immer gut gekonnt: die Wogen glätten. Aber damit war es jetzt vorbei. Endgültig. Es machte Johanna wütend, dass der Mistkerl das Ende ihrer Affäre nicht akzeptieren wollte. Er glaubte wohl, dass ihr solche Spielchen Spaß machten. Dabei hatte er sich geschnitten. Gründlich. Johanna holte Luft. »Habe ich mich letzte Woche nicht klar ausgedrückt, als ich gesagt habe, dass du mich in Ruhe lassen sollst?«

»Ich vermisse dich, Herzchen.«

Gott, wie lächerlich das heute in ihren Ohren klang! Früher hatte sie den Kosenamen gemocht. Seitdem hatte sich viel verändert. Zum Glück. Das Leben hatte ihr die Augen geöffnet. Johanna schämte sich schrecklich, dass sie das nicht früher begriffen hatte. Sie presste die Lippen kurz aufeinander, dann fuhr sie fort: »Ich sage es dir noch genau ein Mal: Ich möchte nicht, dass du mich so nennst oder dass du mich überhaupt anrufst. Wir beide sind nicht zusammen, das waren wir nie. Ich bin fertig mit dir. Das, was du da tust, grenzt ja schon an Belästigung. Wer hat dir überhaupt die Telefonnummer gegeben?«

»Ich war in der Personalabteilung. Ich … ich vermisse dich. Wirklich. Ich liebe dich, Johanna. Lass uns bitte noch mal über alles reden.«

Sie verdrehte die Augen. Sie wollte gewiss nicht mit Arnold »über alles reden«, denn alles, was dieser Kerl je von ihr gewollt hatte, war Sex. Den hatte er bekommen, während Johanna ihn geliebt und sich nach ihm gesehnt hatte. Sie war so dumm gewesen. Naiv. Mit der Personalabteilung würde sie wohl noch mal ein Wörtchen wechseln müssen. Dass man da einfach ihre Kontaktdaten weitergab, nachdem sie die vorläufige Anschrift wegen des Arbeitszeugnisses hinterlassen hatte, war unerhört. »Zwischen uns gibt es nichts mehr zu reden, Arnold. Ich möchte, dass du das akzeptierst und mich in Ruhe lässt. Ein für alle Mal.«

»Johanna, ich habe meine Frau verlassen.«

Johanna schnappte nach Luft. »Was?« Sie drehte ihre Finger in das Telefonkabel.

»Ich meine es ernst, Johanna. Ich liebe dich. Kann ich zu dir kommen, damit wir reden?«

Sie schüttelte den Kopf, wohl wissend, dass er das nicht sehen konnte. »Nein, Arnold. Ich vertraue dir nicht mehr. Bitte lass mich einfach in Ruhe.« Dann legte sie auf und ließ sich schwer atmend auf den kleinen Hocker sinken, der neben dem Telefontischchen stand. Sie war wie vom Donner gerührt; mit diesem Anruf hatte sie nicht gerechnet. Er hatte seine Frau tatsächlich verlassen? Das musste Johanna erst einmal verdauen.

* * *

Im fliegenden Galopp jagte Paul mit Jupiter über die Felder, Wind wehte ihm um die Nase. Es war herrlich; butterweich saß er im Sattel, während der Hengst sich heute von seiner besten Seite zeigte und Paul wieder einmal klarmachte, warum er so einzigartig war. Schweiß glänzte auf Jupiters schwarzem Fell in der Sonne. Irgendwann bremste Paul ihn mit einem Stimmkommando, ließ sich schwer in den Sattel sinken und lehnte sich ein wenig nach vorn, um ihm den Hals zu tätscheln. »Gut gemacht, Junge«, lobte er ihn. Die restlichen paar Hundert Meter zum Rosenhof legten sie im Schritt zurück. Er grüßte einen Nachbarn, der an ihnen vorbeiradelte, mit einem freundlichen Kopfnicken; an der Hauptstraße ließ er Jupiter warten und schaute, ob frei war. Sie überquerten die Straße und erreichten den Rosenhof. Erst auf dem Kopfsteinpflaster stieg er aus dem Sattel und holte die Zügel über Jupiters Kopf, sicherte die Steigbügel und tätschelte noch einmal seinen Hals. Plötzlich schnappte Jupiter nach ihm. Nur weil Paul bei ihm immer in Habachtstellung war, konnte er gerade noch rechtzeitig ausweichen, sodass das Pferd nur ein Loch in sein T-Shirt riss. Auf einmal fing Jupiter auch noch an zu steigen und um sich zu treten, dabei riss er Paul die Zügel aus der Hand.

»Ruhig, Jupiter, ganz ruhig«, versuchte er, das Pferd zu beruhigen, aber es galoppierte schon wie von der Tarantel gestochen über den Hof nach hinten zu den Weidezäunen. Paul stieß einen unterdrückten Fluch aus, dann rannte er hinterher. Zum Glück war gerade niemand sonst auf dem Hof unterwegs, aber ärgerlich und gefährlich war es dennoch. Langsam näherte er sich seinem Hengst, der jetzt vor dem Gatter zur Weide stand und graste, als wäre nichts gewesen. Paul atmete hörbar aus.

Es war nichts passiert, aber es hätte böse ins Auge gehen können, auf so viele verschiedene Arten. Jupiter hätte sich selbst oder andere verletzen können. Paul verstand einfach nicht, was mit ihm nicht stimmte. Organisch war alles in Ordnung, körperlich konnte er nichts feststellen. Er hatte noch keinen Auslöser für Jupiters Verhalten ausfindig machen können. Der Hengst war einfach unberechenbar.

»Ruhig«, sagte Paul noch einmal und fischte nach den Zügeln. Als er sie hatte, brachte er Jupiter zu seiner Box, die einen eigenen Auslauf hatte, sattelte ihn ab und gab ihm Heu in die Raufe.

Nachdem er die Tür hinter Jupiter geschlossen hatte, lehnte er sich mit der Stirn gegen das kühle Holz und schloss die Augen. Seine Schultern sanken nach vorn. Es brach ihm das Herz, dass er Jupiters Verhalten nicht analysieren konnte. Er fühlte sich als elender Versager, gerade weil er als Tierarzt doch hätte wissen müssen, warum Jupiter solche Aussetzer hatte. Er wusste, dass Jupiter nicht von Grund auf böse war, in seinem alten Stall vom Vorbesitzer aber schlecht behandelt worden war. So oder so, Jupiter stellte mit seiner Unberechenbarkeit eine Gefahr dar. Das eben hätte wirklich ins Auge gehen können. »Verdammt!«, murmelte Paul.

»Paul?«, sprach ihn jemand an. »Ist alles in Ordnung? Bist du verletzt? Ich hab gesehen, wie Jupiter davongerannt ist …«

Er straffte sich und atmete tief ein. Dann drehte er sich um. »Hallo, Johanna. Ich bin okay, keine Sorge.« Er hob beide Hände. Er hasste es, dass Johanna das mitbekommen hatte. Als ob das Gefühl, auf ganzer Linie versagt zu haben, nicht auch ohne Publikum schon schlimm genug gewesen wäre.

»Das sah gefährlich aus.« Sie trat vorsichtig näher, dabei wirkte sie ehrlich betroffen. Der Blick aus ihren hübschen braunen Augen ruhte auf ihm, ihre Stirn war sorgenvoll gerunzelt.

Paul fuhr sich mit der Hand über das Gesicht und seufzte schwer. »Ich weiß einfach nicht, was ich noch machen soll. Organisch ist alles tipptop bei Jupiter. Seine Aussetzer folgen keinem Muster. Ich … ach, egal.« Er winkte ab. Er wollte nicht bei Johanna sein Herz ausschütten.

»Du blutest«, sagte sie und trat zu ihm.

»Was? Nein.«

»Doch hier, er hat dich erwischt.«

Also war doch nicht nur sein T-Shirt zwischen die Zähne des Hengstes geraten. »Sicher nur ein Kratzer«, meinte er heiser.

Johanna ließ sich davon nicht beirren. »Lass mich mal ansehen.« Sie berührte seinen linken Oberarm zart mit ihren Fingern. Ein elektrischer Schlag durchzuckte ihn, und er atmete scharf ein.

»Tut es sehr weh?«

»Es geht«, log er, denn seine Reaktion war nicht wegen der kleinen Wunde, sondern wegen der zarten Berührung ihrer Hand so extrem ausgefallen. Gott, er hatte sich nicht im Griff. Es war ungewöhnlich, dass er so stark auf jemanden reagierte. Vielleicht lag es daran, dass seine letzte Affäre schon eine ganze Weile zurücklag und er sich nach Zärtlichkeiten sehnte, aber das glaubte er eigentlich nicht. Doch für die Wahrheit hatte er jetzt keine Nerven, daher verdrängte er den Gedanken.

»Wir müssen die Wunde reinigen, sonst entzündet sie sich noch. Komm mal mit rein, dann kriegst du auch einen Kaffee.«

»Ist nicht nötig«, wich er aus.

»Ich bestehe darauf.« Johanna schob ihn sanft aus der Stallgasse über den Hof, und er wehrte sich nicht. Im Flur schlüpfte Paul aus seinen Reitstiefeln und ging mit ihr in die Küche. Sie waren allein, es roch nach Kuchen und

Bohnenkaffee. Ehe sich Johanna seinen Arm ansah, schnitt sie eine Scheibe vom Napfkuchen ab und stellte ihm einen Kaffee vor die Nase. Dann öffnete sie eine Schublade und holte Jod und Verbandszeug heraus. »Das scheint ja öfter gebraucht zu werden«, scherzte er.

Johanna zuckte die Schultern. Aus irgendeinem Grund fand er es sehr schön, dass sie noch immer sein Shirt anhatte. Oder schon wieder.

»Du bist auf einem Bauernhof, natürlich reißt sich hier ständig jemand was auf. Als Kind saß ich regelmäßig da, wo du jetzt sitzt, und Oma hat mich wieder zusammengeflickt.« Sie grinste. »Ich habe so viele Narben, die kannst du gar nicht zählen.«

»Oh, das könnte bestimmt interessant werden.« Er funkelte sie an, und zu seinem Erstaunen röteten sich ihre Wangen.

»So, lass mal sehen«, wich sie aus, rückte einen Stuhl neben seinen, schob seinen zerrissenen Ärmel nach oben und guckte sich die Wunde an.

Paul antwortete nicht, sondern brach sich mit der freien Hand ein Stück vom Kuchen ab und stopfte es sich in den Mund.

»Ist halb so wild. Achtung, das brennt gleich ein bisschen«, warnte Johanna ihn, dann sprühte sie auch schon und er fluchte derb.

»Ein bisschen?«, krächzte er eine Oktave höher. »Das ist ja schlimmer als der Biss an sich!«

Johanna gab ihm einen spielerischen Klaps. »Mann oder Memme? Aber sag mal, kommt das häufiger vor, dass Jupiter dich angreift?« Sie schaute Paul direkt an, und er vergaß alles um sich herum. Sein Herz schlug schneller.

»Zu häufig, leider«, erwiderte er schließlich traurig. Johanna war ihm so nah, dass er ihren warmen Atem auf seinen Lippen spüren konnte.

»Du hängst sehr an ihm?«, fragte sie mit leiser Stimme, dann trat sie zurück.

Eine Gänsehaut hatte sich auf seiner Haut ausgebreitet; hoffentlich hatte Johanna nichts davon mitbekommen.

»Wer würde das nicht? Er ist ein toller Hengst, hat viel durchgemacht«, erwiderte er.

»Verstehe.« Sie fragte nicht weiter nach, worüber er froh war. Einerseits sprach er nicht gern über dieses Thema, andererseits hatte er in ihrer Nähe ohnehin Mühe zu denken. Johanna kramte in einer Schublade herum. Es dauerte nicht lange und sie wurde fündig. Gleich darauf pappte sie ein rechteckiges Pflaster über die Wunde, die inzwischen aufgehört hatte zu bluten. »So, du bist quasi so gut wie neu«, scherzte Johanna mit funkelnden Augen.

»Danke, das war sehr nett von dir.«

»Jetzt genieß mal deinen Kuchen, sonst klau ich ihn dir noch.«

Er schob ihr den Teller hin. »Nur zu, ich teile gern.«

Sie ließ sich das nicht zweimal sagen, brach sich eine Ecke ab und schob sie in den Mund. »Oma kann halt backen und kochen wie keine andere. So lecker«, schwärmte Johanna mit vollem Mund.

»Wie lief eigentlich die Nacht mit unserem Patienten?«, wollte Paul wissen.

»Ich habe gar nichts mitbekommen, also gut, denke ich. Bevor ich dich und Jupiter entdeckt habe, hatte ich nach Schnee geschaut. Sie ist bei Opa und sonnt sich – natürlich. Er liebt Tiere. Opa baut gerade was für sie; meine Großeltern haben das kleine Ding damit quasi adoptiert, aber das hast du ja sicherlich schon gemerkt.« Sie lächelte.

»Das Polaroid hängt auch schon an der Pinnwand, vielleicht meldet sich ja jemand, wobei ich da nicht so zuversichtlich bin.

Ich würde Schnee aber gern die Tage noch impfen, und eine Wurmkur kann auch nicht schaden.«

»Okay, ja. Dann komme ich demnächst mit Schnee bei dir vorbei, okay? Soll ich mir einen Termin bei deiner Sprechstundenhilfe geben lassen?«

Er winkte ab. »Quatsch, komm einfach nach Feierabend, dann musst du nicht warten. Außerdem habe ich gerade keine Mitarbeiterin …«

Johanna hob eine Braue. »Oh, ach so. Wie wäre es mit morgen oder übermorgen?«

»Wann es besser für dich passt. Wenn kein Notfall reinkommt, müsste ich da sein. Du kannst ja vorher anrufen, damit du den Weg nicht umsonst machst.«

»Ach, die paar Meter, aber gern. Ich melde mich dann unter der Praxisnummer?«

»Ja, ich habe oben einen Apparat, eine eigene Nummer habe ich für mich privat nicht eingerichtet.«

Ein seltsames Flattern machte sich in seiner Magengrube bemerkbar, als er sich von Johanna verabschiedete und den Rosenhof verließ. Er freute sich tatsächlich auf ihren Besuch, aber nicht wegen der Behandlung des Kätzchens. Vielleicht war das aber auch eine ganz schlechte Idee. Leider hatte er einen Hang dazu, schlechte Ideen für gut zu befinden.

Kapitel 10

Mai 1945, Lüneburg

Obwohl die Begrüßung durch die Familie Tiedtke eher mäßig freundlich ausgefallen war, ließ sich Netti davon nicht entmutigen. Sie war in den letzten Wochen schon weitaus schlechter behandelt worden, und dass die Familie sicher ihre eigenen Sorgen hatte, war ihr auch klar. Den Verschlag über dem Stall erreichten sie über eine wackelige Außentreppe, die Tür hatte kein Schloss. Verflucht, das war ja schon mal keine gute Neuigkeit. Da würde sie sich etwas überlegen müssen. Schon von außen erahnte Netti, dass sie drinnen kein luxuriöses Quartier erwartete. Die beiden Fenster waren dreckverschmiert, aber immerhin, sie waren intakt. Das war schon mal mehr, als sie in ihrer letzten Bude in der Reitende-Diener-Straße hinter dem Rathaus gehabt hatten.

Helmut trat zuerst ein, dann folgten Nettis Mutter und die Schwägerin Otti, zuletzt kam Netti herein. Für einen Augenblick sagte niemand etwas. Nettis Schultern sanken nach vorn. Dann seufzte Lise unterdrückt. Es roch muffig, war düster im Raum und der Boden starrte vor Dreck, das sah man auch in dem schwachen Lichtschein, der von außen nach innen drang.

Lise nahm ihre Tochter in den Arm, sie schien zu spüren, was Netti jetzt brauchte. An der langen Wand befanden sich drei Stapelbetten mit Strohsäcken. In der Ecke stand ein rostiger, dreckiger Blecheimer, ansonsten gab es nichts in dem Verschlag über dem Stall. Das hier war beinahe noch schlimmer als das vorige Zimmer in der Innenstadt. Otti trat weiter in den Raum und schaute sich um, während Helmut schon dabei war, die alten Strohsäcke nach draußen zu zerren.

»So kann das nicht bleiben«, bestimmte der Junge selbstbewusst. Breitbeinig blieb er mitten im Zimmer stehen und hatte die Hände in die Hüften gestemmt.

Tränen stiegen in Netti auf. Der Bub war so groß geworden. Viel zu erwachsen für sein Alter. Er wollte für sie stark sein, lud sich Verantwortung auf. Das war nicht richtig, so hätte es nicht sein sollen. Netti musste sich zusammenreißen. Sie alle mussten sich aufraffen. Für ihn. Und für sich selbst. Netti blinzelte die verdammten Tränen weg und straffte ihren Rücken.

Natürlich war das hier nicht das, was sie sich erträumt hatten. Ein Waschbecken mit fließendem Wasser wäre ein Traum gewesen oder ein kleiner Ofen oder ein richtiges Bett mit einer echten Decke. Aber das Leben war kein Zuckerschlecken, es war das Gegenteil. Sie mussten glücklich sein, dass sie am Leben waren, und nahmen daher mit Demut an, was ihnen das Schicksal servierte. Netti konnte sich genau erinnern, wann sie zuletzt auf einer richtigen Matratze mit Federbett geschlafen hatte. Es war im Januar gewesen, als die Zeichen schon schlecht gestanden hatten, aber der Gauleiter eine Flucht verboten hatte. Es war eine Zeit gewesen, in der sie zwar gewusst hatten, dass es mit dem Tausendjährigen Reich zu Ende ging, aber nicht geahnt hatten, welcher Horror auf sie zugerollt kam. Mit dieser Tortur, dieser Zukunft voller Scham und Elend hatte – glücklicherweise – niemand von ihnen gerechnet. Hätte man es gewusst, wären womöglich noch mehr Menschen lieber zu Hause geblieben, hätten einen Tod durch russische Hand diesem neuen Leben fern der alten Heimat vorgezogen. Netti blinzelte die trüben Gedanken weg, sie konnte sich diese Niedergeschlagenheit jetzt nicht erlauben. Niemals würde sie aufgeben. Das war sie all den Menschen schuldig, die ihr Leben in diesem sinnlosen Krieg gelassen hatten.

»Na gut, packen wir es an«, murmelte Netti, mehr um sich selbst Mut zu machen, als weil sie dieses Gefühl wirklich in sich verspürte. Lise schüttelte immer nur stumm den Kopf, und Netti ahnte, dass ihre Mutter ähnliche Gedanken hegen musste wie sie. Helmut war schon mit den alten Strohsäcken verschwunden, um sie neu zu befüllen. Wenn es eins genug gab, dann Stroh im Stall, das war immerhin etwas. Außerdem hatte sie zwei Kühe gesehen; sie würden sich hier möglicherweise jeden Tag ein wenig Milch abzwacken können. Pferde gab es auch, und Hühner und Gänse. Ein warmes Gefühl der Vorfreude machte sich in ihrem Bauch breit. Hungern würde man hier nicht müssen. Wenigstens etwas.

»Den Dreck kann man beseitigen, ist ja nicht so, dass wir nicht putzen können. Wir machen es uns schon hübsch hier, nicht? Wir machen erst mal sauber, dann tragen wir die Hexe nach oben. Vielleicht findet sich ein Stück Blech, das wir drunterstellen können. Es wird schon irgendwie gehen. Im Hof habe ich einen Brunnen gesehen, wir müssen also nicht mal weit laufen, um Wasser zu kriegen, das ist schon viel besser als in der Stadt«, versuchte Netti, die Vorteile der neuen Bleibe zu betonen. Und es stimmte sogar, in der Reitende-Diener-Straße hatten sie viel weiter laufen müssen, um an frisches Wasser zu kommen – und sie hatten natürlich, wie überall, Schlange stehen müssen. Auf diesem Hof gab es nur sie; Netti ging davon aus, dass die Bauernfamilie Wasserleitungen im Haus hatte. Im Stadtteil Oedeme war, soweit sie das überblicken konnte, nichts zerstört; hier waren die Engländer anscheinend nur durchgefahren, wenn überhaupt, und Bombenkrater gab es hier auch keine.

Otti war ans Fenster getreten und presste eine Hand gegen die Scheibe. Sie war weit weg mit ihren Gedanken, nichts Neues also. Allmählich hatte Netti genug von ihrer Schwermut. Otti hätte sich nicht so gehen lassen sollen, sondern sich für Helmut endlich einmal aufraffen.

»Otti, sieh mal, ob man das Fenster öffnen kann«, wies Netti ihre Schwägerin an. »Ich gehe und suche einen Besen, damit wir fegen können. Ich habe auch nicht ewig Zeit, ich muss gleich wieder zur Arbeit. Von hier aus brauche ich viel länger in die Uelzener Straße. Da bin ich bestimmt eine Stunde zu Fuß unterwegs.«

Otti wischte sich mit dem Ärmel über das Gesicht; mehr bekam Netti nicht mit, denn sie trat wieder hinaus in die warme Mittagssonne und machte sich auf, um einen Besen zu finden. Im Stall würde es sicher einiges geben, was sie benutzen konnten. Vielleicht fand sich ja sogar irgendwo ein Stuhl oder ein Tisch für die Familie. Nach und nach würden sie es sich hier schon hübsch machen, beschloss Netti trotzig und straffte ihren Rücken. Sie war gerade um das Stallgebäude herumgelaufen, als sie sah, wie ein Kübelwagen auf den Hof geschossen kam. Zwei *Squaddies,* Hilfssoldaten, saßen darin.

Was wollen die denn hier, schoss es Netti durch den Kopf. Ein mulmiges Gefühl breitete sich sogleich in ihrem Magen aus, während sie sich fragte, ob sie etwas zu befürchten hatte. Oder galt der Besuch gar nicht ihnen? Ob Walter Tiedtke vielleicht ein großer Nazi gewesen war, dem es jetzt an den Kragen ging? Wissen konnte man das nie, egal, wie nett der erste Eindruck gewesen war. Auszuschließen war es nicht. Irgendwie wollte Netti das jedoch nicht glauben; Walter hatte im Gegensatz zu seiner Mutter so freundlich gewirkt. Netti rührte sich nicht. Außer ihr war niemand im Hof, also kam einer der Squaddies auf sie zu. Er war jung, sehr jung, bestimmt noch keine zwanzig Jahre alt. »Miss, wissen Sie, ob eine Agnes Sklewiss hier lebt?«, fragte er in seiner Muttersprache, was nicht ganz leicht zu verstehen war, da er einen starken Akzent hatte, der Netti natürlich nicht geläufig war. Was sie aber begriff, war, dass der junge Mann sie suchte; er hatte Probleme mit der Aussprache ihres Namens. Ihr wurde übel. Hatte sie etwas falsch gemacht? Sie überlegte, wo sie einen Fehler begangen haben könnte. Wollten sie sie mitnehmen und einsperren? Oder war das die Kündigung? Aber nein, dafür würde niemand gesondert geschickt werden. Ihre Hände waren eiskalt und klamm, während ihr Herz bis in den Hals hinauf schlug, weil sie sich keinen Reim auf diesen Besuch machen konnte.

»J-ja«, stammelte sie auf Englisch. »Ich bin das.«

Der junge Soldat lächelte; er wirkte irgendwie erleichtert, so als hätte er befürchtet, dass sie eine Menge Zeit würden aufwenden müssen, um die Zielperson ausfindig zu machen.

»Großartig«, meinte er, lief dann zum Kübelwagen zurück, holte ein in braunes Papier eingewickeltes Päckchen und überreichte es ihr mit einem Kopfnicken. »Das soll ich für Sie abgeben.«

»Für mich?« Netti verstand nicht, nahm es aber doch entgegen, während sich eine tonnenschwere Last von ihrer Brust hob. »Von wem ist das?«

»Weiß ich nicht, Ma'am, habe nur den Auftrag, das an dieser Adresse abzugeben.«

»Verrückt«, murmelte sie völlig verwirrt. Mittlerweile war auch Helmut herbeigeeilt, mit einem Gesichtsausdruck, der sagte, dass er bereit war, sie gegen alles und jeden zu verteidigen. »Alles gut, Helmut«, murmelte Netti auf Deutsch, um ihn zu beruhigen.

Der Squaddie grüßte militärisch. »Schönen Tag noch, Ma'am.« Dann schwang er sich zu seinem Kollegen in den

Wagen, die beiden brausten wieder vom Hof und ließen sie sprachlos zurück.

»Was wollten die denn?«, fragte Helmut und schielte auf das Paket. Es fühlte sich weich in Nettis Händen an, etwas Festes war auch darin. Sie hatte keine Ahnung, was das bedeutete. Einen Absender gab es nicht. Da sie gerade erst hier eingezogen waren, hatte sie keinesfalls mit einem Päckchen gerechnet – von wem auch? Alle, die von ihrer Familie übrig waren, waren hier. Natürlich hatten sie alles korrekt gemeldet, ihre neue Adresse hier war seit gestern registriert; auch bei ihrem Arbeitgeber hatte sie ja schon am Morgen die neue Adresse hinterlassen. Alles sollte seine Richtigkeit haben, und dass die Engländer genauso gern Listen führten wie die Nazis, war auch schnell klar geworden. Dennoch, mit so rascher Post hatte Netti wirklich nicht gerechnet.

»Lass uns nach oben gehen«, sagte sie, immer noch verwirrt, und schielte zum Bauernhaus. Es ging niemanden etwas an, was in dem Päckchen war. Die Bäuerin war imstande, ihren Teil einzufordern, falls es womöglich Lebensmittel waren. Sie dachte an Major Thompson und daran, dass er sie dabei erwischt hatte, wie sie seine Reste verputzt hatte. Vielleicht hatte der Mann ja doch so etwas wie ein Herz.

Erst jetzt bemerkte Netti, dass Helmut einen Besen gefunden hatte, den er mit nach oben nahm. Die Fenster waren weit aufgerissen, und Sonne schien ins Zimmer. Der muffige Geruch war zwar noch nicht ganz weg, aber die frische Luft half immens. Den Eimer, den die vor ihnen hier einquartierten Leute – vermutlich Zwangsarbeiter – für ihre Notdurft benutzt hatten, hatte Lise nach draußen gebracht. Den würden sie erst einmal schrubben müssen, wie alles in dem Raum. Otti war dabei, die dreckigen Fenster mit Stroh abzureiben. Netti war überrascht, dass ihre Schwägerin von sich aus mit anpackte. Vielleicht würde es ihnen ja tatsächlich gelingen, hier einen echten Neuanfang zu wagen. Zum ersten Mal seit Tagen machte sich so etwas wie ein Hoffnungsschimmer in ihr breit. Sie würden es sich hier schön machen, bis sie irgendwann wieder nach Hause konnten. Wer konnte es schon wissen, vielleicht waren sie im Herbst ja schon wieder daheim. Hoffentlich, dachte sie und schaute in den blauen Frühlingshimmel.

»Nun pack schon aus«, quengelte Helmut und holte sie ins Hier und Jetzt zurück. Netti lächelte. Mit zittrigen Fingern löste sie das Band und wickelte das Papier ab. Sie war froh, dass sich der Umgebungswechsel auch auf Helmut vorteilhaft auszuwirken schien, der nun fröhlicher und hoffnungsvoller war als noch vor ein paar Tagen. Der Junge hatte so viel mitgemacht.

Sie konnte kaum glauben, was sie dann sah. Ein paar nagelneue glänzende Damenschuhe lagen auf einer ordentlich zusammengefalteten hellen Bluse, darunter befanden sich ein Rock und eine Strumpfhose. »Was um Himmels willen«, stieß sie hervor, dann entdeckte sie ein Kärtchen, das im Rocksaum steckte. Sie faltete es auf und las.

»Liebe Miss Schlewitz«, stand in einer markanten Handschrift mit Füller geschrieben auf Englisch darauf. Ihr Herz schlug höher, während alles in ihr zu kribbeln anfing. Wie wundervoll, dass der Major an sie gedacht hatte. »Es tut mir leid, was Sie durchmachen mussten. Ich weiß, dass dieses Geschenk nichts an der Vergangenheit ändert und auch nichts ungeschehen machen kann, aber vielleicht hilft es Ihnen bei einem Neuanfang. Herzlichst, Ihr Major Alan Thompson.«

Sie atmete ein und wieder aus. Ein Geschenk. Wie lange war es her, dass ihr jemand etwas geschenkt hatte? Und auch noch etwas derart Kostbares? Im nächsten Moment spürte sie, wie sie errötete. Oje! Hoffentlich erwartete er keine Gegenleistung dafür.

»Was steht drauf?«, wollte nun ihre Mutter wissen. Netti war von ihrer Familie umringt. Otti fuhr mit den Fingerspitzen über den Tweedstoff des Rocks, ganz vorsichtig.

»Es ist …«, stammelte Netti, »… das ist ein Geschenk vom Major. Das war nicht zu erwarten.«

»Wieso denn das?«, fragte Helmut.

Netti lächelte und tätschelte Helmuts Wange. So ganz erwachsen war er also doch noch nicht. »Der Major mag die Deutschen generell nicht besonders.«

Helmuts Brauen zogen sich zusammen. »Warum arbeitest du dann für ihn?«

»Weil es gut bezahlt ist und weil ich so besser für uns sorgen kann«, erklärte sie sanft.

Sie spürte den prüfenden Blick ihrer Mutter auf sich. »Netti?«, war alles, was sie sagte. Das genügte, um Netti zu verstehen zu geben, dass sie sich sorgte, ob Kochen und Putzen alles war, was Netti für den Major erledigte. Dass ihre Mama ihr das zutraute, schockierte sie.

»Mutter!«, stieß Netti hervor.

Mutter betrachtete sie, dann seufzte sie. »Gut. Ich wollte nur sicherstellen, dass du …«

»Jetzt mach mal einen Punkt!«, brauste Netti auf. »Ich bin fünfundzwanzig und habe jahrelang für einen alleinstehenden Arzt gearbeitet; da hast du dir nie Sorgen gemacht, aber auf einmal fängst du mit so was an?« Sie wartete die Antwort der Mutter nicht ab, nahm ihr Paket, legte es oben auf eines der Stapelbetten und rannte dann aus dem Quartier. Wohin, wusste sie auch nicht, aber sie musste sich abregen. Es war doch unglaublich, dass ihre eigene Mutter sie verdächtige, dass sie mit einem Besatzer ins Bett stieg, um … was eigentlich? Um ein neues Kleid zu bekommen? Es war so lächerlich, so erniedrigend, dass ihre Mutter ihr zutraute, sich zu prostituieren, dass sie vor Ärger kaum wusste, wohin mit sich. Sauer war sie jedoch nicht nur auf ihre Mutter, sondern vor allem auf den Major und auch auf sich selbst, denn ihre Freude über das Geschenk hatte ihr bewusst gemacht, dass sie ihn anziehend fand. Und das durfte nicht sein. Auf gar keinen Fall.

Trotzdem kam diese Nettigkeit unerwartet. Bislang hatte er sich damit ja nicht gerade leichtgetan. Ihr Magen hob sich, doch sie kämpfte dagegen an. Als Frau war man in diesen Zeiten leider immer und überall in Gefahr; ein Gedanke, den sie nicht zum ersten Mal hegte. Nur von Major Thompson hatte sie das nicht gedacht. Sie war verunsichert und auch enttäuscht. Sie konnte es sich nicht leisten, die Stelle zu kündigen, aber sie würde ihm mit Vorsicht begegnen, und vor allem würde sie ihm sein Geschenk zurückgeben. Sie war nicht käuflich.

Netti stampfte am Stall vorbei, bis sie zur Weide kam, auf der zwei Kühe grasten. Auf einer Wiese daneben dösten zwei Pferde in der Sonne. Netti lehnte sich mit den Ellenbogen auf die Gatter und atmete ein paarmal tief durch, bis sie sich halbwegs beruhigt hatte.

»Alles in Ordnung?«, fragte jemand, und Netti wirbelte herum.

Sie hielt sich die Hände vor die Brust, ihr Herz hämmerte gegen ihren Brustkorb. »Mein Gott, Sie haben mich erschreckt, Herr Tiedtke.«

Walter Tiedtke saß auf einer Bank, die aus einem alten Baum gefertigt worden war. Vor ihm stand ein Bottich, sein krankes Bein war ausgestreckt, die Krücken lagen daneben. Nicht nur das, auch eine alte Wehrmachtsuniform entdeckte sie zusammengefaltet auf der Bank neben ihm. Sie verstand nicht ganz, was das bedeutete. Überhaupt fühlte sie sich im Augenblick überfordert. Der Umzug, die nervenaufreibenden Tage, Helmuts Arrest, die indirekte Anschuldigung ihrer eigenen Mutter.

»Tut mir leid, darf ich Du sagen?«, fragte er.

»Natürlich, so weit sind wir vom Alter wohl nicht auseinander, oder?« Sie neigte ihren Kopf ein wenig und trat einen Schritt näher. Für den Moment sehnte sie sich nur nach einem normalen Gespräch; einem, bei dem sie nicht argwöhnisch betrachtet wurde. Wenn jetzt sogar ihre eigene Familie anfing, alles, was sie tat, infrage zu stellen. Das war einfach zu viel.

»Ich bin Walter. Wir brauchen hier nicht so förmlich zu sein.«

»Oh, danke, das ist freundlich. Ich bin Agnes, die meisten sagen aber Netti zu mir.« Sie trat zu ihm und reichte ihm die Hand. Er erwiderte den Händedruck und lächelte schüchtern. »Ich würde gern aufstehen, aber so gut geht's noch nicht wieder.« Ein Schatten huschte über sein Gesicht.

»Ja, das verstehe ich doch.« Er ließ sie los. Für einen Augenblick sagte niemand etwas. »Wie … wie ist das passiert?«, fragte sie dann.

»Mich hat ein Granatsplitter erwischt«, erklärte er. »War am Ende vielleicht mein Glück – je nachdem, wie man es sieht.« Er starrte in die Ferne. Mit einem Mal sah er viel älter aus, die Falten um seine Augen und den Mund tiefer als noch einen Moment zuvor.

Sie spürte seine Zerrissenheit und die Gräuel, die er erlebt haben musste, auch ohne dabei gewesen zu sein. Aber Walter war nicht innerlich zerbrochen, sein Lebensfunke war nicht erloschen wie bei vielen anderen, die sie gesehen hatte. Er hatte allerdings seine Gesundheit eingebüßt, auch wenn das Bein noch dran war. Aber auf einem Bauernhof brauchte man nun mal zwei gesunde Füße, wenn man die Felder bestellen und das Vieh versorgen musste.

»Darf ich?«, fragte sie und deutete auf den Platz neben ihm.

»Bitte, setz dich nur. Die Bank ist groß genug.«

»Danke.«

»Da nich' für.«

Sie musste über diese drei Worte lächeln, die so typisch für die Gegend hier waren. Anderswo sagte man »gern geschehen« oder »keine Ursache«, aber diese Formulierung war etwas Neues, das ihr irgendwie gefiel. Vielleicht war es in der Heide ja doch nicht so schrecklich. Zumindest hier auf dem Hof wirkte die Welt noch irgendwie in Ordnung. Wie die Kühe friedlich grasten und die Pferde ihr Dasein genossen, war auf eine seltsame Weise heilend nach all dem Grauen, das sie gesehen und erlebt hatte.

»Was hast du mit der Uniform vor?«, fragte sie irgendwann.

»Hast du das nicht mitbekommen? Bis November müssen alle Wehrmachtsuniformen umgefärbt sein.«

»Und das willst du jetzt machen? Deswegen steht der Bottich da?«

Er zuckte die Schultern. »Ich bin mir noch nicht sicher, ehrlich gesagt.«

»Wieso? Hängst du sehr daran? Ich kann das für dich übernehmen, wenn du Angst hast, dass du was falsch machst.«

Er schüttelte den Kopf, dann rieb er sich über den Oberschenkel des verletzten Beins, als ob er starke Schmerzen hätte. »Ich hänge nicht daran; im Gegenteil, ich überlege, ob ich das Ding nicht lieber verbrennen soll. Aber das bringt auch keinen zurück.« Er schwieg, und auch Netti wusste nicht, was sie darauf erwidern sollte. Selbstverständlich hatte Walter auch Familie und Freunde verloren. Im ganzen Land gab es wohl niemanden, der keinen geliebten Menschen hatte verabschieden müssen.

»Aber de Modder sacht, dass ich's tun soll, also das Umfärben. Stoff ist kostbar.«

»Lass mich das doch machen«, schlug Netti noch einmal vor. »Ich habe Erfahrung mit so was.«

Walter schaute geradeaus über die Weide zum Horizont. »Als sie im Radio vom Heldentod des Führers berichtet haben, ist meine Mutter heulend zusammengebrochen. Nicht mal der Tod meines Vaters hat sie so mitgenommen wie das. An diesem Tag musste sie sich an den Gedanken gewöhnen, dass der Krieg verloren war. Sie war eine von denen, die auch noch im letzten Winter an den Endsieg geglaubt haben. Sie hat den Vater mit einem fröhlichen Winken in den Volkssturm geschickt, für die Sache, für Führer und Vaterland. Aber an diesem Tag hat sie dann begriffen, dass alles vergeblich gewesen ist. Alles, was wir aufgegeben haben, was wir als Familie verloren haben, war umsonst. Mein Bruder ist für den Führer in Russland gefallen, mein Vater an der Elbe. Und ich lebe noch, aber bin ein Krüppel und zu nichts nütze. Sie war nicht immer so unfreundlich, wie sie es heute ist. Es tut mir leid, dass sie so hässlich zu euch war. Sicher wird das mit der Zeit besser, wenn sie sich an euch gewöhnt hat. Ihr seid gute Leute, das sehe ich.«

Netti schwieg und biss sich auf die Unterlippe. Kein Schicksal war gleich in diesem elenden Krieg. Normalerweise ließ sie die Trauer anderer Leute nicht an sich heran; sie hatte schon selbst genug davon, aber jetzt konnte sie sich nicht dagegen wehren. Vielleicht, weil Walters Stimme so rau klang, als habe er neben allem anderen ein paar Schichten seiner selbst verloren. Ein Gefühl, das Netti morgens beim Aufwachen begrüßte und erst mit dem Schlaf aus ihrem Bewusstsein verschwand. Eine Träne rann aus ihrem Augenwinkel ihre Wange hinab, tropfte auf ihren zerschlissenen Rock. Hastig wischte sie sich übers Gesicht.

»Es tut mir leid«, flüsterte sie und nahm Walters Hand. »Mein Bruder und mein Vater haben es auch nicht geschafft. Wir versuchen, jeden Tag weiterzumachen, und Helmut gibt sich große Mühe, seinen Vater zu ersetzen, aber er ist noch ein Kind.«

»Jetzt wird alles besser«, murmelte Walter und drückte ihre Finger in einer Geste, die zugleich Aufmunterung und

Trost war, den sie beide so gut gebrauchen konnten. »Aber ein Problem habe ich noch.«

»Ja?« Sie zog ihre Finger zurück, als sie merkte, wie vertraulich diese Geste war. Sie wollte keine falschen Hoffnungen in ihm wecken. Walter mochte nett sein, aber er war immer noch ein Mann.

»Die Kartoffeln sind noch nicht im Acker, April ist längst vorbei, ich weiß nicht, wie ich es schaffen soll. Unsere Arbeiter sind weg.«

Netti wusste, dass er damit die Zwangsarbeiter meinte, die beinahe jeder Hof gehabt hatte. Sie verstand sein Dilemma. »Wir haben viele Hände«, meinte sie leise, ohne ihn dabei anzusehen. »Aber wir können das nicht umsonst machen.«

Sie setzte sich ein wenig aufrechter hin.

Walter nickte langsam. »Natürlich. Das ist mir klar. Ich habe keine Ahnung, wie wir sonst durch den Winter kommen sollen. Alles liegt brach. Nicht nur bei uns. Und dann die ganzen Leute, die vielen Mäuler, die zusätzlich satt werden müssen. Ich will nicht schwarzmalen, Netti, aber das macht mir große Sorgen. Umso schlimmer ist es für mich, dass ich so nutzlos bin.«

Sie wollte ihm widersprechen, ihn trösten, aber dafür kannten sie sich nicht gut genug. »Wir packen mit an. Ich bin mir zudem sicher, dass wir auch noch andere Helfer finden können, wenn es schnell gehen muss. Aber niemand kann in diesen Zeiten ohne seinen Teil auskommen. Und Geld brauchen wir weniger als Nahrungsmittel; wir können mit Reichsmark vermutlich nicht viel kaufen.«

»Als ob ich das nicht wüsste, Netti. Aber ja, so machen wir es. Komm mit, ich zeig dir, was aufs Feld muss. Wir haben auch Apfelbäume und Kirschbäume. Die Kirschblüte ist bald vorbei, die Apfelblüte kommt noch. Dieser Winter war lang. Die

Erdbeeren sehen schlecht aus, mickrig und grün, aber vielleicht wird es noch was, wenn es jetzt sonnig bleibt.«

Das alles klang wie Musik in ihren Ohren, während sie ihm folgte. Sie ahnte, dass sie womöglich zu spät zur Arbeit kommen und sich Ärger einhandeln würde, aber mit Major Thompson wollte sie gerade sowieso nicht sprechen. Zudem war es jetzt wichtiger, dass sie das hier regelte. Alles andere würde sie zu gegebener Zeit angehen.

Kapitel 11

1993, Lüneburg-Oedeme

Es war still im Bauernhaus. Johanna sah sich verstohlen um, sie fühlte sich wie eine Diebin. Noch immer hatte sie niemandem erzählt, dass sie ihre Stelle in Köln gekündigt hatte. Deshalb tapste sie auf leisen Sohlen ins Büro der Großeltern. Es war ein kleiner Raum mit hohen Bücherregalen, einem kleinen, aufgeräumten Schreibtisch und einem alten Sofa vor dem Fenster. Auf dem Dielenboden lag ein verblichener Perser, an der Wand hing ein Ölgemälde der Lüneburger Heide. Die Einrichtung war beinahe so alt wie das Bauernhaus selbst, das wusste Johanna; zudem fühlte es sich falsch an, einfach hereinzukommen, ohne vorher zu fragen, aber es musste sein. Mehrere Leitz-Ordner standen in einem offenen Regal, darin befand sich der Papierkram der alten Tiedtkes. Johanna schaute sich suchend um. »Ach, da ist sie«, stieß Johanna hervor, als sie die Schreibmaschine der Großeltern in ihrem schwarzen Schutzkoffer entdeckte. »Olympia« stand darauf. Sie zog das schwere Ding hervor und stellte es auf den Schreibtisch. Johanna klappte den Deckel auf. Das Futter bestand aus rotem

Stoff, die Schreibmaschine war mintgrün. Das Gerät sah alt aus, sehr alt. Hoffentlich erfüllte es noch seinen Zweck.

Johanna setzte sich und spannte ein Blatt Papier ein, dann fing sie an zu tippen.

»Bewerbung«, schrieb sie auf die Mitte der Seite.

Dann sah sie, dass das »E« nicht richtig funktionierte. Mist!

Johanna untersuchte die Mechanik. Es war nicht nur so, dass sie hakte, sondern auch der ganze Buchstabe »E« war beschädigt.

Für ein einfaches Schreiben hätte man sie sicher nutzen können, aber Johanna wollte bei ihrer Bewerbung für Ärzte ohne Grenzen, die auch Krankenschwestern brauchten, die Dokumente perfekt haben.

»Mist«, murmelte sie und packte die Schreibmaschine wieder weg. Also musste sie doch zu ihren Eltern gehen, sobald sie zurück waren. Darauf hatte sie wenig bis gar keine Lust, denn sobald die Wind davon bekamen, was sie vorhatte, würden sie alles daransetzen, um sie davon abzubringen. Sie hatte einfach keine Lust, sich wieder anhören zu müssen, was für eine Enttäuschung sie als Tochter war – nur eine Krankenschwester, und keine Ärztin, so wie die Eltern es für sie geplant hatten.

Gut, die Bewerbung konnte sie auch noch an einem anderen Tag tippen, zuerst musste sie sowieso die Fotos abholen. Ohne Bild konnte sie nichts absenden.

Johanna schlich sich aus dem Büro der Großeltern und schloss die Tür leise hinter sich. Warum sie versuchte, kein Geräusch zu machen, wusste sie selbst nicht; es war niemand im Haus.

Sie schnitt eine Grimasse, dann ging sie zum Telefon und rief noch einmal in der Personalabteilung an. Nachdem sie die Frau dort zur Schnecke gemacht hatte, was ihr denn einfiel, einem Arzt ihre persönlichen Daten weiterzugeben, fühlte sie sich ein wenig besser. Das hatte ihr schon seit Tagen auf der

Seele gelegen. Dann fiel ihr ein, dass Paul sie und Schnee noch zum Impfen erwartete. Sie hatte an ihn gedacht, zu oft vielleicht, aber genau das hatte Johanna davon abgehalten. Nach dem Desaster mit Arnold, das bewiesen hatte, wie lausig ihr Männergeschmack war, wollte sie sich nicht so kurz nach der Trennung mit einer neuen Schwärmerei in Schwierigkeiten bringen. Paul war von allen Männern dieser Erde derjenige, von dem sie sich am weitesten fernhalten sollte. Sie hatten zu viele gemeinsame Erinnerungen, die sie beide ganz sicher lieber vergessen hätten. Davon abgesehen, hatte Johanna ohnehin keine Ahnung, wie lange sie in der Heide bleiben würde, und gebunden würde sie sich nicht bei einer Organisation wie Ärzte ohne Grenzen bewerben.

Johanna schüttelte den Kopf über sich selbst, dann begab sie sich auf den Weg zum Fotostudio. Heute war zwar erst Mittwoch, aber das machte nichts. Seit sie Rike im Fotostudio begegnet war, hatte Johanna immer wieder mit dem Gedanken gespielt, sie doch noch einmal um Verzeihung zu bitten. Sie wollte es zumindest versuchen.

Als sie auf dem Weg nach draußen war, lief sie beinahe Opa über den Haufen. Er hatte Schnee in seinen Armen. Johanna strich dem Kätzchen über den Kopf. Sofort begann es zu schnurren und Johanna nahm es ihm ab.

»Sie ist ganz schön niedlich, oder?«, meinte Johanna in Opas Richtung.

Er verzog die Lippen zu einem Lächeln. »Sie hat unser Herz längst erobert, Hannchen, keine Sorge. Gib sie mal wieder her, ich muss sie noch füttern.«

Nur widerwillig ließ Johanna sich Schnee aus den Armen nehmen. Opa lachte und schüttelte den Kopf. »Was hast du jetzt vor?«, kommentierte er amüsiert.

»Ich muss was in der Stadt abholen. Und du?«

»Erst mal kümmere ich mich um Schnee und dann gibt's wie immer noch genug zu tun.«

Johanna grinste. Opa war einfach zu gutherzig; er verhätschelte das kleine Ding jetzt schon über alle Maßen. »Pass auf, dass sie nicht fett wird«, meinte Johanna mit einem Augenzwinkern.

»Bestimmt nicht. Bis dahin fehlt noch einiges. Und irgendwann muss sie sich ihre Mäuse selbst fangen.«

Johanna lachte. »Ich glaube dir kein Wort, Opa.«

Er zuckte die Schultern. »Versuchen kann man es ja mal.«

»Hat Oma sich denn damit abgefunden, dass ihr Schnee behaltet?«

»Wer sagt denn so was? Wir pflegen sie erst mal nur gesund.« Jetzt war es an ihm zu zwinkern.

»Ich kann ja mal bei Paul nachhaken, ob sich jemand auf die Anzeige hin bei ihm gemeldet hat.«

»Das glaube ich kaum, das hier ist ein echter Streuner. Aber ja, mach das trotzdem. Am Wochenende ist übrigens ein Fest im Reiterstübchen drüben. Sogar eine Musikkapelle haben sie organisiert.«

Sie furchte die Stirn. Er meinte wohl eher eine Band, aber solche Wörter benutzte Opa natürlich nicht. Früher war sie häufig und gern im Reiterstübchen gewesen, das alte Vereinsheim war ständig von der Dorfjugend genutzt worden. Offenbar hatte sich daran nicht viel geändert. »Ja, und?«, hakte sie nach.

»Gehst du nicht hin? Du kennst doch sicher eine Menge Leute und freust dich, sie mal wiederzusehen.«

Nicht wirklich. Aus Gründen. »Keine Ahnung, ob die sich noch an mich erinnern, Opa. Ich weiß nicht. Nein, ich glaube, ich bleibe lieber hier bei euch.« Sie zuckte die Schultern.

»Paul wird auch da sein.«

Johanna neigte den Kopf zur Seite, auf einmal war sie misstrauisch. Was war das denn für ein Kommentar? »Und?«

Opa grinste. »Ach, nichts. Ich dachte nur …«

Sie pustete die Luft aus. »Du dachtest *was?*«

»Ihr versteht euch gut, und ich habe angenommen, dass du gern mal wieder mit alten Freunden feiern würdest, das ist alles. Warum regst du dich so auf, Johanna?« Opa wirkte auf einmal besorgt und Johanna bekam sofort ein schlechtes Gewissen.

Sie war derzeit wirklich ein bisschen dünnhäutig; bestimmt hatte Opa nicht andeuten wollen, dass sie auf Paul stehen könnte. Er hatte seiner Enkelin etwas Gutes tun wollen, sie darüber informieren, dass es eine Feier gab, bei der sich junge Leute amüsieren konnten. Ihr Gewissen meldete sich, weil sie seinen Kommentar in den falschen Hals bekommen hatte. »Tut mir leid, Opa, ich bin gerade einfach ein bisschen zerstreut.«

»Ja, das haben wir schon gemerkt. Willst du nicht erzählen, was mit dir los ist?«

Johanna holte tief Luft, dann ließ sie die Schultern sinken. »Nee, ein andermal. Ich muss jetzt los, sonst macht das Fotostudio zu.«

»Fotostudio?«

Hilfe! Sie redete sich noch um Kopf und Kragen. »Tschüss, Opa, ich nehme wieder Omas Rad. Bis nachher. Vielleicht gehe ich noch an die Ilmenau, um eine Runde zu baden, ja? Wartet nicht auf mich mit dem Essen.«

Sie schwang sich auf den alten Drahtesel und radelte los. Sofort entspannte sie sich ein wenig und nahm endlich wieder ihre Umgebung wahr. Es war ein wundervoller Sommertag, warm, aber nicht zu heiß. Es duftete nach frischem Heu, der Nachbar hatte gerade seine Wiesen gemäht. Sie fuhr über die kleine Brücke zum Hasenburger Bach; das Wasser plätscherte sanft vor sich hin. Den Berg zum Schulzentrum Oedeme hinauf schob sie das Rad; sie wollte nicht schon wieder total verschwitzt bei Rike im Laden ankommen. Das letzte Mal hatte sie noch lebhaft in Erinnerung.

Zehn Minuten später stand sie vor dem Studio und fragte sich, ob es nicht irrsinnig gewesen war, herzukommen. Johanna wollte sich gerade wieder umdrehen und gehen, als die Tür geöffnet wurde und Rike herauskam.

»Johanna?«, stieß sie hervor. Sie wirkte überrumpelt. Kein Wunder.

»Oh, äh, hallo …«, stammelte Johanna. »Ich, ähm, ich wollte die Bilder abholen, aber dann habe ich mich erinnert, dass du Donnerstag gesagt hast, und heute ist ja erst Mittwoch. Deswegen gehe ich besser wieder.«

Rike schaute sie skeptisch an. Ihre ehemals beste Freundin kannte Johanna zu gut, um nicht zu erkennen, dass sie log. Johannas Wangen brannten. »Wolltest du gerade selbst gehen?«, erkundigte sich Johanna dann.

»Ja, ich habe jetzt Feierabend.«

Niemand bewegte sich. Johannas Puls raste. Das hier war unangenehm. Sehr unangenehm. Sie fasste sich ein Herz. »Okay, Rike, ich habe gelogen.«

»Was?« Rike hob eine Braue.

»Ich bin *nicht* wegen der Bilder hier. Ich bin gekommen, weil ich mit dir sprechen wollte. Um genau zu sein, ich wollte mich entschuldigen. Mir ist klar, dass die Jahre des Schweigens nicht mit einem Satz ausgelöscht werden können, und wiedergutmachen lässt sich mein Verhalten schon gar nicht. Aber ich wollte doch, dass du weißt, dass es mir schrecklich leidtut. Damals dachte ich, es wäre die richtige Entscheidung, alles hinter mir zu lassen.«

Rikes Miene blieb ernst, aber sie wirkte nicht feindselig. Vielleicht versuchte Johanna auch nur, sich das einzureden. »Und heute?«, hakte Rike nach.

Johanna seufzte leise. »Heute kann ich sagen, dass ich meine Freundin seitdem jeden Tag vermisst habe. Aber als ich erst mal weg war, gab es einfach kein Zurück mehr. Ich konnte nicht. Ich … ich weiß, dass das alles wirr und unlogisch klingt, aber es ist die Wahrheit, Rike. Ich habe dich wirklich vermisst, das tue ich immer noch. Ich bin nicht gekommen, damit du mir vergibst, aber ich wollte es zumindest aussprechen. Du hast jedes Recht, enttäuscht von mir zu sein; Herrgott noch mal, das bin ich auch! Aber ich kann es nicht mehr ändern, es ist zu lange her. Mir ist klar, dass man da nichts mehr kitten kann, dass du das auch gar nicht mehr möchtest. Vermutlich hast du einen Haufen neuer Freundinnen gefunden, welche, die dich nicht mitten in der größten Scheiße im Stich lassen …«

Rike schluckte. Johanna erkannte, dass ihre Worte sie nicht kalt ließen. Eine Pause entstand; währenddessen raste Johannas Herz immer schneller. »Nein«, erwiderte Rike schließlich. »Nein, habe ich nicht.«

»Was?«

»Ich habe keinen Haufen neuer Freundinnen gefunden, Johanna. Es war nicht möglich, dich zu ersetzen.«

Johanna wusste nicht, wohin mit sich. Rike offenbar auch nicht. Sie beide waren gleichermaßen betreten und unsicher.

»Und was machen wir jetzt?«, fragte Johanna kleinlaut.

Rike zuckte die Achseln. »Ich weiß es nicht. Ich weiß es ehrlich nicht. Ich habe immer noch eine Stinkwut auf dich.«

»Aber?« Johanna lugte unter halb gesenkten Lidern vorsichtig zu Rike. Nichts nach dem Unglück war einfach gewesen; es war nicht nur die Trauer, derentwegen Johanna davongelaufen war. Es war so viel mehr; aber sie wusste einfach nicht, wie sie es in Worte fassen sollte nach all den Jahren, um es Rike endlich zu erklären.

»Aber ich bin auch so unglaublich froh, dich wiederzusehen.«

Ein Stein, so schwer wie ein Fels, löste sich von Johannas Brust. »Das sind die schönsten Worte, die ich seit Langem gehört habe.«

Rike räusperte sich. »Ich habe jetzt leider etwas vor, aber am Wochenende ist die Party im Reiterstübchen, vielleicht können wir ja zusammen hingehen, was meinst Du?«

Rikes Vorschlag überstieg Johannas Hoffnungen bei Weitem. »Ehrlich?«

»Ja, ehrlich. Aber du bist auf Bewährung! Klar?«

Johanna grinste. »Klar! Und die Drinks gehen auf mich.«

Rike grinste jetzt ebenfalls. »Das ist ja wohl das Mindeste.« Dann wurde sie wieder ernst. »Ich bin immer noch verletzt, Johanna; mach das nicht noch mal mit mir, okay?«

Johanna schüttelte den Kopf. »Nein, auf keinen Fall. Darf ich … darf ich dich umarmen?«

Rike antwortete nicht, sondern drückte Johanna kurz. Es wirkte ein wenig unbeholfen von beiden Seiten, aber es war ein Anfang.

»Ich bin unglaublich dankbar, dass du wieder mit mir redest«, murmelte Johanna, dann lösten sie sich voneinander. Verstohlen wischten sich beide über die Augen. Anschließend verabschiedete Rike sich von ihr und sagte, sie müsse jetzt los.

Johanna konnte noch immer nicht fassen, was eben passiert war. Die Fotos hatte sie ganz vergessen, aber sie waren ja ohnehin noch nicht fertig. Hoffnungsvoll wie lange nicht radelte sie zurück, vergaß sogar, dass sie eigentlich schwimmen hatte gehen wollen, schnappte sich das Kätzchen und marschierte damit zu Paul.

Johanna hatte vorher nicht bei ihm angerufen, hoffte aber, dass der Tierarzt zu Hause war. Tatsächlich öffnete er die Tür, kurz nachdem sie geklingelt hatte. Er hatte eine Schürze mit Rüschen umgebunden, das sah irgendwie witzig aus. Die musste noch von seiner Oma sein.

»Äh, hallo«, stieß Johanna hervor und verkniff sich ein Grinsen.

Vermutlich gelang es ihr nicht ganz, denn Pauls Miene verfinsterte sich. Er riss sich die Schürze vom Leib und warf sie über einen Haken an der Wand.

Was hatte er denn für eine Laune?

Johanna wurde ernst. »Tut mir leid, wenn ich ungelegen komme. Ich wollte Schnee zum Impfen bringen. Aber ich sehe schon, es passt bei dir gerade nicht; ich komme einfach ein andermal wieder.«

Johanna wandte sich ab, sie hörte ihn leise ausatmen.

»Warte«, rief er hinter ihr her.

Sie blieb stehen. »Ja?«

Gott! Ihre Stimme klang so verdammt hoffnungsvoll. Eine völlig übertriebene Reaktion, aber sie konnte es nicht abstellen.

»Sei nicht albern, Johanna. Wo du schon mal hier bist, können wir das auch erledigen, also, komm rein.«

»Ich möchte dir nicht zur Last fallen, Paul.«

»Das tust du nicht; also, komm rein. Ich stelle nur kurz den Herd ab, sonst muss ich meine Küche renovieren.« Damit wandte er sich ab und eilte nach oben.

Johanna schloss die Tür hinter sich und folgte ihm. Es duftete nach Kräutern und Tomaten. Auf dem altersschwachen Herd blubberte eine Soße. Jetzt verstand sie auch, warum er die Schürze trug; rund um den Topf waren viele Tomatensoßenkleckse zu sehen. Der Fliesenspiegel in der Küche bestand aus orangeroten Fliesen, auf einigen über dem Waschbecken klebten bunte Prilblumen. Die Schränke wirkten selbst gezimmert und mussten noch aus den Fünfzigern oder Sechzigern stammen. An den Fenstern hingen selbst gehäkelte Gardinen. Auf dem alten Küchentisch lag eine Wachstuchtischdecke. Wenn Johanna es nicht besser gewusst hätte, hätte sie gesagt, dass Pauls Oma gleich um die Ecke kommen musste. Nichts wies darauf hin, dass er hier lebte. Okay, doch, etwas schon. Auf dem Fensterbrett stand ein Doppeldeck-Kassettenspieler, aus dem ein Song vom neuen R.E.M.-Album dudelte.

»Bekommst du Besuch?«, platzte es aus ihr heraus. Das sah irgendwie nach Vorbereitungen für ein romantisches Dinner aus. Die Musik. Die selbst gemachte Soße …

Paul zog den Topf auf eine kalte Herdplatte und drehte die andere ab. »Nein, stell dir vor, ich esse auch etwas, wenn ich allein bin. Und Tütensuppen waren noch nie mein Fall.«

Johanna war verblüfft über seinen Kommentar, aber das Zucken seiner Mundwinkel verriet ihr, dass er es nicht böse gemeint hatte. »Gott, ich bin manchmal einfach dämlich«, brummte sie verlegen. »Ich habe angenommen, dass du für eine Verabredung etwas vorbereiten würdest. Ich kenne nicht so viele Männer, die für sich allein kochen. Nur welche, die es tun, um eine Dame zu beeindrucken …«

»Habe ich nicht schon immer gesagt, dass ich eine Ausnahme bin?« Jetzt grinste er tatsächlich. War das ein Flirtversuch? »Aber würde es *dich* denn beeindrucken, wenn ich dir sagen würde, dass ich sogar gut kochen kann?«

Falls es ein Flirtversuch war, funktionierte er, obwohl sie das nicht wollte. In Johannas Bauch flatterten Schmetterlinge umher. Sie versuchte, es zu ignorieren, denn es wäre keine gute Idee gewesen, darauf einzugehen. Im Gegenteil. Schnee hielt sie noch immer in den Armen, das war ein guter Zeitpunkt, um das Gespräch auf sie zu lenken. »Mich beeindruckt man nicht so leicht, Paul. Ich bin ja auch wegen unserer Patientin hier.«

Sein Lächeln wurde etwas weniger strahlend. Vielleicht täuschte sie sich auch. »Natürlich. Komm mit.«

Er trat an ihr vorbei und ging wieder nach unten. Johanna folgte ihm wie ein Hündchen, dabei kam sie sich ein bisschen dämlich vor. Es gefiel ihr nicht, wie unsicher sie in Pauls Nähe war. Das kannte sie gar nicht von sich. Bestimmt lag es an den

Umständen und auch daran, dass sie heute sowieso aufgekratzt war. Die Versöhnung mit Rike war unerwartet gekommen, da war es nur natürlich, dass sie auf alles ein wenig empfindlicher reagierte.

Als Johanna die Praxis betrat, kramte Paul schon herum. Johanna entdeckte eine Schreibmaschine – und sehr viele Papiere in einem heillosen Durcheinander – hinter dem Empfangstresen. »Wie kommt es, dass du keine Mitarbeiterin hast?«

Paul ließ die Spritze sinken, die er gerade aufgezogen hatte. »Also neugierig bist du ja gar nicht, was?«

Hitze stieg in ihre Wangen. »Ich wollte nicht aufdringlich sein, entschuldige.«

»Schon okay. Frau Breuer ist in Rente gegangen, und ich habe noch keine Zeit gehabt, eine Nachfolgerin zu suchen.«

»Verstehe.«

»Wieso? Suchst du gerade eine Beschäftigung?«

Johanna machte große Augen. »Ähm. Nicht direkt. Oder … na ja.«

»Was denn nun?«, hakte Paul nach.

Johanna trat an den Behandlungstisch und setzte Schnee vorsichtig darauf ab. Sie wollte und würde ihm nicht ihr ganzes Herz ausschütten, sicher nicht. Aber lügen würde sie auch nicht. Immerhin war sie es gewesen, die das Thema angesprochen hatte. Hätte sie mal besser die Klappe gehalten, aber darin war sie noch nie gut gewesen. »Kurzfristig könnte ich dir mit dem Papierkram helfen. Kann es sein, dass du ziemlich viele Rechnungen noch nicht gestellt hast? Ich hoffe, du hast dir wenigstens notiert, wann wer da war?«

Jetzt war es an Paul zu erröten. Er sah noch attraktiver aus, wenn er beschämt war. Paul wich ihrem Blick aus und tastete Schnee ab, dabei berührte er Johannas Fingerspitzen, die das

Kätzchen noch immer festhielt. Ein Kribbeln wanderte ihren Arm hinauf in Richtung ihres Herzens. Mist! So war das nicht geplant gewesen.

»Ich habe alles notiert – nur in Bezug auf die praktische Umsetzung mangelt es noch bei mir.«

»Du brauchst jemanden, der das für dich erledigt, das ist doch viel zu viel für dich allein.«

»Ja, weiß ich doch. Jetzt klingst du wie meine Mutter.«

Ihre Blicke trafen sich, dann mussten sie gleichzeitig lachen. »O Gott, das ist kein Kompliment, oder?«

Er zuckte die Schultern. »Ein Gentleman schweigt, oder wie war das?«

Johanna schüttelte, immer noch lachend, den Kopf. »Pass auf, wir machen es so. Ich darf hin und wieder mal deine Schreibmaschine benutzen, dafür machen wir hier demnächst klar Schiff mit dem Papierkram, okay? Du wirst sehen, wenn das erst mal sortiert ist und Licht ins Chaos kommt, ist es gar nicht mehr so schlimm.«

»Ehrlich? Du würdest mir helfen?«

»Klar doch. Aber ich suche keine feste Anstellung! Das ist ein Freundschaftsdienst. Wie gesagt, wenn ich dafür auch mal die Schreibmaschine nutzen dürfte …«

»Selbstredend. So, halte Schnee mal fest, jetzt gibt es einen kleinen Piks für die junge Dame.«

Schnee war tapfer, sie zuckte nicht einmal zusammen. Danach bekam sie ein Leckerli von Paul. »So, das wars«, erklärte er schließlich, nachdem er auch das Bein noch einmal untersucht hatte. »Der Verband hält, mehr können wir gerade nicht für sie tun.«

»Das ist unendlich lieb von dir, aber dafür schreibst du mir eine Rechnung. Oder ich schreibe sie mir dann selbst.« Sie zwinkerte ihm zu.

Er winkte ab. »Das sehen wir dann ja. So, jetzt werde ich mich mal meinem Abendessen widmen. Hast du Lust zu bleiben? Es reicht sicher für uns beide.«

Alarmglocken schrillten in Johanna, denn ihr erster Impuls war, Ja zu sagen. »Äh, nein danke. Ich habe schon gegessen«, log sie deshalb. »Ich habe dich auch wirklich schon genug aufgehalten! Einen schönen Abend für dich, Paul, und vielen Dank noch mal.«

Er sagte nichts, als er sie zur Tür begleitete, aber sie konnte seiner Miene entnehmen, dass ihn ihre Ablehnung getroffen hatte. Er wirkte auf einmal sehr reserviert und kühl.

Als sie das Haus verlassen hatte, drehte sie sich noch einmal zu ihm um. »Wir sehen uns ja spätestens am Wochenende; du kommst doch zum Reiterstübchen?«

Er blinzelte ein paar Mal, dann nickte er. »Sicher, die Party ist fest eingeplant.«

»Schön, ich freue mich. Bis dann.«

Johanna wandte sich ab und hastete davon. Als sie um die Ecke bog, äffte sie sich selbst nach. »Schön, ich freue mich?« Wie dämlich das in ihren Ohren klang. Trotzdem konnte sie nicht leugnen, dass es genau so war. Ob das nun eine gute oder schlechte Idee war, ließ sie lieber offen. Überhaupt ging ihr in den letzten Tagen so viel im Kopf herum. Immer wieder hatte sie an das Foto denken müssen und an Omas Reaktion. Deshalb hatte sie sich noch immer nicht getraut, sie darauf anzusprechen, aber sie wusste, dass sie es tun sollte. Denn zu viel Geheimniskrämerei brachte einfach nichts, und wie sollte sie Oma helfen, wenn sie nicht die Wahrheit kannte? Es einfach vergessen konnte Johanna jedenfalls nicht – und Oma offenbar auch nicht. Vielleicht verbarg sich dahinter ja doch noch ein Geheimnis, von dem bislang niemand etwas ahnte.

Kapitel 12

Mai 1945, Lüneburg

Langsam kannte sich Netti in Lüneburg gut aus. Gerade war sie wieder einmal zum Bahnhof gelaufen, um dort ihre neue Adresse dem Suchdienst des Roten Kreuzes mitzuteilen. Die Schlange war auch hier lang, aber bald war sie dran. Dabei hatte Netti eigentlich gar keine Zeit, aber es musste sein. Als sie zuvor Walter Tiedtke erzählt hatte, dass ihr Bruder noch immer verschollen war und es keine Nachricht über seinen Verbleib gab, hatte er sie ermutigt, ein Schild anzufertigen, das sie am Bahnhof aufhängen konnte. Als er ihr schließlich sogar das Material dafür in die Hand gedrückt hatte, da hatte Netti nicht Nein sagen können. So war sie nun hier statt in der besetzten Villa und riskierte damit, schlimmen Ärger mit Major Thompson zu bekommen. Es war ihr nicht egal, aber sie nahm es in Kauf. Außerdem hatte sie mit dem Engländer selbst noch ein Hühnchen zu rupfen. Aber alles zu gegebener Zeit, sagte sie sich und schob die Gedanken an den einschüchternden Briten von sich.

»Guten Tag«, grüßte Netti die nächste freie Dame am Tisch des Suchdienstes, der unter freiem Himmel stand, weil im

Bahnhof selbst auch Geflüchtete hausten. Sie trug zur weißen Schürze auch ein weißes Häubchen, auf dem sich ein gesticktes rotes Kreuz befand.

Netti brachte ihr Anliegen vor. »Mein Name ist Agnes Schlewitz, und ich bin auf der Suche nach meinem Bruder, Gerhard Schlewitz, Feldpostnummer 35225 B, er gehört zum Artillerieregiment Ostpreußen 1, in die siebte Batterie«, erklärte Netti, wie schon so oft zuvor.

»Ostpreußen? Artillerie sagen Sie?« Ihr Blick sagte mehr als jedes Wort. Die Frau glaubte nicht daran, dass Gerhard noch am Leben war. Aber was wusste sie schon? Nur dass vieles dagegensprach, hieß keineswegs, dass er es nicht doch geschafft haben konnte. Wut machte sich in Nettis Bauch breit. Wenn sie eines nicht aufgeben durften, dann war es die Hoffnung! Sie hatte zu viele Zusammenbrüche und genug Verzweiflung für mehr als ein Leben gesehen. Selbstmorde waren auch hier, wo man hinsah, an der Tagesordnung; erst letzte Woche hatte sich Herr Walzel aus der Flüchtlingsunterkunft mit einem rostigen Fleischermesser die Adern aufgeschnitten. Wenn Netti und ihre Familie jetzt die Hoffnung auf Gerhards Rückkehr aufgaben, war Otti verloren, davon war Netti überzeugt. Nein. Sie brauchten gute Nachrichten, nur ein einziges Mal.

»Ja, genau. Feldpostnummer …«, wiederholte Netti deshalb. Ihr Blick fiel auf die vielen Plakate, auf denen Suchmeldungen anderer hingen. Nur bei sehr wenigen war ein roter Stempel mit der Aufschrift »geklärt« aufgedrückt worden. Netti ließ sich davon nicht beirren und hielt sich gerade.

Die Frau schüttelte den Kopf und unterbrach sie. »Lassen Sie mal, Sie waren doch schon letzte Woche da, oder?«

Netti nickte. »Ja, aber wir haben eine neue Adresse, die wollte ich Ihnen mitteilen.«

Die Frau seufzte. »In Ordnung, dann schießen Sie mal los. Ich trage es hier ein.« Sie kramte eine Liste hervor und notierte, was Netti sodann herunterbetete.

Netti wollte noch etwas fragen, aber sie wurde schroff unterbrochen. Eine Wartende hinter ihr tippte ungeduldig auf ihre Schulter. »Sehen Sie die Schlange? Es gibt noch mehr Leute, die Angehörige suchen. Jetzt sind wir dran.«

Nettis Mund klappte auf, doch sogleich schloss sie ihn wieder, als sie in das verhärmte Gesicht der nächsten Wartenden blickte. Schuhe trug sie keine, nur Lumpen an den Füßen. Ihre Hände waren so mager, dass Netti schlucken musste.

Das hier war das neue Deutschland, ein Land ohne Männer, in dem die Frauen allein ums Überleben kämpfen mussten. Die Not herrschte natürlich nicht nur in Nettis Familie, und täglich strömten noch immer Hunderte nach Lüneburg. Es war so eng geworden, dass die Engländer damit begonnen hatten, Baracken am Stadtrand zu errichten. Trotzdem ärgerte sich Netti über die Dreistigkeit der Frau hinter ihr. Niemand kümmerte sich mehr um andere, es ging nur noch um einen selbst. Sie konnte es nachvollziehen, trotzdem schockierte sie die Grobheit dieser Person.

»Viel Glück«, wünschte Netti der Fremden dennoch von ganzem Herzen. Anschließend brachte sie das Suchschild für Gerhard neben den vielen anderen an einem Zaun an und ging ihres Weges.

In den verlassenen Stellungen der Wehrmacht rund um den Bahnhof lag noch immer genügend Flakmunition zum Spielen. Auch heute rannten viele Kinder dort umher und es knallte immer wieder. Netti fürchtete stets, einmal Helmut dort zu entdecken; glücklicherweise interessierte der Junge sich jedoch mehr für die Schätze auf dem Schrottplatz. Gerade beobachtete Netti einen dunkelhaarigen Jungen, er konnte kaum älter als ihr Neffe sein, wie er eine Handgranate zündete und wegwarf.

»Oh nein!«, stieß Netti hervor, als sie sah, dass die Handgranate viel zu dicht bei dem Kind liegen blieb. Der Bub wusste anscheinend nichts von der Verzögerung, denn er setzte sich ins Gras und zupfte ein paar Halme heraus. »Pass auf!«, schrie sie in der Hoffnung, dass er sie hörte, aber da war es schon zu spät. Die Handgranate explodierte mit einem gewaltigen Knall. Dann folgte Geschrei. Britische Soldaten rannten aufs Feld und sprangen an die Seite des Kindes. Aber Netti wusste, dass für den Buben jede Hilfe zu spät kam. Betrübt blickte sie zu Boden und versuchte, nicht daran zu denken, was wenige Sekunden im Leben einer Person bedeuten konnten. Nicht, sagte sie sich, aber sie wurde die Bilder doch nicht wieder los. Das wurde man nie. Sie spannte ihre Kiefermuskeln an und wusste, dass ein harter Zug um ihren Mund erschien, der sie vermutlich älter wirken ließ, als sie war.

Netti blinzelte das Brennen in ihren Augen energisch fort und eilte wenig später über die Kreuzung der Schießgrabenstraße in die Innenstadt.

Weil sie ohnehin schon zu spät dran war, konnte sie auch gleich noch für das Abendessen einkaufen gehen; so konnte sie wenigstens etwas von ihrer Verspätung erklären. Ganz wurde sie das eben Erlebte nicht los, aber es nützte nichts. Das Leben des Kindes konnte nicht mehr gerettet werden, aber ihres ging weiter, und auf Netti zählten drei weitere Familienmitglieder, für die sie sorgen musste. Deshalb konnte sich Netti den Luxus nicht erlauben, ihren Schock zu verdauen, Mitleid zu empfinden. Hatte sie nicht eben gerade deshalb schlecht von der verhärmten Frau gedacht? Dabei war sie kein Stück besser, sie konnte es nicht sein. Das war der Preis, den man heutzutage fürs Überleben bezahlte. Und mehr.

Am Lüneburger Marktplatz hatten die Briten den NAAFI-Supermarkt, den British Family Shop, eingerichtet. Früher war hier ein jüdisches Kaufhaus gewesen, das hatte man ihr beim letzten Besuch erzählt. Was aus der Familie geworden war, wusste sie nicht. Eilig besorgte Netti Fleisch, Kartoffeln, Erbsen in der Dose, Butter, Milch und Brot und etwas Cheddar, den der Major so gern mochte. Als sie wenig später den Platz Am Sande passierte, erhaschte Netti einen Blick auf die große Uhr der Johanniskirche. Es war schon kurz nach sechs. Viel zu spät. Verdammt!

Netti seufzte und eilte weiter. Sie konnte an ihrer Verspätung nichts mehr ändern und hoffte, dass der Major noch einmal Nachsicht mit ihr übte. Zu Fuß dauerte jeder Weg viel zu lange, mit einem Fahrrad wäre sie viel schneller unterwegs gewesen. Aber sie hatte keins, und selbst wenn, hätte sie es längst gegen Nahrungsmittel getauscht. Für Luxus gab es keinen Platz in ihrem Leben.

Netti war außer Atem, als sie die Villa in der Uelzener Straße erreichte. Nur ein paar Häuser weiter, in der 31a, lag das Hauptquartier der Briten. Oberst Stansfeld, der neue Stadtkommandeur, schaltete und waltete von dort aus. Die ganze Uelzener Straße war nun in britischer Hand.

Netti drückte die kreisrunde Messingklingel von Major Thompsons neuer Bleibe und wartete. Es dauerte einen Augenblick, bis er die Tür aufriss. Sie sah sofort, dass er wütend war. Seine Lippen waren schmal und sein Blick hart.

»Sie sind zu spät«, war alles, was er sagte, während er finster auf sie herabschaute.

»Entschuldigung, Sir, ich habe mein Bestes gegeben. Ich will ehrlich sein, ich …«

Er hob eine Hand. »Ersparen Sie mir die Erklärungen. Ich habe Ihnen von Anfang an klargemacht, dass ich keine Zeit für Unsinn und Lügen habe. Zuverlässigkeit hat oberste Priorität.«

»Natürlich, Sir. Es wird nicht wieder vorkommen.« Sie senkte den Blick und biss die Zähne aufeinander. Seine blank polierten Schuhe rührten sich nicht, warum ging er nicht wieder hinein? Sie bewegte sich nicht und wagte auch nicht, noch etwas zu ihrer Verteidigung vorzubringen.

Nach einer gefühlten Ewigkeit seufzte der Brite leise und wandte sich ab. Netti folgte ihm und schloss die Tür hinter sich. Noch ehe er sein Arbeitszimmer erreichte, drehte er sich noch einmal um. Sein Blick war weich geworden. »Warum tragen Sie das alte Kleid?«

Netti war überrascht von dieser Frage. »Ja, das ist etwas, worüber ich noch mit Ihnen sprechen muss«, gab sie zurück, und seine Lippen wurden schmal.

Er schien kein Interesse an ihrer Antwort zu haben; jedenfalls zeigte ihr sein konsternierter Ausdruck, dass er für ihre Erklärungen weder Zeit noch Nerven übrighatte. Mit federndem Gang und selbstbewussten raumgreifenden Bewegungen ließ er sie stehen, verschwand in seinem Büro und schloss die Tür energisch hinter sich.

Sprachlos blieb Netti im Flur zurück. Gut, dann eben nicht. Sie brachte die Einkäufe schlecht gelaunt in die Küche. Außerdem hatte sie sein Geschenk dabei; dieses Gespräch würde sie dann eben später mit ihm führen.

Während Netti Kartoffeln schälte, überlegte sie, wie sie ihm erklären sollte, dass sie kein leichtes Mädchen war, egal, welche Präsente er ihr zukommen ließ. Sie war tief gefallen, aber nicht so tief.

Allein der Gedanke an seine Frechheit erhitzte ihr Gemüt so sehr, dass ihre Finger zitterten. »Ich halte das nicht mehr aus«, schimpfte sie, trocknete sich die Hände an der Schürze ab, nahm sein Päckchen und stampfte zum Arbeitszimmer. Sie klopfte. Auf das Herein wartete sie selbstverständlich, dann trat sie ein. Major Thompson saß am Schreibtisch und schaute sie mit hochgezogenen Augenbrauen erwartungsvoll an. »Was ist?«, wollte er wissen. Es war klar, dass er ihre Störung als Überschreitung ihrer Kompetenzen betrachtete.

Netti ignorierte das mulmige Gefühl im Bauch, stapfte schnurstracks zu ihm und knallte ihm das eingepackte Bündel auf den Tisch, vielleicht ein wenig zu energisch. Das merkte sie gleich, aber es war zu spät. Haltung bewahren, sagte sie sich, obwohl sie begriff, dass sie hier womöglich den berühmten Tropfen geliefert hatte, der das Fass zum Überlaufen und sie um diese so wichtige Stelle brachte.

Egal. Sie würde etwas anderes finden. Sie musste.

Netti hob das Kinn an und öffnete den Mund, um ihr Anliegen vorzutragen. »Ich habe Ihr Päckchen erhalten, Sir. Aber ich kann und werde es nicht annehmen. Ich erwarte keine Geschenke von Ihnen und ich bin ganz sicher nicht bereit, dafür das zu tun, was *Sie* sich vermutlich als Gegenleistung vorstellen!«

Ihr Herz pochte so schnell in ihrer Brust, dass sie glaubte, er müsse es hören können. Ein Muskel an seiner Wange zuckte, dann blickte er auf seine rechte Hand hinab, in der er einen Füller hielt. Schmunzelte er etwa? Netti kniff die Augen zusammen, aber konnte seinen Gesichtsausdruck nicht entschlüsseln.

Sie hatte damit gerechnet, dass er sie anbrüllen würde, aber als er den Kopf wieder hob, stockte ihr der Atem. Seine Augen funkelten, aber nicht aus Wut. Er wirkte … tatsächlich belustigt.

Das war ja wohl die Höhe. Was erlaubte der Mann sich?

Nettis Magen krampfte sich zusammen. »Ja, es kann natürlich gut sein, dass es für Sie recht amüsant ist, nun in dieser Position über einer deutschen Frau zu sein. Aber für mich ist das Leben hier bitterer Ernst, Major Thompson. Ich bin keine Hure, egal, was Sie von mir denken mögen.«

Sie rührte sich nicht, wagte nicht zu atmen.

Hinter ihr klatschte jemand Beifall.

Netti schreckte zusammen und fuhr herum. Sie stieß einen leisen Schrei der Überraschung aus, als sie in das Gesicht von Staff Sergeant Davidsson blickte. Der grinste breit und nickte ihr anerkennend zu. »Guten Tag, Miss Courage. Gut gesprochen, meinen Respekt haben Sie.«

Major Thompson schnaubte abfällig, und Netti schaute hilflos von einem zum anderen.

O Gott! Was war nur in sie gefahren? Sie hatte den Major vor einem Kameraden zurechtgewiesen. Das war ihr sicheres Ende in diesem Haus. Nettis Kehle schnürte sich zusammen, ihre Beine drohten unter ihr nachzugeben.

Major Thompson räusperte sich. »Sie ist in erster Linie aufmüpfig, nicht mutig. Miss Schlewitz kommt zu spät, und dann auch noch das! Man will ihr was Gutes tun und wird statt eines Dankes sogar bezichtigt, unlautere Absichten zu haben. Was soll man davon halten, Jakob?«, knurrte Major Thompson in Staff Sergeant Davidssons Richtung.

Netti wagte nicht aufzublicken. Sie beguckte ihre abgetretenen Schuhe und schämte sich in Grund und Boden. Er hatte gar nicht vorgehabt, mit ihr ins Bett zu gehen. Oder sagte er das jetzt nur so? Sie war nicht sicher. Glasklar war hingegen, dass sie eine Riesendummheit begangen hatte.

»Frag sie, warum sie zu spät war«, schlug der Staff Sergeant vor. »Vielleicht hat sie ja einen guten Grund.«

Major Thompson lehnte sich zurück. »Ja, Miss Schlewitz, warum sind Sie zu spät?«

Netti wurde unangenehm heiß. Schweiß sammelte sich zwischen ihren Brüsten. Sie überlegte, wo sie anfangen sollte. Schließlich war ihr Mund wieder einmal schneller als ihr Verstand. »Zunächst habe ich, nachdem ich am Vormittag diese Villa nach dem Frühstück verlassen habe, mit meiner Familie unsere wenigen Habseligkeiten in einen neuen Verschlag in einem anderen Ortsteil von Lüneburg geschleppt, der sich Zimmer nennen soll. Wir haben den Rattendreck ausgekehrt, damit wir neben Läusen nicht auch noch die Pest oder Fleckfieber bekommen. Dann habe ich dem Bauernsohn dabei geholfen, seine Wehrmachtsuniform zu färben, obwohl wir sie lieber verbrannt hätten. Aber das ging nicht, weil Stoff derzeit zu kostbar ist. Danach bin ich zum Bahnhof gelaufen, um dem Suchdienst vom Roten Kreuz mitzuteilen, wo wir jetzt wohnen, falls mein vermisster Bruder doch noch gefunden wird. Auf dem Weg vom Bahnhof zum Armyshop habe ich mit ansehen müssen, wie ein Junge, kaum älter als mein Neffe, sich aus Versehen mit einer Granate in die Luft gesprengt hat.« Sie holte kurz Luft und verdrängte die in ihr aufsteigenden Bilder. »Er war nicht mehr zu retten, also bin ich weitergelaufen und habe für Sie Lebensmittel eingekauft, dann bin ich, so schnell ich konnte, hergekommen. Ja, es tut mir leid, dass ich zu spät bin; ich wünschte, ich wäre rechtzeitig hier gewesen. Ich wünschte, dass ich nicht fast meine gesamte Familie, Freunde und mein Zuhause verloren hätte. Aber meine Wünsche bleiben leider meist unerfüllt. Also ja, ich bin zu spät, und es war mir bewusst, aber in Anbetracht all der Dinge, die ich heute zu tun hatte, war es mir nicht anders möglich.«

Sie war atemlos, aber schaute Major Thompson direkt an. Er verzog keine Miene, in seinen Augen las sie kein Mitgefühl. Eher Abscheu. »Vielleicht hättet ihr Deutschen es euch vorher überlegen müssen, was es bedeutet, einen Krieg anzufangen. Aber nein, das habt ihr nicht, im Gegenteil. Aber nun ist es so, ihr habt den Krieg verloren, und die Konsequenzen wollen euch jetzt auch nicht schmecken. In meinen Augen ist das …«

»Alan«, unterbrach der Staff Sergeant seinen Kameraden. »Sie ist ganz sicher nicht an allem schuld.«

»*Alle* tragen Mitschuld, und je eher das deutsche Volk das begreift, desto besser.«

Netti wusste, dass er recht hatte. Sie hasste es, dass seine Worte genau das in ihr auslösten, was sie hatte verhindern wollen: Scham. Tränen stiegen in ihren Augen auf, sie blickte zu Boden. Aber es war zu spät, einige hatten sich bereits aus den Augenwinkeln gelöst und flossen heiß über ihre Wangen. Sie sagte kein Wort mehr und rührte sich auch nicht. Sie wartete auf die Kündigung. Vielleicht war es ganz gut, dann kam sie weg von hier, weg von diesem Mann, der sie und alle anderen Deutschen so sehr hasste und verachtete.

Staff Sergeant Davidsson trat neben Netti. »Beruhigen Sie sich, Miss Courage, mein Kollege hier meint es nicht so.«

»Doch, genau das tue ich«, hörte sie den Major sagen. Tatsächlich klang seine Stimme nicht mehr ganz so bitter, aber Netti wagte es nicht, ihm in die Augen zu sehen.

»Komm schon, Alan. Du kennst sie doch gar nicht«, sprang der Staff Sergeant noch einmal für sie in die Bresche.

»Aber du vielleicht?«, widersprach der Major.

»Nein, aber nicht alle Deutschen sind gleich. Glaub mir, ich habe viele getroffen – ich bin einer von ihnen, auch wenn die Nazis uns weismachen wollten, dass dem nicht so wäre.«

Vorsichtig blickte Netti auf und schaute dem Staff Sergeant ins Gesicht. »Ich bin Jude«, erklärte er. »Aus meiner Familie haben nur meine Schwester und ich überlebt, weil wir rechtzeitig nach England geschickt wurden. Seitdem arbeite ich für die britische Armee.«

Netti schluckte. »Sie haben allen Grund, uns zu hassen.«

Der Staff Sergeant schenkte ihr ein trauriges Lächeln. »Hass führt nur zu einem: noch mehr Hass. Ich werde nicht vergessen, was unserem Volk angetan wurde, aber ich kann vergeben, was nicht heißt, dass ich nicht wütend oder traurig bin. Aber wir alle müssen weitermachen und für eine bessere Welt kämpfen; am besten geht das gemeinsam. Sie hatten einen schweren Tag, Miss Courage.« Er legte ihr eine Hand auf die Schulter.

»Netti«, half sie ihm aus und behielt doch für sich, dass dieser Tag nur einer von vielen derartigen Tagen war, nicht mal ein besonders schlimmer. Sie hatte anderes überlebt, aber hier im Raum hatte jeder seine eigene Geschichte. Welches wohl die von Major Thompson war, fragte sie sich. Netti konnte sich seinen Hass auf sie nicht erklären. War er auch Jude? Aber er sprach mit britischem Akzent deutsch, nicht wie der Staff Sergeant. Sie wagte nicht zu fragen.

»Geben wir ihr einen Drink«, schlug der Staff Sergeant vor, ging mit langen Schritten zu einem Sekretär, öffnete die Tür und goss eine braune Flüssigkeit in ein Glas, das er ihr dann vor die Nase hielt. »Setzen Sie sich einen Augenblick.«

Sie wollte protestieren, denn das Abendessen musste gekocht werden, aber sie wagte nicht, auch nur noch ein Wort zu sagen, also folgte sie seiner Aufforderung und ließ sich auf einen Stuhl sinken, den der Staff Sergeant ihr quasi unter den Hintern schob. »Trinken Sie das«, meinte er und drückte ihr das Glas in die Hand, weil sie es bislang nicht genommen hatte.

Major Thompson schwieg, Netti spürte seinen durchdringenden Blick die ganze Zeit auf sich. Ihre Finger zitterten noch immer, sie konnte sich einfach nicht beruhigen. Der Alkohol brannte zuerst in ihrer Kehle, dann in ihrem Bauch. Sie musste husten.

Jakob Davidsson steckte sich eine Zigarette an; er wollte ihr ebenfalls eine anbieten, besann sich dann aber anders. »Sie rauchen ja nicht.«

Netti schüttelte den Kopf, obwohl sie sie gern genommen hätte, um sie gegen etwas zu tauschen. »Nein.«

Auf dem Schreibtisch des Majors lag seine Pfeife, aber er griff nicht danach. Netti wusste auch, wieso. Er rauchte nicht in Gegenwart des Feindes – und genau das war sie in seinen Augen. Und was war er in ihren? Sie wusste es nicht. Dieser Mann war ihr fremd, ein Rätsel. Mit dem Staff Sergeant war es einfach. Viel einfacher; warum hatte sie nicht bei ihm eine Stelle bekommen können? Nein, sie wollte nicht undankbar sein und nippte noch einmal von ihrem Hochprozentigen. Cognac vielleicht? Sie kannte sich nicht aus.

»Soll sie jetzt den ganzen Abend hier herumsitzen?«, fragte der Major über ihren Kopf hinweg.

Netti schwieg. Sie war noch immer peinlich berührt.

»Ich würde sagen, Netti, Sie nehmen das Geschenk meines Freundes hier an. Ich kann Ihnen versichern, was auch immer in dem Päckchen ist, dass er es Ihnen nicht aus dem Grund gegeben hat, den Sie annahmen.«

Netti merkte, dass sie rot wurde.

»So ist es«, meldete sich endlich auch Major Thompson zu Wort. »Sie arbeiten in meinem Haushalt, und ich kann nicht dulden, dass Sie herumlaufen wie eine Bettlerin.«

Ihre Wangen brannten jetzt noch heißer. Als ob sie freiwillig so zerlumpt gekleidet gewesen wäre. Netti schluckte ihre Scham und Wut herunter, der Alkohol half dabei. In ihrem Bauch war es ganz warm. Sie konnte sich nicht einmal daran erinnern, wann sie zuletzt einen Schluck Wein getrunken hatte. So etwas Starkes noch nie. Außerdem forderte der Tag seinen Tribut; sie merkte, wie erschöpft sie war. Wo sie eben noch Aufregung und Zorn empfunden hatte, erfasste sie nun eine bleierne Müdigkeit, gegen die sie mit aller Macht ankämpfte. Sie spürte, dass sie völlig zusammenbrechen würde, wenn sie dem Gefühl jetzt nachgab. Zudem konnte Netti sich an diesem Tag einfach keinen weiteren Fauxpas erlauben und mitten im Arbeitszimmer des Majors einnicken. Das war einfach alles zu absurd.

Netti stand auf. Major Thompsons Augen wurden groß, der Staff Sergeant schwieg. Auf einmal wurde Alans Blick weicher. »Hören Sie, Miss Schlewitz. Ich entschuldige mich, ich wollte

Sie nicht Bettlerin nennen. Tun Sie mir einfach den Gefallen und tragen Sie die neuen Sachen zur Arbeit, ja?«

Netti nickte und klammerte sich dabei am Glas fest. »Ja, Sir.«

»Noch einen Drink?«, bot der Staff Sergeant an.

»Nein. Nein danke. Ich gehe jetzt besser in die Küche …« Netti trat an den Schreibtisch heran und nahm das Päckchen wieder an sich. »Bleiben Sie zum Essen, Mr Davidsson?«, wagte sie, an den Staff Sergeant gerichtet, zu fragen.

»Nein, nein danke. Ich habe noch anderweitig zu tun, wenn ich mit der Unterredung hier fertig bin.«

Sie nickte und war unsicher, was sie nun sagen oder tun sollte, deshalb murmelte sie nur ein »Danke« und verließ das Arbeitszimmer.

Das war noch einmal gut gegangen. Gerade so. Netti zog die Küchentür hinter sich zu und lehnte sich von innen gegen das Holz, dann schloss sie die Augen und atmete ein paarmal tief durch. Wie hatte sie nur so danebenliegen können? Der Major wollte sie nicht in seinem Bett, er hatte nur sicherstellen wollen, dass sie vernünftig gekleidet zur Arbeit erschien. Wie unangenehm! Netti nahm sich vor, in Zukunft nicht so hitzköpfig zu reagieren, sondern dreimal zu überlegen, ehe sie etwas von sich gab.

Während sie das Abendessen zubereitete, wurde ihr immer wieder unangenehm warm bei der Erinnerung an die vorausgegangene Szene. Glücklicherweise kommentierte der Major sie nicht, als sie ihm sein Essen mit einem Glas Milch servierte. Wie immer hatte er eine Menge Papiere vor sich am Esstisch, er arbeitete sogar beim Dinner.

Als sie etwas später abräumte, wandte er sich an sie. »Ich denke, wir müssen noch einmal über Ihre Pflichten im Haus sprechen, Miss Schlewitz.«

O Gott, jetzt kommts, dachte sie. Jetzt schmeißt er mich doch noch raus.

»Ja?«, krächzte sie.

»Ich denke, ich habe mich nicht klar genug ausgedrückt. Ich habe mir das jetzt ein paar Tage angesehen, aber da sich nichts ändert, muss ich Sie darauf ansprechen.«

»Bitte?«

»Ich habe keine Hausdame, daher muss ich Sie bitten, auch im Badezimmer, Schlafzimmer, Arbeitszimmer – überall, wo ich mich aufhalte – für Ordnung zu sorgen, nicht nur in der Küche und bei meiner Wäsche.«

»J-ja, natürlich.« Sie atmete erleichtert aus.

»Das ist doch für Sie zu schaffen, oder?«

»Selbstverständlich. Ich werde alles zu Ihrer Zufriedenheit erledigen, Sir. Sollten Sie sonst noch etwas benötigen, lassen Sie es mich wissen.«

»Vorerst nicht. Was ich jedoch noch sagen wollte, wenn Sie hier sind, können Sie bei mir essen. Also nicht *bei* mir, Sie essen in der Küche. Nehmen Sie sich etwas, es gibt in diesem Haus genug. Sie nützen mir wenig, wenn Sie zu entkräftet sind, um zu arbeiten.«

Netti wollte etwas erwidern, aber schloss – sich wohlweislich an ihren Vorsatz erinnernd – den Mund schnell wieder und schwieg. Sie würde essen.

»Aber plündern Sie hier nicht für Ihre ganze Sippe.«

Netti hoffte, dass er ihr nicht anmerkte, wie sehr sie sich über seinen Kommentar ärgerte. »Natürlich nicht, Sir«, gab sie zurück und dachte doch nur daran, wie gemein dieser Kerl war. Als ob sie bislang je den Eindruck vermittelt hätte, dass sie Derartiges vorhatte. Da machte er eine Nettigkeit gleich wieder mit etwas Fiesem zunichte.

»Sie können das Bad benutzen, wenn Sie möchten. Erst, sobald ich gegangen bin, versteht sich.« Beim letzten Teil des

Satzes schaute er sie nicht an, er war schon wieder über seine Papiere gebeugt und wirkte beschäftigt.

War das ein versteckter Hinweis darauf, dass sie schlecht roch? Es wäre keine Überraschung gewesen.

»Ich muss gleich noch einmal außer Haus«, erklärte er schließlich und schaute auf. »Eine Besprechung mit meinem Vorgesetzten; es geht um eine Einheit, die gegründet wird, um Naziverbrecher aufzuspüren. Deshalb war auch Staff Sergeant Davidsson hier.«

Warum teilte er ihr das mit? Wollte er mehr über ihre Gesinnung herausfinden? Was glaubte er eigentlich? Dass sie eine von denen gewesen war, die Nachbarn ausspioniert und angeschwärzt hatte? Netti schwieg; das war es doch letztlich, was er von ihr verlangte. Sie trug das Kinn jedoch ein wenig höher. Als er nichts mehr äußerte, sondern sie nur schweigend betrachtete, fragte sie: »Sonst noch etwas, Sir?«

»Nein. Das war alles.« Er schob seine Papiere zusammen, klemmte sie sich unter den Arm und verließ das Speisezimmer mit langen, federnden Schritten. Der Hauch seines teuren Aftershaves stieg ihr in die Nase. Er roch gut. Verdammt gut. Außerdem war er wie die meisten seiner Kollegen gut genährt und strotzte geradezu vor Energie. Dennoch umgab ihn stets eine gewisse Kälte, von der sie nicht wusste, ob sie gegen sie oder gegen alle Deutschen gerichtet war.

Nachdem er fort war und sie die Küche in Ordnung gebracht hatte, ging sie nach oben. In diesen Räumen war sie bisher nur selten gewesen. Sie ärgerte sich, dass sie nicht von selbst darauf gekommen war, auch hier sauber zu machen. Seine Wäsche, die er in einem Leinenbeutel vor die Kellertür gestellt hatte, hatte sie immer im Keller auf der Wäscherubbel bearbeitet und später mit dem Eisen geplättet.

Zögerlich trat sie ins Schlafzimmer. Das Fenster war geöffnet, der Vorhang bauschte sich zart in der Abendbrise. Dennoch war Major Thompsons Geruch präsent in der Luft. Männlich und klar. Herb und würzig, so wie sein Auftreten. Der Mann verbarg seine negativen Gefühle ihr gegenüber nicht; er ließ sie wenigstens offen wissen, was er von ihr hielt. Damit würde sie umgehen können, befand Netti, während sie sein Kissen und die Bettdecke aufschüttelte. Es war nicht nötig, dass er sie mochte. Morgen würde sie alles neu beziehen, dafür war es jetzt zu spät; sie wusste nicht, ob es noch irgendwo weitere saubere Laken gab, und wagte auch nicht, alle Schränke zu öffnen. Bei ihrem Glück würde er genau dann zurückkehren und sie des Diebstahls bezichtigen. Nein, nein, so weit würde sie es nicht kommen lassen. Ihr Blick fiel auf ein gerahmtes Bild auf dem Nachttisch. Es zeigte den Major mit seiner Frau und seiner Tochter auf einer Blumenwiese. Sie musste zweimal hinsehen. In Zivil sah er ganz anders aus, aber das allein war es nicht, was sie so verblüffte. Auf dem Foto wirkte er … glücklich. Ja, das war es, was sie so stutzen ließ. Der Mann, dem sie hier in Lüneburg begegnet war, war ein anderer als der auf der Familienaufnahme. Eilig wandte sie den Blick ab; dieser Einblick war zu intim. Sie wollte nichts Privates über ihn wissen, nur für ihn arbeiten. Dennoch ließ sie das, was sie gesehen hatte, nicht mehr los.

Hör auf damit, Netti, sagte sie sich und dachte daran, dass sie sich lieber um sich kümmern sollte. Genau das würde sie jetzt tun. Aufgeregt betrat sie wenig später das Badezimmer. Es gab eine Wanne auf goldenen Füßen und ein Waschbecken, über dem ein gerahmter Spiegel hing. Auf der Heizung lagen zwei zerknitterte Handtücher. Wieder verpasste sie sich eine stumme Rüge, dass sie daran bislang nicht gedacht hatte. Wie lange arbeitete sie nun schon hier? Eine Woche? Zehn Tage? Zu lange jedenfalls, um sich nicht darum zu kümmern. Eilig zog sie sich aus und duschte sich. Sie hatte sich beeilen wollen, aber als sie das heiße Wasser auf ihrer Haut spürte, konnte sie nicht anders, als eine Minute länger unter dem heißen Strahl zu stehen. Erst dann seifte sie sich gründlich ein, unsicher, ob es in Ordnung war, dass sie seine Seife benutzte. Ob er es merken würde?

Sie entschied, das Risiko einzugehen. Diese Art von Luxus hatte sie so lange entbehrt, dass sie leichtsinnig wurde und ihre Bedenken vergaß. Immerhin hatte er es ihr angeboten … Sie trocknete sich mit seinen Handtüchern ab, weil sie es nicht auch noch wagte, sich ein eigenes aus dem Badezimmerschrank zu nehmen. Danach wischte sie Wanne, Waschbecken und auch den Fußboden sauber und trocken. So war zumindest das Bad schon einmal in Ordnung gebracht. Sodann schlüpfte Netti in die neue Kleidung. Sie passte nicht perfekt, dazu war sie in den letzten Monaten einfach zu mager geworden. Aber sie war sauber und nicht zerschlissen. Die Strumpfhose sparte sie sich für einen besonderen Anlass auf – oder sie würde sie eintauschen. Auf dem Schwarzmarkt gab es bestimmt etwas Gutes dafür. Die Schuhe drückten ein wenig, aber auch damit konnte sie gut leben.

Als sie die benutzten Handtücher in den Keller zur Zinkwanne für die Wäsche brachte, entdeckte sie, dass die Tür zum Luftschutzkeller geöffnet war. Bislang war sie immer verschlossen gewesen. Sie warf einen Blick hinein. Die Besitzer des Hauses hatten ordentlich gehamstert. Der ganze Raum war voll mit Wein, Spirituosen, Konserven, Einmachgläsern und Würsten. Netti war überrascht und wütend. Doch so war es nun mal. Wer etwas hatte, behielt es für sich. Dumm nur, dass die Bewohner jetzt nichts mehr von ihrer eigenen Gier hatten. Ob sie in ihrer neuen Unterkunft genauso hungern mussten wie Nettis Familie? Kurz war sie versucht, ein Glas Kirschen mitzunehmen, ließ es dann aber sein. Das konnte sie nicht riskieren. Stattdessen legte sie die Handtücher auf den Wäschestapel, um den sie sich morgen kümmern würde, dann eilte sie nach oben. Es war schon nach neun Uhr – das war deutlich nach der

Sperrstunde. Da würde sie sich auf dem Nachhauseweg vorsehen müssen, um keiner Kontrolle in die Arme zu laufen. Aber sie kannte mittlerweile auch die Schleichwege. Netti besaß nach wie vor kein Schreiben, in dem man ihr bestätigte, dass sie die Sperrstunde umgehen durfte. Danach würde sie morgen fragen.

Es war dunkel, als Netti auf dem Hof der Familie Tiedtke ankam. Im Bauernhaus brannte noch in einem Zimmer das flackernde Licht einer Petroleumlampe. Weil sie nicht gesehen werden wollte – Frau Tiedtke war bestimmt eine von denen, die Leute verpetzte, wenn sie die Sperrstunde missachteten –, schlich sie um den Stall herum und die Treppe nach oben.

»Agnes Schlewitz, wo kommst du um diese Zeit noch her?«, zischte eine Frau.

»Mutter?« Sie drehte sich um und erkannte Lises Umrisse in der Dunkelheit. Sie musste auf sie gewartet haben.

Lise kam die wackelige Holztreppe hinter ihrer Tochter nach oben und zupfte Netti am Stoff der neuen Bluse. »Und was ist das überhaupt für ein Fetzen? Und wonach riechst du? Netti! Was hast du getan?«

»Muttela, hör mir doch mal zu und sei nicht so. Was ist denn heute nur los mit dir?«

»Du hast versprochen, dass du dich nicht *dafür* hergibst.« Sie spuckte die Worte beinahe aus.

Netti war enttäuscht, dass ihre Mutter sie verurteilte, obwohl sie nichts Unrechtes getan hatte. Sie versuchte es dennoch mit Vernunft; für heute hatte sie oft genug unbedacht gehandelt, sie hatte keine Kraft mehr für einen Streit mit ihrer Mutter. »Der Major möchte, dass ich saubere Kleidung trage, die nicht voller Löcher ist. Auch hat er mich gebeten, sein Bad zu benutzen, wenn er nicht da ist. Du solltest dich für mich freuen, Muttela.«

»Und das ist alles?«, fragte sie misstrauisch.

»Ja!« Obwohl sie es nie zugegeben hätte, schlug ihr Herz bei dem Gedanken an ihn ein wenig höher.

»Warum kommst du jetzt erst?«

»Weil es eben so lange gedauert hat. Und was ist mit dir? Was schleichst du hier herum?«

»Ich habe auf dich gewartet.«

»Ja, jetzt bin ich da.«

»Es ist noch etwas. Das muss ich mit dir allein besprechen.«

»Otti und Helmut schlafen schon?«

»Ich denke, ja, aber draußen ist es sicherer. Der Junge ist den ganzen Tag nur herumgestromert, das ist nicht gut. Er sollte in die Schule gehen.«

»Wie denn? Wenn sie alle Lehrer entlassen haben?«

»Dann frag doch mal deinen Major, wann die wieder aufmachen. So geht das nicht.«

»Er ist nicht *mein* Major. Hör auf, so zu mir zu sein, Mutter. Freu dich über meine Arbeit, das ist unsere Chance.«

»Du hast ja recht; ich habe mir nur solche Sorgen gemacht.«

Das konnte Netti ihr nicht verdenken, deswegen legte sie ihrer Mutter eine Hand auf den Arm. »Was wolltest du noch mit mir besprechen? Wir müssen morgen früh raus, die Kartoffeln müssen in den Boden, es muss jetzt schnell gehen. Wenn wir den Moment verpassen und es zu trocken wird, keimen sie nicht mehr, dann liegt das Feld brach. Es ist ohnehin schon zu spät – eigentlich. Wenn das nicht klappt, dann haben wir nichts. Ich hab das am Mittag alles mit Walter Tiedtke besprochen.« Von der zusätzlichen Arbeit hatte sie dem Major absichtlich nichts erzählt; das ging ihn nichts an. Sie würde einfach mehr arbeiten müssen und früher aufstehen. Die Tage wurden jetzt länger. Um vier Uhr fing es an zu dämmern, um fünf war die Sonne da; die Zeit würde sie nutzen, ehe sie in der Villa sein musste.

»Ja, Netti. Aber es ist wichtig«, beharrte ihre Mutter.

»Was ist es denn, was du so dringend bereden musst?« Netti konnte sich beim besten Willen nicht vorstellen, was unbedingt jetzt noch besprochen werden sollte. Hatte sie Ärger mit der Bäuerin gehabt?

»Ich bin sicher, Otti ist schwanger.«

Netti erstarrte; sie glaubte, sich verhört zu haben. »Was? Wie soll das denn …« Und dann schlug sie sich die Hand vor den Mund, weil sie begriff, wie und wann es passiert sein musste.

Erinnerungsfetzen schossen in ihr hoch. Russen, die den Frauen zuriefen: *»Idi syuda.«* Komm her. Netti hatte sich rechtzeitig verstecken können, die kurzen Haare hatten auch eine Rolle gespielt, ihr schmächtiger Körper … aber Otti. Otti war nicht davongekommen …

O Gott! Nettis Magen hob sich. Sie schwankte vor Entsetzen. »Bist du sicher?«, fragte sie tonlos.

Mutter seufzte leise. »Leider. Schon viel zu lange.«

Netti war sprachlos. Von einer neuen Furcht erfüllt. Was sollte nur werden? »Das kann doch nicht sein«, stieß sie hervor, obwohl sie genau wusste, dass gerade *das* nicht unmöglich war.

Ein altes Sprichwort fiel ihr ein; erst hat man Unglück und dann kommt auch noch Pech dazu. Als ob Otti nicht schon genug hatte durchmachen müssen! »Hast du mit ihr darüber geredet?«, wollte Netti von ihrer Mutter wissen.

»Ich habe Angst davor, was sie tun wird, wenn es auf den Tisch kommt. Aber sie weiß es, sie muss es wissen, auch wenn sie immer abwesend auf uns wirkt. Am Nachmittag haben wir uns unten am Bach gewaschen. Man sieht es schon, Netti. An ihren Knochen ist nichts dran, aber da wächst ein Bauch. Beim dritten Kind dauert es nicht so lang, bis man was sieht … Es ist eindeutig, Netti. Sie trägt einen Russenbankert.«

Netti schloss für einen Moment die Augen. Ihr fiel nichts ein, was sie darauf sagen konnte. Gar nichts.

»Morgen, Muttela«, flüsterte sie schließlich und nahm die Mutter in die Arme. »Morgen überlegen wir uns etwas.«

»Ja, Netti. Morgen. Aber weißt du was? Heute habe ich mich zum ersten Mal gefragt, ob es wirklich gut wäre, wenn Gerhard zurückkäme.«

»Mutter!«

»Ich weiß. Es war nur eine Sekunde. Natürlich ist es mein größter Wunsch, meinen Jungen wiederzusehen. Wenn ich ihn noch einmal in die Arme nehmen könnte, das wäre der schönste Tag in meinem Leben. Aber dass Otti in anderen Umständen ist? Was soll nur werden, wenn das Kind einmal da ist? Es ist …« Ihre Stimme brach.

Netti drückte sie fester an sich. »Lass uns versuchen, ein paar Stunden Schlaf zu bekommen. Die Kartoffeln«, erinnerte sie sie.

»Ja, die Kartoffeln«, erwiderte Lise. Beide wussten, dass sie es nur auf diese Weise aushalten konnten, indem sie sich mit dem beschäftigten, was sie in Gang hielt, und nicht mit dem, was womöglich bevorstand oder was zurücklag. Ihre täglichen Aufgaben, ihre kleinen Siege über den Hunger waren das, was sie durch den Tag brachte. Aber tief in ihrem Herzen fürchtete sich Netti davor, dass ihre Mutter recht haben könnte. Was, wenn Gerhard nie mehr zu ihnen zurückkehrte? Und was, wenn Otti wirklich das Kind eines Rotarmisten im Leib trug?

Kapitel 13

Juni 1993, Lüneburger Heide

Johanna stand am Fuße der Treppe und hörte Schnee von irgendwoher miauen. Es klang so, als ob es ihr nicht gut ging. Sicher hatte sie ein wenig auf die Impfung reagiert. Johanna machte sich auf die Suche nach ihrem Findling und entdeckte das Kätzchen schließlich im Wohnzimmer unter dem Sofa. »Was machst du da nur, kleines Ding? Geht's dir nicht gut?« Johanna sagte es in einem leichten, aufmunternden Tonfall, und Schnee kam, so gut es mit ihrer Beinschiene ging, hervor und ließ sich von Johanna streicheln. Gerade als sie sie auf den Arm nehmen wollte, huschte sie jedoch wieder davon, und Johanna blieb allein im Wohnzimmer des Rosenhofs zurück. Die Vorhänge waren zugezogen, es war kühl im Raum, obwohl draußen schönstes Sommerwetter herrschte. Oma und Opa waren nicht im Haus. Aber sie wusste, es würde nicht mehr lang dauern, bis sie zurückkamen. Ihr Blick glitt zu den Schranktüren, in denen die Großeltern die Fotoalben aufbewahrten. Sollte sie? Die Verlockung war groß, aber gleich war sie mit Rike verabredet, um zur Party beim Reiterstübchen zu gehen. Nun, ein paar Minuten blieben ihr noch, in denen Johanna sich das Foto ansehen konnte. Genügend Zeit, um endlich dem Geheimnis ihrer Oma auf den Grund zu gehen, das vielleicht gar keines war. Sicher hatte sie sich das alles nur zusammengesponnen und etwas sehen wollen, was vermutlich gar nicht da war. Ich mache das nur, um nicht mehr ständig darüber nachzudenken, rechtfertigte sie sich vor sich selbst, denn ihr war klar, dass es kein feiner Zug war, in den Schränken ihrer Großeltern zu stöbern, ohne dass diese davon wussten.

Johanna öffnete die Schranktüren der Wohnwand dennoch und kramte die verbeulte Dose hervor. Sie zögerte erneut. Konnte sie das wirklich vor ihrem Gewissen verantworten? Johanna erinnerte sich an Omas Reaktion, als sie das Ding vor einigen Tagen schon einmal in der Hand gehabt hatte. Es war Oma höchst unangenehm gewesen; gerade deswegen hatte es Johannas Interesse geweckt. Trotzdem – eigentlich gehörte es sich nicht. Sie dachte daran, was passieren würde, wenn ihre Oma die Enkelin beim »Schnüffeln« erwischte. Sie wäre vielleicht entsetzt und enttäuscht. Aber Johanna konnte es nicht lassen, weil sie, seit sie davon wusste, ein komisches Gefühl in der Magengrube hatte, das einfach nicht verschwinden wollte. Das hier – Johanna drehte den verbeulten Behälter zwischen ihren Fingern – enthielt Zeugnisse einer Zeit, die Jahrzehnte zurücklag. Das war Schnee von gestern, egal, was auch immer gewesen sein mochte – falls es überhaupt etwas bedeutete, wovon man kaum ausgehen konnte.

Gut, sagte Johanna sich und öffnete den Deckel. Sie kramte das Taschentuch hervor; die Ecken waren mit Spitze bestickt. Sie schaute nach den Initialen. AS, las Johanna darauf und furchte die Stirn. Ach ja, Omas Mädchenname war Schlewitz gewesen. Agnes Schlewitz, obwohl alle sie immer nur Netti riefen.

»Hm«, stieß sie enttäuscht hervor. Hier gab es kein Geheimnis, es musste Oma gehören. Warum sollte sie ihr eigenes Taschentuch wie einen Schatz hüten? Johanna hatte gehofft, dass es von einem Verehrer als Pfand stammen könnte.

Tja, da hatte sie wohl zu viele Liebesromane gelesen. Sie schnitt eine Grimasse. Dann betrachtete sie das erste der beiden Fotos.

Der Mann sah gut aus. Schlank. Hochgewachsen. Der Ausdruck in seinen Augen war jedoch nicht zu deuten. Er lächelte nicht. Natürlich nicht, er war ein Soldat in einem fremden Land, quer über der Uniform hing eine weiße Koppel. Das waren ganz sicher keine spaßigen Zeiten gewesen.

Es gab noch einen verbogenen Löffel und ein paar vergilbte Postkarten. Auf der zweiten Abbildung musste Oma abgelichtet sein, sie trug die Haare sehr kurz. Johanna erinnerte sich, ja, Oma hatte bestätigt, dass sie das war. Aber was war das auf ihrem Kopf? Jedenfalls kein richtiger Haarschnitt. Das Kleid war viel zu groß für den schmalen Körper. Das hatte sie auch bei der ersten Ansicht schon festgestellt. Johanna wendete die Fotografien und hoffte auf eine Notiz, ein Datum, eine Jahreszahl oder einen Namen. Vor allem das.

Erwartungsvoll schaute sie nach, aber alles, was sie entdecken konnte, war ein Stempel.

»Foto Tengeler« stand darauf. Super, jetzt wusste sie, welche Firma die Bilder gemacht hatte, aber nicht, um wen es sich handelte.

Kein Datum.

Kein Name.

Enttäuschung spülte über Johanna weg. Das war es also gewesen mit dem »Geheimnis«. Sie war keinen Schritt weitergekommen.

Johanna seufzte leise, betrachtete noch einmal die beiden Fotos und hielt sie nebeneinander. Sie fragte sich, ob dieser Mann und Oma wohl in Freundschaft oder Liebe verbunden gewesen waren. Oder gar nichts von beidem? Das konnte man beim besten Willen nicht herauslesen. Leider.

Wieso eigentlich leider? Warum wollte Johanna ihrer Oma unbedingt eine Liebschaft andichten? Sicher nur, weil ihr eigenes Liebesleben absolutes Ödland war. Eine Trümmerwüste, um genau zu sein. Sie war einsam.

Johanna wollte jetzt jedoch nicht an sich und ihren Kummer denken, sondern nahm sich stattdessen die Postkarten vor. Vielleicht gab es ja darauf etwas Spannendes zu entdecken.

Aha, ein Anhaltspunkt. Ihr Herz schlug höher.

> *Liebe Miss Courage,* stand auf der ersten.
> *Ich hoffe, es geht dir und deinen Lieben gut. Mich hat das Schicksal zurück an die britische Küste gespült. Über meine Arbeit darf ich dir leider nichts verraten. Oft denke ich an die Zeit in Lüneburg zurück. Ich bin froh, dass ich dabei sein durfte, und hoffe, dass die Zeit auch deine Wunden heilen kann.*
> *Mit herzlichen Grüßen*
> *Jakob*

Jakob? Johanna hatte diesen Namen noch nie gehört. Ihr Interesse an der Sache war erneut geweckt. »Bist du Jakob?«, redete sie mit dem Schwarz-Weiß-Foto und betrachtete es eine Weile sehr intensiv.

Johanna wollte sich gerade die restlichen Postkarten vornehmen, als sie Oma über den Hof kommen sah.

Verdammt! Sie hatte zu lange getrödelt. Johanna wollte hier nicht erwischt werden, denn ganz korrekt war es nicht, was sie tat. Deshalb packte sie hastig alles zurück und schmiss sich aufs Sofa. Gerade rechtzeitig, bevor Oma im Türrahmen auftauchte.

»Ach, hier bist du. Wolltest du nicht los?«, begrüßte Oma sie.

»Äh, ja, doch. Gleich. Wieso?«, gab Johanna atemlos zurück und sprang wieder auf die Füße.

Oma hielt einen großen Umschlag hoch. »Der war im Briefkasten, ist an dich adressiert. Vom Krankenhaus aus Köln. Was ist das?«

Verflixt! Johanna hatte gewusst, dass sie etwas vergessen hatte. In den letzten Tagen hatte sie immer selbst die Post geholt, ehe jemand anderes ihr zuvorkam, weil sie keine unliebsamen Fragen gestellt bekommen wollte. Aber sie hatte vergeblich auf ihr Arbeitszeugnis gewartet. Bis heute. Mann, wieso musste es unbedingt am Samstag zugestellt werden?

Johanna war mit einem Satz bei Oma und riss ihr den Umschlag förmlich aus der Hand. Oma guckte zwar ein wenig irritiert, sagte aber nichts dazu. Johannas Gesicht brannte. Sie wusste, dass Oma auf eine Antwort wartete. »Ich weiß nicht«, log sie schließlich und fühlte sich schlecht dabei. Sie hasste sich selbst dafür, dass sie zu feige war, ihrer Oma die Wahrheit anzuvertrauen.

Dass sie gekündigt hatte.

Dass sie so nicht mehr weitermachen wollte, als Schattenfrau. Dass sie sich wie eine Versagerin fühlte.

Denn sobald sie das erzählte, würde die Großmutter auch andere Fragen stellen, die sie nicht beantworten wollte, weil sie sich nach wie vor in Grund und Boden schämte.

»Du, Oma, ich muss jetzt los, ja? Ich will Rike nicht versetzen. Wir wollten uns um sieben an der Ecke treffen, und ich muss mich noch umziehen.«

Johanna schlängelte sich an ihrer Großmutter vorbei, sprintete zur Treppe und nahm zwei Stufen auf einmal nach oben. In ihrem Zimmer knallte sie die Tür schwer atmend hinter sich zu und stopfte den noch verschlossenen braunen Umschlag in den Schrank zwischen ein paar T-Shirts.

Sie hätte eine lausige Verbrecherin abgegeben, dachte sie schließlich amüsiert, wenn sie nicht mal einen Brief annehmen konnte, ohne dabei halb durchzudrehen. Sie war natürlich gespannt, wie ihr Arbeitszeugnis ausfiel, hatte aber weder die Zeit noch den Mut, es sich jetzt anzusehen. Das war ein großer Punkt auf der Liste ihrer Vorsätze: nicht mehr länger den Kopf einziehen, sondern endlich zu ihren Fehlern und Entscheidungen stehen. Aber das war leichter gesagt als getan. Johanna zuckte hilflos die Schultern und atmete geräuschvoll aus.

So oder so, sie musste jetzt los. Kurz entschlossen holte sie ein luftiges Sommerkleid aus dem Schrank hervor, zog sich aus und schmiss ihre kurze Hose und das Trägershirt aufs Bett. Dann eilte sie noch einmal ins Bad; ein wenig Wimperntusche und Parfum konnten nicht schaden. Sie guckte in den Spiegel. Ihre Wangen waren gerötet, ihre Augen wirkten riesig. Sie sah nicht schlecht aus, die paar Tage bei den Großeltern hatten ihr gutgetan. Johanna fasste ihr Haar und drehte es zu einer Banane; mit ein paar Klammern steckte sie es fest und zupfte zwei Strähnen heraus. »Hübsch«, sagte sie zu sich selbst und lächelte.

Ja, so ging es. Zufrieden sprang sie die Treppe hinunter, schlüpfte in ein paar Sandalen und stopfte sich zwanzig Mark aus ihrem Portemonnaie in den BH. »Tschüss, Oma, ich bin dann jetzt weg!«, rief sie durch den Flur.

»Viel Spaß«, kam die Antwort aus der Küche. »Den Schlüssel findest du wie immer unter dem Blumentopf.«

»So lange will ich gar nicht im Reiterstübchen bleiben! Es wird bestimmt total langweilig.«

»Jaja«, war alles, was Oma mit einem Glucksen erwiderte.

Johanna verließ das Bauernhaus mit einem Grinsen auf dem Gesicht, trat auf den Hof und genoss die Abendsonne. Es duftete nach Blüten, Heu und Pferden. Sie hörte ein Wiehern aus der Stallgasse. Jupiter? Sie war sich nicht sicher; in den letzten Tagen hatte sich Paul auch nicht oft blicken lassen, oder sie hatte ihn verpasst.

Paul.

Das letzte Zusammentreffen war merkwürdig gewesen, oder hatte sie sich diese angespannte Stimmung in seiner Praxis und bei der Verabschiedung nur eingebildet? Sie dachte jedenfalls viel zu oft an ihn, komische Schwingungen hin oder her.

Die Kirchturmuhr schlug sieben Mal. Mist, jetzt war sie doch zu spät dran. Sie wollte Rike nicht enttäuschen. Nicht schon wieder.

Johanna eilte über das Kopfsteinpflaster auf dem Hof, dann durch das Tor auf den Gehweg hinaus. Sie war völlig außer Atem, als sie die Ecke erreichte, wo ihre Freundin Rike auf sie wartete. *Ihre Freundin,* es fühlte sich wundervoll an, sie wieder so bezeichnen zu können. Rike trug eine blaue Levis 501, die an den Knöcheln unten an der Naht aufgetrennt war. Dazu hatte sie ein schwarzes T-Shirt mit dem Fotodruck der Gruppe UB40 an. Mann, Rike war einfach immer noch cool. Johanna hingegen hatte die letzten Modetrends irgendwie verpasst.

»Hey, da bist du ja«, begrüßte Rike sie mit einem Lächeln.

Johanna umarmte sie. »Es tut so gut, dich zu sehen.«

»Ja, das finde ich auch!«

»I can't help falling in looooove with you«, trällerte Johanna einen aktuellen Song der Gruppe als Anspielung auf Rikes T-Shirt, und Rike stimmte in den Gesang ein. Dann lachten sie zusammen.

»Es ist so schön, dass unser Musikgeschmack offenbar noch derselbe ist«, erklärte Rike, hakte sich bei Johanna ein, und sie gingen gemeinsam die Straße hinunter zum Reiterstübchen.

»Das Lied muss man ja kennen, das wird gerade überall rauf und runter gespielt.«

»Ja, es ist auch super. Aber das war es auch in der ersten Version von Elvis Presley schon. Du, sag mal, weißt du, wer heute Abend alles kommt?«, erkundigte sich Rike beiläufig.

»Nee, keine Ahnung. Um ehrlich zu sein, ich wollte zuerst gar nicht hingehen, als mir Opa davon erzählt hat.«

»Ja, das kann ich mir denken.« Rike war damals dabei gewesen; sie wusste alles über jene schreckliche Nacht.

Johanna erstarrte. »Auch jetzt habe ich noch ein bisschen Bammel. Was ist, wenn mich Leute danach fragen?«

»Du meinst nach Ralf?«

Johanne schluckte hart. »Ja. Ich … ich möchte nicht über diese Nacht reden. Auch nicht über die Zeit danach.«

»Sollen wir lieber woanders hingehen? Ins Pesel in der Stadt vielleicht?«

»In eine Kellerdisco bei dem Wetter? Nee, lieber nicht. Außerdem ist zu der Uhrzeit da sowieso noch nichts los. Und irgendwann muss ich mich all dem auch mal stellen.«

Rike schwieg einen Augenblick. »Ich gehe davon aus, dass die meisten sowieso schon wissen, dass du gerade in der Gegend bist. Und … jeder weiß, was damals passiert ist. Ich glaube nicht, dass du viele Fragen dazu beantworten musst. Was aber jeder wissen wollen wird: Was hast du seitdem gemacht? Was machst du jetzt? Wo treibt sich Johanna herum, wenn schon nicht in der Heide? Das interessiert mich im Übrigen auch.« Rike grinste, dann hörten sie auch schon Musik und das Lachen der Leute am Reiterstübchen.

»Da ist ja schon ordentlich was los«, lenkte Johanna erst mal vom Thema ab. Einerseits freute sie sich darauf, alte Bekannte wiederzusehen, andererseits hatte sie einen Riesenbammel vor unangenehmen Begegnungen. »Es fühlt sich gerade ein bisschen nach Klassentreffen an«, ergänzte sie mit einem schiefen Grinsen.

»Ja, das kann ich mir vorstellen. Sei beruhigt, die meisten haben sich nicht so doll verändert, dass man sie nicht erkennen würde oder so. Im Prinzip ist alles beim Alten.«

»Lass uns erst mal ein Bier holen«, schlug Johanna vor, als sie die Auffahrt hinaufmarschierten. »Vielleicht hilft das ja, meine Nerven zu beruhigen.«

»Du brauchst eher einen Kurzen.« Rike stupste sie mit dem Ellenbogen in die Seite.

»Ich ahne Schlimmes.« Johanna lachte. »Es ist viel zu früh für das harte Zeug.«

»Ja, vielleicht … vielleicht auch nicht.«

Tatsächlich machten viele Leute erst einmal große Augen, als sie Johanna entdeckten, aber diese etwas unangenehmen Momente dauerten nicht lange. Die Reaktionen ihrer alten Freunde und Bekannten waren größtenteils dieselben. Zuerst wurde geguckt, nach einer kurzen Bestandsaufnahme knüpfte man dann nahtlos an die Vergangenheit an, und es kam Johanna so vor, als wäre sie nie weg gewesen. Das war irgendwie schön und löste ein warmes Gefühl in ihrer Magengrube aus.

Ruckzuck war sie beim zweiten Bier und brauchte eine Pause von den vielen Wiedersehensgesprächen. Johanna setzte sich mit Rike an einen der vielen Tische, zu denen Bierbänke aufgestellt worden waren. Zum Tanzen fand sie es noch ein bisschen zu früh, obwohl die Musikgruppe ganz gute Lieder spielte.

»Niemals, bevor es dunkel wird«, hatte Rike dazu ihr Mantra von früher wiederholt und sich mit Johanna an den Rand der Party verzogen, wo sie fürs Erste einen Sitzplatz einnahmen.

Immer wieder guckte Johanna sich verstohlen nach Paul um, aber er schien nicht gekommen zu sein. Sie verspürte leichte Enttäuschung darüber; sie hatte sich gefreut, ihn zu sehen, aber dann sagte sie sich, dass es so besser war. In seiner Gegenwart war sie ständig nervös, allein die Tatsache, dass sie darüber nachdachte, wo er wohl steckte, irritierte sie. Schon früher hatte sie Paul ganz gut gefunden, den Teenager, geheimnisvoll irgendwie, obwohl er immer super schüchtern und zurückhaltend gewesen war. Aber Johanna war bereits vergeben gewesen. Neben Ralf waren ohnehin alle anderen Jungs verblasst. Trotzdem … seit sie zurück in der Heide war, hatte sie sich schon zu häufig gefragt, warum sie damals Ralf und nicht Paul gewählt hatte.

Nein, sagte das Stimmchen in ihrem Kopf, nicht *sie* hatte Ralf gewählt, Ralf hatte sich Johanna ausgesucht. Es war so was wie ein Ritterschlag gewesen, mit dem coolsten Jungen der Schule zu gehen. Denn *cool* war Johanna bis dahin nicht gewesen, danach vermutlich auch nicht. Aber Ralfs Aufmerksamkeit hatte Johanna genossen; man hatte sie um ihn beneidet, und dadurch hatte sie mehr Selbstvertrauen bekommen. Das hatte sie damals zumindest gedacht, rückblickend betrachtet hatte sie jedoch kapiert, dass echte Liebe etwas anderes sein musste.

»Was ist? Du guckst wie drei Tage Regenwetter«, meinte Rike und unterbrach damit ihre Grübeleien.

Johanna lächelte; es fühlte sich gezwungen an. »Ich habe an Ralf gedacht. Ich wusste, dass ich das wahrscheinlich nicht verhindern kann, wenn ich herkomme. Die Erinnerungen … du weißt schon.«

Rike griff nach ihrer Hand und drückte sie kurz. »Tut mir leid, Johanna. Ich kann mir vorstellen, dass das gerade alles wieder hochkommt.«

Johanna seufzte und nickte. »Ich komme schon klar. Wirklich. Erzähl mir mal lieber etwas von dir. Was macht die Liebe?«

Rike zeigte ihre linke Hand und damit auch einen funkelnden Ring am Finger. »Ich bin verlobt.«

»Oh! Kenne ich ihn?«

Rikes Züge wurden weich, sie lächelte selig. »Nein, Carlo ist aus Hamburg, wir haben uns während der Ausbildung kennengelernt und sind seit vier Jahren ein Paar.«

»Verrückt! Vier Jahre schon? Das freut mich für dich. Wohnt ihr zusammen? Gott, ich weiß wirklich gar nichts mehr über dich, aber ich bin so froh, dass sich das jetzt wieder ändert.«

Während Johanna Rike tausend Fragen zu Carlo stellte, die Rike ihr mit funkelnden Augen beantwortete, dachte sie zugleich daran, dass sie Rike erzählen musste, dass ihr Zwischenstopp in der Heide nicht für immer sein würde, dass sie darüber nachdachte, ins Ausland zu gehen. Aber das waren bislang ungelegte Eier, sie hatte ja noch nicht mal die Bewerbung getippt, und ohnehin kein Thema für einen hoffentlich unbeschwerten Abend. Letztlich hatte sie einfach große Angst, dass sie Rike mit dieser Neuigkeit womöglich erneut vor den Kopf stieß und die Harmonie zwischen ihnen wieder wackelig wurde.

»Ja, er wollte nachher vielleicht noch kommen. Wir planen, ein gemeinsames Fotostudio zu eröffnen.«

»Echt? Das ist ja großartig. Apropos Fotostudio.«

»Ja?« Rike neigte den Kopf ein wenig zur Seite und wartete ab.

»Ich habe bei Oma zwei Bilder aus der Nachkriegszeit gefunden.«

»Und?«

»Sie sind von Foto Tengeler abgestempelt, also nehme ich an, dass sie auch von Tengeler geknipst wurden. Denkst du, es besteht vielleicht die Möglichkeit, herauszufinden, wer darauf abgelichtet ist? Bei einem weiß ich es schon, es ist meine Oma. Beim anderen habe ich eine Vermutung …«

»Dein Opa?«, half Rike mit einem Grinsen aus.

»Äh, nein. Eben nicht. Vielleicht bin ich da einem Geheimnis auf der Spur.«

Johanna machte mehr daraus, als es wahrscheinlich war, und guckte verlegen auf ihre Finger, dann wieder zu Rike. Die schien interessiert, ihre Augen funkelten. Für ein Abenteuer war Rike schon immer zu haben gewesen. Es war schön, dass Johanna zum ersten Mal seit Langem nicht mehr alles mit sich allein ausmachen musste.

»Was denn für ein Geheimnis?«, hakte Rike nach und beugte sich ein wenig nach vorn über den Tisch.

»Oma könnte eine Affäre mit einem Soldaten gehabt haben«, flüsterte Johanna und guckte sich verstohlen um, ob auch niemand zuhörte. Hier im Dorf kannte jeder jeden, und Johanna wollte keine falschen Gerüchte in Umlauf bringen.

Rike machte große Augen. »Deine Oma? Nee.« Sie schüttelte vehement den Kopf. »Das glaube ich nicht.«

»Sie war auch mal jung«, wandte Johanna ein und zuckte die Schultern.

»Stimmt, das vergisst man immer. Wer weiß? Wieso fragst du sie nicht?«

»Ja, das wäre naheliegend, aber was, wenn ich damit alte Wunden aufreiße? Womöglich sind die Erinnerungen an den Kerl ja nicht positiv. Würdest du dann drüber reden wollen? Und vielleicht spinne ich mir da ja auch etwas zurecht. So oder so, ich kann Oma nicht einfach danach fragen … das fühlt sich irgendwie nicht richtig an.«

Rike verzog die Lippen und dachte nach. »Keine Ahnung, schätze, du wirst es nie herausfinden, ohne sie zu löchern. Was hältst du davon, wenn wir mal in Tengelers Archiv herumkramen … vielleicht findet sich da ja noch was?«

Johanna stockte und dachte über Rikes Vorschlag nach. »Als ich die Tage im Studio war, kam es mir so vor, als ob sich die Einrichtung, bis auf die Kameras und die Beleuchtung, seit tausend Jahren nicht geändert hat. Meinst du wirklich, das ist eine gute Idee?«

Rike zuckte die Achseln. »Warum nicht? Wir tun damit ja niemandem weh. Ich glaube, dass es da noch ganz viele Infos aus vergangenen Zeiten in irgendeiner Abstellkammer zu finden geben könnte. Oder? Aber … ich kann mir gerade nicht vorstellen, wie man anhand eines Fotos herausfinden soll, um wen es sich handelt, was meinst du?«

Johanna seufzte. »Warte mal. Es gibt doch einen Namen, es sind auch noch Postkarten bei Omas Kram gewesen; aber ich weiß halt nicht, ob der Verfasser auch der Mann auf dem Bild ist.«

»Oh! Okay. Doch, bestimmt? Welcher Name ist es?«

»Jakob.«

»Und weiter?«

»Da stand nur der Vorname auf der einen Karte. Und weiter bin ich noch nicht gekommen; ich muss mir das alles noch einmal anschauen, doch dafür muss ich warten, bis Oma und Opa aus dem Haus sind.«

»Puh, du machst ja echt ein Theater darum. Warum bist du so versessen darauf?«

Der Moment der Wahrheit war gekommen. Rike sprach genau das an, was sich Johanna schon selbst gefragt hatte. Jetzt halfen keine Ausreden mehr, sie wollte endlich ehrlich sein, auch zu sich selbst. »Ich denke, es liegt daran, dass mein eigenes Leben gerade nicht viel hergibt.«

»Wie meinst du das?«

»Ach, Männerprobleme, Probleme mit der Arbeit und so weiter …« Sie wusste gar nicht, wo genau sie anfangen wollte. Außerdem waren die Geschichten ihres Lebens echte Stimmungskiller. Johanna nagte an der Innenseite ihrer Wange und starrte düster auf das wellig gewordene Etikett ihrer Bierflasche.

»Ich kann immer noch keine Gedanken lesen, Herzchen, du musst schon ins Detail gehen, zumindest ein bisschen«, ermunterte Rike sie.

»Ich habe meine Stelle in Köln gekündigt«, stieß Johanna schließlich hervor.

»Wegen eines Mannes?«, schlussfolgerte ihre Freundin richtig. Es war schon immer ein Wunder gewesen, wie wenige Worte man mit ihr brauchte, um sich zu verstehen.

»So ungefähr, ja. Es ging nicht gut.« Johanna zuckte die Schultern.

»Er hat dich verlassen?«, hakte Rike nach und trank einen Schluck.

»Nein, umgekehrt. Arnold heißt er …«

Johanna wollte gerade mehr erzählen, als ein Schatten über ihre Schulter auf den Tisch fiel. Rikes Gesicht hellte sich auf, als sie den Neuankömmling hinter Johanna erkannte. Johannas Magen zog sich nervös zusammen, den Duft kannte sie.

»Abend, die Damen«, hörte Johanna eine männliche Stimme hinter sich. Die feinen Härchen auf ihren Unterarmen stellten sich auf, ein Schauer rieselte an ihrer Wirbelsäule entlang.

»Paul! Mensch, wie schön, dich zu sehen. Komm, setz dich zu uns!«, trällerte Rike mit einem fetten Grinsen im Gesicht.

Johanna drehte sich um. »Hallo, Paul«, grüßte auch sie; dabei war sie leicht irritiert, weil ihre Stimme atemlos klang. Wie unangenehm!

»Ich will euch nicht stören«, wandte er ein, aber hob schon ein Bein und dann das nächste über die Bank und pflanzte sich direkt neben Johanna.

Er roch frisch und würzig, als wäre er eben aus der Dusche gesprungen. »Hatte eben noch einen Notfall, deswegen komme ich ein bisschen später«, erklärte er. »Also, wobei habe ich euch unterbrochen?«

Rike lachte. »Johanna hat mir gerade von einem Arnold erzählt, der ihr Probleme macht … Männer halt …« Sie machte eine wegwerfende Handbewegung.

Johanna verdrehte innerlich die Augen. Sie wollte Rike korrigieren und das Wort »Ex-Freund« ergänzen, aber schwieg. Paul interessierte sich bestimmt nicht für Johannas Verflossenen. Außerdem wollte sie mit ihm nicht darüber reden; die Sache war ihr schon unangenehm genug.

»Ui«, machte Paul. »Da will ich aber wirklich nicht stören.«

»Quatsch, wir freuen uns, wenn du bei uns sitzt und ein bisschen mit uns plauderst, nicht, Johanna? Dich habe ich ja auch schon ewig nicht mehr gesehen! Oh, mein Bier ist alle, ich hole mal neues, für dich auch eins, Paul? Du sollst ja nicht auf dem Trockenen sitzen.«

»Aber klar!« Er nickte.

Johanna fühlte sich unbehaglich. Nervös irgendwie. Paul hatte neuerdings eine seltsame Wirkung auf sie. Sein Oberschenkel berührte ihren und löste damit ein leichtes Prickeln auf ihrem gesamten Körper aus. Rike war schon auf den Beinen, nahm die beiden leeren Flaschen mit und ließ Johanna mit Paul allein.

»Also, was war das für ein Notfall?«, versuchte Johanna, von ihrem verkorksten Liebesleben abzulenken und ein Gespräch in Gang zu bringen.

»Ein Kälbchen hatte Schwierigkeit mit der Geburt.«

»Oh. Und? Konntest du es retten?«

Sie schaute Paul von der Seite an. Seine Mundwinkel bogen sich leicht nach oben, er fuhr sich mit der Hand durch die Haare. Eine beiläufige Geste, die einerseits lässig wirkte, andererseits sehr selbstbewusst. Das gefiel Johanna. Paul musste sich nicht anstrengen, um männlich zu wirken. Er war es einfach. Dass sie so stark auf ihn reagierte, irritierte Johanna zunehmend. Vielleicht hätte sie kein Bier mehr trinken sollen, wenn sie dadurch die Kontrolle über ihre Hormone verlor.

»Es ist alles gut gegangen«, erklärte er und winkte ab, als wäre es nichts gewesen. Johanna wusste, dass er tiefstapelte.

»Du bist sicher ein großartiger Tierarzt.«

»Ach was, ich mache nur meine Arbeit.«

Bescheidenheit stand ihm gut. Johanna wusste, dass bei Geburtskomplikationen die Chancen oft nicht gut für die Mutter und das Junge standen. »Und die Kuh?«

»Hat es auch überstanden.«

»Das freut mich. Wirst du öfter zu Notfällen gerufen?«

»Hin und wieder, ja. So ist das auf dem Land.«

Gerade fand Johanna, dass es sehr schön war, nicht im Mief der Großstadt zu sitzen. In Köln war es zu dieser Jahreszeit oft unerträglich heiß und stickig. Hier wehte eine sanfte Brise, es roch nach Lindenblüten und frischem Gras. Sie wollte gerade etwas sagen, als plötzlich unzählige Lampions aufleuchteten. Jemand hatte endlich den Stecker der Kabeltrommel mit einem Stromkreis verbunden. Ein »Ohhh« ging durch die Anwesenden, und eine geradezu kitschig-romantische Stimmung legte sich über die ganze Szenerie vor dem Reiterstübchen. Die Musikgruppe spielte, passend dazu, auch noch einen Schmusesong von Bryan Adams.

O Gott! Wann kam denn endlich Rike zurück? Johanna rutschte ein Stück von Paul ab.

»Denk dran, dass du eine Rechnung schreiben musst. Sollen wir uns deinen Papierkram morgen mal ansehen?«, schlug sie vor.

Er zögerte, sie sah es ganz deutlich. Sein Lächeln wirkte gezwungen, es erreichte seine Augen nicht. Das musste wegen der Erwähnung von Arnold sein, und Johanna konnte es ihm nicht verübeln, aber rechtfertigen wollte sie sich auch nicht.

Zum Glück kam Rike in diesem Moment und stellte drei Bier auf den Tisch. »So, da bin ich wieder.«

Johanna und Paul griffen gleichzeitig nach derselben Flasche; sie zuckte zurück. »Entschuldigung«, murmelte er und reichte sie Johanna.

»Nein, lass, ist schon gut. Nimm du sie, ist ja noch eine da.«

Johanna bemerkte, dass Rike zwischen ihr und Paul hin und her schaute, erst dann setzte sie sich. »Na, habt ihr euch gut unterhalten?«, wollte Rike unnötigerweise dann auch noch wissen.

Die Stimmung war angespannt; ihre Freundin musste es auch merken. Johanna wusste nicht, was vorgefallen war, doch sie hatte das Gefühl, dass Paul nicht mehr wollte, dass sie ihm mit dem Papierkram half. Aber wieso? Beim letzten Treffen hatte er doch zugestimmt. Sie musste ihn irgendwie vor den Kopf gestoßen haben.

»So, ihr Damen, ich lasse euch mal weiterquatschen. Es ist schön, euch wieder zusammen zu sehen, hat man ja lange nicht …« Er stand auf und prostete ihnen zu. »Ich muss mal meine Runde drehen und hier und da Hallo sagen. Man sieht sich …«

»Klar«, rief Rike gut gelaunt und winkte ihm.

»Mach das«, murmelte Johanna, versteckte sich hinter ihrer Flasche und zwang sich, Paul nicht hinterherzuschauen.

»Das sah mir sehr nach Flucht aus«, merkte Rike an. »Ob es an mir liegt?«

»Ach was«, kommentierte Johanna. »Bestimmt nicht.«

»Lief da mal was zwischen euch?«

Johanna riss die Augen auf. »Was? Nein! Wie kommst du denn darauf?«

»Keine Ahnung. Ich hätte schwören können, dass da was in der Luft liegt … oder lag … Jedenfalls saß Paul stocksteif auf der Bank, und du auch. So wart ihr doch früher nicht miteinander.«

»Nee, das stimmt. Aber auch ihn habe ich jahrelang nicht gesehen«, redete sie sich heraus. »Da wird man sich fremd.«

Rike wirkte nachdenklich, dann nickte sie. »Ja, vielleicht liegt es daran.«

»Vielleicht? Ganz sicher sogar. Manche Freundschaften kann man halt nicht kitten.«

»Wenn du meinst? Ich hatte mit Paul wenig zu tun, aber doch das Gefühl, dass er mit *mir* gerade kein Problem hatte, wo ich noch mal drüber nachdenke.«

Johanna schnaubte und lachte. Es klang viel zu hoch. »Dann liegt es also an mir?«

Rike grinste. »Das habe ich nicht gesagt. Ich meine aber, da knistert was. Das ist alles.«

Johanna verdrehte die Augen. »Nee, da knistert gar nix.«

»Und was ist mit diesem Arnold? Vielleicht hat diese Info Paul nicht geschmeckt.«

»Du siehst Gespenster. Paul interessiert sich nicht dafür, ob ich einen Freund habe oder nicht, und das mit Arnold ist wirklich Geschichte. Der war ein Arschloch; ich habe es leider erst sehr spät gemerkt.«

»Besser spät als nie!«

»Wohl wahr. Darauf trinken wir. Hoch die Tassen.« Johanna schlug ihre Bierflasche leicht gegen Rikes. »Komm, lass uns tanzen. Endlich ist die Schmusemucke vorbei.«

Die Gruppe spielte einen Rocksong von den Heroes del Silencio mit viel E-Gitarre und Schlagzeug.

»Da bin ich dabei!«, erwiderte Rike und schwang ihre Beine über die Bank.

* * *

Paul unterhielt sich gerade mit Susanne, einer Klassenkameradin aus dem Gymnasium. Sie war in der Oberstufe schon scharf auf ihn gewesen und gerade wieder single. Üblicherweise ging er ihr aus dem Weg, aber heute fand er es in Ordnung, mit ihr zu quatschen. Vor allem als er Johanna mit Rike auf der Tanzfläche entdeckte. Johanna bewegte sich im Rhythmus der Musik; sie feierte ausgelassen und hatte ganz offensichtlich riesigen Spaß. Ganz im Gegensatz zu ihm. Am liebsten wäre er direkt nach seiner Ankunft wieder gegangen. Als er gehört hatte, dass Johanna etwas mit einem Arnold zu schaffen hatte, war seine Laune in den Keller gesunken. Er war überrascht, wie sehr ihn diese Information heruntergezogen hatte. So sehr, dass er den Tisch der beiden unbedingt hatte verlassen wollen – aber irgendwie auch nicht.

Ja, und hier fand er sich nun im Gespräch mit einer Frau wieder, von der er nichts wollte, nur um Johanna zu zeigen, dass er kein männliches Mauerblümchen war.

Sein Verhalten war vor allem eins: albern.

Trotzdem konnte er nichts daran ändern, dass er so empfand. Johanna war schon immer außerhalb seiner Reichweite gewesen, daran hatte sich auch nach all den Jahren nichts geändert. Dabei hatte er, das war ihm zuvor klar geworden, all die Jahre nur nach jemandem wie sie gesucht. Für ihn war Johanna perfekt. Wie sie lachte, wie sie sich gab, wie sie aussah. Alles an ihr faszinierte ihn.

Es traf ihn hart, dass er nach wie vor nicht über sie hinweg war; im Gegenteil, es kam ihm so vor, als wäre es schlimmer als jemals zuvor. Gerade konnte er sich beim besten Willen nicht vorstellen, je Gefallen an einer anderen zu finden. Vielleicht hatte er sich deshalb all die Jahre nicht wirklich gebunden. Die ein oder andere Beziehung war dabei gewesen, aber keine, die ihm so unter die Haut ging wie Johanna.

Dabei hatte Johanna noch nie Augen für ihn gehabt.

Es hatte niemals einen Kuss gegeben.

Keine zärtlichen Berührungen.

Und trotzdem. Er war ein hoffnungsloser Fall.

Paul trank sein Bier aus. Er wusste nicht, wie er diesem Spuk ein Ende bereiten konnte. Aber Susanne würde dabei keinen Part spielen; das wurde ihm in diesem Augenblick klar, als sie ihm eine Hand auf den Oberarm legte und über etwas lachte, was sie gerade von sich gegeben hatte. Paul hatte nicht zugehört. Verdammt!

Das hatte Susanne nicht verdient. »Tut mir leid«, entschuldigte er sich bei ihr.

Susanne runzelte die Stirn, sie schien nicht zu begreifen. »Was ist los?«

Paul schämte sich, aber er wollte das Gespräch mit ihr hier und jetzt beenden. »Ich habe was vergessen, ein Notfall sozusagen, ich muss noch mal los.«

Ja genau, er musste verschwinden und er würde an diesem Abend auch nicht mehr wiederkommen.

»O nein, das tut mir leid. Brauchst du Hilfe?«, bot sie, immer noch lächelnd, an.

»Nein, schon gut. Das kriege ich allein hin, aber danke dir. Ich wünsche dir noch einen schönen Abend.« Er gab ihr ein Küsschen auf die Wange und stellte die Bierflasche auf dem Tresen ab.

Susanne tat es ihm gleich. »Ich habe auch keine Lust mehr zu bleiben; dann lass uns wenigstens ein Stück zusammen gehen. Du hast es ja nicht weit, und es liegt für mich auf dem Weg.«

Oh, oh! Alarmglocken schrillten in ihm. Aber das konnte er ihr nicht abschlagen, ohne dass es komisch wirkte. »Klar, warum nicht.«

Während sie die Feier gemeinsam verließen, überlegte er, wie er Susanne loswerden konnte, ohne sie vor den Kopf zu stoßen. Als sie um die nächste Ecke gebogen waren und es ein wenig ruhiger wurde, hatte er eine Idee. »Ich muss leider zum Rosenhof, andere Richtung.«

»Was willst du denn da?«

»Mein Hengst; ich bin mir nicht sicher, ob ich die Box richtig zugemacht habe. Ich muss nachsehen.« Das war eine Lüge, aber besser als die Wahrheit, die Susanne wehgetan hätte.

Susanne nickte, begeistert wirkte sie jedoch nicht. »Ach, der Hengst ist berüchtigt, von dem habe ich schon gehört. Was willst du mit so einem Gaul?«

Paul ließ sich nichts anmerken, aber ihm gefiel nicht, wie sie über Jupiter redete. Immerhin war es sein Pferd, also auch seine Entscheidung. »Du, Susanne, ich muss jetzt wirklich weiter. Mach's gut, bis bald.«

Ohne auf eine Antwort von ihr zu warten, marschierte er davon.

Gott, was für ein beschissener Abend!

Wo er dann schon fast am Rosenhof war, konnte er wirklich noch mal nach Jupiter gucken. In den letzten Tagen hatte er wenig Zeit für ihn gehabt. Wobei, Sinn ergab es jetzt keinen hinzugehen; es war dunkel, die Pferde waren vermutlich alle friedlich in ihren Boxen. Trotzdem setzte Paul einen Schritt vor den anderen, bis er am Stall ankam. Er guckte kurz hinein, aber es war alles ruhig. Natürlich. Etwas anderes hatte er auch nicht erwartet.

Mit einem Seufzen trat er unter die alte Kastanie und setzte sich auf die Bank. Es war schön hier. Es roch nach Rosenblüten und Pferden. Alles war still und friedlich. Im Haus brannte noch Licht, die Großeltern waren also noch wach. Und die Enkelin?

Nun, die sollte er sich am besten mal aus dem Kopf schlagen. Alles andere würde nur zu noch schlechterer Laune führen.

Wenn das mal so einfach gewesen wäre …

Vielleicht hätte er es Johanna damals sagen sollen, dass er verliebt in sie war. Aber damals war er nicht mutig gewesen. Das zumindest hatte sich nicht geändert. Aber vieles andere schon.

Er hatte nach dem Vorfall nie mit Johanna gesprochen, sie nie gefragt, wie es für sie gewesen war, Ralf zu verlieren. Gut, es war eine Jugendliebe gewesen, niemand wusste, ob sie heute noch zusammen gewesen wären. Dennoch war es traumatisch, einen guten Freund zu verlieren. Für sie alle.

Zudem nagten Schuldgefühle an ihm. Auch etwas, womit er noch haderte. Paul hatte in jener verhängnisvollen Nacht nicht so viel getrunken wie die anderen, weil er mit seinem Mofa unterwegs gewesen war.

Er sah es vor sich, als wäre es erst gestern geschehen.

Wie so oft hatte sich die Clique unten am Teich verabredet, jemand hatte einen Doppeldeck-Kassettenspieler dabei, der mit Batterien betrieben wurde. Es lief das neue Album von Guns n' Roses, die Sommernacht war lau und schwül. Die anderen hatten schon ein paar Bier geleert, als Paul sein Mofa gerade erst abstellte. Dass alle beschwipst waren, merkte er daran, dass über jeden Käse gekichert wurde.

Paul gesellte sich dazu und öffnete sich mit Ralfs Feuerzeug ein Bier. »Mensch, da bist du ja endlich«, lallte Ralf. Paul kam es vor, als hätte sein Freund deutlich mehr getankt als die anderen; bestimmt hatte er auch wieder etwas eingeworfen. Paul war kein Freund davon, aber Ralf war ungebremst und wild. Eine Eigenschaft, die Paul gänzlich abging, weil er dazu neigte, alles zu überdenken. Deshalb war auch Ralf der coole Draufgänger und Paul der Ruhige und Verlässliche. Ein Kumpeltyp – daher hatte er vermutlich auch keine Freundin, Ralf hingegen – neben Johanna – tausend Verehrerinnen. Paul war nicht eifersüchtig auf seinen Freund, obwohl er heimlich in Johanna verliebt war. Aber er wusste, dass er bei ihr ohnehin keine Chance hatte, also schwärmte er einfach im Geheimen für sie.

Paul nippte an seinem Bier und merkte erst jetzt, dass Ralf aufgesprungen war und sich die Kleider vom Leib riss. »Was ist los mit euch Spaßbremsen?«, kreischte er, rannte dann zum Teich und sprang kopfüber hinein.

»Du Spinner!«, rief ihm jemand hinterher, Rike vielleicht, doch sicher war Paul nicht.

Ralf planschte, tobte und forderte die anderen immer wieder auf, auch baden zu gehen.

»Ist mir zu kalt«, murmelte jemand, vermutlich Johanna. Ein Donner grollte in der Ferne, es war absehbar, dass es noch ein Gewitter geben würde.

Paul warf Johanna einen verstohlenen Blick zu, aber er konnte ihr Gesicht in der Dunkelheit nicht ausmachen. Sie saß zu weit vom Feuer entfernt. Ralfs Gegröle brachte ihn in die Realität zurück. Seine Versuche, die anderen zum Baden zu animieren, schlugen weiterhin fehl. Was eben noch cool gewesen war, wirkte mittlerweile wie ein verzweifelter Versuch, die Freunde zu blankem Unsinn zu überreden. »Nun komm schon raus!«, rief Paul irgendwann, als Ralfs nervige Kreischerei aufgehört hatte. Sicher schmollte der Idiot jetzt, weil er allein im Teich planschen musste. Paul wusste, dass er als guter Freund dafür hätte sorgen können, dass Ralf nicht vor den anderen das Gesicht verlor, indem er zu ihm ging und ihn aus dem Wasser bat, aber Paul hatte gerade einfach keine Lust darauf, Ralfs Kindermädchen zu spielen. Zu oft hielt er für ihn die Nase hin, damit Ralf nichts von seiner Coolness einbüßte.

Paul trank einen Schluck; die Musik hatte aufgehört. »Kann mal jemand die Kassette umdrehen?«, meinte Rike, die rücklings auf der Wiese lag und in den Himmel guckte.

Paul stand auf, ging zum Kassettenrekorder und drückte auf »Eject«, damit das Deck aufging. »Ralf, du kannst jetzt rauskommen; niemand will mit dir ›Alle meine Entchen‹ spielen«, scherzte Paul in Richtung Teich.

Aber es kam keine Antwort mehr.

Was wäre gewesen, wenn er nicht länger am Feuer gesessen hätte, sondern sofort ins Wasser gesprungen wäre? Hätte man Ralf vielleicht noch retten können? Er wusste es nicht. Auch nach Jahren nagten diese Zweifel an Paul. Er hatte keine Ahnung, wie er mit sich ins Reine kommen konnte.

Paul stand mit einem Seufzen auf und machte sich auf den Nachhauseweg. Aber er kam nicht weit; plötzlich stand Johanna vor ihm. »Paul?« Sie schien überrascht, ihn hier anzutreffen.

»Jap, wie ich leibe und lebe.« Er steckte die Hände in seine Hosentaschen.

»Was … was machst du hier?«

»Ich habe nach Jupiter geschaut.«

»Oh. Ach so … ich dachte schon …«

Für einen Augenblick sagte niemand etwas, sie standen sich stumm gegenüber. Doch eine Menge geschah, auch ohne dass ein Wort gesprochen wurde. Pauls Puls schnellte in die Höhe. Johanna stand so dicht vor ihm, dass er den süßen Duft ihres Parfums erschnuppern konnte. »Du siehst hübsch aus heute«, hörte er sich sagen. Seine Stimme klang rauer als sonst.

»Danke, du … du siehst auch gut aus. Aber das tust du immer.« Sie lachte; es klang nervös.

Ihre Reaktion verlieh ihm etwas Mut. Er trat noch näher und strich ihr eine Strähne aus dem Gesicht hinters Ohr. Er spürte, wie sie unter dieser Berührung erschauderte.

»Ach ja?«, gab er zurück, dabei lächelte er. Vielleicht war es ja jetzt an der Zeit, ein wenig Courage zu zeigen.

»Komm schon, du weißt es, oder?«

»Was soll ich wissen?«, hakte er im Flüsterton nach.

»Na, dass du ein ziemlich heißer Typ bist. Frag mal Susanne.«

»Bist du eifersüchtig?« Er bereute den Satz in dem Moment, in dem er ihn ausgesprochen hatte. Dann überraschte ihn Johannas Reaktion.

»Ich? Eifersüchtig? Auf keinen Fall.«

Hoffnung keimte in ihm auf. »Aha. Was würdest du denn sagen, wenn ich dich fragen würde, ob ich dich küssen dürfte? Also, rein hypothetisch gesprochen.«

Er strich zärtlich mit seinen Fingerknöcheln über ihre Wange. Johanna neigte ihm ihr Gesicht entgegen und atmete zittrig aus. Sein ganzer Körper prickelte.

»Dann würde ich vermutlich sagen, dass es eine ganz dumme Idee wäre.«

»Warum das?«, fragte er, obwohl er selbst genau wusste, dass es stimmte.

Und dann passierte etwas, womit er ganz und gar nicht gerechnet hatte. Johanna stellte sich auf die Zehenspitzen und drückte ihren Mund auf seinen. Es war eine federleichte Berührung, ein hauchzarter Kuss. Aber das genügte, um seinen Körper in Flammen zu setzen.

Noch ehe er seine Arme um sie legen konnte, war es vorbei. Johanna trat zurück; er sah auch in der Dunkelheit, dass sie lächelte. »Gute Nacht, Paul.« Ohne auf eine Antwort zu warten, drehte sie sich um und rannte ins Haus.

Kapitel 14

Mitte Mai 1945, Lüneburg

Netti konnte sich kaum auf den Beinen halten. Sie war hundemüde. Die frühmorgendlichen Arbeiten auf dem Kartoffelacker forderten nach einer langen Woche allmählich ihren Tribut. Aber sie hatten es geschafft, die Kartoffelsaat war im Boden. Jetzt musste nur das Wetter mitspielen. Daneben war es ihnen gelungen, auch etwas Buchweizen anzupflanzen und Erbsen und Bohnen im kleinen Garten am Haus. Während Netti ihren Mehlschleim löffelte, in den es heute sogar einen Schuss Milch gegeben hatte, fielen ihr immer wieder die Lider zu. Dabei saß sie nicht mal auf dem Boden, um ihre Kleidung nicht zu beschmutzen. Sie war so erschöpft, dass sie buchstäblich kurz davor war, im Stehen einzuschlafen. Otti und ihre Mutter waren nach der Arbeit auf dem Feld nach Lüneburg losgezogen; sie wollten einige Bekannte wiedersehen, die es auch aus Ostpreußen bis hierher geschafft hatten. Außerdem wollten Otti und Lise beim Roten Kreuz in der Wallstraße vorbeischauen. Helmuts Schuhe passten nicht mehr, außerdem war eine Sohle verloren gegangen. Jetzt war auch er einer der Buben, die barfuß umherlaufen mussten. Nun, hoffentlich nicht mehr lange.

Auf einmal ertönte ein Schuss, und Netti war hellwach. »Was war das?«, stieß sie hervor, ließ ihren Blechnapf samt verbeultem Löffel fallen und eilte los. Sie rannte die Treppe hinunter. Was sie dann sah, ließ ihr das Blut in den Adern gefrieren. Frau Tiedtke hatte eine Schrotflinte auf Helmut gerichtet, den Schuss davor musste die Frau in die Luft gefeuert haben. Schnell erkannte Netti, dass ihr Neffe Eier gestohlen hatte. Offenbar hatte die Bäuerin den Jungen auf frischer Tat erwischt und wollte ihn jetzt dafür zur Rechenschaft ziehen.

»Frau Tiedtke!«, rief Netti. »Nicht schießen! Er bringt die Eier zurück. Nicht schießen!«, wiederholte sie mit bebender Stimme, während sie sich fragte, wie es überhaupt möglich war, dass es noch eine Waffe auf dem Bauernhof gab.

Alle Bürger waren angewiesen worden, sämtliche Waffen, Fotoapparate, Ferngläser und übrige Munition bei den Engländern abzugeben. Netti wusste auch, dass es vermutlich auch einige andere Leute gab, die nicht alles gemeldet und weggegeben hatten. Ihr wurde übel. Sie schwankte, ihr wurde schwarz vor Augen. Ihr Körper schrie, ohne einen Laut von sich zu geben. Bilder tauchten vor ihrem inneren Auge auf, die sie nie wieder sehen wollte. Der Feind. Gewehre. Viele Tote. Unschuldige Männer, Greise und Jugendliche, an die Wand gestellt. Sie sah das Gesicht von Herrn Liebermann, einem Nachbarn aus dem Dorf, vor sich, wie er ihr ein letztes Mal in die Augen sah, ohne Furcht, aber mit der Gewissheit, dass es nun endlich vorbei war. Dann fiel ein Schuss, und er sackte in sich zusammen.

»Ich lass mich nicht weiter beklauen von euch Gesindel! Packt euren Rucksack und haut wieder ab! Lungert den ganzen Tag nur faul rum und beklaut mich auch noch!«, brüllte die Alte und riss Netti ins Hier und Jetzt zurück. Aus dem Kopftuch der Bäuerin hatte sich eine Strähne ihres grauen Haares gelöst; sie stand breitbeinig in ihren Gummistiefeln da und machte keine Anstalten, den Gewehrlauf von Helmuts Körper abzuwenden.

Netti trat langsam näher und machte dabei beschwichtigende Gesten. Dann schob sie Helmut hinter sich. »Wir geben die Eier zurück, das ist sicher nur ein Missverständnis und wird nicht wieder vorkommen.«

»Verlaustes Polackenpack! Ihr klaut wie die Raben und seid dazu noch stinkend faul!«

Netti schluckte und versuchte, ruhig zu bleiben. Beleidigungen wie diese waren an der Tagesordnung; die Alte wollte offenbar nicht sehen, dass nicht nur Netti, sondern auch ihre Mutter, Otti und Helmut jede Nacht und jeden Tag auf dem Feld waren, um auch *ihr* Überleben für den Winter zu sichern. Widerstand regte sich in ihr. Sie war nicht so weit gekommen, um sich von einer durchgedrehten Bäuerin das Licht ausblasen zu lassen. Netti hob ihr Kinn an, sie würde sich von ihr nicht einschüchtern lassen. Dazu hatte sie zu viel erlebt. Überlebt.

Sie wollte gerade etwas sagen, als Walter Tiedtke auf seinen Krücken um die Ecke gehumpelt kam. »Mudder, wat … Nu kumm man nich in Brass«, schimpfte der Sohn.

Netti hatte zwar keine Ahnung, was das bedeuten sollte, aber sie begriff den Sinn. Die Mutter sollte sich beruhigen, und er wollte wissen, was los war.

»Sie klauen!«, schrie die Mutter, aber ließ den Gewehrlauf sinken.

»So sünd de jungen Lüüd, dat gifft sik. Dat is ’n anstännig Familie. Der Kleine weiß es nicht besser, er hat doch nur Hunger«, wechselte Walter ins Hochdeutsche, vermutlich, damit Netti auch mitbekam, was gesprochen wurde. Sie hielt es für angebracht, den Mund zu halten. Es sah ganz so aus, als ob der Sohn seine Mutter davon abhalten wollte, Dummheiten zu begehen, die sie nachher bereut hätte. Sollte sie abdrücken und

Helmut oder sie verletzen, würde sie von den Engländern zum Tode verurteilt werden. Walter musste das auch wissen. Alle kannten die neuen Regeln, überall hingen Anschläge an den Wänden, Bäumen und Toren. Der Frust der Bäuerin musste groß sein, sogar das konnte Netti verstehen. Natürlich war es nicht richtig von Helmut, Eier zu stehlen, aber der Junge hatte Hunger und sie alle waren viel zu mager. Doch das behielt sie für sich; ihr war klar, dass man mit Erklärungen bei Frau Tiedtke gerade nicht weiterkam.

Walter hatte seine Mutter mittlerweile erreicht. Er verlagerte sein Gewicht auf das gesunde Bein, lehnte die Krücken gegen seinen Bauch, nahm der Mutter vorsichtig das Gewehr aus den Händen und sicherte es. Die Schultern der Frau sackten herab, sie erschlaffte, als hätte jemand alle Energie aus ihr herausgesaugt.

»Wir legen die Eier zurück«, erklärte Netti und schob Helmut in Richtung Hühnerstall.

»Aber Netti«, flüsterte Helmut.

»Still!«, herrschte sie ihn an. Sie war auf einmal stinksauer auf ihn. Wenn er schon unbedingt Eier stibitzen musste, dann sollte er gefälligst aufpassen, dass man ihn nicht erwischte. Sie unterdrückte ein Augenrollen.

Diese neue Zeit verlangte allen einiges ab. Sogar Nettis Grundsätze waren mittlerweile aufgeweicht. Früher hätte sie nie geduldet, etwas zu nehmen, wofür man nicht gezahlt hatte. Heute sah das schon anders aus. Die Tiedtkes hatten genug. Netti dachte auch an den gut gefüllten Keller in der Villa. Solche gab es sicher einige in Lüneburg. Und was war mit ihnen? Nein. Das war nicht in Ordnung. Dennoch hielt sie die Klappe.

Walter schaffte es, das Gewehr zu tragen, während er mit seinen Krücken und der Mutter abzog. Er warf ihr noch einen Blick über die Schulter zu und nickte, als wollte er sagen, dass es für ihn keinen Grund gab, darüber noch ein Wort zu verlieren.

Netti schenkte ihm ein dankbares Lächeln. Als sie mit Helmut allein war, verpasste sie dem Jungen einen spielerischen Klaps auf den Hinterkopf. »Mensch, Junge, verdirb es uns nicht. Ich muss jetzt zur Arbeit. Wenn ich wiederkomme, will ich keine Klagen mehr hören, verstanden? Sonst zieh ich dir die Löffel lang.«

Helmut schaute zu Boden und nickte. Die Eier hielt er weiter in seinen Händen. Netti wusste, dass er sie nicht zurückbringen würde. Das war ihr nun auch schon egal.

Was für eine Aufregung!

»Ich komme zu spät«, klagte sie, während sie kopfschüttelnd davonging und sich auf den Weg in die Uelzener Straße machte. Mittlerweile kannte sie beinahe jeden Stein am Wegesrand, und doch war ihr hier alles fremd. Zu Hause hätte sie zu dieser Jahreszeit die Kraniche, Störche und Wildenten erlebt. Bei ihnen auf dem Bauernhof lebten nur Schwalben. Netti wollte nicht klagen, aber manchmal überfiel sie das Heimweh zu den unmöglichsten Zeiten. Es war ein schöner Tag, die Sonne schien, es war angenehm warm. Und doch … sie sehnte sich zurück nach Ostpreußen. Sie hätte niemals gedacht, dass es ihr so schwerfallen würde, woanders neu anzufangen. Sie hatte eigentlich keinen Grund zu klagen, denn sie hatte immerhin eine Arbeit, ein Dach über dem Kopf und auch zu essen. Nicht viel, aber es reichte. Sie wischte sich eine Träne aus dem Augenwinkel. »Nu flenn doch nicht, du lebst doch noch«, schimpfte sie mit sich selbst und marschierte energisch weiter. Es tat nicht gut, zu viel zu denken; auch deshalb war sie froh, dass sie rund um die Uhr zu tun hatte. Bloß nicht ins Grübeln kommen.

An der Kreuzung zur Uelzener Straße kam ein Militärfahrzeug an ihr vorbei; auf der Ladefläche des Lkws saßen einige Männer in Zivil. Vermutlich ehemalige Zwangsarbeiter, Besiegte sahen anders aus. Sie trugen den Kopf hoch und strahlten. Zudem hatten sie viele »Schätze« bei sich und riefen den Passanten gemeine Sprüche zu. Auch das war an der Tagesordnung, Netti erlebte es nicht zum ersten Mal. Man konnte sich nicht mal darüber aufregen; die Männer hatten lediglich den Spieß umgedreht. Früher war es andersherum gegangen. Sie war trotzdem froh, als sie die Villa des Majors erreichte und die Klingel betätigte. Es dauerte einen Augenblick, bis er öffnete. Mittlerweile hatte sie sich daran gewöhnt, ihm beinahe täglich – bis auf sonntags – zu begegnen. Sie unterhielten sich nicht; es gab keine Interaktion bis auf die wenigen Sätze bezüglich des Essens und des Haushalts. Aber auch hier hatte er wenig zu sagen. Ihr war es recht.

»Guten Morgen«, begrüßte er sie.

»Guten Morgen«, gab sie zurück.

Sie erwartete, dass er sich umdrehte und verschwand wie üblich, aber er rührte sich nicht und schaute sie mit seinen ausdrucksstarken grünen Augen ernst an.

Sie fragte sich, ob sie etwas falsch gemacht hatte oder viel zu spät war. Womöglich war auch ihre Bluse dreckig – was kein Wunder gewesen wäre. Darauf hatte sie nach der Aktion mit Helmut nicht mehr geschaut. Vorsichtig blickte sie an sich hinunter. Nein, ein wenig knittrig war sie vielleicht, aber sauber. Was war es dann? Unsicher blickte sie zu ihm auf. Endlich beendete er das unangenehme Schweigen.

»Ich habe hier einen Schlüssel für Sie. In den nächsten Tagen werde ich unregelmäßig arbeiten. Ich kann nicht immer herkommen, damit Sie reinkönnen.«

Es war unglaublich; der Mann schaffte es immer wieder, einen Vorwurf in seine Aussagen zu bringen. Als ob sie darauf bestanden hätte, dass er ihr die Tür aufmachte.

»Natürlich, Sir«, erwiderte sie knapp.

»Gut.« Er zog einen Schlüssel aus der Hosentasche. Sie streckte einen Arm aus, und er ließ ihn auf ihre geöffnete

Handfläche fallen, ohne sie dabei zu berühren. Fast hätte sie gelacht. Er behandelte sie immer noch, als hätte sie eine ansteckende Krankheit.

»Danke.«

»Schön.« Wieder dieses Schweigen und der bohrende Blick.

Was will er denn noch, dachte sie.

Gerade wollte sie nachfragen, als er kurz nickte und dann eilig verschwand. Aus dem Mann sollte mal einer schlau werden. Sie atmete leise aus, dann ging sie ins Haus und schloss die Tür hinter sich. Netti wusch sich als Erstes die Hände. Ihre Fingernägel waren nach der vielen Feldarbeit gar nicht sauber zu bekommen. Sie schrubbte mit einem Bürstchen, bis die Hand ganz rot und schrumpelig wurde. Dann kümmerte sie sich um ihre Pflichten, servierte dem Major das Frühstück und atmete erleichtert aus, als sie die Haustür hinter ihm ins Schloss fallen hörte. Sie hatten eine Art Frieden geschlossen. Er sprach sie nicht auf Privates an, ging ihr aus dem Weg. Sie kümmerte sich um den Haushalt; er ließ sie in Ruhe. Aber Netti musste keine langen Unterhaltungen mit ihm führen, um an seiner sorgenvollen Miene zu erkennen, dass ihn etwas bedrückte.

»Nun grübele ich ja schon wieder«, murmelte sie und konzentrierte sich darauf, den Boden in der Küche zu fegen. Danach erledigte sie die anderen anstehenden Hausarbeiten. Gegen Mittag ließ sie sich erschöpft auf einen Stuhl fallen. Sie hatte noch nicht alles geschafft. Ihre Kleidung hätte auch gewaschen werden müssen, aber sie hatte nichts zum Wechseln dabei, weil sie außer ihren zerschlissenen Sachen nichts besaß. Und die waren von der Feldarbeit völlig verdreckt, die konnte sie hier unmöglich tragen. Ein Dilemma, das sie nicht lösen konnte, es sei denn … sie nahm sich etwas aus dem Schrank der Besitzer. Die hatten sicher was dagelassen.

Ihr Gewissen meldete sich, als sie nach oben ging, wo sie zunächst die Betten aufschüttelte und die Fenster weit aufriss.

Die Wäsche des Majors hatte sie erst vor einigen Tagen gewechselt, hier gab es nicht viel zu tun. Nettis Blick fiel auf den großen Kleiderschrank aus Nussbaum. Sollte sie?

Ihr Gewissen sagte Nein, aber ihr gesunder Menschenverstand war lauter, deshalb öffnete sie vorsichtig eine Tür. Herrenklamotten. Dann die nächste. Hier wurde sie fündig. Es duftete nach Lavendel; sie entdeckte zwei Säckchen zwischen den Kleiderbügeln. Schlau, so gab es kein Mottenproblem und alles roch frisch. Netti griff nach einem Kleid. Alles sah hochwertig aus. Sie wollte nichts zu Auffälliges und entschied sich schließlich für ein geblümtes Baumwollkleid mit Kragen. Es war zu groß, was sie nicht überraschte, aber es spielte auch keine Rolle.

Sie duschte kurz und ging dann in den Keller, um ihre eigenen Sachen zu waschen. Sie war noch nicht ganz fertig, als sie die Türklingel erschreckte. Hier kam nie jemand vorbei, schon gar nicht mitten am Tag.

Netti ließ die Rubbel in die Zinkwanne sinken und wischte sich die Hände an der Schürze ab, die sie über das geliehene Kleid gebunden hatte. Dann eilte sie auf der schmalen Holztreppe nach oben und öffnete. Sie war überrascht, als sie in das Gesicht einer Dame blickte. Um den Hals hing eine zweireihige Perlenkette, auf der Frisur saß ein adretter Hut mit einer Feder. Die Augen der Frau weiteten sich bei Nettis Anblick. Eine Freundin des Majors vielleicht? Nein, dafür war sie eigentlich zu alt. Sie schätzte sie auf mindestens Mitte vierzig.

»Guten Tag, was kann ich für Sie tun?«, grüßte Netti höflich auf Deutsch. Vielleicht hatte die Dame sich in der Tür geirrt.

»Wer sind Sie?«, stieß sie hervor, und ihre Nasenflügel bebten leicht. »Das ist mein Haus.«

O Gott!

Netti merkte, dass alle Farbe aus ihrem Gesicht wich. Sie wusste nicht, wie sie reagieren sollte. Daher schwieg sie und wartete ab. Ob die Frau erkannt hatte, dass Netti *ihr* Kleid trug? Auf einmal wurde ihr unangenehm warm. Das sah ja so aus, als ob sie sich fröhlich an den Dingen anderer bereicherte.

»Lassen Sie mich rein. Ich möchte ein paar Sachen holen«, forderte die Frau und wollte sich an Netti vorbeidrängen. Im letzten Moment stellte sie sich ihr entgegen.

»Entschuldigung? Das geht nicht! Hier lebt jetzt Major Thompson, und er hat mir nicht gesagt, dass jemand kommen würde. Ich kann Sie nicht reinlassen.«

Die Frau schnaubte. »Pah! Auf die Straße gesetzt haben sie uns. Und was soll das überhaupt?« Sie zupfte an Nettis Kleid. »Das gehört Ihnen nicht.«

Netti wollte es gerade erklären, doch auf einmal wurde es nass in ihrem Gesicht.

»Polackin!« Die Frau hatte sie angespuckt. Netti war entsetzt und konnte im ersten Moment nicht reagieren. Sie starrte die Frau sprachlos an.

»Soldatenhure! Hast dich schön ins feine Nest gesetzt, wie alle Rucksackdeutschen, hm? Ekelhaft!« Sie wirbelte herum und lief davon. Nach ein paar Schritten schrie sie in Nettis Richtung: »Nicht lange her, da hätte man Verräter wie dich an die Wand gestellt!«

Netti spürte, wie sich etwas in ihr zusammenbraute. »Sie sind eine armselige Person! Den ganzen Keller voller Essen, während andere seit Monaten am Verhungern sind. Ihr verdammtes Kleid habe ich mir ausgeliehen, weil ich nichts anderes habe. Ich gehe einer ehrlichen Beschäftigung nach. Und zu Ihrem Wunsch nach der Wand«, fuhr sie eisig fort, »ich kann Ihnen versichern, dass ich oft genug gesehen habe, wie man das macht. Zum Glück ist das jetzt vorbei. Ich wünsche Ihnen nicht, dass Sie das jemals erleben müssen. Denn wenn Sie es erlebt hätten, würden Sie nicht so garstig sprechen. Einen schönen Tag noch!«

Dann knallte sie die Tür zu und blieb bebend dahinter stehen. Sie zitterte am ganzen Leib und versuchte, sich zu beruhigen. Netti atmete tief durch, dann fasste sie sich wieder, ging ins Bad und wusch sich die Spucke der Lüneburgerin aus dem Gesicht.

Wie schnell die Leute doch waren, neue Schimpfwörter zu benutzen.

Polackin.

Soldatenhure.

Rucksackdeutsche.

Netti wischte die Erinnerung an dieses unschöne Gespräch beiseite. Dann fuhr sie fort, die Wäsche fertig zu machen, hängte alles im Garten über die Wäscheleine und steckte die Sachen mit Klammern fest. Wenn sie Glück hatte, war in wenigen Stunden alles einigermaßen trocken, dann konnte sie ihre eigenen Sachen wieder anziehen. Nie zuvor war sie glücklicher darüber gewesen als jetzt, dass sie das Geschenk des Majors doch noch angenommen hatte.

* * *

Etwas knackte. Netti nahm es nur aus der Ferne wahr. Der Boden vibrierte leicht. Sie hörte das Zwitschern der Vögel, roch das Gras und spürte die wärmenden Sonnenstrahlen auf ihrem Gesicht. Mit einem Ruck setzte sie sich hin und riss die Augen auf.

Für einen Moment war sie desorientiert. Was machte sie hier? Warum hatte sie auf dem Boden gelegen? Doch dann erinnerte sie sich. Sie war so müde gewesen. So erschöpft. So allein.

Nachdem sie die Wäsche aufgehängt hatte, hatte sie sich fünf Minuten Pause gegönnt.

Aber es fühlte sich viel länger an, sie musste tief geschlafen haben.

Sie war nicht allein.

Ehe sie etwas tun konnte, ging schon jemand neben ihr in die Hocke. »Sind Sie in Ordnung?«, fragte der Major mit seiner sonoren Stimme. Er klang besorgt. Außerdem war er viel zu nah; sie spürte seine Wärme, seinen angenehmen Duft.

Scham rötete Nettis Wangen, während sie versuchte, schnellstens auf die Beine zu kommen. Aber ihr Kreislauf spielte noch nicht so recht mit, sie taumelte und sah Sternchen. Er hielt sie fest und sicher, sonst wäre sie gefallen.

Wie kraftvoll seine Hände waren, zudem war er einen ganzen Kopf größer als sie. Was musste er von ihr denken? Da lag sie in einem fremden Kleid in seinem Garten im Gras und genoss das Leben? Wie peinlich und unangenehm, entsprach es doch genau dem Klischee, das die Lüneburgerin ihr heute bereits einmal an den Kopf geworfen hatte.

»Sind Sie krank?«, wollte er wissen, weil sie noch immer keinen Pieps von sich gegeben hatte.

»Nein, tut mir leid, Sir«, gab sie kleinlaut zurück und schaute ihm dabei immer noch nicht in die Augen. Dann hob sie den Blick. Dieses goldgesprenkelte Grün! Ihr Mund wurde staubtrocken, ihr Herz raste ohnehin schon. Sie rührte sich nicht. Schließlich schien er zu begreifen, dass sie wieder in der Lage war, allein zu stehen. Mit einem Räuspern trat er einen Schritt rückwärts. Ein schreckliches Verlustgefühl machte sich in Netti breit. Sie erschauderte und war entsetzt über ihre Empfindungen.

Sie hätte für immer in den Armen des Briten bleiben mögen. So sicher, so geborgen hatte sie sich lange nicht gefühlt. Vielleicht noch nie.

Netti war nicht gänzlich unerfahren. Den ein oder anderen Kuss hatte man ihr schon gestohlen, aber weiter war es nie gekommen. Im Krieg liebte es sich nicht so leicht. Hauptsächlich aber hatte es daran gelegen, dass sie bislang keinen getroffen hatte, den sie öfter als einmal hätte küssen wollen. Trotzdem spürte sie jetzt ganz deutlich, dass das, was sie eben für den Major empfunden hatte, darüber hinaus ging. Sie hätte für immer in seinen Armen liegen wollen, sicher und geborgen, so kraftvoll und lebendig hatte er sich angefühlt. Netti war verwirrt angesichts dieser Gefühle. Sie fühlte sich ihm verbunden. Nicht nur emotional. In seiner Nähe spürte sie ein merkwürdiges Kribbeln, ihr Herzschlag wurde schneller. Sie sehnte sich nach seiner Berührung und nach seinen Worten. Das hätte sie niemals für möglich gehalten. Wann war das nur passiert?

Das war verrückt.

Sie musste sich irren.

Ja, ganz sicher sogar. Sie musste von Sinnen sein.

Netti straffte sich und setzte zu einer Erklärung an, aber ihr Kopf war wie leer gefegt. Noch immer sahen sie sich in die Augen, keiner wollte zuerst den Blick abwenden. Ein Muskel zuckte an der Wange des Majors.

Warum war er hier?

O Gott! Was musste er von ihr denken? Sie lag in seinem Garten im Gras und hielt ein Schläfchen. Das war alles andere als angebracht. Es bedeutete, dass sie ihre Pflichten vernachlässigte. Sie ließ sich gehen, und das durfte nicht sein.

Der Gedanke genügte, um sie wieder auf den Boden der Realität zu holen.

Sie war eine Besiegte. Er ein Besatzer. Was auch immer sie da eben gespürt haben mochte – Gott allein wusste, ob es nicht ohnehin nur Einbildung gewesen war –, konnte nicht sein. Durfte nicht sein. Es hatte also nie stattgefunden. Und sie würde dafür sorgen, dass sie nie wieder so empfand.

Er rieb sich über das Kinn, ehe er sprach. »Sie haben mir einen ganz schönen Schrecken eingejagt, Miss Schlewitz. Als ich nach Hause kam und die Tür zum Garten offen stand, habe ich hinausgeschaut, und da lagen Sie wie tot im Gras.«

O Gott! Daran hatte sie nicht gedacht. Natürlich nicht. Sie hatte ja nicht vorgehabt zu schlafen, sie hatte sich nur einen Augenblick ausruhen wollen.

»Ich muss eingenickt sein«, erwiderte sie kleinlaut. Ihr Herz schlug noch immer viel zu schnell.

»Eingenickt nennt man das wohl kaum. Ich habe Sie ein paar Mal laut angesprochen, Sie waren völlig weggetreten.«

Selbstverständlich kassierte sie jetzt die Schelte für ihre Faulheit. Dagegen konnte sie nicht mal etwas zu ihrer Verteidigung vorbringen. Fürs Schlafen wurde sie hier nicht bezahlt.

»Es wird nicht wieder vorkommen. Und das Kleid ziehe ich auch gleich wieder aus. Ich habe es mir nur geliehen, weil meine Sachen nass waren …«

Herrje, jetzt redete sie sich wieder um Kopf und Kragen. Schnell schloss sie ihren Mund, ehe noch mehr Unsinn herauskam.

Er hob eine Braue. »So meinte ich das nicht, Miss Schlewitz; ich sehe doch, wie erschöpft Sie sind. Und was das Kleid betrifft, wo haben Sie es her?«

»Ich weiß, ich hätte das nicht tun dürfen; ich habe es aus dem Schrank genommen, aber nur, weil ich weiß, wie sehr Sie es hassen, wenn ich schmutzig herumlaufe. Sonst, ich schwöre es bei allem, was mir heilig ist, hätte ich es nie angezogen.«

Er hob eine Hand. »Mal langsam, Miss Schlewitz. Es interessiert mich im Grunde nicht, ob sie die Sachen der Leute tragen, deren Haus ich momentan bewohne. Ich bin mir sicher, die haben noch genug.« Sein Tonfall war abfällig. Fehlte nur die übliche Erinnerung an die Schuld aller Deutschen.

Netti biss sich auf die Lippe und schwieg.

»Also, nehmen Sie sich bitte, was Sie brauchen.«

Das hatte sie nicht erwartet. Ungläubig starrte sie ihn an. »Was meinen Sie?« Sie konnte nicht fassen, was er gesagt hatte.

»Schauen Sie in den Schrank. Wer lebt mit Ihnen? Wie viele?«

Netti schluckte. »Meine Mutter, meine Schwägerin, mein Neffe.« Sie erinnerte sich, dass sie das schon mal erwähnt hatte; er musste es vergessen haben. Natürlich, er hatte keinen Grund, sich ihre Familienverhältnisse zu merken. Diese menschliche Seite zeigte er heute zum ersten Mal. Nun, das stimmte nicht ganz; er hatte ihr schon früher geholfen, oder etwa nicht? Aber Netti war so damit beschäftigt gewesen, ihre Fassade aufrechtzuerhalten, dass es ihr bis eben nicht klar gewesen war. Der Major mochte vielleicht manchmal hart in seinem Umgangston sein, aber er hatte ein gutes Herz.

»Sonst niemand?«, fragte er und riss sie damit aus ihren Gedanken.

Ihr Herz wurde schwer. »Sonst niemand.« Sie wich seinem Blick aus. Er hatte garantiert kein Interesse zu hören, warum die Großeltern nicht hier waren, dass der Bruder vermisst, der Vater im Volkssturm gefallen war … Deshalb schwieg sie.

»Ich sollte mich an die Arbeit machen.« Sie wagte nicht, ihn nach der Zeit zu fragen. Dem Stand der Sonne nach zu urteilen hatte sie mindestens zwei Stunden geschlafen, trotzdem war er für das Abendessen zu früh dran.

»Ich bekomme Gäste. Können Sie das so kurzfristig einrichten? Einige meiner Kollegen haben Besuch ihrer Frauen aus England; mein Haus ist das größte, also treffen wir uns hier.«

Diese Neuigkeit überraschte sie. »Haben Sie besondere Wünsche? Wie viele werden es?«

Back to business, wie die Engländer so gern sagten. Es war gut, dass sie das private Terrain verließen. Auf dieser Ebene war heute Abend ohnehin schon viel zu viel passiert, was Netti besorgte. Sie durfte nicht Nächstenliebe mit etwas verwechseln, was zwischen ihnen nie sein würde. Niemals sein durfte.

»Nur Major Kinney und Staff Sergeant Davidsson mit Frauen.«

Und was war mit seiner Frau? Würde sie nicht auch bald wie so viele andere Engländerinnen nach Deutschland kommen, um an die Seite ihres Gatten zu eilen? Netti wagte nicht, danach zu fragen. »Wann erwarten Sie die Gäste?« Sie überlegte, was sie noch dahatte. Kartoffeln natürlich, etwas Lamm gab es auch noch. Sicher wollten sie diese widerliche Minzsoße dazu haben. Netti hatte neulich beim Kochen mal davon gekostet und sich geschüttelt. Das schmeckte ihr überhaupt nicht.

»Gegen sieben. Danke.«

Er marschierte zurück ins Arbeitszimmer. Netti nahm ihre Wäsche ab und folgte ihm. Er saß bereits wieder am Schreibtisch und blätterte durch einige Bücher. Sie blieb kurz stehen, wollte gerade weitergehen, als er aufblickte. »War noch etwas?«

Sie fasste sich ein Herz. »Sie sind ja für die Re-Education zuständig. Ich habe mich gefragt, wann wohl die Schulen wieder öffnen.«

Seine Miene verfinsterte sich, dann schmiss er ein Buch auf die Tischplatte. »Schauen Sie hier mal rein. Das ist ein Rechenbuch!« Er schlug eine Seite auf und tippte mit dem Finger darauf.

Netti beugte sich ein Stück nach vorn, um lesen zu können. Sie sah eine Abbildung mit Münztürmchen, darüber stand die Aufgabenstellung.

»Lesen Sie vor!«, befahl Major Thompson.

»Aufgabe neunzehn, Ausgaben für Erbkranke. Gib an, wie viel Prozent des Betrages, den der Staat für ein gesundes Kind jährlich verausgabt, für die einzelnen im Bilde, in Klammern Abbildung siebenundneunzig, angegebenen erblich belasteten Kinder aufzuwenden sind, Ausrufezeichen.«

»Das ist ein Mathematikbuch für höhere Schulen«, erklärte Major Thompson wütend. »Nur ein Beispiel. Eure Literatur ist voll von Antisemitismus, Hass und Propaganda.« Er funkelte sie finster an. »Wie, in Herrgottsnamen, soll man damit unterrichten? Wenn nicht Münzen gezählt werden über Kosten für Behinderte, die die Nazis dann doch umgebracht haben, werden Panzerfäuste gezählt oder das Teilen anhand von Soldaten erklärt, wenn Truppen verlegt werden. Damit kann man nicht lehren, Miss Schlewitz. Und selbst wenn wir die Bücher weiter nutzen: Wer sollte unterrichten? Die alten Nazis, deren Gesinnung noch immer so braun ist wie ihre verschissene Unterhose? Nein, Miss Schlewitz. Solange man nicht sicher sein kann, dass ihr verstanden habt, wie man sich als Mensch benimmt, bleiben die Schulen zu. *Demokratie* müsst ihr als Erstes lernen, nicht Mathematik.«

Sie spürte seine Wut. Seinen Hass. Seine Abscheu.

Vergessen war das, was sie eben im Garten geglaubt hatte zu fühlen.

Netti trat einen Schritt zurück, wagte aber dennoch zu widersprechen. »Mein Vater war Lehrer. Er hat niemals jemanden dazu aufgerufen …«

»Halt«, unterbrach er sie. »Das erzählen mir alle. Ich kann und will es nicht mehr hören! Am Ende will es keiner von euch gewesen sein. Das widert mich an. Denn irgendwer muss die Millionen Menschen doch umgebracht haben, die in die Konzentrationslager geschickt worden sind. Oder?«

Sie schluckte, ihr Herz hämmerte hart gegen ihre Rippen. Unbehagen kroch ihren Nacken hinauf. Gegen seine Argumente konnte sie nichts vorbringen. Er war davon überzeugt, dass er recht hatte. Und es stimmte ja auch – dennoch war ihr Vater keiner von denen gewesen. Er hatte niemanden verraten oder schlecht behandelt. Netti wollte weg. Sofort. Einfach aus dem Arbeitszimmer verschwinden konnte sie aber auch nicht.

Deshalb rührte sie sich nicht und blieb stocksteif an Ort und Stelle.

Der Major atmete hörbar aus, dann strich er sich über die Haare und schaute sie direkt an. »Sie können gehen, Miss Schlewitz. Dinner um sieben.«

Damit war sie entlassen. Gott sei Dank.

Bis die Gäste eintrafen, hatte sie alle Hände voll zu tun. Zum Nachtisch bereitete sie Pudding zu; gut, dass sie neulich im Laden zwei Päckchen gekauft hatte. Dazu gab es Apfelkompott. Hoffentlich würde es den Herrschaften schmecken. Sie war schrecklich nervös und dachte immer wieder an das zurück, was im Garten passiert war. Sie konnte nicht vergessen, wie geborgen und wohl sie sich in seiner Nähe gefühlt hatte. Egal, wie oft sie sich daran erinnerte, dass es verboten war, dass er verheiratet war – und dass er ganz bestimmt nicht vorhatte, auch nur eine einzige Regel zu brechen. Sie wusste, dass er alle Deutschen hasste und damit auch sie. Auch wenn er es nicht laut ausgesprochen hatte, so war sich Netti mit jeder Faser ihres Seins bewusst, wie er ihrem Volk gegenüber empfand. Ob sie nun wollte oder nicht, es traf sie, dass er auch sie mit allen anderen über einen Kamm scherte. Doch keinesfalls würde sie sich erlauben, ihm gegenüber etwas anderes als Respekt und Dankbarkeit zu empfinden. Deshalb würde sie alles daransetzen, dass sich eine so kompromittierende Situation nie wieder ergab. Wie ihr das gelingen sollte, während ihr Herz in seiner Nähe stets unregelmäßig schlug, war ihr allerdings schleierhaft.

* * *

Netti hörte, wie Major Thompson die Gäste hereinließ; sie schienen alle gleichzeitig eingetroffen zu sein. Sie spähte durch einen Spalt in der Tür. Die Damen waren hübsch frisiert, trugen leuchtenden Lippenstift und todschicke Kleidung. Sie schnatterten miteinander, die Herren schienen glücklich und gelöst. Nur Major Thompson nicht, er wirkte steif und förmlich wie eh und je. Eilig trat sie einen Schritt zurück, als die Gäste an der Küche vorbei ins Wohnzimmer schritten. Von dort gab es eine Verbindungstür zum Speisezimmer. Netti hatte eine weiße Tischdecke aufgelegt und das gute Porzellan aus dem Schrank geholt, sogar das wertvolle Silber der Hauseigentümer hatte sie für den Abend poliert. Nur frische Blumen gab es keine, aber es musste auch ohne gehen. Der Rotwein stand bereits geöffnet auf dem Tisch, sie hatte noch niemandem eingeschenkt. Ob man erwartete, dass sie hinüberging und das jetzt erledigte? Sie war unsicher. Bei ihrer alten Stelle hatte es für solche Anlässe eigenes Personal gegeben. Netti konnte einen Haushalt führen, aber im Umgang mit Gästen und deren Bedienung hatte sie wenig Erfahrung. Hinzu kam ihre Unsicherheit den Engländerinnen gegenüber. Sie fürchtete sich vor den wertenden Blicken der Damen – Netti wusste, dass sie mit ihrem zotteligen Haar und dem mageren Körper hässlich aussah.

»Sie können auftragen«, ertönte eine Stimme von der Tür her. Der Major stand in der Küche. Sie hatte ihn gar nicht kommen gehört, so sehr war sie in Gedanken versunken gewesen. Netti schreckte zusammen. Seit er sie einmal beim Resteessen erwischt hatte, hatte er sich von diesem Raum ferngehalten; und gerade heute hatte sie nicht damit gerechnet, dass er hereinkommen würde.

»Natürlich, mache ich sofort«, erwiderte sie atemlos. Ihr Herz pochte schnell.

Obwohl der Major keinen weiteren Kommentar von sich gab, schaute er sie doch eine Sekunde zu lange an, sodass Netti noch unsicherer wurde. Schließlich wandte er sich ab, und sie war wieder allein. Sie strich sich noch einmal über das Haar, überlegte, ob sie ein Kopftuch tragen sollte, entschied sich aber schließlich dagegen. Ihr Aussehen zeugte davon, dass sie überlebt hatte. Jeder, der diesen Treck in den unsäglichen Januar- und Februarwochen mitgemacht hatte, hatte seinen Preis gezahlt, sofern er noch am Leben war. Und das war sie. Netti straffte sich und hob ihr Kinn ein wenig an. Es gab keinen Grund, sich zu schämen; es konnte ihr egal sein, was die Frauen der Besatzer von ihr dachten.

War es aber leider nicht.

Netti hatte feuchte Hände. Zuerst trug sie eine große Schüssel mit dampfenden Kartoffeln ins Speisezimmer. »Guten Abend«, grüßte sie aus Versehen auf Deutsch. Sie war zu aufgeregt gewesen, wollte sich jedoch nicht korrigieren, also schwieg sie.

Eine der Frauen sprach zur anderen. »Gott, das süße Ding ist ja dürr wie eine Bohnenstange. Und was hat sie auf dem Kopf? Läuse? O Gott!«

Das musste die Frau von Major Kinney sein. Ihr Gatte legte ihr eine Hand auf den Arm. »Nein, Honey, mach dir keine Gedanken.«

Die andere Frau erklärte mit der Nase hoch in die Luft gereckt: »Was jetzt kommt, haben sich die Nazis selbst eingebrockt, jetzt müssen sie halt ein bisschen hungern. Wenn es nach mir ginge, müsste jeder Einzelne bestraft werden. *Vae victis* – wehe den Besiegten. Es ist nur recht, dass sie endlich den Preis dafür zahlen, ganz Europa über Jahre terrorisiert zu haben.«

»Darling«, unterbrach der blonde Sergeant sie. »Miss Schlewitz spricht sehr gut Englisch, wenn du etwas von ihr und über ihr Leben wissen möchtest, kannst du sie gern selbst fragen, du musst nicht spekulieren.«

Oje! Netti wurde unangenehm heiß; sie wollte schnell verschwinden, fürchtete, dass man sie nach der Ermunterung des Sergeant womöglich mit Fragen oder Beschimpfungen bombardieren würde. Sie senkte den Kopf und setzte ihren Weg dennoch fort, weil das Gespräch auf einmal verstummt war.

Die plötzliche Stille war angespannt. Netti begriff, dass es den Frauen unangenehm war. Sie hatten wohl gedacht, sie könnten in Ruhe über sie klatschen. Es war eine andere Sache, wenn die Person, über die man schlecht redete, alles verstand.

Netti nahm es ihnen nicht übel; vielleicht hätte sie an ihrer Stelle genauso geschimpft. Wer konnte das schon sagen? Wenn sie eines gelernt hatte, dann, niemanden vorschnell zu verurteilen. Und für Eitelkeiten oder Kränkungen gab es in ihrem neuen Dasein weiß Gott keinen Platz. Da ihr niemand Fragen stellte, verließ sie den Raum.

Sie hielt sich aufrecht und ihre Gesichtszüge neutral, als sie mit Fleisch und Soße das nächste Mal den Raum betrat. Die Blicke folgten ihr, aber niemand richtete ein Wort an sie. Sergeant Davidsson und Major Kinney nickten ihr jedoch aufmunternd zu. Mehr konnten oder wollten sie vor ihren Ehefrauen vielleicht nicht mit dem *Feind* kommunizieren. Das Verhalten kränkte sie, aber sie ließ sich nichts anmerken.

Der unergründliche Blick des Majors ruhte ebenso auf ihr; er schwieg ebenfalls. Dennoch glaubte sie, darin zum ersten Mal eine Spur von Mitgefühl zu erkennen. Dann wandte er sich ab, stand auf und ging zum Plattenspieler, während Netti damit beschäftigt war, jedem aufzutragen. Die Wein- und Wassergläser waren mittlerweile gefüllt; wer eingeschenkt hatte, wusste sie nicht, vermutlich der Gastgeber höchstpersönlich.

Die Platte gab erst ein kurzes Kratzen von sich, dann erklang ein bekanntes Lied, das Netti früher immer gern gehört hatte. Zarah Leanders kraftvolle Stimme schmetterte »Ich weiß, es wird einmal ein Wunder gescheh'n«, und Nettis Kehle wurde eng.

Zum Glück hatte sie bereits allen das Essen aufgetischt. Eilig huschte sie mit Tränen in den Augen aus dem Zimmer, ehe sie die Contenance verlor.

»Stop this Nazi-shit«, beschwerte sich eine der Damen, welche es war, konnte Netti nicht sagen. Nur Sekunden später verstummte die Musik. Netti setzte sich weinend an den Küchentisch.

Sie hatte keine Ahnung, wieso genau jetzt dieser Damm brach. Aber es war lange her, dass sie Musik gehört hatte. Und dann auch noch dieses Lied, das sie einst als so hoffnungsvoll und fröhlich empfunden hatte. Jetzt verdeutlichten ihr die Zeilen, die sie auswendig kannte, nur, was sie alles verloren hatte. Dass sie niemand mehr war. Und vermutlich auch nie mehr jemand sein würde. Als Flüchtling war man ein Mensch, an den keiner mehr denken wollte, weil das Nachdenken zu unbequem war. Alle hatten Angst, dass der eine dem anderen doch noch etwas wegnehmen könnte. Der Hauptgrund war nach Nettis Erfahrung jedoch der, dass man sich das Mitleid nicht leisten wollte. Jeder hatte mit sich und seinen eigenen Problemen und Erfahrungen zu tun. Die wenigsten der letzten Jahre waren positiv. Über das erlebte Leid waren viele abgestumpft, weil es ein Überlebensmechanismus war – das hieß auch, dass man die Augen vor den Sorgen anderer verschloss und sie als gleichgültig abtat. Das war das Schlimmste am Krieg, dass man sich daran gewöhnt hatte, wie schrecklich Menschen sein konnten. Wie gewissenlos. Abgrundtief böse. Aber Netti hatte sich dafür entschieden, weiter an das Gute zu glauben, denn trotz all der furchtbaren Erlebnisse hatte sie sich stets die Hoffnung bewahrt. Das höchste Gut von allen.

Der Abend zog sich unendlich in die Länge, das Dessert war lange serviert. Netti hatte keine Möglichkeit zu fragen, wie lange sie wohl noch bleiben sollte, aber einfach gehen mochte sie auch nicht. Hoffentlich machte sich ihre Mutter keine allzu großen Sorgen. Die Sperrstunde war schon lange vorbei; dunkel war es auch geworden. Laternen brannten nach wie vor keine in ganz Lüneburg, noch immer waren viele Viertel ohne Strom. In dieser Straße galt das zwar nicht, aber auch das Wasser musste hier nach wie vor abgekocht werden, sofern es denn floss. Netti gähnte und vertrieb sich die Zeit damit, einige Gläser zu polieren.

Endlich hörte sie das Kichern der Damen im Flur und das Klappern der Absätze dazu. Die Frauen hatten dem Wein wohl ordentlich zugesprochen und waren betrunken. Netti beneidete sie um ihre Unbeschwertheit. Sie konnte sich nicht vorstellen, selbst jemals wieder so unbedarft über nichts und alles zu lachen. Die Erinnerung an unbeschwerte Tage schien ihr unendlich weit zurückzuliegen, ein ganzes Leben entfernt.

Als es still im Haus wurde und ein Wagen vom Hof rollte, wagte Netti sich schließlich aus der Küche hinaus und machte sich daran, die Dessertteller, Kaffeetassen und Gläser aus dem Speisezimmer abzuräumen. Die Flügeltüren zum Wohnzimmer waren geöffnet; dort entdeckte sie weitere noch halb volle Gläser, in einem Aschenbecher qualmte eine Zigarette. Was für eine Verschwendung, dachte sie und versuchte, den Gedanken abzuschütteln, dass einige Leute nun im Überfluss lebten und andere währenddessen zugrunde gingen, weil sie nichts mehr hatten.

Wo war der Major? Hatte er das Haus noch einmal verlassen? War er zu Bett gegangen? Er war ihr natürlich keine Rechenschaft schuldig. Und abmelden musste er sich auch nicht bei seiner Hausbediensteten. Netti stellte gerade das letzte Glas auf ihrem Tablett ab, als der Plattenspieler angestellt wurde und das Lied von Zarah Leander noch einmal erklang.

Netti erschrak und hätte beinahe das Geschirr umgestoßen. Sie drehte sich um und entdeckte den verschlossenen Briten mit seiner Pfeife am Fenster stehend. Er hatte ihr den Rücken zugedreht. Dann hörte sie seine Stimme. »Sie ist Schwedin«, erklärte er. »Es gibt kein Foto von ihr, das sie mit Adolf Hitler zeigt. Meines Wissens hat Zarah Leander es abgelehnt, deutsche Staatsschauspielerin zu werden, die größte Ehre. Ich würde sie also nicht als Nazi einstufen. Trotzdem glauben das alle von ihr. Was meinen Sie, Miss Schlewitz?« Er drehte sich zu Netti um.

In seinen Augen lag ein seltsamer Glanz. Vielleicht hatte er dem Wein etwas zu sehr zugesprochen. Oder dem Cognac? Etwas anderes konnte es nicht sein.

Netti nahm sich in Acht, sie wollte ihn nicht schon wieder mit einer unpassenden Antwort verärgern. »Dieses Lied hat mich immer schon berührt. Früher hatte es jedoch eine andere Bedeutung für mich als heute. Es ist seltsam, was die Zeit und das Überleben mit einem anstellen, denn die Zeilen und die Melodie sind gleich geblieben. Aber ich, ich habe mich verändert, ob ich es wollte oder nicht.«

Er betrachtete sie schweigend, dann blies er den Rauch in die Luft. »Haben Sie schon einmal jemanden geliebt?«

Sie war überrascht von dieser persönlichen Frage. Netti schüttelte den Kopf. Ihre Familie natürlich, ja, aber sie wusste, er meinte es anders.

Major Thompson fuhr fort: »Meine Frau und meine Tochter sind bei einem Bombenangriff in Coventry ums Leben gekommen. In meinem Leben gibt es keine Wunder mehr, Miss Schlewitz. Vielleicht haben wir schließlich doch eine Gemeinsamkeit, obwohl Sie Deutsche sind und ich Brite bin.«

Für einige Sekunden sagte niemand etwas. Er hob die Nadel des Plattenspielers an, und die Musik verstummte. Netti stand stocksteif da. Das Gehörte musste sie erst einmal verarbeiten.

Seine Frau und sein Kind waren tot? Durch deutsche Bomben ums Leben gekommen?

Endlich begriff sie, warum er so verbittert war. Sie wollte etwas sagen, ihn trösten, aber sie wusste, dass alles, was aus ihrem Mund gekommen wäre, keinen Trost spenden konnte.

Ihr Volk hatte sein Leid verursacht. Netti schwieg und schämte sich.

Major Thompson drehte seine Pfeife um und klopfte den übrigen Tabak in den Aschenbecher. »Gute Nacht, Miss Schlewitz. Kommen Sie gut nach Hause.«

Mit langen Schritten verließ er den Raum. Sie hörte, wie er polternd nach oben ging. Auf einmal war es still, als hätte er mitten in der Bewegung innegehalten.

Netti rieb sich mit den Händen über das Gesicht, sie hatte noch immer damit zu kämpfen, die Neuigkeiten über seine Familie zu verdauen. Im Krieg gab es keine Sieger, sie alle hatten verloren. Frau und Kind. Wie schrecklich! Durch deutsche Hand. Er hatte allen Grund, voller Bitterkeit zu sein.

»Miss Schlewitz?«

Sie wirbelte herum. Der Major stand in der Tür und wirkte so verloren, dass sie am liebsten zu ihm gegangen wäre, um ihn in den Arm zu nehmen. Natürlich tat sie nichts dergleichen.

»Ja?« Ihre Stimme klang atemlos. Sie fühlte sich schwach auf der Brust und hielt sich an der Tischkante fest.

»Wie kommen Sie eigentlich zurück? Ich habe Sie das nie gefragt …«

Seine Worte überraschten sie. Netti stieß die Luft aus, dann erklärte sie ehrlich: »Ich gehe zu Fuß.« Sie zuckte die Achseln, als ob es keine große Sache wäre.

»Was ist mit der Sperrstunde und Ihrer eigenen Sicherheit? Immer wieder gibt es Übergriffe, Plünderungen … auch meine Kameraden sind nicht alle in jeder Beziehung … korrekt.«

»Mittlerweile kenne ich alle Schleichwege in der Stadt«, wich sie aus, obwohl sie genau wusste, was er meinte.

Energisch schüttelte er jetzt den Kopf. »Das geht so nicht. Sie brauchen einen Passierschein. Dass ich da nicht dran gedacht habe … Es tut mir leid. Gleich morgen stelle ich Ihnen einen aus.« Er zögerte. »Kommen Sie, ich sorge dafür, dass Sie sicher nach Hause kommen.«

»Aber das Geschirr?«, protestierte sie.

»Das läuft Ihnen gewiss nicht davon.« Er ging in sein Büro und tätigte einen Anruf. Fast hatte sie gedacht, dass er sie zu Fuß begleiten würde. Ein alberner Gedanke, als ob er nichts Besseres zu tun gehabt hätte. Es dauerte nur ein paar Minuten, dann klingelte es an der Tür. Major Thompson verabschiedete sich nicht.

»Vielen Dank«, sagte sie und erstarrte, als sie ihn noch einmal sah. Er saß in seinem Arbeitszimmer, die Tür war offen. Er hatte das Gesicht zwischen seine Hände gebettet. Als er sie hörte, setzte er sich ruckartig auf. »Gute Nacht«, erwiderte er mit rauer Stimme.

Netti schluckte. »Es tut mir leid wegen Ihrer Frau und Ihres Kindes.«

»Ich weiß. Mittlerweile habe ich begriffen, dass der Teil Ihrer Schuld ein anderer ist.« Er musste nicht weitersprechen, Netti wusste nach seinem kryptischen Kommentar auch so, dass er ihr damit nicht die Absolution erteilt hatte. Sie hielt es für besser, zu gehen; es war ein langer Tag gewesen. Er war rührselig nach dem Abend mit Freunden, bei dem ihm seine Frau sicher noch mehr gefehlt hatte als sonst. Ohne ein weiteres Wort wandte sie sich ab; wenig später saß sie in einem Kübelwagen hinter zwei Squaddies und wurde nach Oedeme chauffiert.

Netti war noch immer durcheinander, als sie in der Mitte des Hofes stand. Es war dunkel im Bauernhaus, aber sie war sicher, dass man das Geräusch des Motors trotzdem vernommen hatte. Das Verhältnis zwischen Bäuerin und Flüchtlingsfamilie war nach wie vor angespannt, aber Netti hatte sich damit abgefunden. Solange die Bäuerin ihr Gewehr bei sich behielt, war es Netti gleichgültig, ob man sie anfeindete. Aus dem Stall wehte ihr der vertraute Geruch von Heu und Viehwirtschaft entgegen. Sofort entspannte sie sich ein wenig, während sie zu ihrer eigenen Kammer lief. Leise klopfte Netti an die Tür, die Mutter hatte von innen abgeschlossen. Der Krieg mochte vorbei sein, aber das Schlechte im Menschen kam oftmals gerade erst so richtig zum Vorschein. Da hatte Major Thompson recht gehabt.

Endlich wurde geöffnet, es war Helmut. »Wo kommst du denn her?«, wollte der Junge wissen und brachte Netti damit zum Schmunzeln. So groß war er geworden.

Sie strich ihm zärtlich über den blonden Schopf und trat ein. »Na, von der Arbeit. Wieso schläfst du nicht?«

»Ich bin allein.«

Netti war entsetzt? »Was? Wo sind Oma und deine Mama?«

»Sie sind am Nachmittag kurz hier gewesen, haben was geholt und sind dann wieder nach Lüneburg gegangen. Zum Arzt haben sie gesagt, Mama geht es doch in letzter Zeit oft so schlecht.«

Netti musste sich setzen. »Zum Arzt?«

Helmut legte sich auf seinen Strohsack und zog seine Jacke über den Oberkörper. Bettwäsche hatten sie nach wie vor keine. Zum Glück wurde es langsam auch nachts wärmer. Aber das war es nicht, was ihr gerade Sorgen bereitete. Sie ahnte, was die beiden Frauen vorgehabt hatten. Dass sie noch nicht zurück waren, konnte nur bedeuten, dass es Komplikationen gegeben hatte. Netti hatte wenig Ahnung von Schwangerschaften, aber natürlich hatte sie auf der Reise und in den Notunterkünften Frauen tuscheln gehört. Engelmacher nannte man die Leute, die Schwangerschaften beendeten. Das war nicht nur höchst illegal, sondern auch extrem gefährlich, je weiter die Schwangerschaft fortgeschritten war. Eine Gänsehaut überzog ihren Körper. Sie wollte nicht daran denken, was es bedeuten konnte, dass die beiden Frauen noch nicht wieder hier waren. Entweder war etwas schiefgelaufen oder man hatte sie erwischt und festgenommen. Beide Möglichkeiten ließen ihr das Blut in den Adern gefrieren. »Und du? Was hast du heute getrieben?«, fragte sie Helmut, weil sie diese nagende Stille einfach nicht aushielt.

Der Junge schien sich über ihre Anwesenheit zu freuen. »Ich hab' dir was besorgt, vom Schrottplatz, hier guck.«

Das schwache Mondlicht erhellte den Raum genug, um erkennen zu lassen, dass er ihr zwei Pedale eines Fahrrads vor die Nase hielt. »Ui, das ist ja toll.«

»Ich sammele die Teile, und dann bau ich dir eins zusammen. Aber das ist nicht alles.«

»Nicht?« Sie lächelte traurig. Der Bub war ein Goldstück; wie gut, dass sie ihn hatten. Für ihn würde Netti alle Strapazen der Welt auf sich nehmen. Für ihn lohnte es sich, weiterzumachen. Ihr Herz wurde schwer, aber sie ließ nicht zu, dass die Trauer sie niederdrückte.

»Da, beim Verpflegungsamt konnte ich noch was ergattern heute; das hättest du mal erleben sollen, was da los war.«

Ihr schwante Übles. »Was denn?«

»Das ist von Leuten gestürmt worden, auf einmal waren alle Türen offen. Jeder hat sich geschnappt, was möglich war. Ich habe einen Ballen blaue Ballonseide gekriegt. Und Rüben.«

»Du ahnst es nicht!«, stieß Netti hervor und freute sich tatsächlich. »Trotzdem weißt du, dass das gefährlich ist, oder? Du hättest verletzt oder verhaftet werden können.«

»Ach was, ich pass schon auf. Ich bin so klein, ich kann überall durchschlüpfen.«

Sie wusste, dass sie nichts dagegen sagen oder tun konnte. Helmut trug jeden Tag einen guten Anteil zum Auskommen ihrer Familie bei; der Junge hatte unerschöpfliche Ideen, woher er Dinge organisieren konnte. Obwohl es ihnen nach wie vor an so ziemlich allem fehlte, reichte es aber immerhin zum Überleben. Das war mehr, als viele andere sagen konnten. Wenn nur Mutti und Otti bald heimkamen! Sie machte sich schreckliche Sorgen, aber wollte Helmut mit ihrer Unruhe nicht anstecken, deshalb zog sie sich Schuhe und Kleidung aus, schlüpfte dann in ein aus Fetzen zusammengenähtes Nachthemd und legte sich zu ihm auf den Strohsack. So konnten sie sich gegenseitig ein wenig wärmen. »Schlaf jetzt«, flüsterte sie in liebevoller Strenge und drückte ihr Gesicht gegen seinen Hinterkopf. Sie hatte es sich nicht vorstellen können, aber nach wenigen Minuten schlief sie ein. Das war das Gute daran, eine Arbeit zu haben; man war am Ende des Tages so erschöpft, dass nicht mal die kreisenden Gedanken es schafften, einen wach zu halten.

Kapitel 15

Juni 1993, Lüneburg-Oedeme

Heute stand ein Nachmittagskaffee auf Omas Tagesordnung. Johannas Eltern waren aus dem Urlaub zurück, und Oma hatte es sich nicht nehmen lassen aufzutischen. Es duftete im ganzen Haus nach Kuchen und frisch aufgebrühtem Kaffee. Oma hatte zur Feier des Sonntages das gute Tischtuch aus dem Schrank geholt; eine ganze halbe Stunde hatten sie versucht, die vom langen Liegen entstandenen Falten der Kanten zu glätten, aber schließlich aufgegeben und einfach das gute Geschirr mit dem Goldrand daraufgestellt. Jetzt saß Johanna mit Oma, Opa, ihren Eltern, der Schwester und dem Schwager am Tisch; Nicky machte ein Schläfchen auf dem Sofa. Es gab Kaiser- und Madeirakuchen nach altem ostpreußischem Familienrezept. Leider konnte Johanna ihr Stück nicht richtig genießen, weil ihre Mutter sie schon wieder mit Fragen bedrängte. »Nun erzähl doch mal aus Köln, gibt es keinen netten Arzt im Krankenhaus?«

Johanna unterdrückte ein Augenrollen. Was ihre Mutter eigentlich ausdrücken wollte, brauchte sie nicht näher zu erklären: Heirate einen Mediziner und setz ein paar Kinder in die Welt, als »Frau Doktor« führt man ein gutes Leben.

Wie dicht ihre Mutter mit ihren Fragen tatsächlich an Johannas Realität herankam, behielt die Tochter auf jeden Fall für sich. Auch dass sie gekündigt hatte, hatte sie noch niemandem erzählt. Ein dumpfes Gefühl pochte in ihrer Magengrube; sie wusste, dass sie es nicht für immer verheimlichen konnte, und verstand nicht, warum es ihr so schwerfiel, es endlich zu erzählen. Dass sie ihre Eltern enttäuschte, war ja nichts Neues. Trotzdem hatte sie wenig bis gar keine Lust, sich jetzt auch noch vor ihrer Schwester samt Ehegatten herunterputzen zu lassen, warum sie nicht mal eine Stelle als Teil des Krankenhauspersonals behielt.

Sobald Johanna erst einmal die Zusage von Ärzte ohne Grenzen hatte, war das was anderes. Das brachte sie direkt zum nächsten Problem: Sie hatte noch immer keine Bewerbung getippt. Johanna spürte in diesem Moment sehr deutlich, dass sie wirklich auf diese Reise gehen wollte, auch, um nicht hierbleiben zu müssen, wo sie ständig in der Kritik stand, weil sie in den Augen ihrer Eltern nie etwas richtig machen konnte.

Johanna stocherte lustlos in ihrem Kuchen herum, als sie aus dem Augenwinkel eine Bewegung wahrnahm. Sie entdeckte Paul, der gerade mit Jupiter aus der Stallgasse ritt und den Rosenhof im Schritttempo verließ. Ihr Magen zog sich zusammen. Wie gern hätte sie auch einmal wieder auf einem Pferderücken alle Sorgen und Probleme vergessen! Aber das war nicht alles, was sie dachte. Sie hatte den Kuss nicht vergessen. Die halbe Nacht hatte sie daran gedacht, ob sie vor Paul an diesem Abend besser nicht hätte fortlaufen sollen. Aber was dann?

Nein, sie hatte richtig gehandelt, indem sie gegangen war. Es wäre überhaupt keine gute Idee gewesen, ihre Einsamkeit mit Pauls Nähe beenden zu wollen. Der Kuss bedeutete nichts, es war ein kleiner Flirt nach einer Feier gewesen. Sie hatte getrunken, er vielleicht auch …

»Johanna, wirst du wohl so nett sein und deiner Mutter antworten?«, tadelte ihr Vater sie.

Er häufte sich gerade etwas Sahne auf den Kaffee und griff nach einem zweiten Stück Kuchen.

»Manfred, du wolltest doch abnehmen!«, ermahnte die Gattin ihn sogleich.

Manfred winkte ab. »Aber doch nicht, wenn die Schwiegermama so leckeren Kuchen gebacken hat.«

Johanna unterdrückte ein Schmunzeln. Wenigstens einer, der sich von ihrer Mutter nicht bevormunden ließ. Trotzdem hatte sie jetzt keine Lust, über ihr Versagen zu sprechen. Deshalb versuchte sie es mit einem Themenwechsel. »Ja, der leckere Kuchen. Sag mal Oma, wie war das eigentlich damals, also nach dem Krieg. Habt ihr viel mit den Engländern zu tun gehabt?«

»Tommys hat man gesagt, oder Rotkäppchen«, erklärte Opa Walter, spießte ebenfalls ein zweites Kuchenstück mit der Gabel auf und ließ es auf seinen Teller plumpsen. Oma stand auf und schenkte allen unaufgefordert Kaffee nach. Nur Silke nicht, die war ja schwanger. Was sie alle mit jeder Bewegung wissen ließ. Ständig streichelte sie sich wortlos über den Bauch. Trotzdem war Johanna froh, dass ihre Schwester den Sabbel hielt und einfach ihr Dasein genoss. Ihr Ehemann, der glatt als Sascha-Hehn-Doppelgänger durchgegangen wäre, hatte einen Arm beschützend um die Schultern seiner Frau gelegt. Sein Teller war leer; er machte keine Anstalten, sich noch etwas zu nehmen.

»Es war ja Fraternisierungsverbot«, meinte Oma schließlich und setzte sich wieder. Sie mümmelte noch immer an ihrem ersten Stück, das so dünn geschnitten war wie ein Butterbrot. Obwohl natürlich kein Mangel mehr im Haus herrschte, hatte Oma es über die Jahre beibehalten, mit wenig auszukommen. Das war so drin, sagte sie dann immer zu Johanna. Aber jetzt wollte die Enkelin nicht über Omas Spatzenportionen reden, sondern über die Zeit zur Stunde null.

»Was ist das, Fraternisierungsverbot?«

»Man durfte nicht mit den Engländern reden und so weiter.«

Johanna wurde hellhörig. Das passte ja mal gar nicht zu dem Foto und den Postkarten, die sie bis auf die eine noch immer nicht gelesen hatte. Heute schon gar nicht, wo das Haus voll war.

»Ach so«, meinte Johanna nachdenklich. »Gar keinen Kontakt?«

Oma schüttelte den Kopf. »Es war verboten.«

»Apropos Kontakt«, hakte Johannas Mutter ein. »Ich habe neulich mit Frau Kollwentz gesprochen; sie hat mir erzählt, dass ihr Sohn, du weißt schon, der Neurologe, eine Stelle im Lüneburger Krankenhaus angenommen hat. Er ist sehr nett, soll ich euch vielleicht mal bekannt machen?«

Johannas Magen zog sich zusammen. Gott, jetzt ging das Theater schon wieder los. Sie wollte keinesfalls wie eine Kuh auf einer Auktion verschachert werden. Fieberhaft überlegte sie, wie sie das Gespräch von sich ablenken konnte. Das Erstbeste, was ihr einfiel, war die an Oma gerichtete Frage: »Sag mal, Oma, wer war eigentlich Jakob?«

Opa ließ seine Gabel scheppernd fallen, und Johanna sah, wie Oma sich versteifte. Die Enkelin merkte schnell, dass sie den Namen besser nicht zur Sprache gebracht hätte. Erst jetzt begriff sie, wie taktlos ihr eigenes Verhalten gewesen war. Sie war keinen Deut besser als ihre Mutter. Johanna schämte sich in Grund und Boden, aber zurücknehmen konnte sie es nicht.

»Der Kaffee ist alle«, erklärte Oma, sprang auf und schnappte sich die Kaffeekanne. »Ich mache noch mal nach.« Damit hastete sie aus dem Esszimmer in die Küche.

Johannas Gedanken überschlugen sich. Dieser nette Sonntagskaffee entwickelte sich gerade zu einer äußerst unangenehmen Zusammenkunft – und es war zum Teil ihre Schuld, was ihr schrecklich leidtat. Sie musste Oma um Verzeihung bitten. Johanna schaute in das verwirrte Gesicht ihrer Mutter, dann in Opas. Opa war weit davon entfernt, so schockiert auszusehen, wie Johanna sich fühlte. Während sie nachdachte, was sie zu Oma sagen sollte, betrachtete sie ihre Mutter und ihren Großvater. Es gab keine auffälligen Ähnlichkeiten zwischen den beiden. Mama war 1946 geboren. Aber war sie wirklich Opa Walters Tochter?

Diese Möglichkeit tauchte so plötzlich vor Johannas Augen auf, dass sie sich an ihrem Kaffee verschluckte und husten musste.

O Gott! Auch das noch.

Was, wenn Johanna einem ganz schrecklichen Geheimnis auf der Spur war? Das hatte sie nicht gewollt. Sie wollte weder Oma noch Opa in Verlegenheit bringen. Und ihre Mutter? Die ahnte bestimmt nichts von einem Engländer, der ihr Vater sein konnte.

Himmelherrgott noch mal, dachte sie, wütend auf sich selbst, weil sie womöglich die Büchse der Pandora geöffnet hatte. Johanna wusste natürlich, dass die Besatzer überall Kinder hinterlassen hatten, ehe sie zurückgingen in ihr eigenes Land. Aber dass ihre Mutter dazugehören könnte, war ihr bis eben nicht in den Sinn gekommen. Sie hatte an eine Romanze, einen kleinen Flirt oder eine heiße Affäre der jungen Agnes Schlewitz gedacht. Jenes Mädchens aus Ostpreußen, das in der Lüneburger Heide noch einmal ganz neu hatte anfangen müssen. Wer hätte es so einem jungen Ding verdenken können, wenn es auf die Schmeichelei eines gut gekleideten Soldaten eingegangen wäre? Dass man damals noch nicht so gut über Verhütung Bescheid gewusst oder gar nicht die Möglichkeit dazu gehabt hatte, das hatte Johanna natürlich nicht bedacht. Hoffentlich ging nur ihre Fantasie mit ihr durch.

Verflucht, sie musste sich in jedem Fall bei Oma entschuldigen!

Johanna schob ihren Stuhl zurück. »Bin gleich zurück«, murmelte sie und hastete in die Küche.

Oma war mit der Kaffeemaschine zugange. »Johanna, was ist? Setz dich, iss noch Kuchen, ich brauche keine Hilfe.«

Johanna betrachtete ihre Oma und überlegte, was sie sagen oder tun konnte. Dabei fiel ihr auf, dass Oma nicht verstört oder gar schuldbewusst wirkte. Vielleicht waren all ihre Gedanken wirklich nur Hirngespinste. Trotzdem hätte Johanna nicht Jakobs Namen vor allen ins Spiel bringen dürfen. Das war unverzeihlich und taktlos.

Die Enkelin legte der Großmama eine Hand auf den Oberarm und räusperte sich verlegen. »Es tut mir leid, dass ich … Gott, ich weiß gar nicht, wie ich das sagen soll. Also, ich wollte dich nicht erschrecken, Oma. Neulich, als wir nach den Fotos geguckt haben, habe ich nur diesen Namen irgendwo gelesen. Ich habe mir nichts dabei gedacht.«

Omas Bewegungen wirkten fahrig, sie schaute nicht zur Enkelin auf. »Weißt du, nach dem Krieg, das war eine verrückte Zeit. Auf drei Heidjer kamen zwei Vertriebene. Und es waren Tausende Soldaten in der Stadt. Ganz viele Leute haben bei den Tommys Arbeit gekriegt, das war die einzige Möglichkeit, um an etwas ranzukommen. Geld hatte man nicht, und wenn doch, gab es dafür nichts zu kaufen.«

Johanna merkte, wie aufgewühlt Oma war. Es tat ihr schrecklich leid, dass sie ihre liebste Oma aufgeregt hatte. Aber ungeschehen konnte sie es nicht mehr machen. »Ich musste das zum Glück nicht erleben, aber ich bin mir im Klaren darüber, dass es eine sehr schwierige Zeit gewesen sein muss. Jeder hat

Opfer gebracht, und ich weiß, dass du einen großen Beitrag geleistet hast, damit die Familie überleben konnte.«

Oma winkte ab. »Du tust ja so, als wäre ich eine Heldin, so ein Unfug. Wir haben alle mitgeholfen.«

Wie immer war Oma verlegen, wenn man sie loben wollte. Johanna biss sich auf die Unterlippe. Sie fühlte sich noch immer schrecklich, weil sie wegen ihrer eigenen Unzulänglichkeit Oma in Verlegenheit gebracht hatte. »Es tut mir jedenfalls leid, wenn ich dich an etwas erinnert habe, was du lieber vergessen wolltest.«

»Man redet nicht gern drüber, was man alles verloren hat, Hannchen. Das hatten wir damals nach dem Krieg alle gemeinsam. Und jetzt, nach den vielen Jahren, erscheint mir alles manchmal wie eine verschwommene Erinnerung. Unwirklich ist es, was da los war. Es war wirklich verrückt, du kannst dir das nicht vorstellen. Auf dem Schwarzmarkt habe ich für ein paar Zigaretten Essen für mehrere Tage gekriegt. Man durfte sich nur nicht erwischen lassen; es standen schwere Strafen darauf. Gerade kurz nach dem Krieg haben die Briten Leute noch häufig zum Tode verurteilt.«

»Ach du liebe Güte!« Johanna machte große Augen. »Echt?«

»Es war eine andere Zeit; zum Glück ist das lange her.« Für einen Moment wirkte sie abwesend und schaute aus dem Fenster, während die Kaffeemaschine anfing zu blubbern.

»Es ist mir jedenfalls unangenehm, wenn ich dich mit meiner Frage erschreckt habe. Du hast bestimmt auch viele Sachen erlebt, die nicht schön waren«, fuhr Johanna vorsichtig fort.

Oma guckte ernst. Schließlich machte sie eine Geste, die wohl klarmachen sollte, dass es nicht so wild gewesen sei, aber Omas zusammengepresste Lippen sagten etwas anderes. Schließlich antwortete sie: »Das stimmt, das haben wir alle. Aber Jakob war einer von den Guten. So, und jetzt setz dich an den Tisch und iss deinen Kuchen, Hannchen.«

Johanna hakte nicht weiter nach. Trotzdem klopfte ihr Herz schneller, nachdem sie Omas Worte gehört hatte. *Einer von den Guten.* Was sollte das nun wieder bedeuten?

Nachdem die Kaffeetafel aufgehoben wurde, schlenderte Johanna draußen über den Hof. Der Himmel war von einigen Schleierwolken bedeckt, die Schwalben flogen tief. Es sah also ganz nach Regen aus. Dabei war es nicht das Bedürfnis nach frischer Luft, das sie letztlich nach draußen getrieben hatte. Sie hoffte, dass sie vielleicht Paul »zufällig« begegnen würde, wenn er mit Jupiter zurückkam. Sie war enttäuscht, als sie den Hengst in seiner Box entdeckte. Er hatte Heu in der Raufe und fraß seelenruhig. »Mist«, murmelte sie und betrachtete das wunderschöne Tier. Jupiter blickte zu ihr auf und streckte ihr seine Nüstern entgegen. Johanna ignorierte Pauls Warnungen und streichelte Jupiter, nachdem sie ihn erst einmal hatte schnuppern lassen. Sie ließ ihre Finger auf seiner Stirn ruhen und spürte die Kraft, die von ihm ausging. Nein, bösartig war Jupiter nicht, das fühlte sie. Sie hatte es gespürt, als sie ihn berührt und mit ihm gesprochen hatte. Jupiter war kein gemeingefährlicher Hengst; es musste eine Ursache für seine Auffälligkeiten geben. Sobald man diese herausfand, konnte man damit arbeiten und ihm helfen. Sie hatte es oft erlebt, dass Kleinigkeiten Tiere zur Weißglut trieben; sogar sanfte Lämmchen konnten wütend werden, wenn sie irgendwo Schmerzen hatten. Vielleicht war es bei Jupiter ja genauso. Johannas Gedanken wanderten zu Jupiters Besitzer. Der hatte ihn bestimmt gründlich untersucht. Aber was Paul wohl jetzt gerade machte?

* * *

Paul war schlecht gelaunt und kramte ohne Ziel in seiner Praxis herum. Dass das zu nichts führte, war ihm klar, aber er musste sich mit irgendetwas ablenken. Er kam einfach nicht dahinter, was der Kuss zu bedeuten hatte. Und dann war da auch noch sein unberechenbarer Hengst. An diesem Tag war er schon wieder ausgerastet und hatte ihn in die Seite getreten. Die Prellung tat auch jetzt noch höllisch weh. Paul wusste, dass Jupiter nicht bösartig war, aber er kam nicht darauf, was sein Verhalten bedeutete. Ein ganzes Studium für die Katz. Er dachte an seine Oma, die sich gut mit der Ausbildung von Pferden ausgekannt hatte. Wie gern hätte er jetzt die Möglichkeit gehabt, sich mit ihr auszutauschen.

Jupiters Vorbesitzer hatte ihm auch nicht weiterhelfen können. Der hatte ihm versichert, dass Jupiter immer lammfromm gewesen sei. Dass das eine Lüge gewesen war, wusste Paul mittlerweile. Ja, er war sich im Klaren darüber, dass es in der Haltung des Tieres das ein oder andere Defizit gegeben hatte und auch hin und wieder einen Hieb mit der Gerte. Aber Jupiter war nicht schreckhaft. Was ihn wild werden ließ, waren andere Dinge, die Paul einfach nicht einsortiert bekam.

Das Schrillen der Türklingel riss ihn aus seinen Grübeleien. Wer war das? Sicher jemand mit einem Notfall. Kurz überlegte er, es zu ignorieren, denn manche Menschen waren tatsächlich übervorsichtig mit ihren vierbeinigen Freunden. Dann seufzte er. Wenn wirklich ein Tier Hilfe brauchte, wollte er niemanden abweisen. Vielleicht brachte ihn das ja auf andere Gedanken. Das wäre immerhin etwas gewesen.

»Johanna?«, stieß er ungläubig hervor, als er kurz darauf in ihr Gesicht blickte.

Ihre Wangen waren von einer leichten Röte überzogen, sie trug ein luftiges Kleid. Vor ihrer Brust hielt sie eine Mappe.

»Hallo, Paul. Komme ich ungelegen?«

Er bemerkte, dass sie seine Klamotten musterte. Er hatte immer noch die Reithose und das Poloshirt an und stand in Socken vor ihr.

»Was willst du?«, fragte er und merkte gleich, dass es etwas zu schroff klang. Aber er war genervt und auch unsicher. »Tut mir leid«, beeilte er sich zu sagen. »Du kommst nicht ungelegen. Bitte.« Er trat zur Seite und bedeutete ihr mit einer Handbewegung, dass sie eintreten sollte, aber sie rührte sich nicht.

»Wirklich nicht? Ich kann auch ein andermal wiederkommen. Du erinnerst dich vielleicht, ich wollte mal die Schreibmaschine benutzen. Und deinen Papierkram wollten wir auch regeln.«

O ja, er erinnerte sich. Er hatte auch nicht vergessen, dass er ihr letztens durch die Blume mitgeteilt hatte, dass er es auch ohne sie hinbekam. Gut, vielleicht hatte sie das nicht verstanden, gewundert hätte es ihn nicht. Er war nun mal kein Meister der Kommunikation, sonst hätte er es auch schon geschafft, ihr zu erklären, was er für sie empfand. Er seufzte leise.

»Du musst das nicht machen, Johanna. Erledige, was du zu tun hast. Ich erwarte keine Gegenleistung von dir.«

Sie trat näher und stand nun so nah bei ihm, dass er ihr Parfum roch und ihre Nähe spürte. Sein Körper reagierte unwillkürlich darauf und er trat eilig einen Schritt zurück.

»Das ist mir klar, Paul. Aber ich mache das gern«, erklärte sie mit einem Lächeln.

Er wollte nicht streiten, deshalb nickte er nur, führte sie durch den Flur und zeigte ihr die Schreibmaschine. Es war eine elektrische. Die graue Haube zog er ab und stellte das Gerät an, das mit einem leisen Schnattern zum Leben erwachte.

»So ein feudales Ding, klasse«, meinte Johanna mit einem Lächeln und setzte sich auf den Bürostuhl davor. »Damit wirds bestimmt super funktionieren.«

Paul reichte ihr wortlos ein Blatt Papier. Sie nahm es entgegen und spannte es ein.

»Kann ich dir was anbieten? Wasser? Saft?«

»O nein, ich möchte dir nicht zur Last fallen. Habe ich dich bei etwas gestört?«

Er fuhr sich mit der Hand durch die Haare. Obwohl er sich nicht aufdrängen wollte, wollte er auch nicht gehen. Paul lehnte sich mit der Schulter gegen die Wand, während er sie anschaute. »Um ehrlich zu sein, habe ich mich hier herumgedrückt, um mich abzulenken.«

»Wovon?«

»Jupiter«, gab er knapp zurück und seufzte. »Ich komme einfach nicht dahinter, was mit ihm nicht stimmt.«

»Ist heute wieder was passiert?«

Paul dachte an die Bodenarbeit mit Jupiter zurück, daran, wie er aus heiterem Himmel durchgedreht und nach ihm getreten hatte. Wie so oft hatte er ihm den Longiergürtel angelegt und ihn im Schritt losschicken wollen, als Jupiter ohne Vorwarnung ausgerastet war. Weil er mit Johanna nicht über seine Irritation reden wollte, schüttelte er nur den Kopf und schwieg für einen Moment. Sie würde ja kaum sein Shirt heben und den Bluterguss entdecken, und seine Probleme würde sie auch nicht für ihn lösen, das musste er schon selbst tun … »Wenn meine Oma noch leben würde, könnte ich sie fragen. Sie hätte bestimmt eine Idee.«

»Deine Oma?«

Er lächelte. »Weißt du nicht? Meine Oma kam wie deine aus Ostpreußen, sie hatte dort eine Kavallerie-Ausbildung genossen und sich jahrelang für die Erhaltung der Trakehner eingesetzt und sie unterstützt.«

»Stimmt! Das hatte ich ganz vergessen. Aber sie kam erst nach meiner Familie hier an, oder?«

»Ja, genau. Sie war vorher mit ihrer Familie in verschiedenen Durchgangslagern, bis sie hier einen Hof zugewiesen bekamen, auf dem sie ein Zimmer gekriegt haben.« Paul hatte eine Idee. »Warte mal, vielleicht finde ich bei ihren Büchern ja noch was, oder in ihren Unterlagen. Ich erinnere mich, dass sie in den Siebzigern mal mit einer Frau aus Amerika Kontakt hatte. Davon ist noch oft am Kaffeetisch erzählt worden, auch nachdem sie die Zucht aufgegeben hatte und gestorben war.« Leider war Paul noch zu klein gewesen; er konnte sich nur vage an seine Oma im Sattel erinnern. Aber das Bild, das er vor Augen hatte, war eine zierliche Person mit Herz und Güte sowie mit Geduld und der nötigen Bestimmtheit im Umgang mit den edlen Trakehnern, die sie so verehrt hatte.

»Mit einer Amerikanerin? Weswegen?«

»Über den Umgang mit Pferden, die hatte so eine spezielle Methode entwickelt. Ich erinnere mich nicht genau, ich war ja noch klein und habe mich damals nicht für so was interessiert. Damals wollte ich einfach nur im Galopp über die Felder preschen, obwohl ich nur ein Dreikäsehoch war. Tja, hätte ich mal besser aufgepasst. Aber Johanna, ich will dich nicht aufhalten, du bist ja wegen was anderem hier. Gut, dass wir kurz geplaudert haben, aber ich lass dich jetzt lieber in Ruhe arbeiten.«

Für eine Sekunde glaubte er, Enttäuschung in ihrem Gesicht aufblitzen zu sehen, dann lächelte sie unverbindlich. »Klar, ich setzte mich gleich ran. Ich möchte eine Bewerbung schreiben; wenn ich die nicht langsam abschicke, wird das nie was mit der Stelle.«

»Eine Bewerbung?«

»Ja, ich habe doch in Köln gekündigt. Habe ich das nicht erzählt? Nein, vermutlich nicht. Es ist noch nicht offiziell, also jedenfalls nicht bei meiner Familie, also behalt es bitte für dich.«

»Und du willst hier anfangen? Also, ich meine, in Lüneburg?«

Johanna schüttelte den Kopf. »Nein, eigentlich nicht. Ich dachte eher an was Aufregendes, Ärzte ohne Grenzen kam mir neulich in den Sinn. So könnte ich woanders auf der Welt was

Gutes tun und würde gleichzeitig was erleben, neue Kulturen kennenlernen, du weißt schon.«

Auf einmal funkelten ihre Augen.

Sein Mut sank. Warum diese Neuigkeit ihn so herunterzog, wusste er nicht; es war doch klar gewesen, dass sie nicht hergekommen war, um zu bleiben. »Tolle Idee, eine so wichtige Vereinigung. Dann, äh, fühl dich wie zu Hause. Ich mache mich mal auf die Suche nach Omas Aufzeichnungen – sofern es welche gibt; ich weiß gar nicht, wo ich gucken soll. Dein Opa könnte auch was wissen, er hatte selbst einige Trakehner, weißt du noch? Entschuldige, ich halte dich ab … bis dann, Johanna.«

Johanna rief ihm noch etwas hinterher, aber er war schon halb draußen und kehrte nicht noch einmal zurück. Er ging nach oben und schaute im Wohnzimmer alle Bücher durch. Mist, hier war nichts. Vielleicht hatte ja jemand alles weggeworfen. Er erinnerte sich genau, dass Oma irgendwo ein Ausbildungsbuch der Kavallerie gehabt hatte. Da hatte sie so oft drin geblättert, dass es ganz zerfleddert gewesen war. Wenn er nur gewusst hätte, wo es hingekommen war! Er rieb sich über die Stirn und dachte nach. Seine Hündin stand aus ihrem Körbchen auf und schmiegte sich an seine Beine. »Ja, du würdest es mir verraten, wenn du es wüsstest«, murmelte er und tätschelte ihr den Kopf.

Also wieder eine Sackgasse, dabei hatte die Idee eben noch so verheißungsvoll gewirkt. Aber in so einem Buch stand bestimmt auch nichts, was ihm mit Jupiter half. Verdammt!

Er hatte keine Ahnung, wie lange er da stand und Lady streichelte. Irgendwann ging er mit ihr in die Küche, gab ihr frisches Wasser und etwas Futter. Er wollte sich gerade an den Tisch setzen und die Zeitung durchblättern, als Johannas Gesicht im Türrahmen auftauchte. Lady lief schwanzwedelnd auf sie zu. »Na, du Süße«, trällerte Johanna und liebkoste sie mit einem strahlenden Lächeln.

Er verspürte einen Stich, was albern war. Er konnte unmöglich eifersüchtig auf einen Hund sein. »Hat es geklappt?«, erkundigte er sich.

Sie nickte. »Ja, ging schnell. Ich wusste ja, was ich schreiben wollte. Jetzt muss ich die Bewerbung nur noch zur Post bringen. Das mache ich gleich morgen.«

»Schön, ich drücke dir die Daumen.«

»Und was ist mit dir? Hattest du Glück?«

Er schüttelte den Kopf. »Nein, leider nicht. Ich habe keine Pferdeunterlagen gefunden, was komisch ist, weil ich mich genau an mindestens ein Buch erinnern kann. Aber egal, ich will dich nicht damit langweilen.«

»Du langweilst mich doch nicht, ich finde das spannend. Irgendwie ist einem gar nicht klar, dass die Alten ja auch mal jung waren, was die erlebt haben müssen …«

»Nun kann ich sie ja leider nicht mehr fragen.«

»Ich erkundige mich nachher mal bei Opa.«

»Das kann ich auch, bin ja oft genug drüben.«

»Klar. Ich wollte mich nicht einmischen. Na ja, irgendwie doch. Komm, wir machen deinen Bürokram. Vielleicht findet sich ja unten was?«

Das bezweifelte Paul. »Nein, mein Vater hat ganz sicher – sollte da was gewesen sein – alles entsorgt. Den hat das alles nicht interessiert, was Oma aus der Heimat mitgebracht hatte, und den Erhalt der Trakehnerrasse hat er auch nicht unterstützt. Also, da haben wir bestimmt Pech.«

»Deine Oma war eine patente Frau, die hat sich von ihrem Sohn nicht die Butter vom Brot nehmen lassen. Komm Paul, jetzt oder nie«, ermutigte sie ihn mit einem Winken. »Ich hasse Papierkram auch, aber es muss sein.«

Er grinste schief und stand auf. »Na gut. Ich wusste gar nicht, dass du so streng sein kannst.«

Johanna lachte. »Da siehst du mal; es gibt vieles, was wir nicht übereinander wissen.«

Dem konnte er nur zustimmen, er hielt aber die Klappe, während er ihr nach unten folgte.

Die Zusammenarbeit mit Johanna war angenehm. Sie machte ihm keinen einzigen Vorwurf, als sie sogar noch Notizen über Behandlungen aus dem letzten Winter fanden. Systematisch ging Johanna das Ganze an. Für die meisten tierischen Patienten gab es Bestandsakten; die Kunden auf dem Land waren treu und schon bei seinem Vater gewesen.

»Du solltest mal darüber nachdenken, dir einen Computer anzuschaffen, weißt du? Da kann man alles nach festen Sätzen eingeben und dann eine Rechnung drucken lassen. Das gibt es jetzt überall.«

Paul verzog die Lippen. »So modern sind wir hier nicht.«

»Jetzt redest du wie ein alter Mann.« Johanna lachte. »Im Ernst, das würde viel Arbeit sparen. Ich kann ja nicht alle paar Monate herkommen, um deinen Bürokram zu machen.«

»Tja, schade eigentlich.« Er grinste, aber er meinte es ernst. Es war schön, mit ihr zusammen zu sein.

Johanna guckte ihn komisch an, sodass sich sein Magen sehnsüchtig zusammenzog. »Das meinst du nicht so. Ich mag hier aufgeräumt wirken, aber in meinem Leben geht meistens alles schief.«

Er neigte den Kopf. »Willst du deshalb ins Ausland?«

»Du scheinst der Einzige zu sein, der das versteht. Aber gut.« Sie lachte spitz. »Alle anderen wissen es auch noch nicht. Ich bin nicht so gut darin, mich zu erklären, was auch damit zu tun hat, dass meine Eltern mich als Enttäuschung betrachten.«

Paul war überrascht. Davon hatte er noch nie gehört, aber er war auch nicht wirklich eng mit ihr befreundet. Sie hatten nie Geheimnisse oder Sorgen ausgetauscht, das hatte er schon früher bedauert. »Dich? Im Leben nicht.«

Johanna winkte ab. »O doch, mein Lieber. Ich sollte Ärztin sein, nicht Krankenschwester. Und wenn das schon nichts geworden ist, dann soll der Schwiegersohn wenigstens einen weißen Kittel anhaben. Aber auch da versage ich auf der ganzen Linie.«

»Was ist mit Arnold?« Sein Herz schlug höher.

»Der ist Geschichte. Richtiger Job, falscher Charakter.« Sie schüttelte den Kopf. »Gott, lass uns nicht darüber reden, Paul, ehrlich. Ich habe kein gutes Händchen bei Männern, lasse mich generell auf die falschen ein.«

Obwohl es Paul nichts anging, war er erleichtert über ihre Worte. Ob es stimmte, war eine andere Sache. Wer hatte mit wem Schluss gemacht? Hing ihr Herz vielleicht doch noch an ihrem Ex? Das Gespräch führte in eine Richtung, die ihnen beiden unangenehm war. Er konnte ihr ja schlecht sagen, dass er ein anständiger Kerl war. Das klang schon in seinem Kopf dämlich. Johanna hatte schon früh erkennen lassen, dass sie auf die bösen Jungs stand – deshalb war sie damals mit Ralf zusammen gewesen und nicht mit ihm.

»Was ist mit dir? Warum bist du noch nicht unter der Haube?«, wollte sie von ihm wissen.

»Hatten wir das Thema nicht schon mal?«, wich er aus, antwortete dann aber doch. »Bei mir ist es so, dass die Richtige für mich bisher noch nicht erkannt hat, dass ich auch der Richtige für sie bin.«

Johannas Augen funkelten. »Ach! Sieh an. Wer ist es?«

Du, dachte er, aber schwieg und steckte seine Hände in die Hosentaschen. Alleine dass sie diese Frage stellte, zeigte ihm, dass Johanna offensichtlich nichts für ihn übrighatte. »So, wir haben genug gearbeitet, den Rest schaffe ich allein. Kann ich dir als Entschädigung ein Essen anbieten?«

»Es hat mir Spaß gemacht, ehrlich, aber ich bleibe trotzdem gern. So kann ich zumindest ausschließen, dass ich meiner Familie noch mal begegne. Das Kaffeetrinken vorhin hat mir gereicht.«

Auch dieser Kommentar verpasste ihm einen Dämpfer. Er war der Notnagel, weil sie nicht zurückwollte. Paul ließ sich nichts anmerken. Früher oder später würde er sich damit abfinden müssen, spätestens wenn sie wieder aus seinem Leben verschwunden war, was vermutlich bald passieren würde. »Gut, dann komm mit.«

Johanna stand auf. »Warte mal, du wolltest doch auch noch nach Aufzeichnungen deiner Oma suchen? Ich war vorhin kurz bei Jupiter.«

Er horchte auf. Wurde misstrauisch. »Warum? Ich hoffe, du bist vorsichtig.«

»Klar.« Sie winkte ab. »Ich war früher ständig bei den Pferden. Mein Opa hat immer gesagt, ich hätte eine beruhigende Wirkung auf sie. Vermutlich hat er nur Witze gemacht, trotzdem glaube ich, dass Jupiter keinen Funken Bösartigkeit in sich hat. Schmerzen hast du ausgeschlossen?«

Paul seufzte. »Das führt doch zu nichts. Ich habe den Burschen von oben bis unten untersucht – mehrmals. Er ist kerngesund.«

Johanna seufzte. »Na schön. Vielleicht bilde ich mir das ja nur ein.«

»Was?«

»Keine Ahnung. Ich glaube, dass irgendwas nicht stimmt, wir haben nur noch nicht herausgefunden, was es ist.«

Das »wir« klang schön, aber Paul ging nicht darauf ein, weil er noch nicht zu einhundert Prozent davon überzeugt war, dass Johannas Herz nicht doch noch – zumindest zu einem kleinen Teil – an Arnold hing. Er wollte nicht zu einem Lückenfüller werden. »Sei nicht albern. Komm, ich mache uns was zu essen. Bestimmt ist es so, wie alle sagen, Jupiter muss in die Wurst.«

»Wenn ich höre, dass du den Hengst zu Hackfleisch verarbeiten lässt, werde ich nie wieder ein Wort mit dir sprechen, hörst du? Du kannst ihn jetzt nicht aufgeben, Paul.«

Er mochte es, wie leidenschaftlich Johanna bei dem Thema wurde. »Wieso hast du nichts mit Tieren gemacht, also beruflich, meine ich?«

Sie seufzte leise. »Keine Ahnung, vielleicht wollte ich ins Gesundheitswesen, damit ich *irgendwas* mache, was meinen Eltern gefällt. Aber das ist mir nur so mittelmäßig gelungen.« Sie schaute bedröppelt drein. »Erwartungen zu erfüllen, ist manchmal hart.«

Paul nickte. »Das verstehe ich. Trotzdem glaube ich, dass dein Opa recht hatte. Du hast eine besondere Gabe im Umgang mit Tieren. Das ist mir schon bei Schnee aufgefallen, auch bei Lady – obwohl die fast alle mag, aber dich ganz besonders.«

»Was soll ich sagen?« Johanna lachte. »Deine Hündin hat einfach Geschmack.«

Ganz wie der Besitzer, dachte Paul, nicht mehr ganz so traurig. »Jetzt komm erst mal mit hoch.«

Auf halbem Weg meldete sich Johanna mit einer weiteren Idee. »Was ist mit dem Dachboden? Hast du da schon nachgeschaut?«

»Nein, da ist bestimmt nichts. Nur staubiges Zeug.«

»Eben! Altes Zeug, genau das, was wir suchen; komm, lass mal die Treppe runter«, bat Johanna ihn und hatte den Stock doch schon selbst in der Hand, um die Klappe zu öffnen.

Kurz darauf folgte Paul Johanna nach oben. Es war wirklich staubig, und es roch nach der Vergangenheit und trockenem Holz. Einige alte Möbel gab es hier oben, eine Kommode, einen abgehängten Spiegel, ein Schaukelpferd und eine Standuhr. Daneben befanden sich einige Kartons und eine alte Truhe.

»Echte Schätze«, verkündete Johanna und guckte Paul erwartungsvoll an.

»Wer das wohl raufgeschleppt hat? Durch die kleine Luke?«

»Vermutlich sind die Sachen deshalb immer noch hier. Ich liebe so was ja, das muss ich gestehen. In der Vergangenheit zu wühlen, hat etwas Aufregendes. Sollen wir?«

Er liebte es, wie enthusiastisch und lebendig Johanna war. Davon ließ er sich anstecken. »Unbedingt, fühl dich wie zu Hause.«

»Wenn es meine Sachen wären, würde ich ihnen einen schönen Platz in meiner Wohnung geben …«

»Aber?«

»Noch ein Geheimnis, von dem meine Familie nichts weiß. Ich habe keine Wohnung mehr.«

»Was? Bist du etwa rausgeflogen?«

»Nein!« Sie lachte. »Wo denkst du hin? Ich habe erst den Job und dann meine Bude gekündigt.«

»Ach, du machst keine halben Sachen, was?«

Für einen Augenblick schauten sie sich tief in die Augen, und Paul hätte Stein und Bein darauf geschworen, dass die Luft zwischen ihnen zu knistern begann. Für eine Sekunde sagte niemand etwas, dann räusperte sich Johanna und wandte sich ab.

Also hatte sie es auch gespürt.

Der Gedanke verlieh Paul Mut, dennoch schwieg er und begann damit, einige Kisten zu durchsuchen, während Johanna sich die Kommode vornahm.

»Guck dir das an!« Sie stand mit einem weißen Kleid vor dem Spiegel. Gut, richtig weiß war es nicht mehr, eher ein wenig gräulich. Es war schmal geschnitten und mit Spitzenärmeln versehen.

»Das muss meiner Oma gehört haben. Ist es nicht von Motten zerfressen?«

»Nein, jemand hat Lavendelsäckchen dazugepackt, riech mal! Das hält Ungeziefer ab.«

Sie trat näher und hielt ihm das Kleid vor die Nase. Tatsächlich.

»Wie lange es hier schon liegen mag?«

»Wann haben deine Großeltern geheiratet?«

Er zuckte die Achseln. »Irgendwann nach dem Krieg, ich bin mir nicht sicher.«

Johanna betrachtete sich im Spiegel, sie hielt sich das Kleid vor den Körper. Paul beobachtete sie und fand, dass sie eine hübsche Braut abgegeben hätte. Was wohl in ihrem Kopf vor sich ging? »Was denkst du?«, wollte er wissen und hielt inne.

»Ich denke, dass dieses Kleid bezaubernd ist. Ist schon verrückt, oder?«

»Was meinst du?«

»Bisher habe ich nie den Wunsch gehabt zu heiraten.«

»Und jetzt schon?«

Sie packte es zurück und schloss die Schublade. »Ich weiß nicht«, wich sie aus. »Ich werde ja nicht jünger. Oder nein, das ist es nicht; es ist ein schwer zu beschreibendes Gefühl. Gerade habe ich gedacht, wenn der Richtige mal käme, würde ich die Idee, mich für immer an jemanden zu binden, bestimmt nicht mehr so abwegig finden. So, und jetzt lass uns weitersuchen, ehe ich noch rührseliger werde.« Sie lachte, doch es klang künstlich.

Paul merkte, dass sie das Thema nicht weiterverfolgen wollte. Er fragte sich, was es gewesen sein mochte, das Johanna so verletzt hatte. Aber er fragte nicht nach, auch weil er Angst hatte, dass ihm die Antwort nicht gefallen könnte.

Sie durchstöberten jede Kiste, fanden allerhand Zeug, von alten Briefen über Brettspiele bis hin zu Kassenbüchern, aber keine Unterlagen zu Reitausbildung oder Pferdehaltung. Entmutigt verließen sie daraufhin den Dachboden. »Tut mir leid, dass ich die Pferde scheu gemacht habe«, meinte Johanna und hielt sich am Treppengeländer fest.

»Das macht nichts, wirklich. Es hätte auch gut sein können, dass wir was finden.«

Sie nickte. »Ja.«

Schweigen breitete sich zwischen ihnen aus. Plötzlich hing die Luft voller ungesagter Worte. Johanna trat einen Schritt näher; kurz glaubte er, dass sie ihn küssen wollte, doch dann zupfte sie nur etwas aus seinem Haar. »Spinnweben«, murmelte sie und rieb ihre Hände aneinander. »Ich gehe jetzt besser.«

»Aber das Essen?«

Sie winkte ab und lächelte, dieses Mal war es echt. »Holen wir ein andermal nach. Versprochen!« Dann verschwand sie über die Treppe nach unten und verließ das Haus. Paul sah ihr lange hinterher. Warum war sie fluchtartig davongelaufen? Nachdem Johanna gegangen war, kam es ihm hier sehr einsam vor. Er hörte Ladys tapsenden Gang, dann schmiegte sich die Hündin gegen seine Beine und sah hechelnd zu ihm auf.

»Verstehe einer die Frauen«, raunte er dem Tier zu.

Kapitel 16

24. Mai 1945, Lüneburg

»Du musst ihr helfen«, drängte Mutter und redete eindringlich auf Netti ein. »Sie hat so hohes Fieber.« Otti hatte nicht nur viel Blut verloren, sondern auch noch eine Entzündung im Körper, die die magere Frau noch mehr schwächte. Sie fürchteten um ihr Leben. Das ging nun schon viel zu lange so. Seit Tagen wurde es immer schlimmer. Mehr als ein paar Schlucke Wasser nahm sie nicht mehr zu sich. Otti war am Ende ihrer Kräfte.

Helmut war wie üblich unterwegs. Aber der Junge wusste natürlich, wie schlimm es um seine Mutter stand. Weshalb es ihr so schlecht ging, verstand er glücklicherweise nicht.

»Was soll ich denn machen, Muttela?«, gab Netti hilflos zurück.

»Frau Kaminski hat gesagt, Penicillin würde helfen. Ihr Mann war doch Arzt, die kennt sich aus.«

Woher nehmen und nicht stehlen, dachte Netti. Niemand besaß dieses Medikament.

Nun, nicht ganz. Die Engländer hatten alles, vermutlich auch das.

Netti schluckte.

Seit dem Abend neulich, als er ihr Zarah Leanders Lied vorgespielt und von seinem Verlust erzählt hatte, war Major Thompson ihr aus dem Weg gegangen und noch sparsamer mit Worten gewesen als ohnehin schon. Dass er sich ihr an jenem Abend so geöffnet hatte, hatte letztendlich nur dazu geführt, eine noch größere Distanz aufzubauen. Netti verstand nicht, wieso. Sie fürchtete sich davor, wie er reagieren würde, wenn sie ihn um Penicillin bat. Erlaubt war es sicher nicht, dass er Nettis Familie half. »*No fraternisation*« – die Schilder hingen überall, man wurde ständig daran erinnert.

Würde er ihr überhaupt zuhören? Nun, sie musste es zumindest versuchen. Für Otti.

Die stöhnte gerade und versuchte, sich auf die Seite zu drehen, aber sie war zu schwach. Obwohl das Fenster geöffnet war, roch das ganze Zimmer nach Krankheit. Und Tod.

Netti hatte das zu häufig erlebt in den verschiedenen Lagern während des Trecks.

Aber nicht dieses Mal!

»Ich versuche, was ich kann, Muttela. Ich geh gleich los.« Sie drückte ihre Mutter kurz, dann machte sie sich auf den Weg zur Arbeit.

Auf dem Hof begegnete sie Walter. Er konnte allmählich etwas besser laufen, die Krücken benötigte er jedoch immer noch. Sie waren neulich zum Du übergegangen, das fand Netti schön. Sie mochte den jungen Mann; er war nicht so gemein wie seine Mutter. Er hatte das Herz am rechten Fleck.

»Wie geht es deiner Schwägerin?«, erkundigte sich der Bauernsohn. Er hatte also mitbekommen, dass Otti krank war. Kein Wunder, sonst halfen Mutter und Otti stets auf dem Hof und packten bei den Tieren mit an.

»Nicht gut. Da bin ich ganz ehrlich. Sie braucht Medikamente.«

»Was hat sie denn? Ich kenne einen Arzt.«

»Nein, keinen Arzt«, unterbrach Netti Walter. Der hätte sofort gesehen, was los war, und sie womöglich angezeigt. »Anschwärzer« gab es auch nach dem offiziellen Ende der Nazizeit genügend, vielleicht sogar noch mehr als zuvor. »Sie braucht Penicillin.«

Walter guckte verdutzt. »Oha. Na, da kommt man nicht ran.«

Nettis Schultern sanken ein Stück weit nach vorn. »Ich weiß.«

»Kann ich euch mit was anderem helfen?«

»Wir haben von allem nichts, Walter, das weißt du doch.« Es hatte neckisch klingen sollen, aber Nettis Verzweiflung hörte man ihrer Stimme leider an. Die Sorge um Otti war groß. Riesengroß. Sie wollte nach allem, was sie durchgemacht hatten, nicht, dass Helmut auch noch seine Mutter verlor.

»Ich sehe mal, was ich machen kann.«

»Da wird deine Mutter aber nicht begeistert sein.«

Walter verzog die Lippen. »Hunnen, de blafft, biet nich«, gab er auf Platt zurück.

»Was bitte?«

Er grinste. »Hunde, die bellen, beißen nicht. Nie gehört?«

»Doch, das schon, aber dein Platt kann ich nicht verstehen.«

»An dein Ostpreußisch habe ich mich schon gewöhnt.« Er zwinkerte und grinste.

Netti stutzte. Oje! Machte er ihr etwa schöne Augen? Oder bildete sie sich das ein? Sie wusste keine Antwort darauf, außerdem hatte sie es eilig. »Danke, Walter. Ich muss zur Arbeit.«

Kurz verengten sich seine Augen, dann nickte er. »Gut, dass du Arbeit bei den Engländern hast. Viele haben nicht so ein Glück.«

»Ja, Glück«, murmelte sie und trollte sich. »Guten Tag, Walter!«, rief sie ihm noch über die Schulter zu und beeilte sich, vorwärtszukommen. Eine knappe Stunde Fußmarsch lag vor ihr.

In der Uelzener Straße war heute viel los, mehr als sonst. Überall waren Militärfahrzeuge und Soldaten zu sehen. Ein Glück, dass Netti mittlerweile ein offizielles Schreiben hatte, mit dem sie sich als Mitarbeiterin eines Angehörigen der britischen Armee ausweisen konnte. Sie musste es auf dem Weg zur Villa an diesem Morgen gleich drei Mal vorzeigen.

»Was ist heute nur los?«, murmelte sie kopfschüttelnd, dann betrat sie das Haus, für das sie von Major Thompson vor einer Weile den Schlüssel erhalten hatte.

Netti war überrascht, als sie die aufgebrachte Stimme des Majors aus dem Arbeitszimmer hörte. Dann wurde knallend ein Hörer aufgelegt.

Oje! Der war also so früh schon schlecht gelaunt. Kein guter Zeitpunkt für ihre Bitte. Netti fasste sich dennoch ein Herz. Otti war zu krank, als dass sie sich ein Zögern erlauben könnte.

»Guten Morgen«, grüßte sie, als sie im Türrahmen zum Arbeitszimmer stehen blieb.

»Oh, Miss Schlewitz.« Er blickte auf, und sie bemerkte, wie blass er war. Er wirkte geradezu aufgelöst.

»Ist alles in Ordnung?«, wagte sie zu fragen.

Major Thompson stand auf und schlug mit der flachen Hand auf die Tischplatte. »Leider nein. Entschuldigen Sie meinen Ausbruch, ich bin einfach so wütend.« Er strich sich durch die Haare, dann stützte er sich mit beiden Händen ab und senkte den Blick. Er kämpfte mit sich, und Netti wusste nicht, wieso. Ehe sie fragen konnte, ließ er sich wieder in den Stuhl sinken. »Wir haben den schlimmsten Kriegsverbrecher aller Zeiten geschnappt, und was machen meine verblödeten Kameraden?«

Schlimmster Kriegsverbrecher? Hitler war doch tot, oder war das eine Falschmeldung gewesen? Gerüchte gab es jedenfalls genügend; immer wieder wollte jemand den Führer gesichtet haben. Wen meinte der Major? Freilaufende Generäle und sonstige hochrangige Nazis gab es noch zuhauf.

Sie blinzelte irritiert. »Was?«

»Himmler!«, schimpfte der Major. »Das Schwein hat sich selbst in die Uniform eines Gefreiten gesteckt, das Oberlippenbärtchen abrasiert und war dann mit gefälschten Papieren im Land unterwegs. Auf seiner Flucht hat man ihn bei einer Kontrolle geschnappt und identifiziert. Er wurde daraufhin gestern hergebracht, beim Filzen hat man ihn nackt ausgezogen, aber die Idioten haben den Mund vergessen!«

Den Mund? Sie verstand nicht, dann dämmert es ihr. Sie kam nicht weiter mit ihren Überlegungen, weil der Major weitersprach.

»Das Schwein hat sich seiner Vernehmung entzogen, indem er feige auf eine Zyankalikapsel gebissen hat, die er in einem hohlen Zahn versteckt hatte. Jetzt ist er tot! Dabei hatten wir ihn! Ist das nicht schrecklich?«

Er wirkte verzweifelt. Hilflosigkeit zeigte sich auf seinem Gesicht.

Netti verstand seine Wut. Sie selbst hatte Himmler nie gemocht. Sein Gesicht hatte sie schon immer an eine Ratte erinnert; so was hatte man freilich nie offen aussprechen dürfen. Die meisten Leute waren ja begeistert gewesen. »Es tut mir leid«, war alles, was sie hervorbrachte.

Major Thompson furchte die Stirn. »Wissen Sie, Miss Schlewitz. Zu Hause in England war ich angehender Professor für Sprache und Literatur, ich habe mit dem Militär so wenig zu schaffen gehabt wie eine Ballerina mit dem Metzger. Als ich das Angebot bekam, mich in Deutschland um die Re-Education zu kümmern, habe ich nicht gezögert. Ich musste weg. Ich *wollte* weg. Ich dachte wirklich, ich könnte in diesem Land etwas verändern. Der Rückfall in nationalistisches Denken soll und muss unter allen Umständen verhindert werden. Aber an einem Tag wie diesem frage ich mich wirklich, ob ich nicht blauäugig und dumm bin. Du änderst keinen alten Nazi mehr. Und die, die man mal öffentlich in einem Prozess verurteilen könnte, ziehen sich dann feige aus der Affäre. Am liebsten würde ich das Handtuch werfen, meinen verdammten Koffer packen und abhauen. So sehr ärgert es mich, was da gestern Abend passiert ist.«

So leidenschaftlich hatte sie ihn noch nie reden hören. Netti war fasziniert und konnte den Blick nicht abwenden. Ein Professor für Sprache also. Ja, das passte zu ihm. Hatte er es nicht schon einmal irgendwann erwähnt? Sie war sich nicht sicher, die letzten Monate waren so voller Überraschungen und Veränderungen gewesen, dass sie manchmal Realität und Einbildung verwechselte.

»Machen Sie das nicht«, meinte sie schließlich. »Wir brauchen Sie hier.«

Er riss überrascht die Augen auf, sagte jedoch nichts.

»Ist das bei der Gefangennahme passiert?«

»Nein. Gestern Abend, und das auch noch ganz in der Nähe. Gegen neunzehn Uhr dreißig, da saß ich hier gerade beim Abendessen. Hätte ich das gewusst! Sie hatten ihn, nur ein paar Häuser weiter, im Headquarter in der 31a.«

Nettis Mund klappte auf. »Hier?«

Major Thompson nickte. »Ja. Im Grunde ändert es nichts, trotzdem regt es mich fürchterlich auf, dass das Schwein direkt hier war. Jetzt kann man ihn nur noch verscharren und nicht mehr in den Gerichtssaal setzen, wo er hingehört hätte. Sie wissen ja, dass mein Kollege Jakob Mitglied einer Sondereinheit ist, die Kriegsverbrecher ausfindig machen soll. Die Kameraden hatten ihn nicht rechtzeitig informiert; als Jakob dort eintraf, war Himmler schon tot.«

Sie wusste nicht, was sie darauf erwidern konnte. Himmler spielte in ihrem Leben keine Rolle mehr; und es gab ohnehin zu viele Hochrangige, die davongekommen waren. Aber sie verstand, warum der Major so aufgelöst war.

Netti atmete leise aus. Otti fiel ihr wieder ein; sie musste ihr helfen. »Der Mann ist tot, daran kann man nun nichts mehr ändern«, erwiderte sie schließlich ganz leise.

»Aber?«

So gut kannte er sie also schon. Er hatte gemerkt, dass sie etwas zurückhielt.

»Meine Schwägerin ist krank. Ich … sie braucht Medikamente.« Es war besser, nicht lange um den heißen Brei herumzureden. Der Major war kein Typ für Geschwätz.

Seine Augen verengten sich zu Schlitzen. »Und Sie wollen, dass ich Ihnen welche besorge? Sie wissen, dass ich das nicht tun kann.« Sein Blick wurde hart.

Nettis Mut sank. Sie schaute zu Boden. »Ich würde nicht fragen, wenn es nicht um Leben und Tod ginge.«

»Warum sollte ich helfen? Es gibt so viele, die heute noch sterben müssen, obwohl der Krieg längst vorbei ist.«

Netti spürte Tränen in sich aufsteigen, doch sie wollte nicht weinen. Sie konnte Frauen nicht leiden, die Heulen als Mittel benutzten, um ihren Willen zu bekommen. »Die Russen, die Flucht – es … es ist nicht folgenlos geblieben. Otti war schwanger. Nun, das Kind hat sie verloren, doch es gibt eine Entzündung im Unterleib. Sie hat Fieber. Sie ist so schwach. So dünn … Ohne Penicillin schafft sie es nicht, dann ist der Junge Vollwaise. Wir haben schon alles verloren, unsere Heimat, das Baby auf der Flucht und jetzt auch noch Otti? Das stehen wir einfach nicht durch.«

»O Lord«, stieß der Major hervor, stand auf und ging ein paar Schritte im Zimmer umher.

Netti wagte nicht, noch einen Ton von sich zu geben. Sie erkannte an seiner Reaktion, dass es ihn nicht kaltließ, und Hoffnung keimte in ihr. Der Mann hatte ein Herz. Ob er seine strikten Grundsätze und Regeln aufweichen würde, um ihr zu helfen? Sicher hätte er auch jemanden fragen müssen … Nein. Das ging nicht. Sie ahnte es.

»Es tut mir leid, ich hätte Sie damit nicht belästigen dürfen. Vielleicht schafft sie es ja auch so. Sie war immer bei guter Gesundheit, früher … Ich … mache Frühstück für Sie.«

Netti blickte nicht auf, sie verließ das Arbeitszimmer wie ein geprügelter Hund und verschanzte sich sogleich hinter dem Herd.

»Miss Schlewitz?«

Sie schreckte auf. Sie hatte ihn wieder einmal nicht kommen gehört, weil sie in Gedanken versunken war. Und im Gebet. Gott war der Einzige, der Otti noch zur Seite stehen konnte. »Ja?«

»Ich werde sehen, was ich tun kann, aber versprechen kann ich nichts.«

Ein Stein fiel ihr vom Herzen. Sie ließ den Rührlöffel in die Pfanne mit dem Ei fallen, rannte zu ihm und umarmte ihn. Er roch frisch und würzig und war stark wie ein Fels in der Brandung. Erst nach dem zweiten Atemzug merkte sie, was sie da machte.

Entsetzt trat sie zurück, ihr Gesicht brannte. »Ich habe mich vergessen«, wisperte sie und schaute auf ihre Füße. »Wird nicht mehr vorkommen.«

Der Major hob ihr Kinn mit einem Finger an und zwang sie so, ihn anzusehen. »Wenn alle so wären wie Sie, gäbe es keinen Krieg auf dieser Erde. Sie sind nicht von Hass geprägt, sondern sehen lieber das Gute. Deshalb helfe ich Ihnen, obwohl ich

Ihre Schwägerin nicht kenne. Ich vertraue Ihnen, Netti. Das ist der Grund, warum ich versuchen werde, dieses Penicillin für Sie aufzutreiben.«

Dann marschierte er davon.

Zum ersten Mal hatte er ihren Vornamen ausgesprochen.

Eine Gänsehaut überzog ihren ganzen Körper, ihre Knie gaben unter ihr nach und sie musste sich setzen. Er wollte ihr helfen?

Er vertraute ihr?

Gerade wusste sie nicht, worüber sie sich mehr freuen sollte.

Doch, natürlich. Dass Otti gesund wurde, war das Wichtigste.

Aber da war noch mehr.

Netti fasste sich an die Brust. Ihr Herz flatterte.

Wie konnte das sein?

O Gott!

Sie hatte romantische *Gefühle* für den Major entwickelt.

Netti schlug sich die Hände vor das Gesicht. Das war unmöglich. Nun, vielleicht nicht.

Er hatte alles, was sie an einem Mann mochte. Intelligenz, Bildung und Ehre im Leib.

Doch es war verboten, dass sie so fühlte. Und sie würde alles daransetzen, dass er niemals davon erfuhr.

* * *

Noch am selben Abend war ein Kübelwagen auf dem Hof vorgefahren und zwei Squaddies hatten Medizin für Otti gebracht. Nach weiteren sieben Tagen voller Bangen und Beten war die Schwägerin über den Berg. Sie bestand nur noch aus Haut und Knochen, aber es ging aufwärts. Netti saß neben Ottis Strohsack und fütterte sie mit einer dünnen Suppe, in der ein paar einsame Fleischbrocken schwammen. Bisamratte war essbar, das hatten sie mittlerweile herausgefunden, und sie schmeckte gar nicht mal so schlecht. Helmut war nicht nur gut darin, Dinge zu organisieren, er hatte auch Talent zum Jagen. Dank einer selbst gebauten Falle hatte er schon so einiges Getier angeschleppt, gestern war es besagte Bisamratte gewesen.

»Noch einen Löffel«, bat Netti ihre Schwägerin, der schon der Schweiß auf der Stirn stand.

»Später«, gab sie matt zurück und ließ sich zurücksinken.

»Na gut, kommst du zurecht? Ich muss gleich wieder los. Heute ist Waschtag, wenn ich das nicht zeitig erledige, wird die Wäsche nicht mehr trocken.«

Netti war nach Erledigen ihrer morgendlichen Aufgaben in der Villa noch einmal nach Oedeme gelaufen, um nach Otti zu sehen. Ihre Mutter hatte für ein paar Tage Arbeit bei benachbarten Bauern gefunden und würde erst spät zurück sein. Es hatte sich herumgesprochen, dass Lise aus Ostpreußen kompetent und fleißig auf dem Feld war, und helfende Hände wurden überall gebraucht. Als Lohn gab es kein Geld, aber Mettwurst, Einmachgläser mit Obst und Gemüse, und gestern hatte sie auch etwas Mehl und Gänseschmalz bekommen. Zudem hatten sie aus Rüben etwas Sirup gekocht; es waren wieder welche »vom Laster gefallen«, wie Helmut immer erklärte, wenn man ihn fragte, wo seine »Schätze« herkamen.

Netti strich Otti über die Stirn. »Ruh dich aus, das wird schon wieder.«

»Danke, dass ihr euch um mich kümmert; ich weiß, dass es nicht leicht ist«, krächzte Otti, ihre Stimme klang wie ein Reibeisen. »Aber der da oben wollte mich noch nicht.«

Netti war überrascht. Selten antwortete ihre Schwägerin überhaupt, und so viel hatte sie schon lange nicht mehr gesprochen. »Du hast Glück gehabt.«

Dass ihr Glück hauptsächlich in den Händen des Majors gelegen hatte, behielt Netti für sich. Sie war ihm unendlich dankbar für seine Hilfe. In den vergangenen Tagen war er jedoch noch verschlossener gewesen als sonst. Vielleicht war es besser so; so konnte sie sich nicht in irgendetwas verrennen, was sie um Kopf und Kragen gebracht hätte.

Denn natürlich hatte Netti schon mitbekommen, dass viele junge Frauen an den Armen von Soldaten durch die Stadt flanierten, obwohl es verboten war. Die Wirtshäuser in der Stadt waren allesamt von Briten besetzt, dort wurde Musik gespielt und getanzt – deutsche Männer waren nicht erlaubt. Netti hörte auch, was man über diese Frauen tuschelte. Das war nichts Gutes. Dabei konnte sie nachvollziehen, dass die Frauen sich von den Briten angezogen fühlten – ihr ging es ja ebenso. Die Engländer hatten Leben in den Augen, nicht diesen toten, starren Blick, mit dem die meisten Deutschen trüb aus der Wäsche guckten. Als Verlierer hatte man gerade wenig Spaß im eigenen Land; das war bitter, auch wenn die Schuld am Krieg selbstverständlich auf jedem Einzelnen lastete. Hitler hatte sich den ganzen Quatsch ja schließlich nicht allein ausgedacht.

»Ja. Glück. Ich habe gespürt, wie es wäre, wenn ich nachgebe, wenn ich *wirklich* aufgebe, Netti. Aber der da oben hat mich nicht haben wollen, hat mir gesagt, dass Helmut mich braucht, und für den Buben will ich da sein.«

Netti schluchzte auf. »Du hast keine Ahnung, wie sehr ich mich darüber freue, Otti. Wir helfen dir auf die Beine; jetzt werde erst mal gesund.«

Konnte es wirklich sein, dass ihr dieses schlimme Erlebnis einen neuen Weg aufzeigte? Netti war froh; sie hinterfragte Ottis Aussagen nicht, hoffte nur inständig, dass Otti es wirklich so meinte. Dass die Schwägerin aus ihrer Schwermut, die sie in den letzten Monaten niedergedrückt hatte, erwachte und das Gute im Leben wieder sehen konnte, war alles, was sie sich für sie wünschte – und dass Gerd wiederkam. Aber das behielt sie für sich, denn so wie es im Moment ausschaute, war alles, was ihnen von ihm geblieben war, die Erinnerung. »Bis nachher, Otti.« Netti stellte den Blechnapf zur Seite. »Iss noch was von der Suppe, ja?«

»Ich versuche es. Später. Ich muss kurz die Augen zumachen.«

Netti nickte und stand auf. Sie verließ den Verschlag und nahm die Treppe nach unten in den Hof. Es war herrlich sonnig und sehr warm an diesem frühen Junitag. Ach, wie schön es jetzt gewesen wäre, ein wenig mit den Füßen im Bach zu waten. Aber sie hatte keine Zeit dafür; vielleicht später, wenn sie zurückkam. Dann würde es aber dunkel sein, und in der Nacht musste man noch immer Vorsicht walten lassen. Sie schob die Sehnsucht nach ein bisschen Freiheit beiseite. Irgendwann würde sie wieder die Möglichkeit haben, etwas für sich zu tun. Jetzt hatte anderes Vorrang.

»Psst«, rief jemand.

Sie blickte sich um.

»Hier drüben!«, ertönte die Stimme noch einmal.

Schließlich entdeckte Netti Walter; er stand hinter dem Stall und winkte ihr zu. Was will der denn, dachte sie und lief in seine Richtung.

Sie brauchte nicht zu fragen; als sie ums Gebäude herumkam, sah sie es schon. In eine Holzkiste hatte Walter Bettwäsche, einen Topf, Besteck und zwei Pullover hineingelegt.

»Hier, mehr konnte ich noch nicht auftreiben. Aber vielleicht hilft euch das ja.«

Nettis Augen brannten vor Rührung, und sie unterdrückte den Impuls, Walter vor Dankbarkeit um den Hals zu fallen. Sie wusste, dass seine Hilfe von Herzen kam; umso mehr freute sie sich darüber.

»Oh, ganz bestimmt. Die Pullover trennen wir auf, dann können wir was für den Herbst stricken! Tausend Dank.« Stricknadeln würde sie vielleicht auf dem Schwarzmarkt auftreiben können. Oder Helmut – der war mittlerweile Experte auf dem Gebiet.

Walter nickte ihr zu. Er war immer noch mager, die Hosen schlotterten um seine langen Beine. »Keine Ursache. Das mach ich gern. Ich sehe doch, wie ihr hausen müsst. Das tut mir leid. Aber ins Haus könnt ihr nicht kommen.«

»Ja, das verstehe ich schon.« Netti hatte einen gewissen Unterton in Walters Stimme vernommen. Wollte er ihr noch etwas mitteilen? Dass vielleicht mehr möglich wäre, wenn … wenn was?

Sie hielt ihn für einen anständigen Burschen. Wenn er sie hätte belästigen wollen, dann hätte er das längst getan. Heute war der Gedanke, dass sie ihm das zugetraut hatte, absurd, denn mittlerweile wusste Netti, dass Walter nur helfen wollte, weil er ein gutmütiger Mann war, der bereit war zu geben, selbst wenn es nicht viel war, was er teilen konnte. »Wie war das eigentlich, warst du in der Partei?«, wollte sie trotzdem wissen.

Walter mochte jetzt vielleicht nett sein, aber im Grunde kannte sie ihn nicht. Er hatte möglicherweise schlimme Sachen getan, auch wenn sie ihm eigentlich keine Gräueltaten zutraute.

Netti hatte Schreckliches über die Verbrechen der Nazis aufgeschnappt. Jakob Davidsson war hin und wieder beim Major; die beiden gaben sich keine Mühe, leise zu sein, wenn sie über Jakobs Verhöre sprachen. Netti erschauderte und schob diesen Horror von sich.

»Ich war in der Hitlerjugend, daran kam man nicht vorbei, aber nicht in der Partei«, gab Walter zu.

Sie wusste, dass das stimmte. Sie selbst war auch beim Bund Deutscher Mädel gewesen und hatte die Uniform getragen. »Und jetzt?«, hakte Netti nach.

Es war eine Sache, zwangsweise in einem Verein zu sein, aber eine andere, auch heute noch an die Ideologie der Nazis zu glauben. Das hatte Netti mittlerweile gelernt zu unterscheiden.

Fanatiker gab es auch heute noch zu viele. Wenn Walter einer von denen war, würde sie sich in Acht nehmen. Sie glaubte es zwar nicht, aber manchmal konnten Leute einen auf den ersten Blick ja auch täuschen. Sie hatte zu viel gesehen, um fortan noch blauäugig durchs Leben zu gehen. Einem Mörder wollte sie nichts schuldig sein.

Walter zuckte die Schultern, sein Blick wurde bitter. »Ich habe nie mitgemacht bei komischen Aktionen, wenn du das meinst. Aber ich wollte für mein Vaterland da sein. Was die wirklich gemacht haben, habe ich erst später begriffen. Wir Idioten haben unsere Köpfe hingehalten und unsere Gesundheit ruiniert für diese Schweine.« Er presste die Lippen aufeinander und starrte finster zu Boden.

Das genügte Netti. Sie glaubte ihm. Sie war erleichterter darüber, als sie zugeben wollte. »Ich … ich bin froh, dass du das sagst. Danke, dass du ehrlich zu mir bist.«

»Mit Lügen kommt man nicht weit, schon gar nicht, wenn man ein Krüppel ist wie ich.«

»Sag doch so was nicht.« Netti wollte ihn umarmen, gab aber dem Impuls nicht nach.

»Weißt du, was mir an dir am meisten gefällt?«

Netti hob eine Braue. »Nein?«

»Dass du mich nicht anschaust, als wäre ich zu nichts mehr nütze. Du hast kein Mitleid mit mir. Das fühlt sich gut an. Die anderen sehen nur meine Krücken, mein steifes Bein. Du siehst den Menschen in mir. Das tust du auch bei anderen. Das gefällt mir. So, und jetzt lasse ich dich gehen, du musst sicher los.«

Netti war überrascht. Walter mischte sich nicht in ihre Angelegenheiten, aber er hatte natürlich von ihren Arbeitszeiten etwas mitbekommen. Wenn man so dicht beieinander wohnte, blieb wenig verborgen.

»Danke noch mal«, flüsterte Netti, strich ihm über den Arm und trat zurück. Dann huschte sie mit der gut gefüllten

Kiste hinein. Als sie wenig später über den Hof eilte, um nicht zu spät zur Arbeit zu kommen, traf sie auf die Bäuerin. Die stand am Gartenzaun und zupfte Unkraut heraus.

»Ich sehe doch, was du machst«, zischte Frau Tiedtke.

»Ich verstehe nicht, was Sie meinen.«

»Machst meinem Jungen schöne Augen. Aber nicht nur dem.«

Nettis Mund klappte auf. Was wollte diese Person damit sagen? Dass sie freiwillig die Beine für mehrere Männer breit machte? Sie hatte auf der Flucht genug mit ansehen müssen. Sie wusste, was es hieß, wenn ein Mann mit einer Frau zusammen war. Sie wusste, was die Männer von ihr wollten und wie das aussah – aber *freiwillig*? Wut schnürte Netti die Kehle zu. Sie musste sich beherrschen. Sich von der Alten provozieren zu lassen, konnte ihre Lage auf dem Hof nur verschlimmern. Es fiel ihr so schwer wie selten zuvor in ihrem Leben, aber sie lächelte. »Sie irren sich, Frau Tiedtke. Ich wünsche Ihnen einen schönen Tag.«

»Keinen Funken Anstand im mageren Leib. Aber Ihre Tommys werden Sie nicht auf die Insel mitnehmen. Sie mögen sie vielleicht jetzt in ihr Bett einladen und ihnen teure Pillen besorgen, aber geheiratet wird dann zu Hause. Gebrauchte Frauen nehmen die nicht. Und dass die aus dem Osten schon viele Russen über sich hatten, weiß jeder.«

Netti erstarrte. Dann sah sie rot. Sie trat an Frau Tiedtke heran und war kurz davor, ihr doch noch eine schallende Ohrfeige zu verpassen. O wie gern hätte sie das getan, aber ihr Verstand siegte über den Impuls nach Vergeltung. Auge um Auge hatte noch nie zu Frieden geführt – und das war es, was sie sich für ihr Zusammenleben wünschte. Was sie brauchte, denn sie konnte nicht immerzu kämpfen. »Nur meine gute Erziehung hält mich davon ab, Ihnen das fiese Maul zu stopfen.« So ganz hatte sie sich doch nicht im Griff, zumindest verbal *musste* sie austeilen. »Und der Respekt für Ihren Sohn lässt mich Nachsicht mit Ihnen haben. Walter haben Sie gar nicht verdient. Mein Mitleid ist Ihnen gewiss, denn jemand wie Sie wird einsam und verbittert sterben. So will ich nicht sein und auch nicht werden. Auf Wiedersehen, Frau Tiedtke.«

Damit rauschte Netti vom Hof. Sie benötigte heute sogar fünf Minuten weniger als sonst zu ihrer Arbeitsstelle in der Villa. So rasch hatte sie die Wäsche noch nie gewaschen wie heute. Sie ließ ihre ganze Wut an der alten Rubbel im Keller über der Zinkwanne aus und scheuerte dann auch noch die Böden im Erdgeschoss, bis ihre Finger rissig und wund waren. Erst danach fühlte sie, wie ihr Zorn langsam verebbte.

Kapitel 17

Juni 1993, Lüneburg

Johanna saß bei Rike im Atelier. Die Passbilder waren schön geworden. Jetzt musste sie nur noch die Bewerbung abschicken. Den Umschlag samt Bewerbungsschreiben und Zeugniskopien hatte sie in der Tasche. Nachdem sie ein bisschen mit ihrer Freundin geplaudert hatte, kam sie auf das alte Foto zu sprechen.

»Ich habe meinen Chef gefragt«, erklärte Rike dazu. »Wir können uns mal im Archiv umsehen. Er hat mir aber wenig Hoffnung gemacht, dass wir da wirklich was finden. Die Bilder sind zwar beschriftet, aber zu der Zeit waren Tausende Tommys in der Stadt. Wir suchen die berühmte Nadel im Heuhaufen.«

»Ja, das weiß ich. Jakob Davidsson heißt der Mann übrigens, ich habe vorhin kurz noch mal in die Blechdose geschaut. Er hat Oma immer wieder Postkarten geschickt, mit kurzen Grüßen, bis es in den Sechzigern aufhörte.«

»Weißt du, was da passiert ist?«

»Nein, natürlich nicht. Und Oma werde ich bestimmt *nicht* noch mal auf ihn ansprechen; als ich das gestern bei der Kaffeetafel gemacht habe, dachte ich, sie bekommt gleich einen Herzinfarkt.«

»Deine Oma doch nicht!«

»Oh, du hast sie nicht gesehen. Sie war völlig verstört und ist in die Küche verschwunden.«

»Oje, das klingt nicht gut. Bist du denn sicher, dass du überhaupt weiter in diesem Wespennest stochern willst?«

Johanna war froh, dass sie dieses Gespräch mit Rike führen konnte, dass sie beide in so kurzer Zeit wieder zu ihrem alten Vertrauen zurückgefunden hatten.

»Was, wenn dieser Jakob der Vater meiner Mutter ist, somit auch mein Opa? Also Zweitopa natürlich! Opa Walter *ist* mein Opa, daran würde sich nichts ändern, aber … Gott, merkst du, wie kompliziert das werden kann? Das könnte ich meiner Oma niemals antun.«

Rike nickte, ihre Miene spiegelte einerseits Sorge, andererseits Neugierde. »Eben! Nicht umsonst sagen viele, dass man die Vergangenheit ruhen lassen soll. Ich wäre trotzdem dafür, dass wir ein wenig nachforschen.«

Johanna war mulmig dabei, aber es gab auch noch andere Aspekte bei dieser Sache, die sie nicht einfach beiseitewischen konnte oder wollte. »Ja, nun bin ich schon hier, lass uns doch mal gucken. Sollte es so sein, gibt es auch Leute, die ein Recht auf die Wahrheit hätten. Wir finden bestimmt sowieso nichts. Langsam entwickele ich mich zu einer halben Historikerin«, scherzte sie und lachte nervös.

»Inwiefern?«, wollte Rike wissen und schob Johanna die Treppe nach oben zum Archiv.

»Gestern war ich bei Paul, um meine Bewerbung zu tippen, und wir haben zusammen auf dem Dachboden was von seiner Oma gesucht. In altem Kram zu forschen, macht irgendwie Spaß, obwohl es auch Furcht einflößend ist. Aber aufhören kann ich jetzt nicht, jetzt muss ich es wissen, es ist schließlich auch mein Leben, das davon betroffen wäre.«

Rike ging nicht auf den letzten Kommentar ein. »Du warst bei Paul? Aha!« Rikes Augen funkelten interessiert.

»Was aha?« Johanna wurde warm.

»Da läuft doch was!« Es war keine Frage, sondern eine Feststellung.

»Nein, da läuft nichts«, widersprach Johanna sofort.

»Na, wenn du es sagst …« Rike zog ein paar Kisten hervor und öffnete die Deckel. »Das sind die Jahre 1945 und 1946. Guck!«

Johanna dachte an den Kuss, den sie mit Paul geteilt hatte. Sie wollte Rike nach allem, was sie ihr angetan hatte, nicht belügen. Zwar lief wirklich nichts mit Paul, was aber nicht hieß, dass sie nicht ständig an ihn dachte. Johanna wollte ihr Leben nur nicht noch komplizierter machen, als es gerade ohnehin schon war. »Okay, wir haben uns geküsst«, gab sie schließlich zu.

Rike ließ den Deckel fallen. »Und das sagst du mir jetzt erst?«

Johanna grinste schief. »Es war nur ein ganz kurzer Minikuss!«

»Du musst mir alles erzählen!«

Johanna seufzte und hob hilflos die Arme. »Das war es im Prinzip schon. Samstag sind wir uns nach dem Fest auf dem Hof begegnet, er war wohl noch mal bei Jupiter – warum auch immer. Ja, und da ist es passiert.«

Rike guckte irritiert. »Wie passiert? Ich brauche Details!«

»Er hat mich gefragt, ob ich mir vorstellen könnte, ihn zu küssen, und dann hab ich es einfach getan.«

Rike zögerte, dann lachte sie. »O Mann, das ist so typisch Paul. Der war früher schon in dich verschossen.«

»Im Leben nicht.« Johannas Herz schlug schneller. Hatte sie nicht auch hin und wieder an ihn gedacht? Doch, das hatte sie. Aber sie war vergeben gewesen, und *danach*? Da war nichts mehr gewesen wie zuvor …

»O doch. Und wie. Aber er war zu schüchtern; außerdem warst du ja mit Ralf zusammen, das hat er respektiert, weil er kein Arschloch ist, das seine Freunde hintergeht«, meinte Rike und riss Johanna aus ihren düsteren Erinnerungen.

»Du musst dich irren«, wandte sie ein.

»Nein, da bin ich mir sicher! Und am Samstag habe ich es auch gespürt, da ist was zwischen euch. Und du sagst ja auch, du hast ihn geküsst, also habe ich recht. Oder?«

»Ja, aber es war wirklich nur flüchtig. Es hat nichts bedeutet.« Gott, wem wollte sie da eigentlich etwas vormachen? Johanna verzog die Lippen.

»Wie war er?« Rike grinste breit.

Johanna erinnerte sich an die federleichte Berührung, die wirklich viel zu kurz gewesen war. Sie seufzte leise. »Ich weiß nicht.« Sie konnte die Empfindungen einfach nicht in Worte fassen. Es war alles zu verwirrend.

Rike tippte ihr auf die Brust. »Aber ich weiß es! Nachtigall, ick hör dir trapsen«, trällerte sie. »Da ist was im Busch.«

»Du bist verrückt.«

»Mensch, das wäre doch schön! Ihr beide zusammen? Ihr wärt ein tolles Paar.«

»Moment mal.« Johanna hob abwehrend eine Hand, um Rikes Träumereien zu unterbrechen. »Es war *ein* Kuss, seitdem war nichts zwischen uns. Er hat es nicht noch einmal angesprochen, und es ist seitdem nichts passiert.«

»Ich sage doch, er ist schüchtern. Du musst aktiv werden. Außerdem ist es erst zwei Tage her, und du tust so, als wäre es eine Ewigkeit. Los, ran an den Mann!«

»O nein, Rike! Ich habe hier eine Bewerbung in der Tasche, fürs Ausland.« Sie hatten vorher schon kurz darüber gesprochen.

Rike war zwar traurig, dass Johanna womöglich schon bald wieder fort wäre, aber sie verstand ihre Beweggründe.

»Willst du denn wirklich wieder weg?«, hakte Rike noch einmal nach.

Johanna hatte keine Ahnung. Zweifel überkamen sie. »Gerade eigentlich nicht – aber ich kann nicht für immer bei Oma wohnen.«

»Paul hat genug Platz.« Sie wackelte anzüglich mit den Augenbrauen. »Er hat ein ganzes Haus für sich …«

»Mach mal langsam, Rike. Du fantasierst.«

»Ja, oder du bist zu pessimistisch.«

»Dafür habe ich meine Gründe. In der Vergangenheit habe ich mir ständig die Falschen ausgesucht. Ich will nicht schon wieder einen großen Fehler machen.«

»Du weißt, dass Paul kein Arschloch ist, im Gegenteil. Er ist der loyalste Mensch, den ich kenne.«

»Ja, das ist er.«

»Aber?«

Johanna seufzte. »Ich weiß nicht. Mein Leben ist ein einziges Chaos; ich finde, er hat mehr verdient als das. Mehr als mich.«

»So ein Unsinn. Wo die Liebe hinfällt!«

»Hast du noch mehr so blöde Sprüche drauf?«

Rike legte sich einen Finger an die Lippen. »Warte, lass mich überlegen …« Sie lachte und Johanna ebenso.

»Nee, komm. Lass uns lieber Bilder suchen, okay? Ich will nicht über Paul reden, denn da ist nichts …«

»Na gut! Aber wenn es was Neues gibt, rufst du mich sofort an!«

In der darauffolgenden halben Stunde sprachen sie wenig miteinander und suchten konzentriert. Es war mühsam; die meisten Bilder waren nicht beschriftet, einige schon.

»Guck mal, hier ist ein Gruppenfoto.« Rike hielt eine Aufnahme hoch, die Negative dazu waren in einem Fotoumschlag. »Da stehen auch die Namen drauf.«

»Gib her!« Johanna riss es Rike aus der Hand.

»Da! Da ist er, Jakob Davidsson.« Rike tippte auf das Bild, sie hatten ihre Köpfe zusammengesteckt.

»Hä?«, stieß Johanna hervor. »Wo?«

»Na da? Der Blonde. Was ist?«

»Das ist er nicht.«

»Was?« Rike schaute verwirrt.

»Das ist nicht der Mann von Omas Foto.«

»Nicht? Aber nach diesen Unterlagen ist genau dieser Mann Jakob Davidsson.«

Johanna schaute sich die anderen Gesichter an. »Nein! *Er* ist es. Sieh mal. ›Alan Thompson‹ steht darunter. Wer ist das denn nun wieder? Was ist jetzt richtig und was falsch?«

Rike seufzte. »Ich fürchte, dass du deine Oma fragen musst, wenn du Antworten möchtest. Oder du lässt es auf sich beruhen.«

»Kann ich das Foto haben?« Johanna wollte die Wahrheit über ihre Herkunft erfahren, aber die Furcht, Oma zu sehr zu bedrängen, ließ sie zögern.

»Ich mache dir einen Abzug, okay?«

»Ja, auf ein paar Tage kommt es ohnehin nicht mehr an. Danke.« Johanna umarmte Rike. Vielleicht hatte sie sich bis dahin ja auch entschieden, ob sie das Thema ruhen lassen oder doch Oma vorsichtig befragen wollte.

Kurz darauf verließ Johanna das Fotoatelier. Sie war ratlos und keinen Deut schlauer als zuvor. Warum hatte Oma Postkarten von einem Mann und ein Foto von einem anderen über all die Jahre aufgehoben? Mehrere Liebhaber traute sie ihr nicht zu.

Was bedeutete das alles dann? Oder war es wirklich, wie sie gesagt hatte, nicht wichtig?

Das wiederum konnte Johanna sich nicht vorstellen.

Johanna blieb vor dem nächsten Briefkasten stehen, dann warf sie ihre Bewerbung hinein. Leider stellte sich nicht das Hochgefühl bei ihr ein, das sie erwartet hatte. Vielmehr überfielen sie Zweifel, ob sie das Richtige tat.

Aber was war die Alternative? Sich auf dem Arbeitsamt in Lüneburg zu melden? Sich hier zu bewerben? Nein, das konnte sie sich nicht vorstellen. Am Ende wäre sie beim Vater in der Praxis als Mädchen für alles gelandet. Schon der Gedanke daran raubte ihr die Luft zum Atmen.

Johanna seufzte und kaufte sich zwei Kugeln Schokoladeneis, die sie in der Sonne auf einer Bank schlecken wollte, die auf dem Platz Am Sande stand. Vielleicht konnte das ja ihre Stimmung ein wenig heben.

* * *

Es war früher Abend, als Johanna den Rosenhof erreichte. Die tief stehende Sonne warf lange Schatten über den Hof. Johanna schob Omas Rad in den Schuppen.

»Hallo, Opa«, rief sie.

Er war mit einer Schubkarre in der Stallgasse und füllte Heu in die Raufen. Jupiters Box war leer. Johanna bekam einen Schreck; kurz glaubte sie, dass Paul den Hengst womöglich doch weggebracht hatte. Dann beruhigte sie sich, er war sicher nur ausreiten.

»Hallo, Johanna! Gleich gibt es Abendbrot. Geh ruhig schon rein und sag Oma, dass ich in ein paar Minuten auch da bin.«

»Soll ich dir noch was helfen?«

»Ach was, das schaff ich schon.«

Sie zögerte.

»Ist noch was?« Er hatte es natürlich bemerkt.

Sie lächelte verlegen. »Du kanntest Pauls Oma doch ganz gut, oder?«

Opa stützte sich auf seine Heugabel und schaute Johanna mit einem Stirnrunzeln an. »Ja, sicher. So groß ist Oedeme nun auch wieder nicht. Warum?«

»Ich habe nur an die Trakehner gedacht. Pauls Oma hatte eine Kavallerie-Ausbildung und hat selbst auch ausgebildet, in Ostpreußen.«

»Ja, das weiß ich; wir haben oft über Pferde und die Ausbildung gefachsimpelt. Das waren schöne Zeiten, ich erinnere mich gern daran. Wie kommst du jetzt darauf?«

Sie spürte seine Ungeduld, aber fand einfach nicht die richtigen Worte. »Bevor sie gestorben ist …«

Weiter kam Johanna nicht, weil Jupiter im strammen Galopp auf den Hof raste.

Ohne Reiter.

Johannas Herz blieb für einen Moment stehen. »O mein Gott! Paul!«

Dann rannte sie los und rief Opa über die Schulter zu: »Nimm du den Hengst, ich suche Paul!«

»Schau hinten bei den Kartoffeläckern, da reitet er meist lang«, brüllte Opa ihr hinterher.

Johanna hörte die Worte gerade noch; sie war bereits unterwegs und lief, so schnell sie konnte. Hoffentlich war nichts Schlimmes passiert.

Verdammt!

Vor ihrem inneren Auge sah sie immer wieder Paul, wie er mit einer blutenden Kopfverletzung auf dem Waldboden lag. Sie dachte an jene furchtbare Nacht zurück, und Erinnerungen blitzten in ihrem Kopf auf. Johanna machte sich schreckliche Sorgen. Sie wurde diese Bilder einfach nicht los. Ihre Lungen brannten, ihre Oberschenkel auch, aber sie ignorierte es und lief noch ein wenig schneller.

Sie war bereits den halben Kartoffelacker entlanggesprintet, als sie in der Ferne etwas sah, das sich bewegte. Sie war zu weit weg, um Genaueres zu erkennen.

Johanna war kurz vor einem Zusammenbruch, aber sie konnte jetzt nicht aufgeben. Sie verfluchte ihre Faulheit, was Sport in den letzten Monaten betraf. Sie war völlig außer Form. Aber daran durfte ihre Hilfe nicht scheitern.

Jetzt erkannte sie, dass es sich tatsächlich um einen Mann handelte.

Paul?

Sie hatte Seitenstechen und bekam kaum noch Luft.

Doch. Er war es.

»Paul!«, schrie sie und verlangsamte ihr Tempo.

Mist! Sie war echt am Ende.

Schwer atmend hielt sie sich die Seiten und pfiff wie eine Dampflok. »O Gott, Paul«, schrie sie noch mal in seine Richtung. »Bist du in Ordnung?«

Endlich war er in Hörweite. »Johanna?«

Sie liefen aufeinander zu, und Johanna warf sich ihm an den Hals. »Ich habe gedacht, du wärst tot oder so was.« Sie hielt ihn eng umschlungen, ihr Ohr ruhte an seiner Brust. Sein Herz schlug schnell.

»Autsch«, stieß er hervor.

Sie ließ ihn abrupt los. »Du bist verletzt!«

»Ja, aber das ist nicht von heute.« Er hob sein Shirt an und entblößte einen riesigen Bluterguss an den Rippen.

»Ach du grüne Neune! Was ist das denn?«

Er grinste schief. »Du bist doch die Krankenschwester, erklär es mir.«

Wenn er schon wieder scherzen konnte, war es wohl nicht so schlimm. »Mensch, Paul! Ich bin gerade fast gestorben vor

Sorge um dich. Als Jupiter auf den Hof galoppiert kam, dachte ich, es wäre was richtig Schlimmes passiert.«

»Hätte es dir denn etwas ausgemacht?« Er lächelte, und seine Augen strahlten so viel Wärme aus, dass Johanna ganz schwindelig wurde.

Sie bekam immer noch schlecht Luft, gerade schien es, als ob sich der Sauerstoff noch mehr verflüchtigte. »Natürlich hätte es mir was ausgemacht, was denkst du denn? Was war denn los?«

Pauls Lächeln erstarb. Er schüttelte den Kopf. »Ich verstehe es einfach nicht. Alles war gut, ich bin am Bachlauf abgestiegen, um ihn trinken zu lassen, da hat er sich losgerissen und ist abgedampft. Einfach so. Aus heiterem Himmel.«

Johanna wischte sich den Schweiß von der Stirn. Sie wusste auch nicht, was sie dazu sagen sollte. »Komm, wir gehen erst mal zurück. Und der Bluterguss? Wo kommt der her?«

»Den hat Jupiter mir vor ein paar Tagen verpasst. Nicht der Rede wert.«

»Doch, das ist es. Was, wenn er nicht die Rippen, sondern Hals oder Kopf getroffen hätte?«

»Hat er aber nicht. Willst du mir jetzt auch noch sagen, dass ich ihn loswerden muss?«

»Nein, aber eine Lösung muss her! So geht's nicht weiter.«

»Das ist mir klar. Aber woher nehmen und nicht stehlen?«

»Wir finden schon was. Vorhin habe ich gerade mit Opa über deine Oma geredet … aber dann kam Jupiter auf den Hof und natürlich bin ich erst einmal losgerannt, um dich zu finden. Es hätte ja sonst was passiert sein können.«

Während sie zurückgingen, sprachen sie nicht viel. Jeder war in seine eigenen Gedanken versunken. Auf dem Hof angekommen, fanden sie zum Glück keinen Krankenwagen mit Blaulicht vor, den sie wieder hätten wegschicken müssen. Stattdessen war Jupiter abgesattelt und steckte den Kopf aus dem Freilauf, den er von seiner Box aus zu erreichen vermochte, als könnte er kein Wässerchen trüben.

»Ein bisschen arschig ist er schon«, meinte Johanna und stupste Paul in die Seite. Sie war unendlich erleichtert, dass ihm nichts passiert war.

»Au!«

»Entschuldige, hab glatt schon wieder vergessen, dass du einen Bluterguss hast. Wieso steigst du mit so einer Verletzung aufs Pferd?«

Er schnitt eine Grimasse. »Weil Indianer eben keinen Schmerz kennen.«

Johanna lachte. »Mein Gott, den Spruch habe ich als Kind auch dauernd gehört.«

Sie traten zu Jupiter. Johanna streichelte den Hengst zwischen den Augen. Sein Fell glänzte herrlich in der Abendsonne. Der vertraute Duft von Pferden und Heu beruhigte ihren immer noch zu schnellen Herzschlag.

»Manchmal wünsche ich mir, ich könnte einfach auf die Pausetaste drücken und das Leben genießen. Als ich in Köln war, habe ich gar nicht gemerkt, wie sehr mir das Landleben gefehlt hat.«

Paul lehnte sich mit den Armen auf die Holzbalken der Umzäunung und blickte zu ihr auf. »Dann tu es doch, bleib noch ein bisschen.«

»Klar, und wovon soll ich leben? Ich kann mich schlecht als Schmarotzer bei meinen Großeltern einnisten.«

Er zuckte die Schultern. »Da würde sich schon was finden.«

Wieder baute sich diese merkwürdige Stimmung zwischen ihnen auf, die Johanna nur als knisternd bezeichnen konnte. Da hatte Rike wirklich einen feinen Riecher gehabt. Johanna leugnete es nicht, sie fühlte sich zu ihm hingezogen, aber es gab so viele Gründe, die dagegensprachen. In ihrem ganzen Leben hatte sie bislang keine einzige wirklich funktionierende

Beziehung geführt. Auch mit Paul würde irgendwas schiefgehen, und dann würde sie ihn auch als Freund verlieren. Das konnte sie sich im Moment einfach nicht vorstellen. Nicht erlauben. Sie sehnte sich nach einer starken Schulter, an die sie sich anlehnen konnte. Das Gefühl war so neu und roh, dass sie selbst erschrak. Johanna wollte gerade etwas Unverbindliches erwidern, als sie Opas und Omas aufgeregte Stimmen hörte.

»Da seid ihr ja!« Oma trug ihre Kittelschürze und das Haarnetz auf dem Kopf; sicher war sie gerade in der Küche zugange gewesen.

Opas Miene war sorgenvoll, entspannte sich aber, je näher die beiden kamen. »Sieht es so aus, als wäre noch alles dran?«, erkundigte Opa sich bei Paul.

Der nickte. »Ja, ist es.«

»Junge, so geht das nicht weiter«, mahnte Opa.

»Das weiß ich«, presste Paul hervor.

Johanna fühlte sich verpflichtet, Paul zur Seite zu stehen. »Sag mal, Opa, kannst du dich vielleicht erinnern, ob Pauls Oma Aufzeichnungen aus ihrer Zeit als Ausbilderin hatte? Das hat sie ja in Lüneburg nicht mehr gemacht, aber wir wissen, dass sie sich weiter mit dem Thema Pferd befasst hat. Nicht, Paul?«

»Ja, genau. Ich habe das ganze Haus durchsucht – aber da war nichts. Vielleicht hat mein Vater alles weggeworfen.«

Walter rieb sich das Kinn. »Aber nein! Er hat ihre Sachen nicht entsorgt, sondern sie hat sie mir gegeben, kurz vor ihrem Tod. Als Johanna mich vorhin nach deiner Oma gefragt hat, ist es mir wieder eingefallen. Seit Jahren habe ich nicht mehr daran gedacht, wir selbst haben ja keine eigenen Pferde mehr, und bisher hat sich auch niemand für das alte Zeug interessiert. Aber es ist noch da. Deine Oma wusste, dass dein Vater nichts damit anfangen konnte, und sie hat deshalb alles mir überlassen.«

»Dann hast du die Sachen also noch?«, fragte Johanna hoffnungsvoll.

»Aber sicher!«, erklärte Opa stolz. »Bei uns kommt nichts weg.«

Oma hakte ein. »Ihr könnt gern nachher darüber reden und den alten Krempel raussuchen, aber jetzt gibt es Abendbrot. Paul, du kannst gern bleiben. Nach der Aufregung brauchst du sicher erst einmal einen Klaren.«

Paul wollte protestieren, Johanna sah es aus dem Augenwinkel an seiner Reaktion. Nach einem Moment zuckte er die Schultern. »Ich bleibe gern, danke für die Einladung.« Dann grinste er Johanna verschmitzt an, und ihr Magen fing an zu kribbeln.

Kapitel 18

Juli 1945, Lüneburg

Otti hatte sich mittlerweile so gut erholt, dass sie leichten Arbeiten auf dem Hof nachgehen konnte. Sie war noch immer in sich gekehrt, aber nahm wieder Anteil am Alltag der Familie. Gerade mistete sie die Ställe nach dem Melken aus, während die Kühe und Pferde auf der gemeinsamen Weide grasten. Es war ein kühler Sommertag; am Vorabend hatte es ein heftiges Gewitter gegeben. Dafür war die Luft heute klar und frisch. In den Wochen zuvor hatten sie schwer gegen die Kartoffelkäfer gekämpft, die dieses Jahr eine besonders schlimme Plage darstellten – als ob man nicht schon genug Sorgen hatte. Davon gab es mehr als genug, auch in Nettis Familie lag noch immer vieles im Argen. Die Hoffnung, vielleicht noch vor dem Winter zurück nach Ostpreußen zu können, begleitete sie, auch wenn derzeit nichts darauf hindeutete. Ein weiteres Thema trieb die kleine Familie außerdem um.

»Wir müssen ihn für tot erklären lassen«, flüsterte Mutter Lise jetzt in Nettis Richtung, obwohl sie allein in ihrer Kammer waren. »Wir brauchen die Kriegswitwenrente, die uns nach seinem Tod zusteht.«

Seit Tagen lag die Mutter ihnen nun schon damit in den Ohren. Zuerst hatten weder Netti noch Otti etwas davon hören wollen. Aber mittlerweile musste Netti zustimmen, dass es nötig war, auch wenn es wehtat.

»Ja, ich fürchte, wir müssen den Tatsachen ins Auge blicken. Gerd ist seit über einem Jahr verschollen – niemand hat etwas von meinem lieben Bruder gehört. Das Rote Kreuz meldet auch nichts auf meine Suchanfragen ... Und die Briefe, die wir in der Zwischenzeit von den Kameraden erhalten haben, sind auch nicht hilfreich. Im Gegenteil. Fritz hat doch auf unser Nachfragen aus der Gefangenschaft mitgeteilt, dass Gerd bei einem Gefecht im Osten verletzt wurde. Sie konnten ihn nicht retten, weil sie so stark unter Beschuss waren.«

Lise hob den Arm und unterbrach ihre Tochter. »Nicht! Ich kann das nicht noch mal hören. Ich will doch nur wissen, was aus meinem Jungen geworden ist«, schluchzte Nettis Mutter und hielt sich eine Ecke ihrer Schürze vor die Augen.

Netti legte ihr eine Hand auf die schmale Schulter. Dies war der Moment, in dem sie alle begriffen, dass sie die Hoffnung auf ein Wiedersehen mit Gerd aufgeben mussten. »Ich weiß, Muttela, es geht mir doch auch so.«

»Aber so schwer sein Los auch gewesen sein mag, wir brauchen heute jeden Pfennig. Und es macht ihn nicht wieder lebendig, wenn wir so tun, als ob er es noch wäre.«

Als ob Netti das nicht gewusst hätte. Trotzdem war es ein unfassbar schwerer Weg, den sie zu beschreiten hatten. Sie hatten kein Grab. Keine Ahnung, wo ihres Bruders letzte Ruhestätte war. Falls man ihm diese letzte Ehre überhaupt erwiesen hatte, woran Netti zweifelte. Doch das behielt sie für sich.

Es gab keinen Ort, an dem sie um Gerd trauern konnten. Dabei wünschten sie sich alle so verzweifelt, er wäre noch am Leben. Mittlerweile glaubte niemand mehr daran, doch diese

Wahrheit zu akzeptieren und anzunehmen war schier unmöglich. Wann hörte dieser Schmerz endlich auf?

Es musste sein, erinnerte Netti sich und nahm Haltung an.

»Gut, wenn Otti einverstanden ist, kann ich sie aufs Amt begleiten. Ich muss natürlich den Major fragen, ob ich ein paar Stunden freibekomme. Gerade ist wieder viel los, alle sind aufgeregt wegen der Wahl drüben in England.«

Sie sah, wie ihre Mutter abschaltete. Lise interessierte sich nicht für das, was gerade anderswo passierte, und Netti konnte das sogar verstehen. Sie drückte ihre Mutter kurz, dann machte sie sich auf den Weg zur Arbeit.

Netti hörte schon bei ihrem Eintreffen, dass der Major hitzig mit jemandem diskutierte. Hin und wieder kam es vor, dass bereits am Morgen Gäste im Haus waren. Kameraden. Häufig war es der Staff Sergeant. Sie hatte mitbekommen, dass seine Frau und er sich kürzlich getrennt hatten. Das war aber sicher nicht der Grund, warum er heute beim Major war.

»Churchill nicht zu wählen, obwohl er die Nazis besiegt hat, ist sehr dumm«, erklärte der Major gerade. Netti hätte seine Stimme unter Hunderten erkannt. »Wie können die Engländer den Mann abwählen, der ihnen den größten Sieg beschert hat?«

»Es ist alles andere als undankbar, mein Freund.«

»Ach, das ist doch nur dummes Geschwätz!«

»Churchill hat keine einzige Reform durchgesetzt. Das Empire braucht Erneuerung.«

»Pah!«

»Wir brauchen keine neue Paranoia. Jetzt, wo der Naziterror endlich Geschichte ist, will Churchill Angst vor dem Sozialismus schüren. Niemand kann diesen Mist ertragen. Außerdem steht Clement Attlee mit seiner Labourpartei für die Schaffung von Arbeitsplätzen und für dringend nötige Veränderungen. Du weißt so gut wie ich, dass das britische Empire pleite ist.«

Netti machte große Augen. Pleite?

»Ich sage dir, es ist eine Dummheit, Churchill jetzt abzusägen!«, gab der Major hitzig zurück.

»Du musst …«

Netti klopfte an den Türrahmen, um auf sich aufmerksam zu machen. Die Männer unterbrachen ihr Gespräch sofort. »Guten Morgen«, sagte sie und spürte, wie sie errötete. Es war ein schlechter Zeitpunkt für ihr Eintreffen, aber sie hatte das Gefühl, die beiden müssten wissen, dass sie nicht mehr allein im Haus waren.

»Ahhh, Miss Courage, wie schön, Sie zu sehen.« Jakob stand auf und nickte ihr höflich zu, ohne ihr jedoch die Hand zu schütteln.

Der Major schaute sie stumm an, endlich grüßte auch er. Netti wurde nicht schlau aus ihm. »Guten Morgen«, gab er von sich, und beim sonoren Klang seiner Stimme jagte gegen ihren Willen ein Schauer an ihrer Wirbelsäule entlang.

»Darf ich für Sie beide Frühstück herrichten?«, erkundigte sie sich nach einem Räuspern. Ihre Hände hatte sie vor dem Bauch gefaltet.

»Machen Sie das«, brummte der Major ungeduldig. »Wir haben hier noch zu tun.«

Netti ärgerte sich, dass er so schroff reagierte. Der Staff Sergeant hingegen lächelte. »Nehmen Sie es meinem Kameraden nicht übel, Miss Courage. Alan ist ein schlechter Verlierer.«

Netti wusste nichts zu erwidern, in solchen Fällen war es besser zu schweigen.

Jakob fuhr fort: »Unsere Arbeit ist manchmal frustrierend, doch das soll keine Entschuldigung sein. Mich hat sie sogar die Ehefrau gekostet. Die Gute hat erst jetzt begriffen, dass ich tatsächlich mal Deutscher war … Ich bin hier geboren, ich bin mit denselben Werten wie andere auf deutschem Boden aufgewachsen. All das hat sich erst geändert, als ich nicht mehr der sein durfte, der ich bin. Als Jude hattest du in Deutschland nichts mehr zu suchen. Ich bin vielleicht auf dem Papier kein Deutscher mehr, aber in meinem Herzen werde ich immer auch ein bisschen deutsch bleiben, egal, was man mir oder meiner Familie angetan hat. Hass bringt keinen zurück. Nur Vergebung lässt mich selbst Frieden finden. Das ergibt vielleicht für niemanden außer mir einen Sinn, aber es ist so. Meine Herkunft ist ein Teil von mir; umso schmerzhafter ist es, dass die Nazis in uns Juden nur das sehen wollten, was uns unterscheidet – den Glauben. Und was soll ich sagen, die Arbeit in Lüneburg hat wohl einiges von meinem alten Ich zum Vorschein gebracht, was meiner Frau nicht gefällt.«

Oje! Über die Trennung wusste Netti ja bereits Bescheid. »Das tut mir leid.«

»Meine Frau fand, dass ich zu freundlich zu den Deutschen wäre. Dabei unterscheide ich nur zwischen echten Kriegsverbrechern und Mitläufern. Nicht jeder im Land war ein Mörder.«

Nun, sie wusste, dass er sein Licht unter den Scheffel stellte. Er tat viel mehr als das. Aber Jakob spielte seine wichtige Rolle gern herunter, weil er es nicht mochte, im Rampenlicht zu stehen. »Die braunen Herrschaften müssen einen Prozess bekommen und diese schweren Kriegsverbrecher müssen zur Rechenschaft gezogen werden, das ist mein Ziel. Es wird eine große Nummer. Wir haben die SS-Maid von Bergen-Belsen gerade im Verhör.«

SS-Maid? Die Briten gaben allen irgendeinen Namen; Netti wurde schon mulmig vom Zuhören.

»Ich denke nicht, dass die Gräueltaten von Irma Grese etwas für die Ohren von Miss Schlewitz sind«, wandte der Major ein. »Sie weiß natürlich schon, dass wir Bergen-Belsen drei Tage vor unserer Ankunft in Lüneburg befreit und allein deswegen ein Interesse daran haben, die Verantwortlichen für dieses Lager zeitnah zur Rechenschaft zu ziehen. So, nun gehen Sie, Miss Schlewitz.«

Natürlich. Er vertraute ihr nach wie vor nicht. Sie war überrascht, wie sehr sie diese Erkenntnis enttäuschte. »Natürlich, Sir. Ich lasse Sie beide in Ruhe arbeiten und serviere Ihre Mahlzeit sodann im Speisezimmer.«

Ohne einem von beiden die Möglichkeit zu geben, noch etwas zu erwidern, schloss sie die Tür des Arbeitszimmers energisch hinter sich und verschwand in die Küche.

* * *

Einige Tage später war Netti mit ihrer Schwägerin auf dem Amt, nachdem sie sich zuvor stundenlang die Beine in den Bauch gestanden hatten. Es war ein schrecklich heißer Tag. Die Luft war stickig, und die geöffneten Fenster brachten kaum einen Windhauch in das kleine Zimmer. Fließendes Wasser gab es nach wie vor nicht überall, und so hing ein süßlicher Geruch von Fäulnis in der Luft. Vor ihnen saß eine Frau und leierte den beiden auf ihr Gesuch hin ein paar Paragrafen herunter. Otti zitterte, Netti hielt sie am Arm, um sie zu stützen – vielleicht brauchte sie auch selbst für diesen schweren Gang etwas Halt. Eingestehen wollte Netti sich das jedoch nicht.

»Voraussetzungen für Todeserklärung …« Die Frau sah sie über den Rand ihrer dünnen Brille hinweg an. Der braune Bubikopf klebte ihr strähnig am Kinn, das Gesicht war blass und eingefallen. »Ich muss das jetzt nicht alles vorlesen, oder?«

Nein, komm zum Punkt, dachte Netti. Das hier ist schon schrecklich genug für uns.

Hatte diese Person überhaupt kein Mitgefühl?

»Nein«, antwortete Netti. Otti schien nicht in der Lage dazu sein, was verständlich war. Die Frau war gerade von einer schweren Krankheit genesen, und nun kam das.

»Soll mir recht sein«, gab die Beamtin zurück. Sie legte das Papier vor sich und fuhr mit dem Zeigefinger über die Zeilen, bis sie das Gesuchte fand. »Ah, hier haben wir es. Hören Sie gut zu: ›Ein Verschollener kann unter den Voraussetzungen der Paragrafen drei bis sieben im Aufgebotsverfahren für tot erklärt werden. Paragraf drei, Absatz eins: Die Todeserklärung ist zulässig, wenn seit dem Ende des Jahres, in dem der Verschollene nach den vorhandenen Nachrichten noch gelebt hat, zehn Jahre oder, wenn der Verschollene zur Zeit der Todeserklärung das achtzigste Lebensjahr vollendet hätte, fünf Jahre verstrichen sind. Absatz zwei: Vor dem Ende des Jahres, in dem der Verschollene das fünfundzwanzigste Lebensjahr vollendet hätte, darf er nach Absatz eins nicht für tot erklärt werden.‹«

Netti wurde schlecht. Sollten sie umsonst gekommen sein? Zehn Jahre? »Das kann doch nicht sein, wer denkt sich so etwas Furchtbares aus?«

»Warten Sie doch, ich bin noch nicht fertig, hier ist der nächste Paragraf, Nummer vier: ›Absatz zwei: Ist der Verschollene unter Umständen vermisst, die eine hohe Wahrscheinlichkeit seines Todes begründen, so wird die in Absatz eins bestimmte Jahresfrist von dem Zeitpunkt ab berechnet, in dem er vermisst worden ist.‹ Da haben wir es also, Ihr Bruder, Ehemann, kann für tot erklärt werden. Sie müssen mir nur etwas ausfüllen. Dann geht Ihnen die Bescheinigung in den nächsten Tagen zu. Das wird derzeit eher unbürokratisch gehandhabt, sind ja so viele nicht wiedergekommen.«

Die verhärmte Frau drehte sich um und holte ein Formular heraus, das so dünn war wie Butterbrotpapier. Wie schrecklich, dachte Netti. Mehr stand einem also nicht zu, wenn man für Volk und Vaterland gefallen war.

»Nun nehmen Sie schon, oder glauben Sie, Sie sind die Einzigen, die heute bedient werden wollen?«, schnarrte die Frau.

Netti hatte eine pampige Antwort auf den Lippen, die sie sich jedoch verkniff. Mit spitzen Fingern nahm sie das Formular entgegen. »Wenn Sie wohl noch so freundlich wären, uns einen Stift zu leihen, dann können wir gleich alles ausfüllen.«

»Haben Sie keinen eigenen?«, blaffte sie zurück.

Netti blieb aufrecht. »Nein, leider nicht. Wie Sie sich vorstellen können, blieb bei der Flucht über das zugefrorene Haff wenig Möglichkeit, auch noch den Inhalt unserer Schreibtische vor den Russen zu retten. Wir sind froh, dass wir mit dem Leben davongekommen sind.«

Das brachte die Frau tatsächlich für eine Sekunde zum Schweigen, dann schürzte sie die Lippen und schob Netti einen Stift über den Schreibtisch hin zu. »Den nehmen Sie aber nicht mit.«

Beinahe hätte Netti die Augen verdreht. »Bestimmt nicht.«

Eine halbe Stunde später verließen sie das rote Backsteingebäude in der Innenstadt. Die Sonne brannte vom Himmel. Nettis Bluse klebte an ihrem Rücken. »Kommst du ohne mich zurück, Otti?«, fragte sie ihre Schwägerin.

Diese nickte. »Aber sicher. Danke, dass du mich begleitet hast. Ohne dich hätte ich das nicht geschafft.«

Die beiden umarmten sich. Netti kämpfte mit Tränen. Die hätten Gerd auch nicht mehr zurückgebracht. Sie erinnerte sich an sein strahlendes Lächeln, an seine offene und ehrliche Art, durch die ihm die Sympathien aller zugeflogen waren. »Ein Mann, ein Wort« war bei ihm nicht nur ein Spruch gewesen, auf ihn hatte man sich immer und jederzeit verlassen können. Es war unvorstellbar, dass sie ihn nie wiedersehen würde. Der Schmerz über seinen Verlust und, noch schlimmer, nicht zu wissen, wie und wo er gestorben war, nahm ihr für einen Moment die Luft zum Atmen. Netti riss sich zusammen. Sie durfte nicht zulassen, dass sie von der Trauer davongetragen wurde, denn wenn sie einmal damit anfing, würde sie womöglich so schnell nicht wieder aufhören können, um ihn zu weinen.

»Wir sind füreinander da«, meinte Netti leise und hoffte, dass man das Beben in ihrer Stimme nicht hörte.

»Das sind wir. Ich hoffe, ich kann einmal das zurückgeben, was du für mich getan hast.«

»Ist schon recht, Otti. Bis heute Abend. Heute ist wieder eine dieser vielen *Victory Partys*, es kann also spät werden.«

»Der Major feiert?«

»Nein. Im Casino wird gefeiert, aber an solchen Abenden kommt es vor, dass der Major noch Offiziere mitbringt, sie trinken dann etwas und rauchen Zigarren. Ich muss also auf die Rückkehr warten, das kann dauern.«

Die Kontraste zwischen Siegern und Besiegten hätten nicht deutlicher sein können. Aber Netti hatte sich damit abgefunden und es akzeptiert; alles andere hätte sie nur in Gram gestürzt. Dafür war sie nicht gemacht. »So, ich muss, pass auf dich auf, Otti.«

»Du auch. Guten Tag, liebe Schwägerin.«

Otti wandte sich ab, ging über den Rathausmarkt zur Bardowicker Straße. Netti blickte ihrer Schwägerin hinterher. Vor wenigen Monaten waren sie hier völlig entkräftet und ausgehungert angekommen. Mit nichts als Verlusten im Gepäck. Seitdem hatten sie eine Menge geschafft. Sie hatten ein Dach über dem Kopf und zu essen – nun, zum satt werden reichte es gerade so, aber das war mehr, als die meisten anderen hatten. Hadern würde sie nicht voranbringen, dachte Netti, sie war am Leben und wollte sich etwas Neues aufbauen. Eine Zukunft für sich und ihre Familie.

* * *

Netti saß im Garten der besetzten Villa in der Uelzener Straße. Glühwürmchen erleuchteten die Dunkelheit. Die Nacht war angenehm warm. Sogar ein paar Grillen zirpten eine leise Melodie. Es war unglaublich, wie friedlich es hier war, obwohl man sich mitten in der Stadt befand. Netti vermisste ihre Heimat. Ihr Zuhause in Ostpreußen. Ob sie jemals wieder die Störche klappern hören würde? Sie vermisste es, mit dem Rad am Kornfeld vorbeizufahren, zu sehen, wie die goldenen Ähren sich im Wind bogen, während der Duft des Sommers über die Weite zu ihr getragen wurde. Sie vermisste den heißen, trockenen Sommer und die alte Herzlichkeit, die mit dem Leid der Kriegsjahre zu einem dumpfen Überlebenskampf geworden war.

Ob sie ihr Zuhause jemals wiedersehen würde?

Im Radio hatte sie zuvor, während sie die Socken des Majors gestopft hatte, die Nachrichten gehört. Es war berichtet worden, dass die Siegermächte in diesen Tagen während der Potsdamer Konferenz diskutierten, wie es in der Welt und vor allem mit dem unterlegenen Deutschland weitergehen sollte. Attlee, Truman und Stalin machten sich ein paar »schöne« Tage im Schloss Cecilienhof in Potsdam. Man munkelte, dass das Schicksal der Deutschen aus dem Osten damit besiegelt sein könnte. Es war kein Geheimnis, dass Russland Anspruch auf Ostpreußen erhoben hatte – und mit Attlee und Truman würde Stalin womöglich Zustimmung erhalten. Netti mochte gar nicht daran denken, was das für sie und Millionen anderer aus diesen Gebieten in Tschechien, Schlesien und Polen bedeuten konnte. Über »vollständige Vertreibung« hatte sie jemanden munkeln gehört. Netti war noch immer schlecht, wenn sie daran dachte, was das hieß: dass sie nie mehr zurückkonnte, nie mehr zurück in ihre Heimat, in ihr Zuhause.

Sie presste die Lider zusammen und ließ nicht zu, dass auch nur eine Träne aus ihren Augen rann. Als sie nach einigen tiefen

Atemzügen wieder in die Nacht blickte, hatten sich noch mehr Glühwürmchen um sie versammelt, als wollten sie ihr mitteilen, dass es immer irgendwo ein Lichtlein gab, egal wie düster ihr die Aussichten auch erscheinen mochten.

Hoffentlich, dachte sie, als im gleichen Moment ruhige Klaviertöne aus dem Haus drangen.

Der Major war also von seiner Sitzung zurück. Natürlich gab es auch in Lüneburg immer wieder Veränderungen und Neuerungen. Erst kürzlich war der alte Polizeichef Major Otto Müller entlassen und verhaftet worden. Keine Überraschung für Netti; sie war davon überzeugt, dass alle Spitzenfunktionäre in Ämtern und Behörden ausnahmslos »gute« Nazis gewesen sein mussten. Das konnten die Briten natürlich nicht länger tolerieren; warum sie jedoch bis Ende Juli damit gewartet hatten, den Mann seines Amtes zu entheben, vermochte sie nicht zu sagen, und ein Urteil darüber wollte sie sich gleich gar nicht erlauben.

Netti erhob sich aus dem Gras und strich sich das Kleid glatt. Sie trug heute wieder das gepunktete, das der Hausbesitzerin gehörte. Die Dame hatte sich nach ihrem ersten »Besuch« glücklicherweise nicht noch einmal hier blicken lassen.

Netti trat durch die Flügeltüren in den Salon. Major Thompson saß am Flügel und spielte eine traurige Melodie, die sie nicht kannte. Er entdeckte sie und nickte ihr zu, sprach sie aber nicht an.

Er wirkte aufgewühlt. Blass und angespannt, als hätte er wieder einmal einen sehr schlimmen Tag hinter sich. Von denen gab es genug. Die Re-Education der Deutschen war eine gewaltige Aufgabe.

Aus einem Impuls heraus trat Netti näher, sie war fasziniert von der wundervollen Musik. O wie sehr sie das kulturelle Leben vermisste. Seit sie von zu Hause fortgemusst hatten, gab es nur noch den täglichen Kampf ums Überleben, die Pflichten

… aber das hier? Das war wundervoll. Sie hätte immerzu hier stehen bleiben und ihm lauschen können.

Netti fürchtete jedoch, dass er sie gleich wegschicken würde – es gehörte sich nicht, dass sie, das Hausmädchen, dem Herrn zuhörte, wie er spielte.

Als spürte er ihre Gedanken, schaute Alan Thompson auf und sah ihr tief in die Augen.

Ihr stockte der Atem.

Major Thompson hörte auf zu spielen. Auf einmal war es still im Raum.

»Ich weiß nicht, was es ist«, fing er leise an. Seine Stimme klang rau.

Nettis Herz setzte einen Schlag aus. Sie konnte sich nicht abwenden, als hielte ein unsichtbares Band ihre Blicke ineinander verschlungen.

»In deiner Nähe fühle ich mich lebendig«, fuhr er fort und sprach noch eindringlicher.

Sie bekam kaum noch Luft. War es möglich, dass er ihre Gefühle erwiderte? Sie konnte sich nicht rühren und war davon überzeugt, er müsse ihren donnernden Herzschlag hören können.

Das hier war so falsch, so verboten, dass Netti schwindelig wurde. Aber sie lief nicht fort. Im Gegenteil, sie machte einen Schritt auf ihn zu.

Alan Thompson erhob sich und kam zu ihr, berührte sie jedoch nicht. Ihr Körper stand auch so bereits in Flammen.

»Du bist noch immer eine Deutsche, Netti. Ich würde mich dafür hassen, wenn ich dich lieben würde.«

Netti schluckte. Ihr Mund fühlte sich trocken an. »Ich weiß, Alan«, war alles, was sie hervorbrachte.

Mit einem Mal wagte sie es, ihn beim Vornamen zu nennen. Für eine Sekunde hoben sich seine Mundwinkel, als ob er sich darüber freute, als ob es ihm gefiel.

Dieser kurze Augenblick war schnell vorbei. Jetzt sah er gequält aus, als müsste er innerlich einen schweren Kampf ausfechten. Womöglich lag sie damit nicht falsch. Sie ahnte und begriff, dass er sich ebenfalls zu ihr hingezogen fühlte, aber aus verschiedenen Gründen dem Drang nicht nachgeben wollte und konnte.

Sie war eine Deutsche.

Er war Brite.

Besiegte und Besatzer.

Sie durften nicht einmal miteinander befreundet sein, geschweige denn etwas füreinander empfinden.

Netti wollte etwas sagen, ihm erklären, dass es unmöglich war, sie zu begehren, aber kein Wort kam über ihre Lippen. Die Vernunft ließ Netti im Stich. Auf ganzer Linie. Alles, woran sie denken konnte, war die Frage, wie sich wohl seine Lippen auf ihren anfühlen würden.

Alan trat noch näher, nahm ihre Hand und streichelte mit dem Daumen über ihren Handrücken. Netti sog scharf die Luft ein. Ein Sturm der Emotionen tobte durch ihren Körper, der längst von einer Gänsehaut überzogen war. Es war eine simple Berührung, die sie völlig aus der Fassung brachte.

»Ich würde mich hassen, Netti, wenn ich dich liebte. Aber ich würde mich noch mehr hassen, wenn ich es nicht tun würde.«

Netti blinzelte. Ihre Knie waren vollends weich geworden. Unglaublich. Das hier geschah wirklich.

Alan umfasste ihr Gesicht mit einer unbeschreiblichen Zärtlichkeit und sah ihr tief in die Augen. »Sag mir, dass ich es nicht tun soll«, flüsterte er heiser.

Netti schwieg und klammerte sich am Saum seines Hemdes fest. »Es wäre dumm«, murmelte sie. »Völlig falsch.«

»Und rücksichtslos«, fuhr er flüsternd fort.

»Tu es trotzdem«, bat sie ihn und hob ihm ihren Mund entgegen.

In der Sekunde, in der sie in einen innigen Kuss versanken, war Netti sicher, dass sie im Paradies angekommen sein musste. Das war die köstlichste Erfahrung ihres Lebens. Alle Sinne waren geschärft, die Nervenenden zum Zerreißen gespannt. Lust schoss durch ihre Adern, während sie sich an Alans kräftigen Körper drängte und seine Nähe in sich aufnahm. Sie stöhnte leise, als er an ihrer Wirbelsäule entlangstrich.

Wenn dieser Kuss doch niemals geendet hätte, dann hätte sie glücklich sterben können.

Sie hatte das Gefühl für Raum und Zeit verloren, als Alan sich irgendwann schwer atmend von ihr löste. Seine sonst so akkurate Frisur war etwas aus der Form geraten, sein Gesicht gerötet, die Lippen geschwollen. Seine Augen leuchteten, dann lehnte er seine Stirn gegen ihre. »Was machst du mit mir?«, flüsterte er so leise, dass es kaum mehr zu hören war.

Sie lächelte. »Oder eher, was machst du mit mir und meinen Gefühlen?«

Statt einer Antwort küsste er sie noch einmal. Drängender und voller Sehnsucht. Sie erwiderte seine Leidenschaft. Die Welt um sie herum verblasste; alles, was zählte, waren sie beide. Ihre Gefühle, die so intensiv, so echt waren, dass alles andere keine Rolle mehr spielte. Zumindest nicht in diesem Raum, diesem geschützten Ort, an dem sie einfach das sein konnten, was wichtig war: zwei Menschen, die sich ineinander verliebt hatten. Netti zweifelte keine Sekunde daran, dass es dem Major ebenso gehen könnte. Sie hatte seine Blicke gesehen und jetzt auch seine Küsse und Umarmungen gespürt. Sie war unfassbar glücklich und aufgewühlt, als er sich irgendwann von ihren Lippen löste. Widerstrebend zwar, doch mit Bestimmtheit.

Er lachte rau. »Ich hätte nie gedacht …«

Netti legte ihm einen Finger auf die Lippen. Sie wollte nicht, dass er diesen kostbaren Moment mit der Realität zerstörte. Nur für einen Augenblick erlaubte sie sich zu träumen, wie alles sein könnte, wenn es keine Regeln, Gesetze und moralischen Hürden gäbe. Nur noch einen Moment schmiegte sie sich an ihn und sog seinen einzigartigen Duft ein. »Es ist schon gut, Alan. Du musst nichts sagen.« Er wusste so gut wie sie, dass das hier verboten war. Unmöglich. Aber sie wollte es nicht wahrhaben, deshalb konnte sie es auch nicht aus seinem Mund hören. Sie wäre daran zerbrochen. Daher gab sie ihm einen letzten Kuss, ehe sie erklärte: »Ich muss jetzt nach Hause.«

Er strich über ihr Haar. »Ich weiß.« Dann trat er zurück, als müsste er Abstand zwischen sich und sie bringen, um nicht vollends die Kontrolle zu verlieren. »Soll ich dich begleiten?«

Netti schüttelte den Kopf. »Lieber nicht, du weißt, die Leute reden. Ich komme zurecht.«

Für einen Moment schaute er finster, dann nickte Alan und erwiderte ihr Lächeln. Mit diesem Lächeln erreichte er ihr Herz, und Wärme flutete durch Netti. Ein köstliches Gefühl. »Es ist neu für uns beide. Wir finden einen Weg. Das verspreche ich, mach dir keine Sorgen«, fuhr er fort, dann küsste er sie auf die Stirn. »Es wird die Zeit für uns kommen, Netti. Hab nur etwas Geduld.«

Sie hoffte, dass er recht hatte, und wünschte sich, dass es nicht allzu lange dauern würde. Netti hatte gelernt, dass es keinen Wert hatte, sich den Kopf heute schon über morgen zu zerbrechen; deswegen genoss sie es, zum ersten Mal seit sehr langer Zeit wieder glücklich zu sein. Und das war sie. Sehr sogar.

Noch einmal stellte sie sich auf die Zehenspitzen und drückte ihm einen Kuss auf die Lippen. »Unser Geheimnis«, wisperte sie.

»Unser Geheimnis«, bestätigte er, dann begleitete er sie zur Tür, zog sie noch einmal in seine starken Arme, und sie versanken erneut in einen zärtlichen und zugleich lustvollen Kuss.

Netti pfiff auf dem Nachhauseweg leise vor sich hin, sie schwebte geradezu über die dunklen Wege, die ihr zuvor stets lang und beschwerlich vorgekommen waren, weil sie müde und traurig gewesen war. Was für einen Unterschied ein einziger Tag machen konnte!

Als Netti in Oedeme ankam, merkte sie sofort, dass etwas anders war als sonst. In ihrer Kammer über dem Stall brannte noch Licht, man hörte Stimmen bis auf den Hof heraus. Sie waren aufgeregt, ein Mann war unter ihnen.

O Gott! Sie fasste sich an die Brust.

Was war hier los? Ein Überfall?

Sofort erinnerte sie sich an die schrecklichen Nächte im Januar und Februar dieses Jahres, dann eilte sie nach oben. Gerd stand vor der Tür und rauchte eine Zigarette. Sie traute ihren Augen nicht. Das war unmöglich. Netti wurde heiß und kalt zugleich. Sie schwankte und versuchte, etwas zu sagen. Dann wurde alles schwarz um sie.

Kapitel 19

Juni 1993, Lüneburg

Johanna steckte über beide Ohren in Opas Geburtstagsvorbereitungen. Schon seit Tagen ging es um nichts anderes mehr auf dem Rosenhof. Es wurden Lampions gebastelt, Lichterketten auf ihre Funktionsfähigkeit geprüft, Bierbänke und Tische vom Getränkehändler geliehen und abgewaschen. Übermorgen war es so weit, dann stieg die große Party. Tatsächlich rückte damit auch für Johanna der Tag der Wahrheit näher; irgendwann musste sie ihrer Familie ja einmal erzählen, dass sich ihr gesamtes Hab und Gut im Kofferraum des Fiesta befand und sie nicht wusste, wohin mit sich. Von Ärzte ohne Grenzen hatte sie natürlich noch nichts gehört; die Leute dort warteten vermutlich nicht auf eine Bewerbung wie ihre, und selbst wenn, musste auch in einer solchen Hilfsorganisation alles den vorgeschriebenen Dienstweg gehen.

Johanna genehmigte sich eine Pause, schnappte sich ihren Walkman und legte die Kassette von Right Said Fred ein. Sie liebte den Song »Don't Talk Just Kiss« und trällerte mit, während sie einen kleinen Spaziergang machte. Es war ein wenig kühler geworden, nachdem die letzten Tage sehr heiß und trocken gewesen waren. Man sah es am Gras, das kaum mehr grün, sondern eher schon braun wirkte. Der Heideboden speicherte kaum Feuchtigkeit, deswegen baute man hier mehr Kartoffeln und weniger Getreide an. Opa hatte seinen Acker vor ein paar Jahren verpachtet, das wusste Johanna; damals hatte es ein großes Tamtam darum gegeben, weil sich niemand aus der Familie darum kümmern wollte.

Dabei hätte sich Johanna heute sogar vorstellen können, in die Fußstapfen der Familie zu treten. Ihr gefiel das Landleben mit jedem Tag besser. In ihren romantischen Zukunftsvorstellungen tauchte auch immer häufiger Paul auf.

In der Realität leider nicht.

Seit der Schrecksekunde letzte Woche war er ihr aus dem Weg gegangen, und Johanna wusste nicht, warum. Vielleicht war es besser so. Vielleicht bildete sie sich das auch nur ein. Sie hatte nicht den leisesten Schimmer, und das nervte sie.

Opa hatte Paul die Unterlagen seiner Oma noch am selben Tag gegeben. Er hatte sie in den letzten Jahren in einer Kiste auf dem Dachboden gelagert. Danach war Paul abgerauscht und hatte sich seither nicht mehr gemeldet.

Nun, das stimmte nicht ganz. Er kümmerte sich nach wie vor um Jupiter, natürlich.

Johanna seufzte. Sie wollte den Nachmittag nicht mit sinnlosen Grübeleien verbringen, deshalb spazierte sie zum Hasenburger Bach, ließ ihre Füße ins kühle, klare Wasser baumeln und legte den Walkman beiseite. Es roch herrlich frisch und würzig. Ein Schmetterling flatterte an ihr vorbei und ließ sich auf einer Butterblume nieder. Ein paar Singvögel spielten miteinander in einem Baumwipfel. Die Blätter raschelten sanft im Wind.

Johanna merkte, wie ihr Puls sich beruhigte und ihre Augenlider immer schwerer wurden. Vielleicht wäre ein Mittagsschläfchen jetzt genau das Richtige gewesen.

Eine Fahrradklingel riss sie aus ihren Träumereien. Johanna schrie leise auf.

»Rike!« Das war ja eine Überraschung.

Ihre Freundin lachte, warf ihr Fahrrad ins Gras und kam zu Johanna gelaufen. »Du hast es gut«, begrüßte sie Johanna und kickte die Sandalen von den Füßen.

»Wie hast du mich denn gefunden?«

»So einsam ist dein Plätzchen nicht, ich habe dich von der Straße aus gesehen.«

»Wolltest du zu mir?«

»Ich habe den Fotoabzug für dich.« Sie setzte sich mit einem Jutebeutel neben Johanna.

»Oh!«, war alles, was diese hervorbrachte. In den letzten Tagen hatte sie das Thema erfolgreich verdrängt – aus Angst, dass sie vielleicht doch auf etwas gestoßen war, was lieber niemals ans Tageslicht kommen sollte. Sie war sich darüber noch immer nicht im Klaren.

»Du klingst ja nicht gerade begeistert«, erwiderte Rike.

»Doch, das bin ich.«

»Aber was?« Rike schien ihr Zögern zu spüren.

»Ich weiß nicht, ob ich es meiner Oma antun soll, womöglich etwas aufzudecken, was sie absichtlich verschwiegen hat.«

»Hm. Verstehe. Aber guck mal, ich habe noch etwas.« Sie holte einen Umschlag aus ihrem Jutebeutel.

»Was meinst du? Sprich nicht so in Rätseln.«

»Ich erklär es dir ja gleich. Meine Güte, bist du ungeduldig. So, pass auf. Nachdem wir uns ja nicht sicher waren, wer wer ist, habe ich noch einmal weitergeforscht. Also, das hier ist auf jeden Fall korrekt. Der Blonde ist Jakob und der andere Major Thompson.«

»Okay, und weiter?«

»Ich bin damit zu einer Behörde in Lüneburg gegangen, die konnte mir in Bezug auf den Verbleib der beiden weiterhelfen. Ich habe sie ausfindig gemacht.«

»Nicht dein Ernst!« Johannas Mund klappte auf.

»O doch. Leider gibt es auch schlechte Neuigkeiten.«

Johannas Magen zog sich nervös zusammen. »Wusste ich es doch. Welche?«

»Jakob Davidsson lebt nicht mehr. Major Thompson aber sehr wohl. Er wohnt in England, und zwar in Yorkshire, seitdem er sich zur Ruhe gesetzt hat. Bis zum Ruhestand hat er in Cambridge als Professor gearbeitet.«

»Wow, spannend. Und jetzt meinst du, ich soll damit zu Oma gehen?«

»Es ist auch eine Telefonnummer dabei.«

»Mensch, wenn es mit deinem Fotostudio nicht klappt, kannst du Privatdetektivin werden.«

Rike lachte. »Also ich muss schon sagen, es hat mir Spaß gemacht; und die Behörde hat wirklich schnell gearbeitet. Wie es scheint, kommt so was öfter vor … du weißt schon, Besatzerkinder.«

Johanna wurde schlagartig ernst. »Sei still!« Sie verzog das Gesicht. »Danach kann ich Oma auf keinen Fall direkt fragen. Der arme Opa. Nicht auszudenken, was das für unsere Familie bedeuten würde.«

Rike legte einen Arm um Johannas Schultern. »Die Entscheidung, ob du es tust, kann ich dir nicht abnehmen, aber ich kann dich begleiten, wenn es dir hilft. Oder wir belassen es einfach dabei. Vergessen die Sache. Vielleicht wäre das sogar das Beste.«

Johanna schüttelte den Kopf. »Das kann ich leider nicht. Ich habe es schon versucht.« Sie schwieg und rieb sich die Schläfen. »Ich muss darüber nachdenken, ob ich da weiterstochern soll.

Ich habe Angst, dass ich etwas herausfinde, was vielen Menschen wehtun könnte. Der eine lebt, sagst du? Ich könnte vielleicht anrufen. Aber was sagt man zu so jemandem? Vielleich liegen wir ja komplett falsch … Oder, hey, ich habe eine Idee. Ich könnte Helmut fragen. Der war zwar noch klein, aber vielleicht weiß er ja was. Es müsste natürlich geschickt angestellt werden. Dass ich eher ein Talent für taktlose Bemerkungen habe, macht die Sache natürlich schwieriger.«

Rike hob eine Hand und strich über Johannas Arm. »Atme erst einmal durch. Mit wem ist deine Oma damals aus Ostpreußen nach Lüneburg gekommen?«

»Mit Uroma Lise, mit der Schwägerin Otti und Helmut. Ihr Bruder ist erst später aus der Gefangenschaft gekommen. Von denen lebt aber niemand mehr.«

»Mist!«

»Ja, bis auf Helmut. Den könnte ich ansprechen, aber er war damals so jung, ob der was weiß …? Ach, ich bin mir unsicher. Oder doch, pass auf. Bei Opas Geburtstag wird auch Schnaps und Bier in Strömen fließen, da könnte ich nebenbei mal Helmut auf den Zahn fühlen. Ohne mit der Tür ins Haus zu fallen, versteht sich natürlich. Vorher würde ich das Thema sowieso nicht auf den Tisch bringen. Sonst ist am Ende noch die ganze Feier in Gefahr. Mir ist jetzt schon schlecht.«

»Wenn es überhaupt nur das ist«, gab Rike zu bedenken. »Stell dir mal vor, deine Mutter ist wirklich die Tochter eines Engländers, und dein Opa hat keine Ahnung. Das würde die Familie sprengen. Vielleicht lässt du es lieber doch sein.«

Johanna schüttelte den Kopf. »Ich weiß nicht, wieso, aber ich kann es mir einfach nicht vorstellen. So was würde Oma doch nicht machen. Aber vielleicht hast du recht und ich sollte einfach aufhören, in alten Sachen herumzuschnüffeln. Nur … mich betrifft es ja auch, und meine Mutter ebenfalls.«

»Denk in Ruhe darüber nach, du triffst bestimmt die richtige Entscheidung. Ich bin so froh, dass ich meine beste Freundin wieder um mich habe.«

»Oh, ich freue mich doch auch, dass wir uns wiederhaben, Süße.« Sie umarmten sich lange und Johannas Kehle wurde eng, während sie daran dachte, dass sie auf die Bewerbung noch keine Reaktion erhalten hatte. Gerade konnte sie nicht sagen, ob sie sich mehr über eine Ablehnung oder über eine Einladung zum Gespräch gefreut hätte.

* * *

Paul brütete jede freie Minute über den Unterlagen seiner Großmutter. Tatsächlich hatte sich über die Jahre einiges angehäuft. Gerade hatte er sich ein Glas Saft eingegossen und wollte weiterlesen, als es klingelte. »Mein Gott, dass die Leute nicht zu den Öffnungszeiten kommen können«, schimpfte er und stapfte nach unten.

»Du?«, stieß er hervor, als er in Johannas Gesicht blickte.

»Ja, ich. Störe ich?«

Paul überlegte, ob er sie einfach wegschicken sollte. »Na ja, eigentlich lese ich gerade …«

»Ach, die Sachen deiner Oma?« Ihre Augen funkelten, ihre Wangen röteten sich.

Verdammt, dass sein blödes Herz in ihrer Nähe immer höherschlagen musste.

»Ja, genau.« Er verschränkte die Arme vor der Brust.

»Du willst nicht mit mir reden«, schlussfolgerte sie.

»Weißt du, Johanna, ich habe einfach zu tun.«

»Natürlich.«

Er seufzte. »Tut mir leid. Komm doch rein. Wenn du willst, kannst du auch einen Blick darauf werfen.« Er trat zurück.

Johanna zögerte, und er konnte es gut verstehen; er war wirklich unfreundlich gewesen. »Ich habe es nicht so gemeint«, fügte er hinzu. »Mich nervt diese ganze Situation einfach.«

»Ja, das verstehe ich. Ich will deine Probleme ja auch gar nicht noch größer machen.«

»Komm doch erst mal mit, ich habe alles oben im Büro ausgebreitet.«

Paul ging voran. Im Arbeitszimmer lag alles auf dem Teppich in Häufchen nach Verfasser, Thema und Korrespondenz verteilt.

»Ui«, stieß Johanna hervor, als sie das Chaos erblickte. Lady kam angetrottet und ließ sich kurz streicheln, dann verschwand sie wieder in ihr Körbchen.

»Ja, ich weiß.« Er fuhr sich mit der Hand über den verspannten Nacken. »Es ist eine Menge Zeug. Aber hier, schau mal.«

Paul ging in die Hocke und zeigte auf einen Stapel mit Briefen. »Das ist Korrespondenz mit Linda Tellington-Jones, sie hatte eine besondere Begabung im Umgang mit Pferden. Sie hat mit den Fingern Blockaden und Störungen in den Nervenleitbahnen ertastet und behandelt.«

»Das klingt spannend!« Johanna setzte sich im Schneidersitz auf den Boden und guckte Paul mit großen Augen an.

Allein dafür hätte er sie küssen können.

»Das ist es auch. Ich sehe, dass meine Oma sich mit der Methode befasst hat, ehe sie krank wurde, aber allein anhand der Aufzeichnungen kann ich nichts über Jupiter sagen, weil ich mich natürlich nicht in der Materie auskenne.«

»Und wo ist diese Linda Tellington-Jones heute?«

»Weit weg, Johanna. Sie lebt in Amerika – falls sie noch lebt, das müsste man mal herausfinden. Sie ist Tierwirtin und hat eben diese ganz eigene Methode entwickelt, das sagte ich ja schon. Es handelt sich um ein ausgeklügeltes System von manuellen Techniken am Pferd.«

Johanna furchte die Stirn. »Das klingt wie … Massage oder Physiotherapie. Aber für Pferde? So was gibt's doch gar nicht.«

»Doch, so ähnlich bestimmt. Was beim Menschen funktioniert, könnte ja auch bei Tieren klappen?«

»Logisch. Und wer macht so was in der Gegend?«

Paul zuckte die Schultern. »Denkst du, dass Jupiter so eine Art von muskulärer oder neurologischer Störung haben könnte, die dazu führt, dass er ausrastet?«

Johanna lächelte und tätschelte Pauls Knie. »Du bist der Tierarzt, wenn du nichts anderes gefunden hast, dann vielleicht ja. Was sollte es sonst sein? Jupiter ist kein bösartiges Tier, er muss irgendwo eine Blockade oder irgendwas haben, das dazu führt, dass er sich so verhält.«

»Immer noch vertreten mehr Leute die Theorie, dass er einfach ein verrückter Gaul ist.«

»Wir wissen doch beide, dass das nicht Jupiters Problem ist.«

Er war unglaublich erleichtert und fühlte sich beflügelt.

»Also, wir müssen diese Linda Tellington-Jones ausfindig machen und sie fragen, was zu tun ist«, fuhr Johanna fort. »Und wenn wir das nicht schaffen, dann gibt es ja möglicherweise in der Nähe jemanden, der von ihr ausgebildet wurde.«

»So, wie du es sagst, klingt es ganz einfach.«

»Heutzutage gibt es immerhin Telefone, das kriegen wir schon hin. Irgendwo in den Unterlagen steht ja vielleicht etwas.«

Johanna beugte sich über die Papiere und Paul beobachtete sie dabei. Als spürte sie seine Blicke, wandte sie sich ihm zu.

Auf einmal wurde sie still und ernst. »Warum gehst du mir aus dem Weg, Paul?«, wollte sie wissen. »Eben hättest du mich beinahe nicht ins Haus gelassen. Habe ich was falsch gemacht?«

Ihre Direktheit kam unerwartet. Er atmete leise aus und setzte sich ebenfalls auf den Boden. »Nein, hast du nicht.« Es fiel ihm schwer, in Worte zu fassen, was in ihm vorging.

»Was ist es dann? Die Erinnerungen? Erträgst du es nicht, mich zu sehen?«

Paul riss die Augen auf. »Damit liegst du völlig falsch. Es ist ganz anders.«

»Dann klär mich auf.« Johanna neigte den Kopf ein wenig zur Seite.

Sein Herz raste, ihm wurde heiß. »Mit Ralf hat mein Verhalten gar nichts zu tun.« Er sah, wie Johanna bei der Nennung ihres Ex-Freundes zusammenzuckte. »Es bist du. Immer nur du, Johanna. Ich denke an dich, wenn ich einschlafe, ich denke an dich, wenn ich aufwache. Ich kann diesen einen Kuss nicht vergessen und ich wünsche mir mehr davon. Viel mehr.« Dieses Geständnis kam nicht leicht über seine Lippen; die Angst vor Zurückweisung hatte ihn bis jetzt davon abgehalten, trotzdem fühlte er sich erleichtert, froh darüber, endlich den Mut gefunden zu haben, sich ihr zu offenbaren. Sehnsucht erfüllte ihn und trieb seinen Puls in die Höhe. In Johannas Blick lag so viel Gefühl, sein Begehren wurde darin gespiegelt. Sein Atem stockte.

Paul holte tief Luft, aber zu mehr kam er nicht, weil Johanna sich zu ihm beugte und ihn küsste.

Er war überrascht. Intuitiv legte er seine Hände um ihr Gesicht und erwiderte ihre Liebkosungen. Er ließ seine Finger durch ihr Haar gleiten, dann fasste er hinein. Aus einer zarten Berührung wurde schnell mehr.

Johanna rutschte näher, bis sie auf seinem Schoß saß und in seinem Haar wühlte, während sie nicht voneinander lassen konnten. Johanna zu küssen, fühlte sich an, als fügten sich endlich zwei Hälften zu einem Ganzen. »Du bist einfach wunderbar«, murmelte er an ihrem Mund, während ihre Hände unter sein Shirt glitten und über seinen Rücken strichen.

Johanna knabberte zärtlich an seiner Unterlippe, bis sich ein tiefes Stöhnen aus seiner Kehle löste. Sie rückte noch ein

Stück näher an ihn heran. Das hier war mehr als ein Kuss, sie beide wussten es, auch ohne es in Worte zu fassen. Paul liebkoste Johanna leidenschaftlich, dann stand er auf. Sie hatte die Beine um seine Hüften geschlungen und stieß zuerst einen überraschten Laut aus, dann lachte sie, als sie begriff, was er vorhatte. Mit langen Schritten trug er Johanna in sein Schlafzimmer und kickte die Tür hinter ihnen ins Schloss. Sie würden sich nicht einmal dann stören lassen, wenn die Welt um sie herum in Flammen aufging. Genau das war es, was er in ihrer Nähe empfand. Mit Johanna in den Armen fühlte er sich lebendig, geliebt und zum ersten Mal in seinem Leben vollständig.

Kapitel 20

August 1945, Lüneburg

Netti konnte noch immer nicht fassen, dass ihr größter Wunsch wahr geworden war. Ihr Bruder Gerd lebte, und er hatte es zu ihnen geschafft. Aber er war ein anderer Mann als der, der vor sechs Jahren den Dienst für sein Vaterland angetreten hatte. Er hatte nicht nur den rechten Arm verloren, sondern auch seine Fröhlichkeit. Helmut war gerade dabei, die Kammer zu fegen, als sein Vater ihm eine Backpfeife verpasste, weil er einen Becher mit einem Rest Milch umgestoßen hatte, der auf dem Boden stand. Einen Tisch oder Stühle gab es nach wie vor nicht in ihrer Behausung. »Pass doch auf!«, herrschte Gerd seinen Sohn an.

Netti stellte sich schützend vor Helmut. Der hatte diese Woche schon genug einstecken müssen. Gestern war er mit einem blauen Auge und einer zerrissenen Hose nach Hause gekommen. Verprügelt hatten sie ihn, die einheimischen Jungen, und ihn als Polacken beschimpft. Wie konnte Gerd jetzt nur so herzlos sein und ihn heute auch noch wegen einer solchen Kleinigkeit angehen? »Hör auf!«, erwiderte Netti scharf und nahm dem Jungen den selbst gebauten Reisigbesen ab. »Geh, Helmut, du findest draußen was zu tun.«

Der Junge nickte, seine großen Augen schimmerten traurig. Helmut hatte seinen Vater zuerst nicht erkannt, sie waren einander völlig fremd geworden. Das ging nicht nur dem Buben so, aber für ihn musste es noch schlimmer sein als für sie alle. Die Erwachsenen hatten vom Vater immer ein Bild für Helmut gezeichnet, dem der Heimkehrer in keiner Weise mehr entsprach. Gerd war ein Fremder. Er saß auf einem Strohsack, an den Füßen hatte er eitrige und offene Geschwüre. Seine Wangen waren hohl, die Augen leer. Früher hatte er dichtes braunes Haar gehabt, heute war es schütter und glanzlos und wirkte, als hätte es die Farbe verloren.

»Der Bub hat es nicht verdient, dass du ihn so behandelst«, erklärte Netti streng und stützte sich dabei auf den Stiel des Besens. Um den Milchfleck würde sie sich nachher kümmern; es war ja ohnehin nicht so, dass sie hier auf edelstem Parkett hausten, wo ein Missgeschick wirklich Schaden anrichten konnte.

Gerd stand mit einem Ächzen auf. Es dauerte einen Moment, bis er auf den Beinen war. Er wirkte sehr schwach. Netti begriff nicht, wie er es in dieser Verfassung überhaupt bis zu ihnen geschafft hatte. Fragen wollte er dazu bislang keine beantworten, er brauste schnell auf. Verständlich, sagten die Frauen sich, wo doch niemand genau wusste, was er alles durchgemacht hatte.

»Der Junge muss lernen, wie man anständig arbeitet«, gab Gerd mit einer Härte zurück, die Netti zusammenzucken ließ.

Wer bist du, fragte sie sich stumm und erinnerte sich an vergangene Zeiten ihrer Kindheit, wo sie ein Herz und eine Seele gewesen waren. Als Gerd Sonne in ihrer aller Leben gebracht hatte, nicht diese Kälte.

Wir müssen ihm Zeit geben, dachte sie und holte Luft. »Du musst zum Amt, dich melden. Wir brauchen deine Lebensmittelmarken, außerdem müsstest du auch eine Versehrtenrente bekommen.«

Erst gestern hatten sie gewagt, ihm zu sagen, dass er als verschollen und verstorben eingetragen war, obwohl das offizielle Schreiben dazu noch nicht bei ihnen eingegangen war. Verschwiegen hatten sie ihm jedoch, dass Otti und Netti ihn für tot hatten erklären lassen, nicht die Behörden selbst. Niemand von ihnen hatte sich *getraut,* es ihm zu erklären. Er war auch so schon in einem elenden psychischen Zustand. Mit den Nerven hatten es viele der Heimkehrer, da war er nicht allein. Die Ärzte sagten ihren Frauen, dass sich das irgendwann legen werde, hatte Lise ihnen flüsternd erklärt, als sie sich darüber ausgetauscht hatten.

»Ich geh schon noch«, wich Gerd aus und riss Netti aus ihren Gedanken. Er hielt sich die verletzte Schulter; der rechte Ärmel war mit einer Wäscheklammer hochgesteckt worden, damit er nicht herumschlotterte.

»Du hast Schmerzen, vielleicht kannst du ja auch Medikamente bekommen«, ermutigte Netti ihn sanft, wagte aber nicht, ihn zu berühren.

»Lass mich!«

»Nein, Gerd, das tue ich nicht. Du bist jetzt seit fast zwei Wochen hier, du musst dich melden. Das ist Vorschrift!«

»Es geht nicht, versteh das doch!«, brauste er auf.

Netti zuckte entsetzt zurück. »Wieso nicht?« Ein Rumoren machte sich in ihrem Magen bemerkbar.

»Es geht nicht, weil … ich dürfte eigentlich gar nicht hier sein.« Gerd senkte kurz den Blick.

»Was?« Sie verstand nicht, worauf er hinauswollte.

»Ich bin getürmt. Ich war in einem Lager in Brandenburg. Als Gefangener, aber ich habe es nicht mehr ausgehalten. Mit ein paar Kameraden haben wir Papiere gefälscht und uns aus dem Staub gemacht. Du musst das verstehen, Netti. Ich konnte nicht mehr. Erst habe ich tagelang in Russland im Dreck gelegen, dann hat mich eine andere Kompanie aufgesammelt und in ein Lazarett an der Oder gebracht. Ich war mehr tot als lebendig; die Klamotten hatte mir die Scheißgranate vom Leib gebrannt und meinen Arm zerfetzt. Ich kanns dir zeigen.« Seine Stimme war laut und wütend geworden, und er wollte sein Hemd heben, aber Netti hielt ihn mit einer beschwichtigenden Geste davon ab. Sie hatte seinen Stumpf und seinen Oberkörper bereits gesehen, als er sich gewaschen hatte; es war furchtbar. »Ich lag dort in meinem eigenen Dreck. Wochenlang, Morphium hatten die schon lange nicht mehr. Es war kaum auszuhalten, all die Schreie, die Schmerzen, wir wussten doch, dass es vorbei war. Vielleicht wollte ich auch sterben, als ich kapiert habe, dass ich ein Krüppel geworden bin. Tja, und als es mir dann etwas besser ging, kamen die Russen und haben uns in ein verdammtes Lager gesteckt. Das habe ich einige Monate ausgehalten, aber … ich wollte zu euch.«

»Du bist *geflohen*?« Ihre Stimme klang schrill. In ihrem Kopf drehte sich alles.

Sie konnten dafür alle verurteilt werden, oder noch schlimmer, aufgehängt. Die Engländer, so zivilisiert die Offiziere auch sein mochten, schreckten vor Todesurteilen nicht zurück. Ihr Herz klopfte unruhig, ihr war schwindelig.

»Ich habe es nicht mehr ausgehalten«, erklärte er resolut, als ob es sein Recht war, einfach so zu türmen. Als hätten sie den Krieg nicht verloren und müssten nun die Konsequenzen dafür nicht tragen. Dass er sie damit alle in Gefahr brachte, schien ihn entweder nicht zu interessieren, oder es war ihm nicht bewusst.

»Das war unglaublich dumm. Wie bist du überhaupt bis zu uns durchgekommen? Wir können dich hier doch nicht für den Rest deines Lebens verstecken, wie stellst du dir das vor? Wovon sollen wir dich sattbekommen? Was ist mit uns, Gerd? Denkst du nicht daran, was für ein Risiko du für uns bedeutest?«

Gerds Gesichtsausdruck wurde noch härter. »Ach, jetzt willst du mich hier nicht haben, was? Weil ich zu nichts mehr nütze bin? Ja, das habe ich schon gemerkt, Netti. Ich habe mich durchgemogelt, mit den DPs, da bekam man gut zu essen. War ja klar, dass ich nach Ostpreußen nicht zurückkonnte, das haben wir sogar im Lager mitbekommen. Ich bin mit dem Strom gewandert, dorthin, wo die meisten hinwollten, und bin zuerst in Hamburg gelandet. Dort machte ich über das Rote Kreuz eure Adresse ausfindig. Aber ihr wollt mich nicht, na schönen Dank auch! Erst verreckt man beinahe für Volk und Vaterland, und dann will einen die eigene Schwester nicht mehr!«

»Gerd, bitte beruhige dich. So ist es nicht, und das weißt du. Aber gefälschte Papiere? Wie stellst du dir das vor?«

Er ließ sich nicht beeindrucken. Ein wahnsinniger Glanz lag in seinen Augen. »Ich warte einfach noch ein bisschen hier ab, irgendwann werden sowieso alle wieder freigelassen.« Es sah aus, als wollte er mit den Schultern zucken, dann überlegte er es sich aber anders, weil er wusste, dass die Schmerzen zu groß gewesen wären.

Netti atmete hörbar aus und rieb sich mit der Hand über die Stirn. Sie bekam Kopfschmerzen. Sie wusste nicht, was sie erwidern sollte. Sie musste nachdenken. Auf einen Tag mehr oder weniger kam es nun auch nicht mehr an. Wenn nur die alte Tiedtke die Klappe hielt und Gerd nicht verpfiff. Netti musste mit Walter sprechen, der würde es verstehen. Hoffentlich.

»Ich will nicht, dass du für den Feind arbeitest«, knurrte Gerd jetzt und holte Netti ins Hier und Jetzt zurück.

»Sag mal, spinnst du?«, zischte sie. »Diese Stelle ist das Beste, was uns passieren konnte. Meine Arbeit hat das Leben deiner Frau gerettet.« Sie biss sich auf die Lippe und dachte an Alan. Er war eine Stütze für Netti, obwohl sie Gespräche über die Zukunft nach wie vor vermieden. Niemand wusste, wie lange es noch verboten sein würde, dass Engländer und Deutsche Kontakt miteinander hatten. Hoffentlich nicht mehr lange. Alan gab ihr Halt, war für sie da und überhäufte sie mit Zärtlichkeiten und Hoffnung. Die Erinnerung an seine Küsse wärmte ihr Herz. Sie wusste, dass es nicht leicht werden würde – es gab viele Hürden für sie, aber nichts war heute mehr unmöglich. Der Krieg war vorbei und Deutsche und Engländer waren keine Feinde mehr. Das alles ging Gerd jedoch nichts an, der sollte erst einmal mit sich selbst klarkommen. Netti traf jetzt ihre eigenen Entscheidungen, und eine Stelle, die ihnen allen weiterhalf, würde sie garantiert nicht sausen lassen, nur weil es ihrem Bruder nicht gefiel.

»Du gibst die Arbeit auf und suchst dir anderswo was«, bestimmte Gerd, und sein Tonfall duldete keinen Widerspruch. Netti versteifte sich.

»Du bist offiziell gar nicht hier, also halt deinen Mund!«, schimpfte sie und unterdrückte nur mühsam den Impuls, ihn anzuschreien.

»Was bildest du dir eigentlich ein? Denkst also schon, du wärst was Besseres, ja? Machst du auch schon die Beine für die Schweine breit?«

Netti schnappte entsetzt nach Luft. Zum Glück ahnte Gerd nicht, wie nah er der Wahrheit war, auch wenn sie mit Alan nicht geschlafen hatte. Noch nicht. Sie wollten sich damit Zeit lassen.

Netti trat auf Gerd zu. »Wage es nicht, Gerd!«, drohte sie, aber er fiel ihr ins Wort.

»Du kündigst und basta. Hör auf, mir ständig Widerworte zu geben.« Sein Atem roch schlecht. Netti wich zurück.

»Du hast mir gar nichts zu sagen!«, rief sie und reckte ihm ihr Kinn entgegen.

Und dann passierte das Unvorstellbare. Er hob seinen linken Arm und schlug sie mit dem Handrücken ins Gesicht.

Netti war mehr als entsetzt. Sie zitterte vor Wut und Scham. »Wer bist du?«, flüsterte sie tonlos. Tränen verschleierten ihre Sicht, sie blinzelte sie weg.

Gerds Blick war leer, sein Gesicht ausdruckslos. »Heute ist dein letzter Tag bei den Tommys. Punkt.«

Netti holte bebend Luft, dann trat sie näher an Gerd heran. Das Herz klopfte ihr bis zum Hals. Sie hatte keine Angst vor ihm; sie hatte viel Schlimmeres überstanden. Trotzdem war sie unendlich traurig. Den Bruder, den sie geliebt hatte, gab es nicht mehr. Der Mann vor ihr war ein Fremder. Einer, vor dem sie keinen Respekt mehr haben konnte, wenn er so tief gesunken war, dass er sogar Frauen und Kinder schlug. »Ich weiß nicht, was mit meinem geliebten Bruder passiert ist, ich erkenne dich nicht wieder. Aber ich warne dich, Gerd! Wenn du mich – oder jemand anderen von uns – nur noch einmal anrührst, schlage ich zurück! Tu das nie wieder. Das ist meine Warnung an dich, dass es Konsequenzen haben wird, wenn du dich nicht beherrschst.«

Gerds Augen weiteten sich, und kurz glaubte Netti, dass er noch einmal ausholen würde. Doch dann wandte er sich mit einem Laut ab, der dem Heulen eines gequälten Tiers glich.

»Denkst du, ich weiß nicht, dass ich hier nutzlos bin? Wie ein räudiger Hund kommt man in ein fremdes Land zurück. Als Deutscher bist du heute geächtet und wertlos. Doch leider bin ich nicht tot.« Er atmete rasselnd aus, seine knochigen Schultern hingen gebeugt und kraftlos nach vorn. »Ich bin nur halb tot. Das ist das Schreckliche an mir.«

Es zerriss Netti das Herz. Sie wusste, dass er Schlimmes erlebt hatte, aber das hatten sie alle. Ihm fehlte dazu der rechte Arm, neben unsäglichen Schmerzen, die er auch noch ertragen musste. Das bedeutete für ihn auch, dass er keine Arbeit finden würde. Sie verstand, warum er so gequält war, doch das änderte nichts daran, dass er ihr keine Vorschriften machen durfte, oder, noch schlimmer, sie schlagen. Gewalt war in dieser Familie absolut tabu. Das waren die Grundsätze ihrer Eltern gewesen und Netti würde nicht zulassen, dass Gerd daran etwas änderte.

»Du wirst damit leben müssen«, erklärte sie kühl, weil sie wusste, dass Mitleid ihrem Bruder nicht weiterhelfen konnte. Er hätte sich nur noch nutzloser gefühlt.

Gerd antwortete nicht, und Netti rauschte schließlich davon. Sie schaute nicht nach links und rechts und sah daher auch nicht, dass Walter mit der Milchkanne aus dem Stall humpelte. Beinahe hätte sie ihn über den Haufen gerannt; sie konnte gerade noch ausweichen.

»Holla, da hat es aber jemand eilig. Guten Morgen.«

»Oh, guten Morgen, Walter.« Sie fragte sich, wie viel er von dem Streit wohl mitbekommen hatte. Das Fenster war offen, und leise waren sie ja nicht gerade gewesen.

Der Bauernsohn lächelte sie an. Er war immer gut gelaunt und trug sein Schicksal mit so viel Würde und Herzensgüte, dass Netti nicht anders konnte, als sein Lächeln zu erwidern.

»Ist alles in Ordnung?«, erkundigte sich Walter und zeigte mit dem Kopf nach oben in Richtung Kammer.

Aha, also hatte er es doch gehört. Alles?

Netti entschied sich, ihm reinen Wein einzuschenken. »Meinem Bruder geht es schlecht«, erklärte sie mit gedämpfter Stimme.

»Das kann ich gut verstehen, er hat sicher einiges durchgemacht.«

Sie nickte. »Es gibt dabei ein Problem.«

»Du musst mir nichts sagen, Netti.« Walters Ausdruck wurde ernst, blieb aber weich.

»Ich weiß, aber ich möchte es. Wir haben ihn für tot erklären lassen; er war so lange verschollen und aus dem Osten ist ja auch kaum einer zurückgekommen und … wir dachten, es wäre richtig. Ja, und jetzt ist er da und wir freuen uns sehr.«

»Aber?«

»Er hat sich noch nicht auf dem Amt gemeldet, aber das muss er tun, wegen der Marken und seiner Versehrtenrente … Nur leider … kann er das nicht, sich melden.«

»Das verstehe ich nicht. Ich könnte ihn mit dem Pferdegespann fahren, wenn er den Weg nicht allein zurücklegen kann. Die Gäule sind zwar alt, aber das schaffen sie noch.«

»Nein, das ist nicht der Grund, aber es ist besser, du weißt nichts. Nur wenn jemand nach ihm fragt, tu lieber so, als ob du ihn nicht kennst.«

Walter runzelte die Stirn. Dann begriff er und nickte. »So ist das also.«

Netti wurde heiß, sie fühlte sich schlecht. »Gerd ist ein kleines Licht gewesen, Infanterie; er wäre sicher bald rausgekommen. Er war dumm, dass er aus seinem Lager geflohen ist. Wir brauchen ein bisschen Zeit, um das hinzubiegen.« Oje! Jetzt hatte sie doch alles ausgeplaudert. Netti hoffte das Beste.

Walter nickte knapp. »Meinetwegen brauchst du dir keine Sorgen zu machen, aber es gibt andere …«

Seine Mutter, ja, und die Nachbarn … Man wusste auch heute noch nicht, wem man trauen konnte.

»Ich wünschte, es wäre anders«, entgegnete Netti seufzend.

»Ich helfe euch, wo ich kann.« Er lächelte schüchtern.

Netti empfand so viel Sympathie und Zuneigung für den jungen Mann, dass sich etwas von dem Entsetzen, das sie bei dem Streit mit Gerd erfasst hatte, verflüchtigte und von einem warmen Gefühl in ihrer Brust ersetzt wurde. »Ich danke dir, Walter. Ich danke dir von Herzen.«

»Ist schon recht.« Er nahm seine Milchkanne, die er in spezieller Technik mit den Krücken schleppte, und humpelte davon.

* * *

Netti saß einige Tage später am Frühstückstisch des Majors und trank eine Tasse Tee mit ihm. Dieses Ritual hatten sie mittlerweile etabliert; sie sprachen dabei in Ruhe über Neuigkeiten und darüber, was heute geplant war. Selbst wenn unerwartete Besucher gekommen wären, hätte es nicht anstößig gewirkt. Sie waren sich einig, dass sie ihre Gefühle so lange geheim halten mussten, bis ihre Verbindung erlaubt war.

Alan schob eine Zeitung über den Tisch. »Schau mal, Netti, das ist eine druckfrische Ausgabe der Lüneburgschen Post. Das ist das neue Nachrichtenblatt für Stadt und Land. Daran habe ich mitgewirkt, denn wir können natürlich die deutschen Redakteure nicht sich selbst überlassen, sondern müssen zusehen, dass das Richtige gedruckt wird und keine Propaganda.«

Netti war stolz auf ihren Major. Sie unterdrückte den Impuls aufzustehen, um ihn zu küssen, heute nicht. Sie hatten sich eigentlich darauf geeinigt, dass sie sich damit gerade tagsüber zurückhalten wollten. Netti umarmte ihn und drückte ihre Lippen auf seine. Für einige Momente vergaßen sie ihre guten Vorsätze, bis Netti sich von ihm löste. Sie schob eine Haarsträhne aus Alans Stirn und lächelte ihn liebevoll an. »Jetzt sitzt auch deine Frisur wieder.«

Alan betrachtete sie mit einer Mischung aus Sorge und Liebe. Daraufhin lenkte sie ihren Blick auf die Zeitung, die er sie gebeten hatte anzusehen.

Als sie die erste Schlagzeile las, vergaß sie alles um sich herum und erstarrte.

»Atombomben auf Japan« stand da fett gedruckt ganz oben.

Es war die Tageszeitung des gestrigen 8. August 1945.

»Ach du meine Güte!«, japste Netti.

Alan nickte traurig. »Ja, leider. Schon vorgestern haben die Amerikaner die erste Bombe geworfen. Der Ort Hiroshima wurde dem Erdboden gleich gemacht, Zehntausende Menschen waren auf einen Schlag tot.«

»Wie furchtbar.« Nettis Augen füllten sich mit Tränen. »Man vergisst so leicht, dass der Krieg anderswo noch nicht zu Ende ist, wo wir jetzt im Frieden leben.«

Alan schob seine Finger über den Tisch und verflocht sie mit ihrer Hand. »Meine Liebe, ich wollte dich nicht traurig stimmen. Das tut mir leid. Ich wollte dir zeigen, dass es aufwärtsgeht in Deutschland; langsam zwar, aber eine neue Zeitung ist ein kleiner Schritt.«

»Es ist schon gut, Liebster. Ich habe mich gleich wieder im Griff.« Sie rang sich ein Lächeln ab.

Er drückte ihre Hand noch einmal, dann stand er auf und zog sie in seine Arme. »Das hast du schon oft getan.«

Netti schloss die Lider und ließ sich von seiner Wärme und Nähe einlullen. Hier mit ihm war alles in Ordnung, hier konnte sie vergessen, was da draußen in der Welt vor sich ging. Aber heute fiel es ihr schwer. Schwerer als sonst. »Was habe ich oft getan?«, wisperte sie.

Er strich über ihren Kopf. »Schreckliche Erinnerungen weggelächelt. Das ist einer der Gründe, warum ich mich in dich verliebt habe. Dein unerschütterlicher Optimismus und deine Fähigkeit, in allem etwas Gutes zu sehen, sind ganz besondere Gaben. Sogar in mir siehst du nur das Gute.«

»Oh, Alan!« Sie gab ihm einen langen Kuss, ehe sie mit Nachdruck widersprach. »Du bist gut und liebenswert. Natürlich bist du das.«

Er hielt ihren Hinterkopf, sodass sie ihm in die Augen schauen musste. »Dafür danke ich dir. Ich liebe dich.«

»Und ich liebe dich.« Sie stahlen sich ein paar Minuten voller Zärtlichkeiten, dann entschuldigte sich der Major, ging in sein Arbeitszimmer und Netti räumte ab. Ihr Blick fiel noch einmal auf das neue Tageblatt der Lüneburger. Es gab noch eine zweite Schlagzeile, die nicht ganz so groß und fett gedruckt war wie die erste und ihr deshalb erst jetzt ins Auge fiel:

»Kriegsheimkehrer«.

Netti setzte sich und atmete langsam aus. Siebenhunderttausend deutsche Kriegsgefangene waren also bislang entlassen worden. Davon achtzehntausend Bergleute und fünfundzwanzigtausend Landarbeiter. Gerd, dachte sie. Vielleicht ist das sein Glück. Er könnte einer von ihnen sein. Alle diese Männer hatten ein Entlassungsschreiben bekommen.

Vielleicht konnte Alan ihnen helfen. Netti hatte ihm erzählt, dass ihr Bruder heimgekommen war, doch mit der ganzen Wahrheit hatte sie hinter dem Berg gehalten. Aber jetzt? Vielleicht sah er eine Möglichkeit, Gerd aus dieser Misere zu befreien. Ihr Bruder hatte schon genug durchgemacht.

Netti huschte in die Küche, machte den Abwasch und klopfte dann mit rasendem Puls an Alans Arbeitszimmer. Sie war sich ganz und gar nicht sicher, wie er reagieren würde. Was, wenn er Gerd festnehmen ließ, anstatt ihm zur Freiheit zu verhelfen?

Kapitel 21

Juli 1993 Lüneburg-Oedeme

Johanna ließ ihre Finger über Pauls Oberkörper gleiten und schmiegte sich in seine Armbeuge. Sie liebte seinen Geruch, seine Wärme und die Sicherheit, die er ausstrahlte und auf sie übertrug. Paul war ein echter Fels in der Brandung. Sie hatte es immer gewusst, aber dass sie viel mehr als Freunde sein könnten, hatte sie erst realisiert, als sie vor ein paar Tagen miteinander im Bett gelandet waren. Seitdem waren sie nicht mehr voneinander zu trennen, außer wenn er arbeiten musste. Johanna lächelte in sich hinein. »Hast du noch etwas Neues über diese Linda Tellington-Jones herausfinden können?«, erkundigte sie sich.

Das Thema Jupiter war natürlich noch immer aktuell.

Paul seufzte leise. »Ja und nein.«

»Was soll das heißen?«

»Ich habe einen Studienkollegen angerufen, und er hat ihre Kontaktdaten über seine Eltern, die haben ein Gestüt in Süddeutschland.«

»Ach, das klingt ja spannend. Und was ist das Problem?«

»Es gibt keins – ich bin nur noch nicht dazu gekommen, bei der Frau anzurufen, weil die Zeitverschiebung mir bislang einen Strich durch die Rechnung gemacht hat.«

Johanna fühlte sich ein wenig schuldbewusst. »Du meinst, weil du nach Feierabend lieber mit mir deine Zeit verbringst? Du hättest doch einen Ton sagen können, Paul.«

Er zog sie fester in seine Arme. »Das Gespräch läuft mir nicht davon.« Er küsste sie auf den Scheitel. »Ich bin ehrlich, momentan genieße ich die Minuten mit dir viel zu sehr, als dass ich Anrufe nach Übersee zum Thema Pferde machen wollte.«

Johanna lächelte und überlegte, ob sie ihm von ihren Gedanken dazu erzählen sollte. In den letzten Tagen hatte sie immer mal wieder überlegt, ob sie nicht vielleicht eine Ausbildung oder Umschulung in diese Richtung machen sollte. Pferde hatten sie schon immer interessiert, und alles, was sie über die Methode der Amerikanerin bisher herausgefunden hatten, ergab für Johanna Sinn. Eine Technik, mit der man durch gezielte Griffe zur Beruhigung der Tiere, zur Wiederherstellung des Vertrauens, zur Linderung von Schmerzen, zum Abbau von Ängsten, Stress und Aggressionen beitragen konnte. Sie wollte mehr darüber lernen, hören und es selbst versuchen. Aber sie traute sich nicht, ihm davon zu erzählen, weil sie sich vor seiner Reaktion fürchtete. Was, wenn er darüber lachte und es ihr, einer Krankenschwester, nicht zutraute? Paul hatte ihr zwar nie das Gefühl gegeben, dass er sich für etwas Besseres hielt, aber ihre Familie hatte diese Aufgabe schon über Jahre geflissentlich gepflegt. Mit Johannas Selbstvertrauen war es in dieser Hinsicht nicht gut bestellt. Und von Pferdeanatomie hatte sie wenig Ahnung. Vielleicht war es für sie auch gar nicht möglich, diese Ausbildung zu machen.

»Was ist?«, fragte Paul, der gespürt haben musste, dass sie weit weg war mit ihren Gedanken.

»Ich muss los«, wich sie aus und drehte sich zu ihm um. »Ich würde viel lieber weiter mit dir im Bett liegen, aber heute ist doch Opas Feier und ich möchte helfen.« Sie gab ihm einen Kuss, den Paul sofort vertiefte.

Er schlang seine Arme um sie und strich an ihrem Rücken entlang. Johannas Körper überzog sich augenblicklich mit einer Gänsehaut, als er erneut Leidenschaft in ihr entfachte. Mit einem Seufzen löste sie sich sanft von ihm. »Das ist wirklich verlockend, mein Lieber, aber ich muss …! Sehen wir uns nachher? Du kommst doch auch, oder? Das halbe Dorf wird da sein.«

Paul grinste träge. »Natürlich, ich komme auch vorbei. Diese Feier kann man sich doch nicht entgehen lassen. Außerdem möchte ich der schönen Enkelin vielleicht ein paar heimliche Küsse stehlen.«

Das war auch ein Punkt, über den sie noch nicht gesprochen hatten. Bisher hatte Johanna niemandem – außer Rike – davon erzählt, dass sie mit Paul schlief.

Dabei war es viel mehr als das. Für sie jedenfalls. Aber für ihn?

Da war sie sich nicht sicher.

Sie wollte das alles erst einmal auf sich zukommen lassen, das redete sie sich zumindest ein. Vielleicht würde sie ihm auch heute Abend sagen, dass sie sich in ihn verliebt hatte. Warum es ihr so schwerfiel, diese Worte auszusprechen, wusste sie nicht; vielleicht, weil sie hoffte, dass er sie zuerst sagen würde.

Da war sie wieder, die alte Unsicherheit.

Johanna wünschte, sie wäre mutiger.

Heute Abend, nahm sie sich vor, und kletterte aus dem Bett, um sich anzuziehen. Dabei spürte sie Pauls Blick auf sich. »Du bist wunderschön«, hörte sie ihn murmeln.

Die Arme hatte er hinter seinem Kopf verschränkt, die Decke war ein wenig heruntergerutscht und bot einen hervorragenden Ausblick auf seine glatte, wohlgeformte Brust. Paul grinste breit, während Johanna zu verlegen war, um etwas zu sagen.

Wunderschön hatte sie sich im Leben noch nicht gefühlt, aber aus seinem Mund hörte es sich wie die Wahrheit an. »Danke«, gab sie mit einem leisen Lächeln zurück.

Sie zog sich das Kleid über den Kopf, trat noch einmal zu ihm und küsste ihn zum Abschied. »Bis heute Abend, ich freue mich auf dich!«

»Wenn du vorher Hilfe brauchst, ruf kurz an, dann komme ich rüber. Ich weiß sowieso nicht, wie ich es so lange ohne dich aushalten soll«, scherzte er und Johanna wünschte, es wäre wahr. Ihr Glück war für sie noch immer so unwirklich, dass sie hin und wieder Angst hatte, sie könnte aufwachen und alles wäre nur ein Traum gewesen.

Sie tapste zur Tür, drehte sich dann noch einmal um und schickte ihm einen Luftkuss. »Tschüss, Paul.«

Gut gelaunt tänzelte sie die Treppe hinunter, schlüpfte in ihre Sandalen und machte sich auf den Weg zum Rosenhof. Es war ein perfekter Sommertag, kein Wölkchen zog über den strahlend blauen Himmel. Die Blätter der Eichen raschelten leise im Wind, die Vögel zwitscherten vergnügt. Zwei Pferde tollten über die Koppel und entlockten Johanna ein erneutes Lächeln. Hoffentlich konnte Jupiter auch einmal ein so zufriedenes Leben führen. Das würde für einen Hengst zwar immer ein wenig anders aussehen als für Stuten oder Wallache, aber schmerzfrei sollte es zumindest werden.

Das Leben konnte so schön sein. Sie war glücklich. Zum ersten Mal seit langer Zeit. Sie schwebte geradezu auf Wolken; endlich begriff sie, was das bedeutete. So hatte sie sich noch nie gefühlt.

Oma schnippelte gerade Kartoffeln für ihren berühmten Kartoffelsalat mit extra viel Mayonnaise, als Johanna in die Küche huschte, um ein Glas Wasser zu trinken.

»Tag, Johanna. Dich bekommt man ja gerade auch nicht häufig zu Gesicht«, begrüßte Oma sie amüsiert.

Johanna setzte sich zu ihr an den Küchentisch und nestelte verlegen an der Plastiktischdecke herum, die Oma immer auflegte, wenn sie arbeitete, um den Tisch zu schonen. »Äh, ja. Stimmt«, wich sie aus.

»Und, Paul geht's gut?«

»Ich denke schon.« Oh, sie war so eine verdammt schlechte Lügnerin. Johanna merkte, dass sie rot wurde. Aber Paul und sie hatten nicht darüber gesprochen, ob sie nun offiziell ein Paar waren oder nicht.

»Das freut mich. Ach, Johanna, für dich war heute was in der Post.«

»Ein großer Umschlag?« Das wäre dann die Absage.

Komisch, dass sie bei diesem Gedanken eher Erleichterung als Enttäuschung verspürte. Oder auch nicht. Sie musste sich nicht länger zurückhalten; sie hatte sich in Paul verliebt und heute Abend bei der Feier würde sie es ihm sagen. Hoffentlich freute er sich ...

»Nein, ein kleiner. Er liegt drüben beim Telefon«, erklärte Oma.

»Ich schau gleich nach, danke. Du, Oma?«

»Ja, was ist denn?«

»Du warst doch auch mal jung.«

Sie lachte und schnippelte munter weiter. »Natürlich, auch wenn man sich das bei meinen vielen Falten heute kaum mehr vorstellen kann.«

»Warst du eigentlich vor Opa schon mal verliebt?«

Oma ließ die Kartoffel sinken. »Aber klar. Was denkst du denn. Immerhin war ich Mitte zwanzig, als ich Opa kennengelernt habe.«

»Klar, stimmt. Kann ich dich noch was anderes fragen?« Johannas Puls schnellte in die Höhe, ihre Handflächen fühlten sich unangenehm schwitzig an.

»Na was denn? Du bist ja heute ein bisschen merkwürdig, Hannchen. Was hast du auf dem Herzen?«

»Das ist bestimmt nur die Aufregung, wegen der Feier. Weißt du noch, als wir vor Kurzem alte Bilder im Wohnzimmer heraussuchen wollten? Da war so eine Blechkiste mit Postkarten von … Jakob?«

Oma erstarrte und saß plötzlich stocksteif da. »Was kramst du in meinen Sachen?« Es klang nicht böse, eher ungläubig.

Johanna fühlte sich schlecht, aber da sie das Thema nun schon angeschnitten hatte, wollte sie nicht mehr kneifen. »Du meintest neulich, dass er einer von den Guten war. Was sollte das heißen?«

»Ach, Hannchen, lass die alten Zeiten ruhen. Aber ich will dir eins erzählen: Jakob ist als Kind jüdischer Eltern in Berlin geboren und wurde nach England geschickt. Er hat im Krieg dann als Spion für die Engländer gearbeitet. Und nach dem Zweiten Weltkrieg hat er im Kalten Krieg gegen die Russen und die DDR spioniert. Dabei …« Sie schaute auf ihre Hände. »Das ist leider nicht gut für ihn ausgegangen.« Sie räusperte sich. »Ich bin mir aber sicher, dass Jakob sein Leben gelebt hat, und ganz ehrlich?« Sie hob den Kopf und schaute Johanna ernst an. »Jakob hat seinem Leben einen Sinn gegeben, er hat mit seiner Arbeit vielen Leuten geholfen und … Ach … ich werde sentimental, lassen wir das, Hannchen. Ich habe auch noch zu tun, und du hältst mich auf. Los, husch aus meiner Küche …«

»Verrückt«, war alles, was Johanna erwiderte. »Du warst mit einem Spion befreundet?«

Oma lächelte wehmütig. »Ich sagte doch, ich war auch einmal jung. Aber um auf deine Frage zurückzukommen, ich war nie in Jakob verliebt. Wir waren nur Freunde. Er war sogar auf unserer Hochzeit.«

Damit hatte Johanna nicht gerechnet. Sie wusste nicht, was sie darauf erwidern sollte, außerdem wollte sie Oma nicht weiter belästigen. Deshalb verließ Johanna die Küche und half stattdessen Opa im Hof mit den Bierbänken. Die Leute vom Getränkemarkt brachten gerade zwei gekühlte Fässchen Bier und Limonadenflaschen. Johanna betrachtete ihren Opa liebevoll, wie er mit seinem steifen Bein, aber voller Lebensmut seinen fünfundsiebzigsten Geburtstag beging. Sie musste die Vergangenheit ruhen lassen, denn ihn wollte sie auf keinen Fall verletzen. Letztlich spielte Blut nur eine untergeordnete Rolle, oder nicht? Sie würde das Thema nicht ansprechen.

Zumindest nicht heute.

* * *

Paul war spät dran. Die Lichterketten auf dem Rosenhof brannten bereits, überall parkten Autos, man hörte das Gelächter und die Musik schon von Weitem. Die Stimmung schien ausgelassen zu sein. Pauls Haar war noch feucht, als er den Rosenhof betrat. In den letzten Stunden hatte er um ein Fohlen und seine Mutter auf einem Hof in der Nähe von Amelinghausen gekämpft. Leider waren beide nicht zu retten gewesen. Alles umsonst, dachte er niedergeschlagen.

Diese Tage gab es leider. Man konnte niemandem einen Vorwurf machen.

Trotzdem hasste Paul es, dass die Medizin nicht immer helfen konnte. Die Besitzerin der beiden Tiere war weinend zusammengebrochen; die siebenjährige Rappstute war ihr Seelenpferd gewesen. Das hatte sie immer wieder geschluchzt, als er sie im Arm gehalten hatte.

In so einer Situation war Paul nicht nur Tierarzt, dann war er in allererster Linie ein Mensch, der einen anderen nicht im Stich ließ. Er hatte ihren Schmerz verstanden, ihn selbst erleben müssen. Meist half es den Betroffenen, wenn man ihnen einfach durch Gesellschaft etwas Trost spendete.

Nun, er hoffte, dass Johanna es ihm nicht übel nehmen würde. Sicher glaubte sie schon, er wolle sie versetzen. Es war schon nach neun; ihm war klar, dass sie sich fragen musste, ob man sich überhaupt auf ihn verlassen konnte. Andererseits, Johanna war klug; sie wusste natürlich, dass in seinem Beruf Notfälle an der Tagesordnung waren. Das brachte ihn zum nächsten Punkt, über den sie noch nicht geredet hatten.

Sollte er ein Geheimnis daraus machen, dass sie etwas miteinander hatten? Johanna hatte sich diesbezüglich nicht klar ausgedrückt, wie in vielen anderen Dingen auch nicht. Sie war eine Meisterin darin, auszuweichen, wenn man ihr gewisse Fragen stellte.

Und manches hatte er auch noch gar nicht angesprochen. Vielleicht war es für sie ja nur eine Affäre. Sie war ihm jedenfalls keine Rechenschaft darüber schuldig, wo und bei wem sie sich bewarb oder welchen Job sie annahm. Paul erwischte sich dennoch immer häufiger dabei, dass er sich wünschte, sie würde nicht ins Ausland zu Ärzte ohne Grenzen verschwinden.

War das selbstsüchtig?

Ja, auf jeden Fall!

Er sollte ihr davon erzählen, ehe sie vielleicht ihre eigenen Schlüsse zog, die womöglich falsch waren. Heute war eine gute Gelegenheit dafür, fand er, wenn sie in seinen Armen lag und er ihr zuerst auf körperliche Weise gezeigt hatte, wie viel ihm an ihr lag.

Pauls Mundwinkel bogen sich ein wenig nach oben; er konnte endlich wieder durchatmen. Der letzte Einsatz hatte ihm doch einiges abverlangt, das konnte man nicht direkt abschütteln, wenn man zurückkehrte.

»Guten Abend«, begrüßte Paul Walter und seine Gattin. »Herzlichen Glückwunsch.«

Er wollte dem älteren Herrn die Hand geben; stattdessen zog dieser ihn in seine Arme und drückte ihn. »Danke, mein Junge.«

Paul war ein wenig überrascht, aber freute sich über die offene Geste. Dann umarmte ihn Netti ebenfalls. »Geh nur, hol dir ein Bier und was zu essen; ich hoffe, es ist noch etwas da.«

»Tut mir leid, dass ich zu spät bin«, erklärte Paul. »Es gab einen Notfall.«

»Du bist auch noch ganz blass, war es schlimm? Ach, natürlich war es das«, meinte Netti und kniff ihn in die Wange. »Das wird schon wieder, Paul. Na los, geh dich amüsieren. Schön, dass du da bist.«

Paul grinste. Er wollte gerade etwas erwidern, als die Musikkapelle wieder anfing zu spielen. Walter trat mit Netti an der Hand in die Mitte, und die beiden wiegten sich im Takt. Paul sah sich indes nach Johanna um. Er konnte sie zunächst nicht entdecken, also holte er sich ein Bier. Vielleicht war sie zur Toilette gegangen, sicher war sie gleich zurück.

Paul trank einen Schluck, dann schlenderte er ein wenig weg vom Trubel. Hier und da nickte er Bekannten zu, aber ließ sich nicht auf ein Gespräch ein. Er trat hinter den Stall und wollte zur Umrandung der Koppel gehen, als er Johanna mit einem Mann entdeckte.

Sein Magen zog sich zusammen.

Das sah sehr vertraut aus.

Die beiden kannten sich.

Arnold, schoss es ihm durch den Kopf.

Liebte sie ihn immer noch?

Paul wurde schlecht.

Er wollte nicht, dass Johanna ihn entdeckte.

Warum war der Mann hier? Er musste aus Köln hergekommen sein. Niemand trat so eine Reise an, wenn es nicht wirklich etwas zu sagen gab.

Hatte Johanna ihn belogen und es war noch gar nicht aus mit den beiden?

Paul konnte keinen einzigen klaren Gedanken fassen, nur eines war sicher: Er war hier fehl am Platz.

Er wollte sich gerade abwenden, als er sah, wie der Mann Johanna in den Arm nahm.

Das wollte sich Paul beim besten Willen nicht länger ansehen.

Er verschwand um die Ecke, stolperte und verschüttete sein Bier. Das war nun auch schon egal. Er stellte das leere Glas auf einem Tisch ab und machte sich vom Acker. Für ihn war der Abend gelaufen.

Seine Träume waren zerplatzt. Seine Angst, dass er nur eine Ablenkung für Johanna sein könnte, wurde damit bestätigt.

Johanna hatte nicht mit ihm darüber gesprochen, ob es eine Zukunft für sie gab, weil ihr Herz an einem anderen hing.

Auch das kam Paul bekannt vor.

Die Eifersucht legte sich wie ein rotes Tuch über seinen Verstand. Alles, was er sehen konnte, war Johanna, die mit Arnold redete. Eine Versöhnung?

Paul war überrascht, wie schmerzhaft ihn die Erkenntnis traf, dass Johanna ihm womöglich nur die halbe Wahrheit über Arnold erzählt hatte. Dass er hier war, konnte doch nur bedeuten, dass sich die beiden versöhnen wollten. Dem würde er nicht im Wege stehen. Für Johanna war er immer nur die zweite Wahl gewesen. Erst Ralf, jetzt Arnold. Was hatte er sich eigentlich vorgemacht? Er war kein Notnagel und wollte auch keiner sein. Und er war auch kein Mann, der um die Gunst einer Frau bettelte oder eine Szene in der Öffentlichkeit machte.

Kapitel 22

September 1945, Lüneburg

In Lüneburg ging es momentan noch wuseliger als üblich zu. Aus aller Welt waren Journalisten und Fotografen angereist, um dem Bergen-Belsen-Prozess beizuwohnen, den Jakob so lange vorbereitet hatte. Seit gestern wurde in der Halle des MTV Treubund Lüneburg in der Stadt über die Schandtaten einiger Nazis eingehend verhandelt. Generalmajor Berney-Ficklin führte höchstpersönlich den Vorsitz, zehn SS-Männer, neun SS-Aufseherinnen, acht Häftlingskapos, darunter auch der Lagerkommandant Josef Kramer, mussten für ihre Taten geradestehen. Für viele von ihnen war das Todesurteil gefordert worden.

Alan hatte Netti eingeladen, einem Verhandlungstag von der Tribüne aus beizuwohnen, aber sie hatte abgelehnt. Sie wusste, was diese Leute getan hatten, hatte Bildmaterial und kurze Filme zu sehen bekommen, die Jakob aus dem Lager Bergen-Belsen mitgebracht hatte. Nein, das konnte und wollte sie nicht aushalten, hoffte aber, dass diese schrecklichen Leute für ihre menschenunwürdigen Taten ein hartes Urteil bekamen.

Alan hatte es gut gemeint, als er sie eingeladen hatte, aber verstanden, warum sie nicht zusehen wollte. Der Gedanke an Alan nahm Netti etwas von ihrer Anspannung. Sie war glücklich mit ihm, sehr glücklich, auch wenn niemand von ihrem Geheimnis wusste. Noch nicht.

Gleichzeitig fürchtete sie sich auch vor der Reaktion ihrer Familie, wenn sie ihr von ihrer Beziehung erzählte. Aber Alan hatte vermutlich gerade sehr gute Karten, nachdem er Gerd kürzlich echte Papiere beschafft hatte und ihr Bruder nun offiziell frei war.

Gerd hatte es erst nicht gefallen, dass ein Engländer seine Haut retten wollte. Natürlich hatte er dennoch nicht Nein sagen können, als Netti Gerd seine Freiheit mit schönen Grüßen von Major Thompson in Dokumentenform vor die Nase gehalten hatte. Das Ganze war nun schon einige Wochen her, und seitdem hatte sich die Situation in ihrer kleinen Kammer über dem Stall ein wenig entspannt. Trotzdem war es viel zu eng für sie alle, aber wenigstens hatten sie ein Dach über dem Kopf. Es gab immer noch Tausende, die nicht einmal dieses Glück hatten.

Netti trat nun kräftiger in die Pedale. Der September hatte sich das Zusatzwort golden wirklich verdient, dachte sie, als sie an diesem sonnigen Abend zum Hof der Tiedtkes zurückradelte. Mittlerweile besaß sie ein eigenes Fahrrad; Helmut war so fleißig beim Schrottsammeln gewesen, dass sie sich eines hatten zusammenbauen können. Sie war unglaublich stolz auf den Jungen. Vor ein paar Tagen war er zehn Jahre alt geworden.

Netti stieg ab und schob das Rad auf den Hof. Sie war überrascht, als sie Walter auf den Stufen vor dem Bauernhaus entdeckte. Seine Krücken hatte er mittlerweile durch einen Gehstock ersetzt, neben ihm stand eine Flasche Schnaps. Sie merkte sofort, dass etwas passiert sein musste. Er saß da wie ein Häuflein Elend, in sich gekehrt und todtraurig.

Netti lehnte ihr Rad gegen einen Baum und lief zu Walter hinüber. »Darf ich?«, fragte sie sanft.

Er zuckte die Schultern und schaute nicht auf. »Sicher.«

Netti setzte sich neben ihn. »Was ist passiert, Walter?«

Walter atmete hörbar aus. »Mein Bruder hat Geburtstag. Er wäre heute sechsundzwanzig geworden.«

»Das tut mir leid.«

»Ja, mir auch.« Walter bot ihr einen Schluck an. »Nimm ruhig. Ich hab den untersuchen lassen. Ist zwar selbst gebrannt, aber bringt dich nicht um.«

Netti war nicht überrascht. Sie hatte die Schilder in der Stadt schon gesehen; es gab immer mehr offizielle Stellen, bei denen man den Methylalkoholgehalt von Spirituosen prüfen lassen konnte. Zu viele Leute hatten in den letzten Wochen durch selbst gebrannten Schnaps Schaden erlitten, einige waren sogar gestorben. Angst vor einer Vergiftung war jedoch nicht der Grund, warum Netti ablehnte. Sie wollte einen klaren Kopf behalten; sie mochte es nicht, beduselt zu sein. »Nein, danke. Aber ich bleib' ein bisschen bei dir, wenn du möchtest.«

»Ich mag dich, Netti«, erklärte Walter mit einem leisen Seufzen, das ihr Herz berührte.

Sie wusste, da sprach nicht nur der Schnaps aus ihm, auch wenn er schon ein bisschen betrunken wirkte. Walter war ein guter Kerl, und sie hatte schon öfter bemerkt, dass er sich ein wenig in sie verliebt haben musste.

»Ich mag dich auch«, gab sie ehrlich zurück und hoffte, dass er es nicht falsch verstand. Mögen und lieben war doch ein Unterschied, und ihr Herz gehörte Alan.

»Ja, aber ich mag dich *anders*. Ich würd' dich heiraten«, erklärte Walter jetzt.

Netti hatte schon immer gewusst, dass Walter ein kluger Kerl war, aber dass er auch so feinfühlig war, zu begreifen, dass seine Verliebtheit einseitig war, überraschte sie. Es sprach für Walter, dass er so eine gute Beobachtungsgabe hatte.

»Walter! Das meinst du doch nicht ernst. Schlaf erst einmal deinen Rausch aus und sag so was nicht einfach so dahin.«

Er trank noch einen Schluck. »Ich weiß, dass du mich nicht liebst, aber vielleicht könntest du es lernen.«

»Ja, vielleicht könnte ich das«, gab sie nachdenklich zurück und schluckte das Aber hinunter. Sie wollte nicht Walters Träume zerstören, wo es ihm gerade so schlecht ging. Außerdem mochte sie ihn wirklich. Es war nicht diese alles verzehrende Liebe, die sie Alan gegenüber empfand, aber es war ehrliche Zuneigung, und sie konnte sich nicht mehr vorstellen, ohne Walters tägliches Lächeln am Morgen vom Hof zu radeln. Walter war immer für sie und ihre Familie da, sogar dann, wenn Gerd Gemeinheiten von sich gab oder Frau Tiedtke brüllte, Walter solle die »Polacken« doch endlich in Ruhe lassen.

»Denkst du drüber nach?«, bat er sie jetzt.

Sie gab ihm einen Kuss auf die Wange. »Das werde ich. Ich danke dir. Deine Mutter würde sich jedenfalls *nicht* freuen«, versuchte sie zu scherzen.

Er zuckte die Schultern. »Die würde sich schon dran gewöhnen.«

Darauf wusste Netti nichts zu erwidern; zudem wollte sie dieses Thema nicht vertiefen, denn es hätte unweigerlich damit geendet, dass sie ihn vor den Kopf stoßen musste. Und womöglich bereute Walter seine Worte morgen ohnehin, wenn er wieder nüchtern war. Wobei Netti ihn nicht so wankelmütig einschätzte, Schnaps hin oder her.

Sie legte ihm eine Hand auf die Schulter. »Gute Nacht, Walter.«

Dann ging sie zu ihrem Rad und brachte es hinauf in ihre Kammer – sicher war sicher. Gestohlen wurde nach wie vor überall viel und von allem. Während sie das schwere Ding nach oben wuchtete, dachte sie an Alan, und ihr Herz wurde schwer. Ob sie ihre Liebe jemals öffentlich machen konnten? Wie lange mussten sie allen vorspielen, dass da nichts zwischen ihnen war? Und dann dachte Netti ganz unvermittelt an Walter. Daran, wie traurig er sie angesehen hatte, als er ihr seine Liebe gestanden hatte. Sie mochte ihn, sie mochte ihn schrecklich gern, aber für eine Ehe brauchte es mehr als das. Außerdem gehörte ihr Herz einem anderen, obwohl sie sich schrecklich davor fürchtete, was das für sie bedeuten konnte, sollte es jemals herauskommen. Nicht nur das offizielle Verbot stand ihrer Liebe im Weg, es war so viel mehr. So viel mehr, dass sie die trüben Gedanken sofort beiseiteschob, ehe sie ihr die Luft zum Atmen abschnürten.

* * *

Als Netti am nächsten Morgen die Villa in der Uelzener Straße betrat, merkte sie sofort, dass etwas nicht stimmte. Alan trat aus der Küche, sein Hemd war zerknittert, tiefe Schatten lagen unter seinen Augen. Hatte er gar nicht geschlafen?

»Alan? Was ist los?« Mit wenigen Schritten war sie bei ihm und nahm ihn in den Arm.

Er hielt sich an ihr fest, vergrub seine Nase in ihrem Haar, das mittlerweile ein ganzes Stück gewachsen war. Letzte Woche hatte sie sich von ihrer Mutter mit einer halb stumpfen Schere einen Bubikopf verpassen lassen und fühlte sich seitdem endlich wieder wie ein Mensch. Ihre Frisur spielte allerdings in diesem Moment keine Rolle. Sie wusste nicht, was Alan so aufgewühlt hatte, aber ahnte, dass es schlimm sein musste.

»Oh, Netti«, seufzte er und drückte sie noch fester an sich. So hielt er sie fest und sagte nichts. Immer wieder spürte sie, dass er einen Versuch machte zu reden, es dann aber doch sein ließ.

»Alan, du machst mir Angst«, murmelte sie und schluckte trocken.

»Das Schreiben für deinen Bruder…«, fing er an und stockte.

»Was ist damit?« Der Magen sackte in ihre Kniekehlen.

»Ich habe es eigenmächtig erstellt.«

O Gott! Das hatte sie nicht gewusst. Konnte das ein Problem werden? Ja, offenbar war es schon zu einem geworden.

»Und jetzt? Ist es etwa nicht gültig?« Angst erfasste ihr Herz; sie trat zurück und schaute in Alans sorgenvolles Gesicht.

Er wirkte zutiefst bekümmert, als er den Kopf schüttelte. »Doch, das ist es.«

»Aber was dann? Sprich doch!«, flehte sie und legte ihm eine Hand an die unrasierte Wange.

»Meine Vorgesetzten … jemand hat mich erwischt und geplaudert.«

Netti stieß einen entsetzten Schrei aus und taumelte. Alan hielt sie fest und zog sie wieder in seine Umarmung. »Und jetzt?«, fragte sie tonlos. »Wirst du bestraft? Kommst du vor ein Militärgericht?«

»Ich konnte es anders regeln. Aber, Netti, ich muss Lüneburg verlassen. Ich werde bestraft, indem ich meinen Posten hier verliere. Ich muss zurück nach England. Komm mit mir.«

Sie glaubte, sich verhört zu haben. »England? Weg aus Lüneburg?« Das war zu viel auf einmal. Ihr wurde speiübel.

Alan strich über ihre Haare. »Ich weiß, das ist jetzt ein Schock, das war es zunächst auch für mich. Liebste, du bist mein Ein und Alles. Ich liebe dich und ich möchte dich heiraten. Komm mit mir nach England; wir bauen uns dort ein ganz neues Leben auf. Nur wir beide. Ein Neuanfang.«

Der Schreck über seine Offenbarung saß tief. »Wann?«, war alles, was sie hervorbrachte.

»Bald. Sehr bald«, gab er tonlos zurück.

Netti schwieg. In ihrem Kopf drehte sich alles.

Sie liebte Alan. Natürlich wollte sie ein Leben mit ihm aufbauen, eine gemeinsame Zukunft.

Wie und wo das sein würde, hatten sie noch nicht besprochen. Natürlich nicht, denn eine Beziehung war ja nach wie vor verboten. Sie liebten sich nun seit Wochen im Verborgenen und mussten das vermutlich auch noch für Monate tun, ehe man dieses elende Fraternisierungsverbot wieder aufheben würde. Das würde doch geschehen, oder?

Netti hatte keine Ahnung, aber an diesen Strohhalm hatte sie sich die ganze Zeit geklammert. Sie hatte das Versteckspiel in Kauf genommen, weil es eben nicht anders ging.

Aber das Land verlassen?

Wie sollte das gehen?

Und was wurde dann aus ihrer Familie?

Sie waren auf ihre Arbeitskraft, ihre Hilfe auf dem Hof angewiesen. Netti konnte nicht fliehen. Aber es war nicht nur das. In England wäre sie die deutsche Hure gewesen.

Wenn man in Lüneburg davon erfuhr, wäre sie die Hure des Engländers gewesen. Sie hatte gesehen, wie man mit den Frauen umging, die man erwischt hatte.

Nein, das konnte sie ihrer Familie nicht antun. Und sich selbst auch nicht.

Aber sie liebte Alan!

Es musste einen Weg geben. Es musste!

Netti stieß einen verzweifelten Schluchzer aus und warf sich in Alans Arme. Alle Ängste, die sie seit Wochen verdrängt hatte, stürzten jetzt wie eine gewaltige Flut auf sie ein. Netti heulte wie ein Schlosshund, sie konnte nichts dagegen tun. Alle Dämme waren gebrochen. Es war pure Verzweiflung, die sie darüber empfand, dass sich ihre kleine Blase des Glücks mit einem Schlag aufgelöst hatte.

Alles zerstört.

Unmöglich.

Hoffnungslos.

Wie sollte das gehen? Sie konnte sich nicht teilen. Sie konnte ihre Familie nicht im Stich lassen. Aber Alan auch nicht. Er hatte alles für sie riskiert und alles verloren.

Alan hielt sie fest, wiegte sie hin und her, als wäre sie ein Kind. Netti legte ihre Wange auf seine Brust und schloss die Augen, lauschte seinem ruhigen Herzschlag, nahm seine Wärme in sich auf. Sie wollte bei ihm sein, für immer. Ihn lieben, mit ihm leben.

Netti konnte sich der Realität nicht stellen. Nicht jetzt. Nicht heute.

Sie legte ihm einen Finger an die Lippen. »Schsch. Sag jetzt nichts mehr. Nichts, Alan. Ich kann nicht.«

Ohne auf eine Antwort zu warten, verschloss sie seinen Mund mit ihren Lippen, küsste ihn verzweifelt, am helllichten Tag. Sie vergaßen ihre selbst auferlegten Regeln. Es spielte ohnehin keine Rolle mehr. Es war zu spät.

Netti spürte seine Verzweiflung wie ihre eigene. Sie konnte ihn nicht aufgeben, sie brauchte ihn. Genauso wie er sie brauchte. Sie hatten sich gefunden, sie war seine Hoffnung – und er war ihre. Wie von Sinnen berührten sie einander, küssten und liebkosten sich. Irgendwann fanden sie sich in Alans Schlafzimmer wieder, die Tür hatte er hinter ihnen geschlossen. Hier gab es nur noch sie beide.

»Ich brauche dich«, wisperte sie atemlos und gab sich ihm hin. Sie musste seine Nähe spüren, eins mit ihm werden. Das war alles, was in diesem Augenblick noch eine Rolle spielte. »Ich liebe dich«, flüsterte er.

»Und ich liebe dich.«

Diese Worte heilten den Schmerz in ihr, wie sie auch seinen Schmerz erträglich machten, weil Liebe das Einzige war, was für sie noch wichtig war in diesem Leben. Netti hielt sich an Alan fest, spürte seine festen Muskeln und seine Wärme.

Unvorstellbare Empfindungen ließen sie für diesen Augenblick alles andere vergessen. Alan war ein zärtlicher Liebhaber; er küsste jeden Zentimeter ihres Körpers und sie genoss jede Sekunde davon. Alles mit ihm fühlte sich richtig an. Natürlich. Als wären sie füreinander geschaffen. Ihre tiefe Liebe füreinander spiegelte sich in seinen geflüsterten Worten, seinen Liebkosungen und seinen Küssen, die Netti mit gleicher Hingabe erwiderte.

Irgendwann kehrten sie in die Realität zurück. Und diese Landung war hart und schmerzhaft.

Netti war keine Närrin.

Unbewusst hatte sie immer geahnt, dass eines Tages diese Entscheidung kommen würde. Kommen musste.

Sie wollte ihn nicht gehen lassen.

Doch welche Wahl blieb ihr schon?

Konnte Netti es aushalten, Lüneburg und ihre Liebsten zu verlassen, wo sie doch schon so viel verloren hatte in den letzten Monaten? Freunde, Großeltern, Tante und Onkel, Vater und Heimat? Wie konnte sie jetzt auch noch ihre Mutter zurücklassen? Und Helmut? Nettis Herz zog sich schmerzhaft zusammen; sie spürte, wie etwas in ihr zerriss. Sie hatte nicht gedacht, dass das nach allem, was sie durchgemacht hatte, noch möglich war.

Sie konnte nicht gehen.

»Meine Liebe. Komm mit mir. Wir werden ein gutes Leben haben«, flüsterte Alan; sie hörte die Angst in seiner Stimme. Er musste es fühlen. Er wusste immer, was in ihr vorging. Gerade deshalb liebte sie ihn ja so sehr.

»Daran zweifle ich nicht«, gab sie mit tränenerstickter Stimme zurück.

»Ich weiß.« Er seufzte leise. »Ich weiß, mein Herz.«

Sie verstanden sich mittlerweile ohne Worte. »Ich werde alles tun, damit du dich in meiner Heimat wohlfühlen wirst. Heirate mich, Netti«, bat er sie noch einmal.

»Wie soll das nur gehen?«, war alles, was sie erwidern konnte.

»Ich finde einen Weg für uns«, versprach er, und sie zweifelte nicht daran.

»Was ist mit meiner Familie?«

Alan hob ihr Kinn an und zwang sie so, ihn anzusehen. »Bitte, entscheide dich für uns, Netti. Ich habe so viel riskiert und alles versucht.«

Das war ihr klar, denn ohne Gerds Flucht wäre sie jetzt nicht gezwungen gewesen, eine so schwierige Entscheidung zu treffen. Sie war wütend auf ihren Bruder und gleichzeitig froh, dass er nicht mehr in einem Soldatenlager hausen musste. Doch sie konnte jetzt nicht an Gerd denken.

Aber auch nicht an das, was ihr bevorstand.

»Ich weiß das, Alan. Aber ich kann nicht gehen. Nicht jetzt«, sprach sie schließlich das aus, was unumstößlich war. Sie konnte ihre Familie nicht im Stich lassen. Sie dachte an ihre Mutter, was sie alles zu stemmen hatte. Sie dachte an Otti, die sich gerade erst berappelt hatte. Und natürlich an Helmut, der auf seine Tante Netti zählte. Schließlich dachte sie an ihren Vater, dessen Rolle sie in den letzten Monaten versucht hatte zu übernehmen. Sie war dafür verantwortlich, dass sie als Familie überlebten. Zusammen. Sie konnte nicht so egoistisch sein, auch wenn es verlockend war, einfach fortzugehen …

»Was bedeutet das?« Alan zog seine Brauen zusammen; sie spürte die Distanz, die sich zwischen ihnen aufbaute.

Netti schluckte, ihr Herz wurde schwer. Sie wollte nicht, dass das passierte. Sie wünschte, sie hätte mehr Zeit mit ihm gehabt. Ein ganzes Leben.

Aber es war nicht möglich.

Sie konnte sich nicht für die Liebe entscheiden, wo es noch um vier andere Leben ging.

Das brachte sie nicht über sich, auch weil sie wusste, dass es sie umgebracht hätte … das Heimweh, die Sehnsucht und die Schuldgefühle. Vor allem die.

Und selbst wenn nicht, dann hätte es doch die Liebe zu Alan zerstört. Vielleicht nicht sofort, aber ganz langsam hätte die Schuld ihre Beziehung von innen heraus zerfressen, bis Netti Alan irgendwann vielleicht dafür gehasst hätte, dass er sie aus Deutschland fortgebracht hatte. Das hätte sie noch weniger ertragen, wenn er sie dann womöglich nicht mehr mit diesem tiefen, sehnsüchtigen Blick angeschaut hätte, sondern mit Bitterkeit.

»Ich kann nicht, Alan. Ich liebe dich, das werde ich für immer tun. Aber ich kann nicht mit dir gehen.«

Alan wurde blass, taumelte einen Schritt zurück und atmete geräuschvoll aus. »Das meinst du nicht so.«

Sie schwieg und wich seinem Blick nicht aus. Sie las Schmerz und Enttäuschung darin und einen unglaublichen Kummer, der ihr ins Herz schnitt. Alan begriff in dieser Sekunde, dass Netti ihre Entscheidung getroffen hatte. Sie sah es ihm an.

»Du wählst deine Familie«, war alles, was er hervorbrachte.

»Tu das nicht«, bat sie ihn traurig. »Es ist keine Entscheidung *gegen* dich, es ist eine für meine Pflicht und nicht für die Liebe. Ich *liebe* dich, Alan. Bitte glaub mir das. Aber ich kann meine Familie nicht zurücklassen.«

Sie sah, dass eine Träne aus seinem Augenwinkel rann. Er ging wieder zu ihr und riss sie in seine Arme. Sie küssten sich noch einmal in wilder Verzweiflung. Es gab in diesem Moment nur noch sie beide und nichts anderes auf der Welt.

Keine Verbote. Keine Hindernisse. Keine Sorgen. Nur noch sie.

Netti und Alan liebten sich ein letztes Mal. Sie wussten beide, es würde ein Abschied für immer sein. Doch niemand sprach diese Worte aus. Es gab nur geflüsterte Liebesbekundungen und ihre Gefühle. Ein letzter gemeinsamer Tag, aus dem Stunden und dann Minuten wurden.

Alles für ein letztes Mal.

Ein letztes Mal seine Stimme, seine Haut, seinen Atem auf ihrer Haut zu spüren. Netti weinte nicht, sie lächelte. Er sollte sie genau so in Erinnerung behalten, auch wenn es in ihr anders aussah.

»Ich werde dich für immer lieben«, flüsterte Alan in Nettis Ohr, ehe er sie spät an diesem Abend in eine kühle Septembernacht entließ. »Denk nicht an mich zurück, Netti. Versprich mir das. Lebe. Liebe. Werde glücklich. Ich verstehe, warum du nicht mit mir gehen kannst, und dafür liebe ich dich umso mehr, weil es zeigt, was für ein guter Mensch du bist. Ich wünsche dir alles Glück der Erde, mein Herz.«

Er küsste sie auf die Stirn und strich mit seinen Fingern über die Linien ihrer Wangen, ehe er weitersprach. »Unsere Stunde null liegt hinter uns, und wir werden leben.«

Kapitel 23

Juli 1993, Lüneburg-Oedeme

Johanna war außer Atem. Sie war den ganzen Weg zu Paul gerannt, nachdem sie noch einen Umschlag aus dem Haus geholt hatte, den sie ihm unbedingt zeigen wollte.

Falls er mit ihr sprechen würde.

Da war sie sich nicht so sicher. Sie wusste nicht genau, was Paul gesehen oder gehört hatte, aber dass er nicht auf der Feier geblieben war, sagte genug.

Als Johanna sich mit Arnold gestritten hatte, hatte sie gedacht, Paul gesehen zu haben, doch als sie sich umgedreht hatte, war niemand da gewesen.

Arnold! Sie stöhnte genervt.

Dass dieser Idiot überhaupt die Nerven hatte, hier aufzutauchen! In einem denkbar unpassenden Moment auch noch. Als ob er gerochen hätte, dass sie nun endlich glücklich war.

Nun, diesen Zahn hatte sie ihm gezogen; er würde sie nie mehr belästigen. Als er sie auch noch ohne Vorwarnung umarmt hatte, hatte Johanna ihm eine geklebt und ihn von sich geschubst. »Ich will dich nie wieder sehen, wann verstehst du das denn endlich? Setz dich in deine blöde Bonzenkarre und hau ab. Hau ein für alle Mal ab! Ich liebe dich nicht. Ich habe dich nie wirklich geliebt, und jetzt will ich nur eines: dass du verschwindest.«

Danach hatte sie ihn stehen gelassen und war zur Feier zurückgekehrt. Als Oma ihr kurz darauf erzählt hatte, dass Paul gekommen und gleich wieder gegangen war, hatte sie sofort eins und eins zusammengezählt. Er musste sie gesehen haben.

So ein blödes Missverständnis! Sie musste es aus dem Weg räumen. Und zwar sofort, deshalb rannte sie noch immer. Keuchend blieb Johanna vor Pauls Haus stehen und hämmerte gegen die Tür, dann klingelte sie Sturm.

Mach die blöde Tür auf, dachte sie panisch.

Es dauerte eine ganze Weile, bis endlich geöffnet wurde. Pauls Miene wirkte versteinert, sein Blick war kalt. Er wollte ihr die Tür direkt vor der Nase zuschlagen, aber Johanna stellte ihren Fuß dazwischen. »Bitte, Paul, lass mich doch mal erklären«, bat sie und schob sich durch den Spalt hinein. »Was du möglicherweise gesehen hast, war nicht das, was du denkst.«

»O Gott, Johanna! Das klingt so banal und abgedroschen.« Er schüttelte den Kopf. »Du musst mir nicht erzählen, dass du dich mit deinem Ex versöhnt hast. Das habe ich auch so schon erkannt.«

»Das werde ich auch nicht erzählen, weil es nicht stimmt. Paul. Ich wusste nicht, dass er kommt, und habe ihn fortgejagt. Arnold und ich sind seit Wochen nicht mehr zusammen. Ich lüge nicht, Paul. Bitte glaub mir. Und, sieh mal hier.« Sie hielt ihm ein Absageschreiben hin, das sie vor der Feier noch schnell getippt hatte, weil sie an diesem Tag zu einer Entscheidung gekommen war. Dass der Abend in so einem Chaos enden würde, hatte sie natürlich nicht erwartet. Trotzdem war sie froh, dass sie Paul diesen Zettel nun zeigen konnte, denn er bewies, dass ihre Absichten ehrlich waren. Hoffentlich konnte er ihrer Logik folgen … angesichts des finsteren Blicks, mit dem er sie gerade anschaute, war sie sich dabei ganz und gar nicht sicher. Johanna zitterte, als sie ihm den Papierbogen in die Hand drückte. »Bitte, Paul.«

Er überflog die Zeilen und funkelte sie irritiert an. »Was soll das?«

Johannas Hände waren eiskalt, ihr Herz schlug bis zum Hals.

»Ich habe heute Nachmittag noch eine Absage an Ärzte ohne Grenzen geschrieben, weil ich das nicht machen werde. Ich möchte hierbleiben. Bei dir. Wenn du das auch möchtest. Paul, ich habe mich in dich verliebt. Das wollte ich dir heute Abend sagen – aber dann ist alles schiefgelaufen. Du warst nicht da, als die Feier losging, und dann kam Arnold – und du bist anscheinend genau im falschen Moment aufgetaucht und hast das falsch interpretiert. Aber ich schwöre dir, Paul, dass Arnold für mich keine Rolle mehr spielt. Ihn habe ich nie geliebt. Ich weiß erst, was Liebe bedeutet, seit ich dich kenne. Ich kann es auch nicht glauben, all die Jahre … und jetzt habe ich erst kapiert, dass ich immer nur nach dir gesucht habe! Ich liebe dich, Paul.«

Pauls Augen weiteten sich, seine Lippen öffneten sich und er schloss sie wieder. Sie sah seinen Adamsapfel hüpfen. »Du liebst mich? Und ich dachte…« Er beendete seinen Satz nicht, doch sie sah an seinem weich gewordenen Blick, dass er ihr glaubte. Endlich.

Johannas Herz ging auf, in ihrem Bauch flatterten unzählige Schmetterlinge auf. Sie grinste und lehnte sich gegen seine breite Brust. Sie atmete seinen einzigartigen Geruch tief ein und spürte, wie sich ein tiefes Gefühl des Nachhausekommens in ihr breitmachte. Etwas, das sie nur bei ihm fühlte. »Ich weiß, du dachtest vielleicht, ich suche nur eine heiße Sommeraffäre. Aber nein, ich will mehr, viel mehr. Mit dir, Paul.« Sie lehnte sich ein Stück zurück und schaute zu ihm auf. »Mit dir will ich alles. Vielleicht einen Kartoffelacker, eine Reise in die USA, um irgendeine spezielle Technik zu erlernen, aber vor allem möchte ich eins: bei dir sein. Mit dir sein, Paul. Ich habe mich in dich verliebt. Ich kann mir ein Leben ohne dich nicht mehr vorstellen!«

Paul nahm ihr Gesicht zwischen seine Hände, seine Augen funkelten. Zwei Grübchen wurden auf seinen kantigen Wangen sichtbar. »Ich kann nicht glauben, dass ich die Worte, nach denen ich mich schon so lange sehne, endlich aus deinem Mund höre, Johanna. Es tut mir leid, dass ich davongelaufen bin; ich hätte dir Gelegenheit geben sollen, mir alles zu erzählen. Aber als ich den Kerl gesehen habe, bin ich einfach durchgedreht. Ich habe sofort die falschen Schlüsse gezogen.«

Johanna legte ihm einen Finger an die Lippen. »Schsch«, machte sie. »Schon gut, wirklich. Jetzt haben wir ja darüber gesprochen. Aber was ist mit dir? Kannst du es dir denn auch vorstellen? Mit mir?«

»Und ob ich das kann!« Er senkte seine Lippen auf ihre und ließ Johanna mit seinen Zärtlichkeiten spüren, wie ernst es ihm damit war.

»Sollen wir zurück zur Feier gehen?«, wisperte Johanna irgendwann atemlos.

»Auf keinen Fall«, japste Paul und schob Johanna die Treppe hinauf. »Es gibt genau einen Ort, an dem ich jetzt mit dir sein möchte.«

Johanna lachte und nahm ihn an der Hand. »Großartig, dabei sind wir uns dann schon mal einig …«

Gemeinsam rannten sie die Treppe hinauf. Im Flur drückte Paul Johanna noch einmal gegen die Wand und küsste sie stürmisch. Die ersten Kleidungsstücke fielen auf den Teppich, während sie sich weiter in sein Schlafzimmer vorarbeiteten. Dort kickte er die Tür mit einem Krachen ins Schloss – damit sie wirklich ihre Ruhe hatten. Von da an gab es nur noch sie beide.

Kapitel 24

Juli 1993, Lüneburg-Oedeme

Am darauffolgenden Sonntag saß Johanna in der Küche der Großeltern und plauderte mit Oma. Opa war auf dem Hof unterwegs und Paul wollte gleich herkommen. Es duftete nach frischem Kuchen und Kaffee. Das Fenster war offen; man hörte sogar im Haus das Zwitschern der Vögel. Schnee lag auf einem Kissen auf der Fensterbank und schlief. Ihr Bein heilte gut, bald würde sie wieder Mäuse fangen können.

Johanna kraulte Schnee unterm Kinn, während Oma dabei war, ein paar graue Wollsocken zu stopfen. Vor ihr stand ein Glas Wasser auf dem Tisch.

»Kann ich dich noch mal was fragen?«, wagte sich Johanna an ein gewisses Thema heran.

Oma neigte ihren Kopf ein wenig. »Du hast in letzter Zeit wirklich viele Fragen, Hannchen. Was möchtest du wissen?«

Johanna sah, dass Oma zum ersten Mal, seit sie hier war, wirklich bereit war, über ihre Vergangenheit zu sprechen. Vielleicht lag es auch daran, dass Johanna zum ersten Mal wirklich vorher gefragt hatte.

Johanna lächelte. »Ja, ich weiß auch nicht, Oma. Vielleicht gehört das zum Erwachsenwerden dazu, dass man plötzlich mehr Fragen über die Vergangenheit hat, ich weiß es nicht. Ich glaube, dass ich ein paar Sachen verstehen muss, damit ich endlich kapiere, warum ich bin, wie ich bin.«

Oma nickte. »Das kann ich gut nachvollziehen, Hannchen. Uns prägt nicht nur das, was wir selbst erlebt haben, sondern auch das, was in der Familie liegt. Na schön, dann stell mir all deine unbequemen Fragen! Ich werde dir alles erzählen, was du wissen möchtest.«

Johannas Augen wurden groß. »Wirklich?«

Oma lächelte wehmütig. »Sonst würde ich es doch nicht sagen. Aber, Hannchen, ich glaube, du rechnest mit einem schmutzigen Geheimnis. Da gibt es keins, den Zahn muss ich dir gleich ziehen. Als du neulich damit anfingst, die alten Sachen aus dem Schrank zu kramen, war ich einfach ein bisschen überrascht; ich habe seit Ewigkeiten nicht mehr an diese Dose gedacht. Hätte ich gewusst, wie sehr du dich für altes Zeug interessierst, hätte ich sie vielleicht schon früher einmal herausgekramt. Das ist alles so lange her, Hannchen. Ich dachte nicht, dass das heute noch jemanden interessieren könnte.«

Johannas Wangen brannten. Verlegen fuhr sie mit dem Finger am Glasrand entlang. »Na ja, als ich da neulich die Bilder und Postkarten gefunden habe, dachte ich, dass du vielleicht … also …«

»Du dachtest, dass ich deinen Opa betrogen habe? So was in der Art?« Oma wirkte nicht schockiert, eher ein wenig belustigt. »Also dass du mir so was zutraust! Du hast vielleicht zu oft die Schwarzwaldklinik angeschaut.«

Johanna nickte verschämt, sie brachte kein Wort hervor. Es war ihr sehr unangenehm, aber nun hatten sie schon angefangen, da wollte sie den Schwanz nicht wieder einziehen.

»So war es nicht. Wenn du möchtest, erzähle ich dir von den bewegten Zeiten nach dem Krieg. Soll ich? Bis jetzt habe ich immer gedacht, dass es keinen so recht interessiert, und jammern will man ja auch nicht, schließlich ist heute alles anders und man kann das schwer nachvollziehen. Aber vielleicht tut es ganz gut, dass ich das alles mal loswerde, was wir hier als Flüchtlinge mitgemacht haben. Die Zustände waren ja überall schlimm.«

Johanna war baff. Damit hatte sie nicht gerechnet. »Ja, Oma. Ich würde gern hören, was du in Lüneburg erlebt hat.«

»Nun, Hannchen, das mit der Flucht erspar ich dir. Das kennst du ja schon von Oma Lise, die hat am Ende immerzu nur über das gefrorene Haff geredet. Und über die Russen.«

Johanna nickte. Das hatte sie als Kind ernsthaft verstört; heute war sie froh, dass sie wusste, wo ein Teil ihrer Familie herkam.

»Als wir im Frühjahr 45 in Lüneburg angekommen sind, versank alles im Chaos. Deutschland befand sich noch im Krieg …«

Johanna lehnte sich zurück und ließ Oma erzählen. Sie merkte gar nicht, wie die Zeit verflog. Sie lauschte gebannt, während Oma über die Ankunft der Familie Schlewitz berichtete, ihre Umzüge von Kammer zu Kammer, bis sie schließlich auf dem Rosenhof angekommen waren. Johanna war überrascht, mit wie viel Fassung sie es ertragen hatten, dort überhaupt nicht willkommen zu sein. Sie konnte sich kaum vorstellen, wie viel Leid ihre und viele andere Familien hatten ertragen müssen, aber sie fühlte mit ihnen, auch wenn das alles schon lange zurücklag, und bewunderte Oma dafür, dass sie sich trotz allem so viel Liebe und Herzlichkeit bewahrt hatte.

»Zuerst hatte der Hof keinen Namen«, erklärte Oma. »Aber ich habe nach unserer Hochzeit überall die hübschen englischen

Rosen gepflanzt; ich schätze, der Name hat sich irgendwann daraus ergeben.«

Oma fuhr fort zu erzählen, wie Helmut während der Parade von den Tommys einkassiert worden war und sie dadurch eine Stelle im Haus eines Offiziers bekommen hatte. »Alan Thompson.« Omas Blick wurde ein wenig verklärt und zugleich traurig, als sie den Namen des Engländers aussprach.

Johannas Magen zog sich zusammen. Sie fühlte Omas Schmerz, aber da war noch mehr. Da war auch Glück. Und Liebe, was Johanna überraschte. Sie wagte nicht, etwas zu sagen, hörte gebannt zu.

Oma legte den Socken weg und schaute Johanna an. »Wir haben uns verliebt. Wie so viele in dieser Zeit. Aber es war verboten. Davon haben wir uns aber natürlich nicht abhalten lassen. Alan und ich wollten abwarten und dann heiraten.«

»Und was ist dann passiert?«, hakte Johanna nach, als die Erzählung ihrer Oma ins Stocken geriet.

»Dann tauchte mein Bruder auf. Mit gefälschten Papieren. Alan hat ihm die Haut gerettet. Aber er flog damit auf und wurde daraufhin aus Deutschland zurück nach England zitiert.«

»Der Engländer hat dich sitzenlassen?«, schnappte Johanna. »Was für ein A...« Im letzten Moment schloss sie den Mund und ließ lieber Oma fortfahren; nicht, dass sie sich da etwas Falsches zusammenreimte.

»Nicht doch. Alan wollte, dass ich mit ihm gehe. Aber ich konnte nicht. Ich weiß nicht, wieso, aber ich wusste einfach, dass es unsere Liebe kaputtgemacht hätte. Ich, die deutsche Nazihure – und er ...? Nein, das hätte nicht funktioniert. Und ich konnte meine Familie nicht im Stich lassen. Ich konnte sie nicht aufgeben. Das hätte ich nicht geschafft, Hannchen.«

»Du hast ihn geliebt? Den Engländer?«

Oma nickte. »Das habe ich. Sehr sogar. Er war meine erste große Liebe. So was vergisst man nicht, Hannchen, das bleibt in unserem Herzen. Für immer.«

»Ja, da hast du recht.« Sie dachte an Ralf und dann an Paul.

Für einen Moment herrschte Schweigen in der Küche.

Johannas Gedanken schweiften zu ihrer Mutter … »Da ist noch etwas«, meinte sie zögerlich.

»Was denn?«, fragte Oma und nahm ihre Arbeit wieder auf.

»Mama … ist sie die Tochter von Alan?«

Oma lachte, woraufhin Johanna die Stirn runzelte »O Gott, Hannchen! Nein! Opa und ich haben im November 45 geheiratet, deine Mutter ist im Dezember des darauffolgenden Jahres geboren. Sag bloß Opa nicht, dass du denkst, deine Mutter wäre …«

Johanna schämte sich, dass sie ihrer Oma zugetraut hatte, ihrem Opa womöglich das Kind eines anderen untergeschoben zu haben. »Verurteilt hätte ich dich nicht, Oma.«

»Das ist lieb, aber völlig unnötig. Alan und ich – das war echt. Aber als er mir sagte, dass er fortmusste, wusste ich, dass es niemals gut gehen würde. Er hasste die Deutschen – und alle übrigen Engländer hätten mich gehasst. So was kann kaum eine Beziehung aushalten, selbst wenn alles andere nicht gewesen wäre.«

»Dann hast du Opa nicht geliebt?«

»So kann man das nicht sagen. Ich mochte Walter vom ersten Augenblick an, und auch wenn die Liebe zu deinem Opa nicht so leidenschaftlich war wie die zu Alan, so war sie doch vor allem eines: beständig. Das ist sie immer noch, Hannchen. Mit Opa bin ich glücklich geworden. Ich hatte viel Glück im Leben, und mein Größtes ist, dass ich Walter begegnet bin und wir eine Familie gegründet haben.«

»Wie kam es denn dazu, dass ihr so schnell zusammengekommen seid, wenn du in den Engländer verliebt warst?«

»Dein Opa hatte mich schon vorher gefragt, ob ich ihn heiraten wollte. Noch als Alan da war.«

»Ach! Ehrlich?«

»Ich erzähle dir gleich davon, Hannchen. Alans Abreise kam überraschend; am Tag, nachdem ich es erfahren hatte, musste er schon weg. Ich war am Boden zerstört und konnte mit niemandem darüber reden.«

»Und deine Stelle?«

»Ich habe danach für Jakob gearbeitet, daraus entstand eine Freundschaft. Der Arme hatte seine ganze Familie im Holocaust verloren.«

»O Gott!«

»Ja, das habe ich dir ja schon mal erzählt. Jedenfalls, er spürte, dass es mir nicht gut ging; vielleicht hat ihn auch Alan gebeten, sich um mich zu kümmern, ich weiß es nicht. Aber jetzt zu Opa. Ich hing also da wie ein Schluck Wasser in der Kurve. Habe meine Pflichten erledigt, aber alles andere war für mich nur noch grau. Opa hat das gemerkt.«

»Liebeskummer ist schlimm«, meinte Johanna.

Oma lächelte. »Ja, das ändert sich nicht. Eines Tages kam ich mal wieder mit meinem Rad von der Arbeit; es war Anfang Oktober. Das weiß ich noch, weil wir alle so froh waren, dass die Schule wieder losging und Helmut endlich wieder was lernte …«

Kapitel 25

Lüneburg, Oktober 1945

Nettis Beine fühlten sich schwer an, ihre Schultern wurden von Einsamkeit und Kummer niedergedrückt. Matt schob sie das Rad auf den Hof der Tiedtkes. Die Dämmerung hatte eingesetzt, der Himmel war grau, es nieselte und ein kalter Wind aus dem Osten fegte über die Straßen. Netti vermisste Alan, aber sie würde ihm nicht schreiben, ebenso wenig wie er ihr schreiben würde. Das war ihre Abmachung. Nicht mal über Jakob, selbst das wäre zu gefährlich gewesen, zumal sie ihn auf keinen Fall auch noch in Schwierigkeiten bringen wollte.

Sie hatte keine Ahnung, wie es möglich sein sollte, nicht an Alan zurückzudenken. Aber sie wollte sich Mühe geben, ihn nicht zu enttäuschen. Es war absurd; er würde es ohnehin nicht erfahren, dennoch nahm sie ihr Versprechen ernst.

Leben, war ihre Devise.

Glücklich werden.

Das wollte sie.

Nur, wie sollte das gehen?

Die Antwort auf diese Frage blieb ihr verwehrt.

»Netti, guten Abend«, riss Walters Stimme sie aus ihren Gedanken.

»Ach, guten Abend, Walter.«

»Ein Sauwetter ist das heute, da kriecht einem die Kälte durch jede Naht. Habt ihr alles, was ihr braucht?«

Netti lächelte. Sie freute sich, ihn zu sehen. »Danke, das ist lieb. Ich denke, fürs Erste kommen wir zurecht. Mit dem Holz ist es knapp, aber das ist überall so. An Kohle ist ja nicht ranzukommen.«

Walter stützte sich auf seinen Stock und betrachtete sie eingehend. »Ja, was dieser Winter bringen wird, ist meine größte Sorge, Netti.«

»Meine auch.«

Für einen Moment sagte niemand etwas; sie schauten sich in tiefer Verbundenheit in die Augen. Netti senkte zuerst den Blick und räusperte sich.

»Hast du schon mal darüber nachgedacht, Netti?«, wollte Walter jetzt wissen.

Sie schluckte. »Was meinst du?«

Walter lächelte schief. »Du hast doch wohl nicht vergessen, dass ich um deine Hand angehalten habe, oder?«

Nein, das hatte sie nicht, aber tatsächlich in ihrem Elend nicht mehr daran gedacht. Bis heute. »Ach, Walter …«, fing sie an, doch er unterbrach sie und trat mit seinem Gehstock auf sie zu.

»Netti, ich weiß, dass du mich nicht liebst. Aber du respektierst mich doch, oder?«

Sie nickte. »Natürlich tue ich das.«

»Es sind schon Ehen aus einem schlechteren Grund geschlossen worden. Oder ist es wegen meines Beines? Weil ich ein Krüppel bin?«

»Nein!«, widersprach sie. »Wo denkst du hin!«

»Heirate mich, Netti. Vielleicht kannst du lernen, mich zu lieben. Wenn nicht, gebe ich mich auch mit deiner Freundschaft zufrieden.«

Tränen stiegen in ihr auf. Seine Güte zerrte an ihrem Herz. Sie wollte, dass es Walter gut ging. Er hatte jemanden verdient, der ihm ein angenehmes Heim schuf. Konnte sie diese Person sein? Vielleicht.

Womöglich hatte er recht. Es gab Ehen, die von weniger zusammengehalten wurden als Respekt und Zuneigung. Netti holte tief Luft. »Ich weiß, dass du viele Opfer für mich und für meine Familie bringen müsstest. Die Leute würden reden, Walter. Sie würden sagen, dass ich dich nur heirate, weil du einen Hof hast. Sie würden sagen, dass du Polacken im Haus hast.«

Walter wirkte nicht irritiert, im Gegenteil. Seine Augen funkelten. »Aber du und ich, Netti, wir beide wüssten, dass das nicht der Grund ist, weshalb du mich heiratest. Weil du ehrlich und fleißig bist. Keine, die sich in ein gemachtes Bett legt.«

Netti lachte. »Nein, das gewiss nicht.«

»Und was andere sagen, ist mir egal, Netti.«

»Ich bewundere dich dafür.«

»Dann sagst du Ja?« Seine Mundwinkel bogen sich nach oben. Er sah wirklich schneidig aus, seit er wieder ein paar Kilo mehr auf den Rippen hatte, und die Fröhlichkeit stand ihm gut zu Gesicht.

»Ach, Walter…« Sie seufzte. Dann traf sie eine Entscheidung. »Ja. Ja, ich heirate dich. Und ich verspreche dir, dass ich alles dafür tun werde, damit wir zwei glücklich werden.«

Walters Lächeln wurde breiter. »Darf ich dich umarmen?«

Sie nickte, ihr wurde warm unter dem fadenscheinigen Mantel. »Ja.«

Walter ließ seinen Stock fallen und hielt Netti fest. Es war eine zarte, beinahe zögerliche Umarmung, die etwas ungelenk war. Aber Netti spürte deutlich, wie ernst er es meinte. »Das werden wir, Netti: glücklich. Es wird nicht einfach, aber zusammen ist es einfacher als allein.«

»Das hast du schön gesagt.«

»De besten Peer finnst in'n eegen Stall«, meinte er jetzt und kicherte rau.

»Was heißt das denn?«

»Die beste Partie sucht man nicht auf irgendeinem Ball, sondern im eigenen Stall.«

»Oh, Walter.« Netti lachte. »Du und deine plattdeutschen Sprüche!«

»Aber eins habe ich doch damit geschafft.«

»Na, was denn?«

»Du lächelst, zum ersten Mal seit Wochen. Das ist schön ...«

Juli 1993, Lüneburg-Oedeme

Oma schob sich eine Haarsträhne aus dem Gesicht und lächelte ihrer Enkelin zu. »Damit war es beschlossene Sache! Opa und ich haben uns verlobt und im gleichen Jahr noch geheiratet.«

Johanna war erleichtert und froh. Alles, was sie sich in ihrer Unwissenheit zusammengereimt hatte, war falsch gewesen. Nun, nicht alles ... »Er lebt noch, weißt du?«, erklärte Johanna zögernd.

»Alan?« Oma wurde nun doch ein bisschen blass.

Bevor sie nachhaken konnte, ergriff Johanna das Wort. »Ja. Sollen wir ihn kontaktieren?«, schlug sie vor.

Oma wirkte mit einem Mal nachdenklich. »Ich wüsste schon gern, ob er noch einmal jemanden gefunden hat. Das habe ich ihm gewünscht. Aber das muss ich erst mal mit Opa besprechen. Er wusste von mir und dem Major.«

»Was, glaubst du, wird Opa dazu sagen?«

»Ich denke, Opa wird sagen: Pack deine Koffer, Netti, wir fliegen nach good old England. Oder: ›Netti hett se al ünner eer Fuchtel.‹ Ich übersetze mal für dich, so viel Platt habe ich nämlich über die Jahre gelernt: ›Es müssen sich alle Nettis Regiment unterwerfen.‹«

Johanna lachte. »Falls ihr nach England fliegt, darf ich dann mit? Und Paul auch?«

Oma stand auf und umarmte Johanna. »Das wäre schön, da würden wir uns freuen.«

»Was du mir auch nie erzählt hast, wie war das mit den Eltern von Helmut?«

»Die sind weggezogen, das ging auf dem Hof nicht gut. Mein Bruder … der Krieg hat ihn verändert.«

»Und Otti?«

»Otti hat Gerd ertragen; sie hat ihn gepflegt, und sie hat Helmut vor ihm beschützt.«

»Oje, war Gerd so schlimm?«

»Er war richtig gemein. Ein gebrochener Mann. Ich sage es nicht gern, aber als er in den Fünfzigerjahren gestorben ist, war das eine Erlösung. Otti kam dann wieder mit Helmut zurück in die Heide; sie hat als Näherin bei Lucia angefangen, du weißt schon, die Kleiderfabrik.«

Johanna sah Paul über den Hof kommen, und ihr Herz schlug höher. Kurz darauf trat er in die Küche und begrüßte Oma mit einem Küsschen auf die Wange und Johanna mit einem Kuss, der ihr das Blut ins Gesicht trieb.

Oma klatschte in die Hände und freute sich. »Na endlich!«

»Oma?«, stieß Johanna verlegen hervor.

»Ich wusste schon immer, dass ihr zusammengehört.«

»Wieso hast du nie was gesagt?«, wollte Johanna verdattert wissen.

»Euer Leben müsst ihr schon selbst leben, Kinder. So, und jetzt mache ich uns einen Kaffee, ich habe frischen Kuchen gebacken … Anhalterkuchen, wie passend, wo doch der Zukünftige gerade hereingeschneit kommt …«

Johanna machte große Augen. »Gut, dass das heutzutage anders ist.«

Paul setzte sich neben Johanna und knuffte sie in die Seite. »Denkst du, deine Eltern werden einen Tierarzt akzeptieren können?«

Johanna verdrehte die Augen. »Und ob sie das werden!«

»Dann bin ich beruhigt«, meinte Paul augenzwinkernd.

»Aber weißt du was?«

»Nein?«

»Ich frage mich, ob du mich noch mal küssen könntest, damit ich mir sicher sein kann, dass ich das hier nicht träume.« Sie hielt einen Moment inne, dann wisperte sie: »Ich liebe dich, Paul. Ich liebe dich sehr.«

Pauls breites Lächeln und das Funkeln in seinen Augen lösten ein Prickeln in Johannas Magengrube aus. Dann beugte er sich zu ihr. »Dich glücklich zu küssen, mache ich gern zu meiner Lebensaufgabe … Ich liebe dich auch, Johanna. Ich glaube, das habe ich immer schon getan.«

Epilog

September 1993, Yorkshire, England

Nettis Herz klopfte wie verrückt, als sie den Aufenthaltsraum des Mickle Hill Retirement Home betrat. Es roch nach frischen Blumen und dem nahenden Herbst. Die bodentiefen Sprossenfenster waren geöffnet und boten einen wundervollen Ausblick auf die üppige Parkanlage der Einrichtung. Das Haus war in das satte Grün sanfter Hügel eingebettet. Paul, Johanna und Walter standen hinter Netti, ihre Familie ließ ihr den Vortritt. Sie war unglaublich froh, dass sie alle mitgekommen waren.

Netti entdeckte Alan sofort. Er saß in einem Rollstuhl, eine Decke lag auf seinen Beinen. Auch im Alter hatte er noch volles Haar; es war schneeweiß geworden.

Ihr Puls raste.

Sie wusste, dass sie willkommen war, trotzdem war sie schrecklich nervös. Johanna hatte das alles mit Paul zusammen organisiert. Netti hatte zunächst gezögert, aber schließlich hatte sogar Walter ihr gut zugeredet. Sie wusste gar nicht, womit sie diesen liebevollen, gütigen Mann verdient hatte. Netti drehte sich noch einmal zu Walter um. Sein aufmunterndes Lächeln verlieh ihr den nötigen Mut.

Mit kleinen Schritten durchmaß sie den hellen Raum, bis sie Alan erreichte. Er hatte sie gehört oder ihr Kommen gespürt, denn er drehte sich im gleichen Moment zu ihr um.

Nettis Herz setzte einen Schlag aus, als sie in Alans grüne Augen blickte. Die goldenen Sprenkel leuchteten noch immer darin. »Netti, du bist gekommen«, sagte er auf Deutsch; sein Akzent war über die Jahre ausgeprägter geworden.

»Das bin ich«, gab sie atemlos zurück und zog sich einen Stuhl heran.

Alans Schultern waren ein wenig schmaler geworden, aber er hatte nichts von seiner Anmut eingebüßt. Sie konnte noch immer den stolzen Mann von früher in ihm erkennen.

Er streckte die Hand nach ihrer aus, einige Altersflecken zeichneten seine Haut, genau wie ihre eigene. Netti war verlegen, sie hatte keine Ahnung, was sie sagen oder tun sollte, aber sie legte ihre Finger in seine.

Auf einmal war sie wieder eine junge Frau und sah den jungen Alan in ihm.

»Wie ist es dir ergangen?«, fragte sie, und eine Träne des Glücks rann aus ihrem Augenwinkel. »Hast du wieder geheiratet?«

Er lächelte schwach. »Nein, Netti. Deine Liebe hat mich über die Jahre getragen. Ich bin ein Mann, der gut von Erinnerungen leben kann …«

»Aber, du hast gesagt, schau nicht zurück …«

Alan nickte, und die Liebe, die aus seinem Blick sprach, wärmte ihr Herz. »Ich weiß, aber ich sprach von dir, Netti. Ich bin froh zu sehen, dass das Schicksal es gut mit dir gemeint hat. Ich bin glücklich, dich noch einmal zu treffen.«

Netti lächelte und weinte gleichzeitig. Alan hob die Hand und strich ehrfürchtig über Nettis Wange. *»My beauty.«* Meine Schöne.

Dann wandte er sich an Walter. »Ich denke, Sie sind der Mann, bei dem ich mich bedanken muss, dass es Netti heute so gut geht, nicht wahr?«

Netti schaute zu Walter, und er nickte Alan höflich zu. »Das müssen Sie nicht, Mr Thompson. Kein Dank. Wir werden einen kleinen Spaziergang machen. Kommt, Johanna und Paul, lassen wir Oma und Mr Thompson ein paar Minuten, um über alte Zeiten zu sprechen.«

Netti lächelte Walter zu und dankte ihm stumm. Die Liebe für ihn war über die Jahre gewachsen; ihr herzensguter, treuer Mann hatte Netti durch die Höhen und Tiefen des Lebens begleitet und jedes einzelne Versprechen gehalten. Ich liebe dich, schickte sie ihm in Gedanken, und Walter blinzelte; er hatte es verstanden. Dann gingen die drei und ließen Netti und Alan allein.

Netti hielt Alans Hand. »Es ist schön, dich wiederzusehen.«

»Ich habe nicht damit gerechnet, dass das auf meine alten Tage noch passieren würde. Gehofft habe ich es vielleicht, man wird sentimental.«

»Das haben wir meiner lieben Enkelin zu verdanken.«

»Da bin ich froh; sie hat offenbar deinen Mut geerbt, Miss Courage.« Alan schmunzelte.

Netti lachte. »Oh du! Das war doch Jakobs Spruch!«

»Ich habe mich nur nie getraut, es auszusprechen.« Er zuckte die Schultern. »Aber ich schätze, es gibt Dinge, die kann man im Alter noch lernen. Ich bin glücklich, dass du meinen Rat befolgt hast, Netti.«

»Du weißt, dass ein Teil von mir immer bei dir war.«

»Das weiß ich, er hat mich durch die Jahre getragen. Damit bin ich ein zufriedener Mann geworden.«

»Es tut sehr gut, das zu hören. Ich habe mich oft gefragt, was aus dir geworden ist.«

»Ich bin wieder an die Uni gegangen, habe meine Kraft und Energie den Studenten gewidmet. In den ersten Jahren hörte ich immer mal wieder etwas von Jakob«, erklärte Alan. »Ich wusste also, dass es dir gut ging, Netti.«

Nun wurde ihr das Herz doch ein wenig schwer. »Ich hätte dir gewünscht, dass du noch einmal jemanden findest.«

»Für mich war es genug, Netti. Wirklich. Ich war einmal glücklich verheiratet, ich hatte eine Frau und ein Kind. Und dann bin ich dir begegnet, als ich nicht damit gerechnet habe, noch einmal mein Herz für jemanden öffnen zu können. Heute verstehe ich, warum du nicht mit mir kommen konntest, wirklich, aber das hat gedauert. Ich habe schließlich Frieden in meiner Arbeit gefunden. Aber dich heute noch einmal zu sehen, lässt mich als glücklichen Mann sterben.«

»Es ist uns also gelungen, zu leben«, flüsterte Netti ergriffen, und Alan nickte schweigend, mit einem Lächeln auf den Lippen. Dieses Lächeln noch einmal zu sehen erfüllte Netti mit einer tiefen Zufriedenheit.

Mehr Worte brauchten sie nicht, sie hielten einander stumm an den Händen und schwelgten für ein paar Minuten in Erinnerungen, ehe sie Schritte über den Flur nahen hörten.

* * *

Johanna hielt Pauls Hand so fest, dass er jaulte. »Gott, du zerquetschst meine Finger!«

»Entschuldige, ich bin einfach nur so aufgeregt! Ich kann es kaum glauben, dass die beiden sich nach all den Jahren gleich erkannt haben. Und Opa, ich muss ehrlich sagen, ich bewundere dich. An deiner Stelle wäre ich so eifersüchtig, dass ich Säure verspritzen würde.«

Opa Walter winkte ab. »Oma is mien Heven un Segen, Oma is mien Een un All.«

»Oma ist dein ein und alles, dein ganzes Glück?«, fragte Johanna nach, mit deren Platt es leider nicht weit her war.

»So ist es!«, bestätigte Opa stolz. »Oma ist mit mir verheiratet, oder nicht? Ich muss nicht eifersüchtig sein. Das war ich nie. Eifersucht hat mit Liebe auch nichts zu tun. Liebe heißt, jemanden anzunehmen, wie er oder sie ist. Und genau das hat Oma mit mir getan. Da kann man ihr ruhig ein bisschen Vertrauen schenken, nicht?« Er zwinkerte seiner Enkelin zu.

»Ist das dein Ratschlag fürs Leben?«, wollte Johanna wissen.

»So in der Art. Mit Weisheiten habe ich es nicht so; wenn du was über Kartoffeln lernen willst, bist du bei mir eher an der richtigen Adresse.«

Johanna lachte. »Ich nehm' dich beim Wort, Opa. Gleich wenn wir aus den Staaten zurück sind, nach einem hoffentlich erfolgreichen Treffen mit Linda Tellington-Jones.«

»Dann wollt ihr das wirklich durchziehen?«

»Und ob«, erklärte Paul, während sie das Retirement Home nach ihrem Spaziergang durch den Park wieder betraten, um zu Oma und Alan zurückzukehren. »Das werden wir. Wenn alles klappt, integrieren wir das in die Praxis. Dann übernehme ich das Medizinische und Johanna die manuellen Techniken in der Pferdetherapie.«

»Aber bis dahin wird noch eine Menge Wasser die Ilmenau runterfließen«, gab Johanna zu bedenken. »Vielleicht erweise ich mich ja als absolut talentfrei.«

Opa schüttelte den Kopf. »Glaub an dich, Hannchen. Das ist die halbe Miete.«

Paul drückte Johannas Hand und schenkte ihr ein aufmunterndes Lächeln. Johannas Zweifel wurden damit ausgeräumt; sie war so glücklich, dass sie das Gefühl hatte, auf Wolke sieben zu schweben. Sie konnte es noch immer kaum glauben, dass innerhalb von ein paar Wochen nicht nur die Weichen für ihre berufliche Zukunft gestellt worden waren, sondern, viel wichtiger, dass sie endlich den Mann an ihrer Seite hatte, mit dem sie ihr Leben verbringen wollte. Eine eigene Familie und Freiheit, das war alles, was Johanna sich immer erträumt hatte, und mit Paul hatte sie beides gefunden. Gemeinsam würden sie all das erreichen, was sie sich in den ersten Wochen ihrer Liebe immer wieder in schillernden Farben ausgemalt hatten. Die Zukunft lag offen und hell vor ihnen, ein unbeschriebenes Blatt, das sie mit Glück, Liebe und Freude füllen würden. Zusammen.

Danksagung

Mit einem weinenden und einem lachenden Auge schließe ich nun die Seiten über Johanna, Paul, Netti, Walter, Helmut und Alan. Die Charaktere sind mir sehr ans Herz gewachsen und ich habe mit ihnen gefühlt, geliebt und gelitten. Ich werde sie vermissen, bin aber überglücklich, sie bald in die Lesewelt hinauszuschicken.

Mein besonderer Dank gilt dem Team von Amazon Publishing, allen voran Fabian Knecht, die Zusammenarbeit ist wunderbar. Vielen Dank auch an Angela Kuepper, die gemeinsame Arbeit am Text hat mir viel Freude bereitet, der Austausch war mir ein Vergnügen.

Ich hoffe sehr, dass ich Ihnen, liebe Leserin, lieber Leser, ein paar spannende und emotionale Stunden mit meiner Geschichte bescheren kann. Für mich war diese Reise eine besondere, denn ein Teil meiner Familie musste nach Kriegsende selbst die Heimat verlassen und andernorts ein neues Leben aufbauen. Ich selbst habe meiner Oma keine Fragen zu ihrer Vergangenheit stellen können; als sie noch lebte, war ich zu jung, und später war sie nicht mehr da. Deshalb ist meine Geschichte mir auch so wichtig, weil ich mir wünsche, ich hätte es getan oder könnte es noch tun. Die Familie Schlewitz und ihr Schicksal gab es nicht wirklich, sie ist meiner Fantasie entsprungen, dennoch bin ich mir sicher, dass es sie genauso hätte geben können. Für Anregungen, Lob oder Kritik bin ich immer offen, und ich freue mich über Rückmeldungen meiner Leserinnen und Leser. Sie erreichen mich über meine Website www.karinlindberg.info oder die sozialen Medien Facebook sowie Instagram. Schreiben Sie mir, ich freue mich über jede Nachricht!

Nun bleibt mir nicht mehr, als Ihnen Danke zu sagen, dass Sie sich die Zeit für meine Geschichte genommen haben. Ich hoffe, sie hat Ihnen gefallen.

Alles Liebe,

Ihre Karin Lindberg

Folge der Autorin auf Amazon

Wenn dir dieses Buch gefallen hat, folge Karin Lindberg auf Amazon. Dann erhältst du eine Benachrichtigung, wenn die Autorin ihr nächstes Buch veröffentlicht. Um der Autorin zu folgen, gehe bitte folgendermaßen vor:

Desktop:

1) Suche auf Amazon.de oder in der Amazon App nach dem Namen der Autorin.
2) Klicke auf den Namen der Autorin, um auf die Autorenseite zu gelangen.
3) Klicke auf den »Folgen«-Button.

Smartphone und Tablet:

1) Suche auf Amazon.de oder in der Amazon App nach dem Namen der Autorin.
2) Klicke auf einen Titel der Autorin.
3) Klicke auf den Namen der Autorin, um auf die Autorenseite zu gelangen.
4) Klicke auf den »Folgen«-Button.

Kindle eReader und Kindle App:

Wenn du dieses Buch auf einem Kindle eReader oder in der Kindle App liest, wird dir automatisch angeboten, der Autorin zu folgen, nachdem du die letzte Seite des Buches gelesen hast.

Printed in Poland
by Amazon Fulfillment
Poland Sp. z o.o., Wrocław

20047975R00215